仙台夢横丁／茜色の時

まえがき

　前著『山形夢横丁/セピアの町』には、主に私が18歳まで過ごした山形市の情景を書いた。ほとんどはもう消えてなくなり、セピアの写真の中にしか存在しないものであった。山形では八文字屋書店さんと小松書店さんに置いていただき、予想以上の部数を売った。仙台ではすべての図書館に所蔵してもらった。

　前著を読んでくれた中学、高校の同級生、はたまた見も知らない読者から、「もう1冊書け」、「俺のことも書け」、「仙台のことも書け」という叱咤の葉書（ファンレター？）が届いた。

　仙台市から豊齢カードと敬老乗車券をもらった。本も出したし、いよいよ念願の隠居生活だ、と喜んでいたところである。「もう書き尽くした」と返答しようと思ったが、考えてみると、学生時代を過ごした仙台の街並みや学生運動のこと、そして忌まわしい震災の記憶など、書いておくべき材料がまだまだあった。

　大学の教養部時代は大学紛争に翻弄された。授業はよく潰れ、空いた時間は映画を観たり、デモに行ったり、アルバイトをしたりして過ごした。教養部には3年も通ってしまったが、今から思えば人生を模索する貴重な時間になった。仙台は貧乏な学生にも温かく、居場所を与えてくれる町だった。学生時代の事から書き始めてみたら筆は止まらなくなり、330,000字を超えてしまった。これをそのまま製本すると480ページにもなると金港堂にダメを出され、泣く泣く削除を重ね、220,000字まで減らした。110,000字はパソコンの底に沈殿した。

　本書には、かつて仙台の街にあった店名がいくつも出て来るが、記憶を頼りに書いたので、誤りがあるかもしれない。ご指摘をいただければ次版で訂正したい。学生時代は貧乏でカメラを持っていなかった。街の写真をたくさん撮っておけばよかったと悔やまれる。

　本書は基本的に「自分史」であり、どの章にも自分の血が通っているが、読者にとっては興味のないところも多いはずである。例えば「わが家の系図」は、自分の子供、孫がいつか読むだろうと迷った末に載せたものである。興味のないところは躊躇なく読み飛ばしていただきたい。

　紙代、印刷代、人件費、全て値上がりのご時勢のため、定価は前作より高くなっ

たが、それでも赤字である。著述業の方には受難の時代だろうと拝察する。

　年号は西暦を基本とし、必要と思われる箇所だけ和暦を用いた。店名などを強調したい場合はゴシック体とした。章末の（　　）はその章を書き上げたか、または写真を撮影した日付である。店の閉店時期は最後の店舗が営業をやめた日か、はっきりしない場合は会社が清算された日とした。書いた後に補遺すべき事項が生じた場合は（註）として加筆した。著名人の敬称は略させていただいた。

宮地辰雄

目次

プロローグ

私は日常の些末なことをいつまでも覚えている子供だった
誰かが言った言葉を何年も経ってから復唱して嫌がられた
５年前のことも　去年のことも　昨日のことも
抽斗からすぐに取り出すことが出来た

それに最初に気づいたのは父で
新聞を読みながら　この子は珍しい　と母に話した
私は寝たふりでそれを聞いていた

夢横丁とは記憶の中にしか残っていない懐かしい町のことである
私は毎日そこへ行き　別の世界の人達に会って来る
ある時は父と山形駅から３等車に乗って象潟に行く
ある時は母と手を繋ぎ　すずらん街で雪を見ている
飼っていた３匹の犬達は私を見つけると飛びついて来る

日暮れには懐かしい町並みに燈が灯る
ランニング姿の子供達は空の色に追われて家路を急ぐ
大人達が大きな弁当箱を下げて帰って来る
父親と出会った子はおんぶをせがむ
父親は嫌がるものの顔は笑っている

私は翼を広げて大空に舞い上がる
ふるさとを俯瞰し　ふるさとの匂いを深呼吸する

しかしそこは生と死の結界である
いつまでもそこにいることは出来ない
闇が降りる前には皆に別れを告げ
こちら側に戻っていなければならない

夢横丁との終わりのない往復は
懐かしくも悲しい
自分が生きて行くのに不可欠な彷徨である

仙台篇

無伴奏の時代

　第2次大戦後の世界は爛熟期に差し掛かっていた。大戦後の混乱から立ち直る過程において人々は政府の強い権力行使を容認したが、復興が一通り済んだことで新しい秩序の模索が始まった。爛熟した果実は腐る前に落とさねばならなかった。

　1968年は特別な年になった。世界各地で共鳴し合うかのように若者の叛乱が起こった。アメリカではベトナム戦争反対運動と公民権運動、東欧ではプラハの春。メキシコでは学生デモを暴力で鎮圧したトラテロルコ事件が起こった。フランスでは五月革命と呼ばれる大規模な学生運動とゼネストが起こり、ド・ゴール大統領の退陣につながった。西ドイツではドイツ赤軍が、イタリアでは赤い旅団が組織された。中国の文化大革命も継続していた。日本でもこの年から学生運動が各地の大学、高校に広がり、世情は騒然としていた。私が仙台の大学に入ったのはそういう時代のことだった。

　1968年、東京大学と日本大学で学生運動が始まった。東大では医学部生の処分撤回、日大では使途不明金問題に端を発したが、それは東京教育大学（現・筑波大学）、明治大学、中央大学、東京工業大学に飛び火した。当時は政治も大学も様々な矛盾を抱えており、学生達は異議申し立てを躊躇わなくなった。その動きは燎原の火の如く、各地の大学、高校に広がった。高校の学生運動は進学校の証しだった。1969年には東大と東京教育大の入試が中止になった。その年の東大志望者は京大、阪大、一橋大、東工大、東北大等に流れた。

　やがて学生運動は全学共闘会議（全共闘＝ブントや三派系全学連が学部やセクトを越えて大学当局や機動隊に対峙しようとする大学内の連合体）が主導するようになる。東北大学では、ベトナム戦争、沖縄の基地付き返還、大学の学費値上げへの反対活動が激しくなった。若者は無知を恥じ、理系の学生も歴史と政治経済の本を読んだ。当時『毛沢東語録』とマルクスの『資本論』は運動の金科玉条であり、誰かが「毛主席はこう言った」、「『資本論』にはこう書いてある」と言えばそれ以上の反論は出来なかった。

　作家の小池真理子は私と同じく1952年の生まれである。彼女は仙台の宮城県立

第三女子高校を卒業後、吉祥寺の成蹊大学に進んだ。彼女の『無伴奏』という小説は、仙台に実在したバロック喫茶**無伴奏**を舞台に1969年から1970年を描いた半自伝的な作品である。

　私が仙台の東北大学に入学したのは1971年の春で、小池真理子とはちょうどすれ違いになった。下宿は向山の高木さんという家で、山形から持ってきた荷物は、勉強机を兼ねた電気コタツと布団、それに電気ポットと茶碗、財布の10,000円。それが全てだった。下宿代は朝夕2食付きで月13,500円。学生が20人ほど住んでいた。下宿人同士は仲が良く、毎日誰かの部屋に集まり、楽器を弾いたり麻雀をしたりしていた。年に2回麻雀大会が行なわれた。一番町のヤマハ楽器のステージを借りて「高木マンション音楽祭」も開かれた。

　4月5日は川内記念講堂で入学式の予定だったが、紛争のため中止になった。1週間のオリエンテーションの後、ようやく講義が始まった。当時は川内キャンパスに進駐軍将校が使った洋館が残っていて、その洋館前の芝生で英語の青空講義を受けたこともあった。その洋館は取り壊されたが、土樋の東北学院大学構内に保存されているデフォレスト館（宣教師館）とそっくりの建物だった。

　講義はしばしば休講になった。過激派が講義棟を占拠し、講義が潰れる日が多かった。そのため毎日、時間は有り余るほどにあるが、何をしてよいか分らなかった。たまに講義があるので、実家に帰るわけにも行かない。それまでの分刻みの受験生活から一転、全く異質の環境に投げ出された。学生達は思い思いに時間を潰していた。政治活動に熱心な者や図書館に籠る者もいたが少数で、多くは友人の下宿で麻雀をしたり、町に出て映画館や喫茶店に入り浸ったりした。アルバイト三昧で生活費を稼ぐ者もいた。

　私は、向山の下宿から自転車で鹿落坂を下り、評定河原橋、大橋を渡って川内教養部に通った。鹿落坂から見る広瀬川と霊屋橋、市街のビル群は最も仙台らしい眺めだった。大学の掲示板でその日の休講を確かめると、今度は扇坂からスポーツセンター脇のカーブを下り、経ヶ峯を右に見て大橋を渡る。坂を登って青葉通を東に向かえば一番町はすぐだった。藤崎デパート前に自転車を停め、書店を巡り、喫茶店に入り、映画を観た。

　勾当台公園では毎週のように集会が開かれ、青葉通、一番町でデモがあれば機動隊も待機した。私は無精髭と髪を伸ばし、民青（日本民主青年同盟）の同級生

に誘われて学生集会にも時々出かけた。しかし、深入りはしなかった。セクトに入れば自分を失うと分かっていたからだ。今も昔も徒党を組むのは嫌いである。仙台の街は騒然としていたが、故郷の山形とは違う活気があり、変革の時代の中心にいる雰囲気があった。

　年が明けた1972年の２月、東北大学の川内教養部で全共闘系の学生が講義棟を占拠。学年末試験と入学試験を妨害しようとした。大学は機動隊を導入して占拠学生を排除。学年末試験は強行され、入試は会場を変更して行なわれた。学内に機動隊を入れた大学執行部に抗議し、多くの学生が試験をボイコットした（ピケラインは張られていなかったので、受ける意思があれば試験は受けられた）。そのため1972年と1973年には、教養部生の多く（一説には６割と言われる）が単位不足のため留年した。1971年入学の医学部医学科のクラスは単位不足になり、２年間のはずの教養部で３年を過ごすことになった。ストを破った１名だけは留年せず、１学年上になった。彼は正規の年限で卒業し、元同級生達とは交わらない人生を歩んだ。

　現在の川内郵便局から美術館にかけての市道では、機動隊と学生との衝突が起きた。訓練を受け武装した機動隊員は屈強で、学生側は角材と投石で抵抗するもたちまち総崩れになった。警棒で殴られ、盾で突き飛ばされ、血まみれになった学生がいた。逮捕者、学内指名手配者、退学者も多く出た。「無期限スト」、「要求貫徹」、「連帯」と勇ましく叫んではみても、学生は無力で孤独であり、下宿に帰れば親に留年をどう説明すべきか悩んだ。

　東北大学の学生運動は、結局実らなかった。国立大学の学費は1972年４月入学者から３倍に値上げされ、５月に沖縄は米軍基地付きで返還された。学生運動は若者の未来を変えながら、1970年代後半には概ね収束した。全共闘は闘争を叫ぶだけで、目指すべき社会像を提示出来なかった。セクト間の内ゲバで100名の死者を出したことや、連合赤軍のリンチ殺人、更にあさま山荘事件が10日間もテレビで中継されたことで、急速に市民の支持を失っていったのだった。

　バロック喫茶無伴奏には、運動に疲れた若者が大勢集っていた。その店は電力ビル裏通（現・いこゐ小路）とマーブルロードおおまちが交差する北西角にあった。手芸の土屋の３階建てのビル（現・土屋不動産ビル）の地階の突き当り、元は銀行の金庫室だったという。地下への階段を降りて重いガラスの扉を開ける

と、煙草の煙と大音量が溢れ出た。正面の壁にはALTEKの巨大なスピーカーが埋め込まれて、いつも荘重なバロック音楽（バッハの無伴奏チェロ組曲やパルティータなど）を吐き出していた。左右の壁には楽聖の肖像画とバイオリンやクラリネットが飾られていた。その店は地下なので窓がなく、外で何があっても店内には聞こえなかった。まるで世間と隔絶した穴蔵だった。自分は後述するアルバイト先が近かったので、始業までの時間を潰すのによく立寄っていた。

　店内には、2人掛けのダークブラウンのレザー椅子と小さなテーブルのセットが5組ずつ3列、礼拝堂のように前を向いて整然と並んでいた。最前列だけは4人掛けのボックス席だった。入口、トイレ、レジは右後ろの位置にあり、約30の席を埋めたのはいつも若者だった。

　客は入口の小さな黒板にリクエスト曲を書く。クラシック以外の、例えばボブ・ディランやキャロル・キングなどはリクエストしてもかからなかった（レコードが置いてなかった）。100円のコーヒー（とたまに200円のバナナケーキ）を注文し、音楽を聴きながら本を読むか、バロックに心酔した表情で瞑想する。それがこの店のルールだった。「会話は静かに」という張り紙があって、隣と会話することも憚られた。店内には紫煙が充満していた。大音量と煙草が苦手な客には居心地が良いとは言えなかったが、客は多かった。

　居心地の悪さにもかかわらず、いつも混んでいたのは何故だったろう。

　バッハの音楽は、神から受けた霊感を音に結晶させたものと言われる。孤島の教会のような空間でそれを大音量で聴いていれば、聴覚はやがて視覚に転じ、目の前に神々しい空間が現出しただろう。天空の光は地下の穴蔵にも射し込み、ステンドグラスを経て光のトレモロとなり、シャワーのように降り注ぐ。傷を負った客達は色とりどりの光の粒を浴びながら神に祈り、対話（懺悔）をし、赦される恍惚を味わっていたのではないだろうか。

　小池真理子の小説『無伴奏』には、1970年頃の仙台の町並みが懐かしく描写されている。北四番町の黒塗りの板塀の家、奥深い路地、黒ずんだ格子戸、竹を組んだ中門。北山の輪王寺近くの背の低い土塀、杉苔で彩られた敷石、鬱蒼とした竹林。変わってしまった50年前の仙台の空気を呼吸することが出来る。嵐の夜に主人公が1人で北四番丁から北山まで歩いて行く場面がある。おそらく木町通を通ったのだろう。当時の木町通は、今と違って人通りの少ない暗くて細い道で、

雨と風はその先に待つ衝撃的な出来事を予感させていた。

　主人公の恋人の男性はbisexualityを苦にして自死する。小説が書かれたのは1994年だが、それから30年近く経ってLGBTQへの認識も大きく変わった。今ならこの小説のモチーフは採用されないかもしれない。

　中央通にあった洋菓子店嵯峨露府（サカロフ）は、硬いロシアケーキ（デリース、クロカント）が人気だった。『無伴奏』には、主人公達がこの店でハリネズミの形をしたチョコレートケーキを食べるシーンがある。薄くスライスされたアーモンドが背中の針だった。嵯峨露府は惜しまれながらも2000年に閉店した。跡地は現在、アルパジョンというケーキ店になっている。

　教養部の学生だった私は友人3人と、無伴奏近くのクラブでボーイのアルバイトをしていた。それは中村憲二君が職安で見つけて来た仕事だった。インスタントラーメンに生卵という賄い付きで、夜6時から11時まで。休憩室には卓球台もあった。店の名は**アルサロ純情**といった。アルサロとはアルバイト・サロンの略である。素人の女性がアルバイトで接客するという触れ込みで、「有閑マダム、未亡人、女子大生が素人ならではの接待をしてくれる」という幻想を振り撒いていた。ホステス達は明るいところで見れば明らかに40代で、女子大生どころか、よくてギリギリ30代であった。「素人ならではの接待」の意味はともかく、彼女らは素人でもなかったが、それでも客の入りは良かった。需要と供給に幻想を塗せば、商売は結構成り立つものだということを学んだ。

　当時は麒麟ビール全盛で、テーブルにサッポロビールを運んで行くと半数の客は麒麟ビールに交換を要求した。今を時めくアサヒビールは在庫されてさえいなかった。毎晩仕事が終わるとスタッフ達と残ったサッポロビールで宴会になった。店長のKさんはとても良い人で、昼間釣りに行き、夜中に鯛やカワハギのあら汁を作ってくれた。我々は仕事振りが真面目だったのでKさんに気に入られ、そのまま入職しないかと勧められたが、危ういところで断った。我々は1年ほど働いて、惜しまれながらそこを辞めた。その後、客として訪れたことはない。勿論金もなかったが、Kさんに客として接遇されるのが嫌だったのだ。

　何年か後、その路地を通ると、我が青春のアルサロは別の店に変わっていた。元号が昭和から平成に変わる頃にはビル自体も取り壊された。

　あれほど荒れ狂った学生運動の季節だったが、半世紀が経って、最近それを知

らない若者が増えた。「無伴奏」も「嵯峨露府」も「純情」も、覚えている人は稀である。東日本大震災の後に生まれた人がもう人口の1割を超えたそうだ。「連合赤軍もあさま山荘も聞いたことがないのか？」と問えば、「生まれてなかった」と答える。学生はみな大人しくなり、アジ演説も聞かなくなった。

　若者は非正規雇用に苦しみ、結婚するのも大変な状況にある。一方、社会保障給付は高齢者に手厚く偏っていて、祖父と孫の世代では生涯1億円の給付差がつくという。若い世代が冷遇されているのはその低投票率に起因するから自業自得とも言えるが、それにしても若者は怒りを一体どこに忘れて来たのだろう。ヘルメットを被り、角材と火炎瓶を手にしたくはならないのか。

　学生時代は大学紛争に翻弄され、アルバイトに明け暮れた。その中でいくつもの人生を見、いくつものことを学んだ。生きて行くには自分の持っているものを何か売らなければならない。才能、才覚、容姿、技術、財産。どれもなければ、時間、汗、愛想、誇り、感情、若い身体。世の中は不条理と不確実性を軸に回転するメリーゴーラウンドで、未来は予定したとおりにはやって来ない。努力は尊いけれども報われるには相当な運が必要で、夢の殆どは不発弾のままに朽ちて行く。大人の言うことは嘘でなくても、本当でもない。生と死は両極端にも思えるが、実は薄紙を挟んで隣り合っている。思い出してくれる人がいれば死んでも人は生きているし、半年忘れられた友は既に死者である。

　そんなことを学習した何年かを「無伴奏の時代」と名付けている。それは正に自分の青春に他ならなかった。

　無伴奏の経営者だった木村雅雄氏は、いつも壁際に座る色の白い女子高校生を覚えていた。それが小池真理子だった。木村氏は私より7歳上で、幼少期にバロックの虜になった。東北学院大学を卒業後、同店を1969年から1981年まで経営した。その後はチェンバロ作りに生きることを決め、川崎町に工房を開いた。今や日本を代表するチェンバロ製作家である。若者達は無伴奏で神々しい光の粒を浴びながら、「何か売るもの」を見つけて行ったのだった。

（2022年8月）

▲アルサロ純情があった路地　突き当りは電力ビル（2023年5月）

（註１）1888年、川内地区に陸軍第二師団司令部が設置されたのをきっかけに、周囲に軍事関連施設が次々と設置されて行った。現川内北キャンパスの場所には、歩兵隊や輜重兵隊、野砲兵隊などが設置された。大橋・澱橋も鉄橋に架け替えられ、川内は市民の出入りが禁じられた。しかし、1945年の空襲によって軍施設は壊滅的な被害を受け、仙台城遺構の大手門も焼失した。跡地は戦後、進駐軍によってそのまま接収され、米駐留軍の居住施設キャンプ・センダイとして使われた。1957年11月、川内・青葉山地区が日本に返還されることが決まると、利用法について各方面から様々な検討・協議が行われ、この場所を仙台の新しい文教ゾーンとして整備することが決まった。1958年に富沢と北七番丁にあった二つの分校（教養課程）が川内地区に移転。1960年代後半からは片平地区の各学部の移転が始まった。

　（註２）ピケラインとはピケットライン（picket line）の略で、スト破りを妨害するためのスト側の人垣を言う。

　（註３）川内キャンパスの中央には立派な厚生会館が建っていて、その中に学生用の大食堂があった。そこは定食が主で、75円、90円、120円、150円、180円の５種類の定食があった。75円定食は揚げ出し豆腐が２個とライス、みそ汁、おしんこという内容で、安かろう少なかろうだった。90円、120円定食はそれにもう１品が付いたが、食べ盛りの学生は150円か180円定食くらいでないと足りなかった。自分の感覚では、当時の100円は今の貨幣価値で250円くらいである。つまり75円定食は今なら200円、180円定食は今なら450円くらいということになる。貧乏学生は少しでも小遣いを切り詰めたい。朝食、夕食は下宿で出るから切り詰めるなら昼食である。その要望に応えるべく、厚生会館の北側にプレハブ平屋建ての川内第２食堂があった。この食堂は見るからにみすぼらしい佇まいで、安さと量に特化していた。1971年当時は、カレーライスとうどんがどちらも100円だった。カレーライスは量はあったが、肉は全国指名手配をしなければ見つからないほどだった。見つかる具の殆どは玉葱で、たまにじゃが芋があれば幸運だった。添えられている福神漬けは大変に貴重だった。うどんは天かすが10個くらいは浮いていたが、たぬきうどんと呼べるものではなかった。他に「草」と称される10円のキャベツサラダがあった。第２食堂には貧乏学生が集まったので、自虐的に「貧民食堂」、略して「貧食」と呼ばれた。貧民食堂は、1967年から存在したが、

2008年の仙台市地下鉄東西線の工事を機に閉店となった。今では川内キャンパスに地下鉄東西線の川内駅がある。隣駅は青葉山駅で、東北大学青葉山キャンパスの真ん中にある。地下鉄は料金が高いが、通学は楽になった。かつて青葉山キャンパスの工学部、理学部、薬学部の学生は、スクールバスか市営バスに乗るか、車を持っている友人に乗せてもらって通学した。実験で遅くなり、最終バスと友人の車を逃すと、真っ暗な山道を歩いて降りる羽目になった。車で送り送られているうちに恋愛関係に発展したカップルが何組もいた。

（註4）国立大学の学費は私が入学した1971年は年額12,000円（月額1,000円）だった。入学時の学費は卒業まで変わらない。翌1972年の入学者からは年額36,000円に上がった。1976年から96,000円、1980年から180,000円、1993年から411,600円、2005年から535,800円（月額44,650円）となっている。34年間で45倍近くになった。ちなみに私立大学は、早稲田大学（政治経済学部）1,081,000円、慶応大学（経済学部）900,000円、青山学院大学（文学部）416,500円である。

（註5）あさま山荘事件中継の視聴率は最高89.7%、平均50.8%を記録した。

（註6）1948年から1978年まで、国公立大学は一期校と二期校に分かれていた。一期校の入学試験は3月上旬、二期校は3月下旬に行なわれた。一期校には旧帝国大学など歴史ある大学が、二期校には新制大学が指定されており、必然的に一期校が第1志望、二期校がすべり止めという位置付けになった（一期校に落ちれば二期校を受験できた）。こうした東大を頂点とする大学の序列化は、東大解体を掲げる学生運動につながった。序列化是正のため1979年から大学共通第1次学力試験が導入され、一期校、二期校の区別は無くなった。

（註7）1960年に完成した東北電力ビルは9階建て本館の他に別館と新館がある。コンサートが開かれるホールや飲食店が入っていて、市民に親しまれていたが、2025年度から解体され、10年ほどかけて新たな2棟のビルが建設されることが決まった。

（註8）自転車を置かせてもらうたびに、藤崎デパートのマークが気になっていた。藤崎デパートは以前エビス屋と名乗っていて、エビス屋の「エ」と一番丁の「一」を組み合わせ、それを福徳円満、和心協力の意味の丸で囲んでいるのだそうだ。

次からの章では、1970年以降の仙台の書店、映画館、懐かしい街並みについて書いて行く。

仙台の書店戦争

街の書店がなくなるのはとても寂しいものである。業界の調べでは書店の数は10年で3,000軒も減り、書店が1軒もない市町村が全国で26.2%にも上るそうだ。私は書店のない街では生活出来ない。今時、本はインターネットでも買えるが、やはり書店で実物を手に取って買いたい。目についた本をパラパラとめくる楽しみも捨て難い。最近はPOSデータ（販売記録）に従って、ベストセラー、コミック、参考書しか置かない店も増えているが、それは客離れを招く。売れなくても拙著のような本も置いてもらいたいものである。

自分が学生の頃、仙台の街角にはどこに行っても書店があり、**金港堂**（♪キンコンカンコン金港堂）、**高山書店**（♪た、た、高山、高山書店）、**宝文堂**（♪本ならなんでも宝文堂）のCMソングが聞こえていた。当時はまだ仙台市電が走っていて、サンモール一番町の南端（サイカワ前）に電停（電車停留所）「東一番町」があった。そこで降りると金港堂と**丸善**は目の前だった。買い物の帰りに週刊誌を立ち読みすれば、新聞など取っていなくても世の中の動きが分かった。もちろん2回立ち読みすれば1回は本を買った。松本清張、藤沢周平、A.J.クローニンなどの本は大体買い揃えた。

大銀行の合併が相次いだ1999年だった。駅前南町通の協同書店が10月10日に突然閉店した。それを合図にしたかのように、仙台の老舗の書店が次々と閉店し始めた。2001年3月に高山書店が、2005年3月19日にはハピナ名掛丁出口の仙台書店（1966年開店）が店を閉めた。それでは終わらず、2005年5月にアイエ書店が、2007年6月30日には宝文堂までがなくなった。本の売れない時代が忍び寄っていた。

高山書店は一番町に3店舗、丸光向かいの青葉通に1店舗。アイエ書店は一番町と駅前に店舗があった。宝文堂は中央通とその向かいのダイエーの中に店舗を持っていた。高山書店とアイエ書店は街中にいくつも店舗があって、それが一斉に無くなったものだから、街は乳歯の抜けた年長児の歯並びのようになった。

仙台駅正面からペデストリアンデッキでつながる緑色のビル（HUMOS 5）は、今でもアイエ書店かと錯覚する。宝文堂は『仙台空襲』、『宮城県地名考』など、多くの郷土誌を採算度外視で出版していたから、市民にとっては大変な損失であった。

一番町には北から高山書店、アイエ書店、丸善、金港堂が並んでいた。小池真理子の小説『水の翼』には、主人公が高山書店で『三島由紀夫追悼特集』と『ボードレール詩集』を買い、バロック喫茶無伴奏に寄る場面がある。

丸善は2002年8月にAER（アエル）の1階に新店をオープンし、12月に一番町店を閉店した。跡地はコインパーキングになり、そこだけ建物がない。建物が欠けているのは一番町全体を見渡してもここだけで、異様である。丸善は1989年から141ビルにも110坪の売り場を持っていたが、2008年に閉店した。

金港堂は1910年（明治43年）の創業である。1980年からジャスコ（現在の仙台フォーラス）に、ワンフロアを丸々使った**金港堂ブックセンター**を開いた。当時、ワンフロアの書店としては仙台で1位、全国では2位の規模を誇ったが、それも1998年2月28日に閉店した。

東北大学片平北門からサンモール一番町の南端までの間には、5軒の古書店が並んでいたが、今では昭文堂1軒のみである。片平キャンパスの空洞化が原因だろう。私は大学卒業時に、解剖とか生理学の重い教科書をバイクに積んで**熊谷書店**に持ち込んだ。基礎医学の教科書は仕入れても売れないらしく、10,000円もした本が50円にしかならなかった。

思い起こせば、1993年12月10日に仙台ビブレ地下の**八重洲書房**が閉店した。これが変動の予兆だった。同書店は文学と哲学に強く、インディーズ映画や演劇のチケットも取り扱っていた。八重洲書房は1987年の開店だったから、6年間の営業で書店の将来を見切ったのだった。

市内の書店の衰退を横目に、県外資本の大型書店の開業ラッシュが始まった。1995年に**ブックセンター湘南**が桜ケ丘にオープンした。1996年に**八文字屋**が高玉町（泉のダイエー向かい）に、1997年に**紀伊國屋書店**がモール長町店に、また**ジュンク堂**が仙台駅前に3店舗（EBeanS（イービーンズ）、Loft（ロフト）、ヤマダ電機地階）を、1999年に**未来屋書店**がジャスコ中山店に、2000年には**あゆみブックス**が地下鉄広瀬通駅傍にそれぞれオープンした。これらの店は売り場が広く、品揃えが充実していた。多

くはDVDのレンタルなども行ない、何より広い駐車場を備えて買い物ついでの客を集めたので、一番町と駅前の書店は太刀打ちできなかった。

　しかし、後発の書店も安泰ではなく、ブックセンター湘南は2019年に倒産。ジュンク堂は2021年に仙台から撤退。3店舗あったあゆみブックスは1店舗になった。現在一番町の本屋は**ヤマト屋書店**（仙台三越内）、あゆみブックス、それと金港堂の3店のみである。仙台の老舗の書店はついに金港堂だけになった。

（2022年6月）

▲金港堂（2023年12月）

▲仙台市電　厚生病院前（1976年3月）

　（註1）　仙台の市電の開業は1926年11月25日で、廃止は1976年3月31日である。総延長16km。経路は、仙台駅前—南町通—西公園通—大学病院前—県庁市役所前—仙台駅前と回る循環線と、原町線、八幡町線、長町線、北仙台線、芭蕉の辻線等の支線があった。道路の中央には電停と呼ばれる、地面から10cmほど高いコンクリート製の待合所があった。その両脇をかすめて車が通行していたので、子連れの乗客は子供の手を離すことはできなかった。電停は必ずしも信号と横断歩道に隣接していなかったので、乗降客は車の切れ目に急いで道路を横断しなければならなかった。

　（註2）　2006年に仙台市八幡町のレキシントンプラザに開業したヤマト屋書店は、2024年2月2日をもって閉店した。

　（註3）　私は金港堂を応援するため『山形夢横丁/セピアの町』と、この『仙台夢横丁/茜色の時』を同社から出版することにした。しかし、一番町の金港堂本店は2024年4月30日をもって閉店することになった。

名画座

サンモール一番町角のマクドナルドを少し南に行った場所に、かつて**名画座**があった。通りに面して切符売り場があり、買った切符を握りしめて階段を昇って行く。2階のロビーに入り、赤い扉を開けるとスクリーンがあった。旧作専門で入場料は300円。全て自由席で入れ替え無しだったから、気に入った作品はそのまま2回でも3回でも観ることが出来た（3回は観なかったが）。スタンプカードがあり、8回分のスタンプが貯まると次の1回が無料になった。観客は売店で映画のパンフレットやポスター、『ロードショー』とか『スクリーン』などの洋画専門誌を買って帰った。

私が名画座に通ったのは1971年から1978年の7年間である。大学の講義が休講になると決まって名画座に来た。ここで観た映画は、『夕なぎ』、『小さな恋のメロディー』、『スケアクロウ』、『黒いオルフェ』、『時計仕掛けのオレンジ』、『明日に向かって撃て』、『アデルの恋の物語』、『道』、『鉄道員』、『禁じられた遊び』、『青春の殺人者』、『卒業』、『ラスト・コンサート』、『シェルブールの雨傘』、『キャバレー』、『追想』、『カサンドラ・クロス』、『カサブランカ』、『追憶』、『愛と喝采の日々』、『旅の重さ』、『サンダカン8番娼館』、『望郷』、『屋根の上のバイオリン弾き』、『ベニスに死す』、『ディア・ハンター』と数え切れない。名画座で上映されたのは洋画中心だが、マニアック過ぎず、映画ファンなら押さえておくべき良作が並んだ。『雨のエトランゼ』というフランス映画はドミニク・ファーブルの『美しい野獣』の映画化だが、主演のヘルムート・バーガーのサイコパス役がはまっていた。シャルル・アズナブールが刑事役で出ている。怖くて、もう一度観たいとは思わないが印象に残る作品である。名画座は1991年に閉館になった。

同じく旧作映画を上映していた**青葉劇場**は、藤崎デパートの青葉通向かいにあった。今は、青葉通一番町パーキングとファミリーマート一番町駅前店になっている。名画座と違い、旧作の2本立てで、入場料は500円だった。入学式が中止になった日に『ローマの休日』を観た。当時、青葉劇場は316席もあった。開館は1957年。1975年頃にエンドーチェーン仙台駅前店の隣（仙台プレイビル）に移転し、2001年に閉館した。

丸善向かいには**松竹会館**があり、『愛と誠』、『松本清張シリーズ』などの邦画

を上映していた。『愛と誠』は週刊少年マガジンに連載された漫画が原作で、西城秀樹と早乙女愛の主演だった。ひどくつまらない映画で、客の1人が大あくびをすると観客は同意するように大笑いした。

　クリスロードの**桜井薬局セントラルホール**は1979年の開館である。当初は日之出セントラル劇場といったが、2002年から仙台セントラル劇場と名前が変わった。2007年8月に経営が桜井薬局に変わり、桜井薬局セントラルホールと改称した。2018年には仙台セントラルホールに改称したが、同年閉館した。仙台唯一の仙台資本の映画館だった。2019年、154席の小劇場、**誰も知らない劇場**として再スタートした。コンサートはもちろん、上映会、寄席、お笑い、演劇、講演会等、幅広いニーズに対応できるという。

　東北劇場（通称東劇）は晩翠通（旧細横丁）の天ぷら三太郎近くにあり、繁華街からは少し離れていた。開館は1945年と古い。1979年に火災を起こして閉館した。跡地は大仙台駐車場になっている。東北劇場で映画を観たことのある人は還暦を過ぎているだろう。

　青葉通東五番丁角の東宝仙台ビル6階に**仙台東宝劇場**、8階に**東宝2**があった。2006年にどちらも閉館した。10年後の2016年に、仙台PARCO 2の6階に**TOHOシネマズ仙台**がオープンした。当時の下宿のおばさんが東宝の株主になっていて、毎月1枚、株主優待観賞券をくれた。

　1957年にオープンした仙台駅前の日乃出会館は地上8階・地下1階の商業施設ビルだった。1階がパチンコ店。地下1階が**日乃出劇場**と**シネマ仙台**。3階が**日乃出スカラ座**。4階が**日乃出プラザ劇場**だった。2002年に全館閉館。ビルは山形市の大成商事に、更にオリックス不動産に売却された。建物の耐震性に問題があり、2019年に解体された。日乃出会館跡地は現在、コインパーキングになっている。

　東北大学病院前のT字路角の三角形の建物の2階は雪村という喫茶店で、友人に借りたノートを写すのに利用した。1976年まではその交差点を市電が走っていた。八幡町から来た電車がT字路を南に曲がるとすぐ右手に映画館があった。その映画館は**仙台コニー劇場**といった。開館は1955年頃。最初は邦画専門だったが、1962年からは洋画を再映していた。1963年に邦画再映館となった。しかし、私がこの近くに住んだ1974年には怪しげな成人映画専門館になっており、1985年に閉館した。跡地には1987年にチサンマンション支倉、フレッシュフード・モリヤが

建った。東北大学病院の南向いのマルキンビルは現在医療ビルだが、1976年頃は１階がパチンコまるたま会館だった。客は大学病院の職員と学生が多く、パジャマ姿の患者もいた。時々大学病院の医者が館内放送で呼び出される牧歌的な時代であった。パチンコまるたま会館は出玉が良くなかったので客は減り、いつの間にか閉店した。

　道路を挟んだ東側には森末旅館、めしの半田屋、食堂山田屋、ビヤホール良ちゃんが並んでいた。自分が学位を取得した日には先輩方が良ちゃんでお祝いをしてくれた。森末旅館はタレント森公美子の実家で、その後ホテルニューモリスエ、ホテルセントキャッスルと変遷し、最後はマンションになって今に至る。

　当時は、レンタルビデオもNetflixもなく、映画は映画館で観るしかなかった。将来、映画がスマホで観られるようになるとは誰が想像しただろうか。

（2023年１月）

▲大学病院前を右折する市電　左にはコニー劇場
（1976年３月）

一番町は宝石箱のようだった

　今は喫茶店といえばチェーン店ばかりになってしまったが、1970年代の仙台には個性的な店があちこちにあった。藤崎デパート隣の**信用堂**は東北最大の洋菓子店で、ロンドール、ココロンという菓子が有名だった。２階は喫茶室になっていて、ケーキと紅茶が美味しかった。サークルの女子とおしゃべりするなら必ずここだった。「信用堂」という店名は、デートに誘われる女子に安心感を与えていたようだった。包装紙は、淡い緑地に黄色とピンクの斑紋が配され、店名が

SHINYODOとローマ字で書かれてお洒落だった。マッチ箱のデザインも凝っていて、東郷青児による横顔の美人画だった。信用堂は1927年２月に和・洋菓子・パン製造販売業として高橋庄助氏が創業し、1950年２月に洋菓子・レストラン・雑貨販売の株式会社信用堂となった。創業以来83年間、一番町の顔として仙台市民に親しまれたが、2010年に惜しまれながら会社を清算した。

　信用堂の南側、一番町と青葉通の角には**森天祐堂**という昭和の初めからの古い店があった。ここは３階建てで、「額縁の店」という看板を掲げていたが、ブロマイド、宝くじ、タバコ、囲碁・将棋用品、トランプまで売っていた。コンサートのチケットも扱っており、プレイガイドの草分けでもあった。店の前には煙草とコーヒーの自販機が２台置いてあった。森天祐堂は2006年１月17日に閉店した。80年の営業だった。

　その右隣は**あさひ**という蕎麦屋だった。ここは1947年の創業で、2006年までここで営業し、その後、富谷市杜乃橋に移転した。**パンのひらつか**、藤崎デパート、信用堂、森天祐堂、あさひが並ぶ風景は一番町のシンボルとして多くの市民の記憶に残っている。

　当時、一番町から仙台駅前にあった喫茶店を思い出してみる。

　仙台三越周辺には**ピーターパン**（1972年開店のロックカフェ）、**カウント**（1971年開店。8,000枚のレコードを所蔵）、**カーボ**（1965年開店。東映隣）、**マル、ad**（仙台で最も古いジャズ喫茶）、**スイング**などの音楽喫茶が集まっていた。緑色の看板の**クローバー**、マッチが街灯の絵の**和蘭豆**（らんず）はコーヒーが美味しかった。

　今のスマイルホテル（旧・ホテルユニバース）付近にあった**白鳥**は、「純喫茶」を名乗る割には遅くまで営業していたので、飲み会の後はここで酔いを醒まして帰った。福寿司の右側の**未完成**は２階がバルコニーになっていて、いつもクラシックが流れていた。

　広瀬通の靴のまんぞく屋２階の**白樺**（マッチは赤地に白字で白樺）、フォーラス向かいの**エスポワール**（マッチには「あなたのためのあなたの茶の間」とあった）、**のっぽ**（キリンが経営していたファミリーレストラン）、**果樹園**（駅前と一番町の東映隣にあった。フルーツケーキと紅茶が人気だった）、高山書店２階の**パーラータカヤマ、エビアン、アートコーヒー**などは入りやすくて、よく利用した。

　電力ビル地下の**ら・めーる**のマッチは、田村孝之助画伯による女性のスケッチ

がデザインされていて、実に洒落ていた。金港堂向かいの**オールド・フィッシャーマン**はハンバーグも美味しかった。中央公設市場（後の壱弐参横丁）の**ニューエレガンス**（1974年〜2015年）では、ちょっと高かったが京都イノダコーヒーが飲めた。こういう店でコーヒーの良し悪しを覚えた。

藤崎デパート近くの雑居ビルにあった**Jazz&Now**。ここはレコード店（Jazz）とジャズ喫茶（Now）が併設されていた。

中央通には荘重な店名の喫茶店が多かった。**ロイヤル、王朝、アルハンブラ、邪宗門**（角川ビル地下と桜井薬局地下などに4店舗あった）、**詩仙**（東宝ビル地下。マッチは黒地に赤の店名が入っていた）、**詩季**（中央通の鳴海ビルの地下。詩仙の姉妹店）。宝文堂隣の**オパール**は早朝からやっていたので、始発電車で着いた時にモーニングサービスを利用した。

また**ダウンビート**（東四番丁角川ビル地下）、**AVANT**（丸光裏の路地の3階）など、中心部を離れたジャズ喫茶は隠れ家的な雰囲気を持っていた。

当時は喫茶店のマッチ集めが流行っていたので、常連にならないまでも1度は立ち寄ってみた。100個以上集めたマッチだったが、発火物は引っ越し業者に委託できないので捨ててしまった。

こけしのしまぬき隣の**アズタイム**が2023年1月28日に店を閉じた。入居していたビルの取り壊しのためだそうである。46年間に渡る営業だった。飲み物以外にはアイスクリームしかなかった。コーヒーにはこだわりがあって、豆だけ買って行くファンも多かった。

レコード店もあちこちにあった。仙台三越周辺の**皆川楽器、河合楽器、サンリツ、りょうりんレコード、ハマノ楽器**。中央通の**サイトー楽器**。サンモール一番町の**大一楽器**（名画座隣）、**太陽堂、日本楽器、スズキ楽器**。南町通の**ランブル**。ダイエー内の**新星堂**。中央通の**小松電気**。

他にも、**ミュージックショップハマノ、ミュージックショップドリーム、フジ楽器、オノ楽器、ハガ楽器、ツタヤ楽器**などが林立するレコード全盛の時代だった。

しかし、1979年にウォークマンが、1980年に貸しレコード店が出現。更に1982年にCDが誕生して、レコードを買って蓄音機で聴く習慣がなくなると、レコード店は潮が引くように姿を消して行った。

南町通とサンモール一番町の角は今ローソンだが、かつては**協和銀行**だった。

協和銀行は埼玉銀行と合併して**協和埼玉銀行**になった。後に商号を**あさひ銀行**に変更し、更に大和銀行と合併して**りそな銀行**になった。りそな銀行はバブル後の不良債権を抱え、拓銀、日債銀、長銀に続いて破綻寸前になった。政府は2003年5月、りそな銀行に2兆円の公的資金を注入して救済した。救済とは実質国有化で、5年間で5,600人の行員が削減された。ここの銀行の看板を見る度に、行員の悲哀に想いを馳せた。「りそな」という行名は「理想な」ではなく、ラテン語の「Resona＝共鳴する、響きわたる」から取ったという。最も大切な客の声に耳を傾け、共鳴し、響き合いながら、揺るぎない絆を築いて行こうという意味だそうだが。

　そのローソンの南町通を挟んだ向かいの、現在コニカミノルタが入っているビルは、かつて**サイカワスポーツ**だった。サイカワは高級スポーツ用品を扱い、駅前にも店舗があったが、1999年に倒産した。

　ボンボン会館は名画座の向かいで、「娯楽の殿堂」と呼ばれた。1階はパチンコ、2階が喫茶店**ジャンボ**、3階が雀荘、4階が囲碁クラブ、地階はレストランと美容室だった。3階の雀荘は1卓1時間480円（1人120円）。麻雀で勝った日はジャンボでジャンボピラフを食べて帰った。

　ボンボン会館は2010年3月31日で営業を終えた。同会館の開業は1951年だから、59年間の歴史だった。今の若者は麻雀もパチンコもしないので、こうしたレジャービルはどんどん消えて行く。ボンボン会館の左手には**BIG MOUTH**というハンバーガー＆ステーキ店があった。口を大きく開けた黄色いカバの看板が有名だったが、ここも街の再開発とともに2010年3月31日で閉店した。

　ボンボン会館から文化横丁をちょっと入ると、右手に黄色い看板のカレーショップ**酒井屋**がある。入り口にはなぜか体重計が置いてあり、2階に昇る階段には大量の手書きメニューが貼ってあった。カウンター席が全部で19ほどあり、壁の本棚には漫画が山積みである。カレーの辛さは普通、中辛、特辛があるが、たいていの客は中辛を選ぶ。カレーの白米は玄米に変更もできる。身体に良さそうな気がして玄米を選ぶ客が多いが、カレーなら白米の方が美味しい。「カレーと蕎麦」という微妙なセットもある。卓上には紅生姜、福神漬け、ラッキョウが置いてある。私はラッキョウが好きで、あるだけ全部食べる。店主が不愛想なのは有名で、注文には頷くだけだが、店の雰囲気の隠し味になっている。ここは現

存しているが、いつ閉店するか分からないので、一番町に出た時はなるべく寄るようにしている。

　青葉通と一番町の角、現在のKURAXの場所には、パンのひらつかがあった。ひらつかはドイツ、デンマークから職人を呼んでパンを焼かせるなど、経営に余裕があるように見えた。ひらつかの買い物袋にはモジリアニ風の女性の横顔がプリントされていて、それを持ち歩くのがお洒落だった。ひらつかビルの1階はレストランカドーひらつか、2階はコーヒーショップカドー、3階は龍鳳苑で、いずれも繁盛していた。しかし、パン屋が乱立し競争が激化すると次第に売り上げが落ち、2001年3月29日にひらつかは自己破産した。大正9年の創業だから、81年の歴史だった。

　ひらつかの右隣は珈琲専科羅甸（らてん）とイタリアンレストランカプリだったが、どちらも何度も前を通ったのに一度も立ち寄らなかった。何となく入りにくい店というのはあるものである。

　ミッシェルは1980年代に人気のあったパン屋である。一番町に出たときはここのフランスパンを買って帰った。洒落た袋のフランスパンを抱えて歩けば、一番町はまるでサンジェルマン大通り、広瀬川はセーヌ川にも思えた。時折セーヌ、いや広瀬川のほとりに佇み、次は絶対にフランス人に生まれて来るのだと妄想をめぐらした。仙台駅にもミッシェルの店舗があった。創業は1971年で、20年ほど営業した後、ひっそりと閉店した。岩手県外の店舗は整理したが、花巻市の本店は健在だそうだ。

　眼を閉じて、当時の一番町にあった店を北から南の順に思い出してみる。頭の中の「番ブラ」だ。街並みの記憶は私の得意技だが、所々店が抜けていたり、時代が前後していたりするかもしれない。ご容赦を願う。

　西側レーン：梅原鏡店、キクチ（文房具）、毎日会館（パチンコ。裏はおでんの三吉）、七十七銀行、カルーア（喫茶店）、イノマタ時計店、和蘭豆（喫茶店）、イワマ靴店、アベデンキ、さん竹（蕎麦屋）、玉沢総本店、仙台かき徳、高山書店、北京、東郷酒店、一力寿司、中島シューズ、Shall長崎屋、OKストア、振興オーディオ、ブラザーミシン、メガネの相沢、蛇の目鮨、幸福堂（洋菓子・喫茶・洋食。後にアムール幸福堂と改称）、村上屋、カネマ、靴のまんぞくや、河合楽器、

グルメ精養軒、未完成、福寿司、菅原酒店。

広瀬通を渡る。キリンビヤホール（1935年〜1974年。合コンのメッカだった。この場所は後にミスタードーナツ、りょうりんレコードになる）、永楽園茶舗、白牡丹、大井時計店、メガネの相沢、ベルモードスズキ、木内眼鏡店、アイエ書店、のっぽ、牛なべ入間、まんぞく屋、よろづ園茶舗、藤崎のれん街、五十嵐印舗、ナルダン堂（時計・宝石）、パンのひらつか、カドーひらつか。

青葉通を渡る。大一楽器(現在マクドナルド)、エビアン、大一スポーツ、名画座、太陽堂（楽器）、番丁ラーメン、そうご電器、ヤマハ楽器、松竹会館。

青葉通一番町角の大一楽器を西に行くと小林カメラ、万年筆の病院、とんかつ大町、喜楽寿司が並んでいた。

東側レーン：クローバー（喫茶店）、亀井商事、仙台三越、バレンシア（喫茶店）、味一番（地下1階）、日の出寿司、エビアン、マリア人形店、魚信、緑屋、まるたま会館（パチンコ）、田んぼや、芋せん、彦いち、大原屋、ハンドバッグ江陽、江陽パルサ、カフェ・プロコプ、サンリツ楽器、ブラザー軒、文化堂、コセキ、果樹園、カーボ（喫茶店）、東映、東映パラス、悟空ラーメン。

広瀬通を渡る。ジャスコ（後にフォーラス）、こわめしや菅原、花屋、サンリオ、森永LOVE、鈴木鞄店、百足屋、ファッションロードモア、ナカガワ（鞄店）、ヤナギヤパン店、高山書店、鈴喜陶器店、ジュニアの大内屋、横山めがね店、お茶の井ケ田、ヤシマ測器店、カンノポップ、鐘崎かまぼこ店、大内屋、藤崎デパート、イワマ靴店、信用堂、大竹電気店、只見瀬戸物店、森天祐堂、あさひ（蕎麦屋）。

青葉通を渡る。中島靴店、高山書店、BIG MOUTH、ボンボン会館、ヤナギヤ靴店、そばの神田、カレーの酒井屋、ムツミヤ（ボタン店）、竹内金物店、丸善、中央公設市場（後の壱弐参横丁）、ビンゴホール、金港堂、協和銀行。南町通に出ると電停「東一番町」があり、ここで市電を待った。

一番町にはアイエ書店、高山書店、丸善、金港堂という知の拠点と、映画館、喫茶店、レコード店、パチンコ店、雀荘、アルサロという人生勉強の道場が揃っていた。リーズナブルな飲食店もあり、学生を一人前の大人にしてくれた。あの頃の一番町は宝石箱のような街だった。

（2023年2月）

（註1）高橋もゆるさんは信用堂創業者・高橋庄助氏のお孫さんに当たる。現

在「信用堂スポーツ企画」代表としてダンスフィットネス、ダンスエクササイズなどの教室を主宰されている。大変パワフルな女性で、信用堂の包装紙をデザインしたTシャツを若々しく着こなして踊っておられる。家人もその教室に通っている。信用堂の記事を書くにあたっていろいろご指導をいただいた。深く感謝申し上げます。

（註2）森永製菓は1923年から「森永キャンデーストア」を全国展開し、コーヒー、アイスクリーム、軽食を提供していた。1954年より「レストラン森永」に名称変更し、1975年からは「森永LOVE」というハンバーガーチェーンに業態を変えた。ベーコンオムレツバーガー、シャウエッセンチリバーガー、サケライスバーガー、ツナマフィンなど、他店とは一線を画したメニューを開発した。1996年、森永LOVEはJTに売却され、バーガーキングになった。2001年にバーガーキングはロッテリアに売却され、更に2023年4月、ロッテリアはゼンショーファストHDに買収された。

（註3）前著『山形夢横丁／セピアの町』の「渓谷逍遥」の主人公S君は、合コンで知り合った宮城学院女子大学の女子学生とお付き合いし、その後、目出度くゴールインした。その合コンはキリンビヤホールで行なわれたのだった。私もその合コンに同席したが、その女子学生は秋田生まれの美しい娘だった。S君は青葉山から自転車に乗って猛スピードで下っている時ブレーキのワイヤーが切れ、ガードレールに激突して胸に重傷を負ったり、麻雀の面子を集めにバイクで出かけ、交差点で車とぶつかって足を折って入院したりした。その後、誰からともなく「危険人物」と呼ばれるようになった。「危険な人」ではなく、「危険が近寄って来る人」の意味である。

（註4）2023年1月28日に閉店したアズタイムは、同年4月1日より青葉区一番町三丁目の芭蕉の辻ビル1階で、Cross B PLUS 2nd AS TIME として新店舗をオープンさせた。

（註5）「番ブラ」とは「銀ブラ」をもじった言葉で、「一番町をぶらぶら散歩すること」をいう。昭和後期にはよく使われたが、平成になるとたちまち聞かなくなった。

▲カレーショップ酒井屋
（2023年5月）

壱弐参横丁

　仙台市の中心部は1945年7月10日の空襲で焼け野原になった。

　やがて炊き出しや食料品を売る露店商達が集まり、1946年8月に中央公設市場が誕生した。市場と言えば聞こえは良いが、当初はバラックと露店の集まる闇市だった。これが後の**壱弐参横丁**の前身である。戦後、仙台市の人口は増加し、中央公設市場は大いに賑わった。当時は食料品店と飲食店が多かったが、時代の変化に伴い、店の業種は無計画、無秩序に変わって行った。今ではそれが横丁の魅力になっている。金港堂に行った帰りには漂って来る怪しい雰囲気に惑わされ、必ず横丁に誘い込まれてしまう。

　壱弐参横丁には一番町と南光院丁通を東西に結ぶ2本の通路があり、昔は北側の通路を青葉小路、南側の通路を松竹小路と呼んでいた。この2本の通路を中心に細い横道が交差し、共同トイレが所々にある。古井戸や流しも残っている。以前、共同トイレは裸電球で薄暗く、とても女性が利用できるようなものではなかったが、最近はずいぶん明るく清潔になり、女性専用のトイレも出来た。酔っぱらって店から出ると方向感覚が怪しくなるが、青葉小路か松竹小路をどちらかに進めば50%の確率で一番町に出るので、遭難する心配はない。

　先日、店舗の数を数えてみたら（自分はなんて物好きなのだろう！）、休店舗を入れて114店があった。居酒屋、焼鳥屋、イタリアンカフェ、ワインバー、オイスターバー、レトロ昭和バー、ガールズバー、韓国料理店、ラーメン店、立食い蕎麦屋、うどん屋、弁当店、喫茶店、鮮魚店、青果店、精肉店、茶舗などの飲食関係。他に服飾店、写真店、時計店、中古パソコン店、民族雑貨の店、不動産、占い、駆け込み寺等があり、バラエティーに富んでいる。どこかの店舗が閉店すると、待っていた新しい店がすぐに入居する。その繰り返しなので、無秩序な並びになるのは仕方ない。

　入れ替わりの激しい壱弐参横丁にも老舗と呼ばれる店があった。1868年創業の鰻店**明ぼ乃**である。創業地は仙台三越の傍で、空襲の際にたれの入った瓶を土中に埋めて守った話は有名である。戦後中央公設市場に移転した。移転先の店は5坪で11席と狭かった。店の裏に井戸水を使った生簀があり、そこで鰻に泥を吐かせた。秘伝のたれをつけた鰻を炭火で4回焼く。店内には2015年に"ブラタモリ"

でタモリが来店した時の写真が飾ってあった。店主の佐々木さんは4代目だった。76歳になり、今夏の猛暑で体力の限界を感じ、2023年10月10日、創業155年で店を閉じた。

　壱弐参横丁を航空写真で見ると、建物の古さと脆弱さ、統一性の無さ、トタン屋根の錆びと補修の痕等が一目瞭然である。雨漏り防止に青いビニールシートを掛けた店もある。

　耐震・防火面ではかなりの問題があり、これまで何度も再開発計画が出た。しかし、地権者の数の多さや、権利関係の複雑さからいずれも立ち消えになった。地下鉄東西線の一番町駅が出来る際には、横丁北側の丸善があった更地（東京建物所有）も含めて新ビルを建てる構想が示された。千載一遇の好機と見て仙台市も参画したが、組合内で反対の声が強く計画は頓挫した。2006年暮れのことである。反対の理由としては、横丁の店が新しいビルに入って客が来るのか、借金を返して行けるのかという不安が大きかったようだ。横丁には火を使う店が多く、出火の危険は常にある。一旦火災が起これば屋根のある青葉小路と松竹小路は煙突となり、酔客達は瞬時に煙に巻かれるかもしれない。

　仙台のような大都市で、戦後の闇市が70年も残っていることは奇跡である。他には大阪の鶴橋市場商店街と、北九州市の旦過市場と鳥町食道街くらいだろうか。仙台にはこの他にも、東一市場、文化横丁、仙台銀座等の闇市由来の飲食店街が残っているが、建物は老朽化し、再開発の波が寄せては返し続けている。仙台三越の西向かいにあった東一連鎖街は2008年に突然姿を消し、学生時代からの行きつけだった**鶴仙**もなくなった。

（2023年11月）

▲壱弐参横丁入口（2023年12月）

▲明ぽ乃（2023 年 8 月）

（註）北九州市小倉北区魚町の旦過市場と鳥町食道街は300mほどの距離にある。壱弐参横丁と同じ成り立ちの商店街である。旦過市場では1999年 9 月に火災が発生して 3 分の 1 の面積を焼失した。2022年にも 2 回の火災が起こり、北東エリアを広く焼失した。鳥町食道街では、2024年 1 月 3 日に大規模な火災が発生した。火災の原因は飲食店の火の不始末や古い電気配線の漏電と見られている。

貧乏学生行きつけの店

　仙台の貧乏学生が飲みに行くのは南町通の**明眸**、中央公設市場（現・壱弐参横丁）の**蔵王**、東一連鎖街の**鶴仙**、虎屋横丁の**鳥耕**といった店だった。

　明眸は看板に「焼鳥屋」と書いてあったが、鶏肉ではなく豚肉を串に刺して焼いていた。正確には焼トン屋だが、気にする客もいなかった。東北大学片平キャンパスから近いので学生のたまり場だった。93周年を迎えてなお盛業中である。

　金港堂と丸善の間に壱弐参横丁があり、蔵王は壱弐参横丁入口の丸富そばを10mほど入った右側にあった。1 階はカウンター。2 階は座敷で、20人ほどの宴会が出来た。いつも学生のコンパが入っていた。古くて汚い店で、騒いでも汚してもよいのと（よくなかったか？）、何より安い（1 人2,000円から宴会が出来た）のが取柄だった。

　鶴仙は東一連鎖街を仙台三越側から30mほど入った左側にあった。店名は夫婦の名前を 1 文字ずつ取って付けたらしかったが、店主に由来を聞いても教えてく

れなかった。我々は勝手に、旦那は仙吉さん、奥さんは鶴代さんとみていた。我々が通っていた頃はビールも酒もつまみも、何でも250円だった。この250円という値付けは絶妙で、ビール2本とおでんとニラ玉を頼んで、1,000札1枚でぴったりだった。東一連鎖街には他に、びいどろ屋、一休、せんば、かまど、ぶんぶん、おばちゃん、ゆきむら、文司、茉利子という店があったが、2008年には全店が立ち退き、2009年には東一センタービルが建った。

　鳥耕は虎屋横丁の狭い焼鳥屋で、狭い階段を昇った2階に10人ほど座れるカウンターがあった。カウンターに座った客の背中と後ろの壁の隙間は15cmほどしかなかった。トイレはカウンターの突き当りにあるので、利用するときは狭い隙間を、「すみません、すみません」と言いながら蟹のように横歩きで往復しなければならなかった。名物は笊に山盛りにしたザク切りの生キャベツで、これに特製の味噌だれを付けて食べる。1笊150円のキャベツを2笊も食べれば、兎になったような気分がした。キャベツ2笊にビール2本を頼んでも1,000円でお釣りが来た。

　私が大学を卒業し、東京に出て戻って来たら、明眸以外の3店は姿を消していた。どれも金欠の大学生が男同士で行く店で、女性を連れて行くところではなかった。鳥耕には高校の同級生の中村憲二君とよく行った。中村君は私の麻雀の教師で、大学入学時には既にプロ級の腕だった。一緒に100時間麻雀に挑戦したこともある。麻雀を覚えたことで後の人生が広がった。残念ながら彼は2021年の夏に亡くなった。コロナ禍のせいでまだお参りに行けていない。

（2023年3月）

▲ 93周年を迎えた明眸（2023年5月）

医者になる

　というような事を書き連ねて来たが、学生時代をすべて遊び倒した訳ではない。入学後、やや遠回りをしたものの正道に戻るべき時は近づいていた。

1．専門課程に進む

　私が入学した頃、東北大学医学部医学科のカリキュラムは、教養課程2年、専門課程4年の計6年となっていた。教養課程と専門課程ははっきり分かれていて、教養部で学ぶのは英語、数学、物理、化学、生物、倫理、哲学、宗教学といった医学とは直接関係のない科目だった。これらの合計90単位を2年間で取って、3年目に専門課程に進むのである。我々の学年は大学紛争の影響で、2年間で90単位を取る事が出来なかった。そのため川内教養部で3年を過ごし、1974年の4月にようやく専門課程（医学部）に進んだ。

　医学部は星陵町にあるので、向山の下宿を引き払って土橋通にアパートを借りた。その頃には入学時の緊張感とか使命感というものはかなり薄れてしまっていた。それは同級生達も同じで、そうした学生の前に突然現れたのは第1解剖学講座の石井敏弘教授だった。石井教授はテレビドラマ"教場"の風間公親教官そっくりの風貌で、解剖学に命を懸けている人だった。彼にとって医学とは即ち解剖学に外ならず、解剖学を軽んじる医学生が医者になることを許さなかった。学生達は怠惰な生活からいきなり講義、実習、試験という地獄のスパイラルに引きずり出された。解剖学はとにかく暗記であり、暗記しなければならない内容は膨大だった。しかも全てラテン語である。20歳を過ぎて麻雀と飲酒の習慣がついた学生達は、もう高校時代のように乾いたスポンジが水を吸う如き記憶は出来なかった。

　9月からは、週5日（13時から17時、時に深夜まで）、3か月間に渡る解剖実習が始まった。篤志家が献体した遺体に向き合えば、教養部で緩み切った学生達も敬虔な志を取り戻さざるを得なかった。解剖中に神経の走行に非定型例が見つかると、石井教授は「これは極めて稀な破格（anomaly）だ！」と大喜びしたが、学生達には破格の何がそんなに嬉しいのか理解できなかった。

　第1解剖学の試験は従来口頭試問で行なわれていたので、それも学生には恐怖だった。先輩の話では、口頭試問の日、石井教授は朝から水分を摂らず、トイレ

に立つことなく何時間でも試験を続ける。試験は簡単な問題と難解な問題を交互に出題し、2問連続で正解すれば合格、連続で不正解なら不合格である。正解、不正解を繰り返せば試験は延々と続くことになる。過去には、「大後頭孔（脳頭蓋の頭蓋底にある孔）を通るのは何か？」という質問に「食道！」と答えて一発不合格となった学生がいたと聞き、我々は震えた（これは簡単な問題で、正解は延髄、椎骨動脈、副神経脊髄根、前・後脊髄動脈）。しかし、我々の学年は留年のため人数が多かったので、時間の関係から筆記試験になった。口頭試問を免れたのは幸運だったが、それでも4割が不合格になり、自分も最初で最後のビーコン（追試）を課された。多くの学生は徹夜で勉強してビーコンを通った。第1解剖学の試験があまりに厳しいことは教授間でも話題（問題？）になっていて、病理学、生理学などの教授は同情して簡単な試験にしてくれた。

第3解剖学講座の森富教授は森鴎外の孫であり、「富」は鴎外が命名したということは有名だった。鴎外の孫と聞き、さぞ厳格で怖い教官かと思ったが、実際は小柄で物静かで温厚な方だった。

医学部の試験は教科書ではなく講義の内容から出題されるので、講義のノートは必須であった。欠席したとき頼りになるのは岩舘敏晴君のノートだった。彼はモンブランの万年筆でルーズリーフにすらすらと速記し、読みやすくて誤字もなかった。今と違い、スマホで即写する時代ではなく、ノートを借りて筆写するか、生協でコピーするかしかなかった。岩舘君は八戸高校出身の俊英で、当時から精神科に進むことを決めており、メルロ・ポンティとかフッサールとかの難しい本を読み、ジョン・コルトレーンを聴いていた。後年、国見台病院の院長、宮城県精神科病院協会会長などを歴任している。

L君は浪人した上に留年してしまった。親に申し訳ないと仕送りを断り、パチンコで生活していた。試験の日以外は大学に出てこなかったが、一番町のまるたま会館に行けば大抵いた。彼は赤いどんぶくを着てパチンコを打っているので、すぐに発見できた。閉店間際の蛍の光が流れる中、彼は打ち止め台の番号をすべてメモし、翌朝一番に出勤してその台で打つ。パチンコ台は夜中に釘師が釘をいじって出玉を調整するが、いじらないことも結構あり、その場合は翌日にまた大当たりした。毎日パチンコ屋に入り浸っていればこその必勝法だった。

P君は同級生だが2浪していた。その後、教養部の2年で取るべき90単位を4

年かけて取れず、除籍になった（教養部は4年までしか在籍できない）。ここまでで6年を費やした。彼の偉いのはここからで、それからまた受験勉強を始めた。翌年の入試は落第したが、その翌年、見事2度目の合格を果たした。そして今度はちゃんと6年で卒業した。卒業時は32歳になっていた。18歳＋2年＋4年＋2年＋6年＝32歳。計算は合っている。現在は内科医で、「東北大学医学部風雪会」の会長をしている。「風雪会」については長くなるので（註2）に別記した。

　5年次には臨床実習が始まった。1グループ9名で2週間ずつ大学病院の各科を回る。最もハードなのは胸部（心臓）外科であった。私が配属された大血管転位症乳児の手術は10時間かかった。そのままICUで夜を徹しての術後管理になったが、翌朝、患児は亡くなった。発症からの経過、検査、手術、死の転帰までの全経過を（レポートではなく）論文にまとめなければならなかった。産婦人科では分娩を1例以上見なければならないが、実習に来ている午前中に分娩があるとも限らず、なかった場合は産泊と言って、医局に泊まりこんで夜の分娩を待った。

▲産婦人科での実習　中央は鈴木雅洲教授
後列右から4番目が筆者（1977年5月）

　教養部時代に遊び呆けていた学生達もこの頃には気持ちが引き締まり、医者になってもそれほどおかしくない顔つきになっていた。臨床実習で同じグループだった9名はその後、1名は教授・医学部長に、1名は教授に、3名は大病院の院長に、1名は診療科の部長に、2名は開業医になった。残念なことに1名は44歳で早世した。

　6年次になると卒業後の進路、つまり何科に進むかを決めなければならない。

自分は消去法で、まず胸部外科、脳外科、産婦人科などのハードな外科系を消して行き、小児科、皮膚科、耳鼻科が残った。私は年寄りの相手が苦手だった。せっかちなのでペースが合わないのだ。年寄りを診ないで済むのは小児科しかない。子供の相手は苦でないし、子供の病気は勝負が速い点も自分に合っていそうだった。

　実習の時、皮膚科では重症の全身熱傷を、耳鼻科では上顎洞癌の大手術を見て怯んだ。学生実習でこうした重症患者を見せると入局者が減るので、今は見せなくなったそうだ。そんなこともあり、結局は小児科を選択した。岩舘君のように入学時からしっかり専門を決めている医学生もいるが、先輩に誘われたとか、医局の雰囲気とか、消去法で進路を決める者も多い。

　次は卒業後に初期研修をする病院を決めなければならない。東北大学では1971年から三者協という独自の卒後研修システムを構築していた。三者とは、大学（教授会、教室員会）と研修医と臨床研修病院（東北大学の関連病院）のことである。三者協の病院に行くなら試験はないが、それ以外の研修病院なら試験がある。

　友人の内科志望のKと話して、1度は東京に出てみようということになり、東京逓信病院、関東逓信病院（現NTT東日本関東病院）、三井記念病院などに願書を出した。最初の試験は12月初めの東京逓信病院だった。この頃は卒業試験と国家試験の勉強で大変忙しい時期だった。試験は日曜日だったので、「土曜日の夜行列車で上京し、早朝東京に着いて病院に向かう。試験が終わったら、夕方の特急ひばりで帰仙する」という弾丸ツアーを組んだ。試験は筆記の他に面接もあった。面接官は東京逓信病院小児科の渡辺悌吉部長で、質問は「小児のリウマチ熱の診断基準（JonesのCriteria）を述べよ」と「高張性脱水と低張性脱水はどちらが重症か」というものだった。これは国家試験によく出る問題であり、勉強していたのですらすらと答えられた。

　1週間後に連絡があった。「試験は合格だが、就職するかどうかを今返事せよ」と言う。また次の病院の試験を受けに上京するのも億劫だったので、「お願いします」と即答してしまった。ただし、就職できるのはその後に控える卒業試験と医師国家試験を両方とも通った場合の話である。卒業試験に落ちれば卒業は半年延期になり、国家試験は受けられないから、就職は無効となる。友人のKはM病院の内科の試験に合格したが、国家試験に落ちて就職取り消しとなった。Kはそ

の後紆余曲折を経て、私立医科大学の放射線科の教授になった。

　1978年の1月から2月にかけて行なわれた卒業試験を徹夜の連続で乗り切り、卒業の単位を得た。3月に入ってようやく国家試験対策である。私立医大は大学が国家試験対策をしてくれるそうだが、東北大学は一切放ったらかしだった。学生自治会が配ったピンク本（国家試験の過去問題集。表紙がピンクだったのでこう呼ばれたが、エロ本ではない）が唯一の資料だった。それも過去問を集めただけで、正答は付いていなかった。

　3月25日には川内記念講堂で卒業式が行なわれた。この日だけは皆正装して出て来た。もう結婚していて、夫人と子供同伴の者もいた。

　この年の国家試験は4月3日から3日間、卸町会館で行なわれた（4月4日には後楽園球場でキャンディーズの解散コンサートが行なわれていた）。終わった日は盛大な打上げを予定していたが、みな徹夜で疲労困憊しており、軽く食事をして解散した。もし不合格ならまた半年勉強するしかない。当時は国家試験予備校などなかったから、合格して仕事をする仲間を横目で見ながらの独学となる。それを考えると不安はつのった。

　発表は5月2日なので、1か月間はすることがなかった。卒業したので、もう学生でもなかった。どこにも所属していないのは、自由だが不安なものである。岩手県出身のバンド「飛行船」のヒット曲『遠野物語』に触発され、以前から行きたかった遠野に旅行に出かけた。駅で借りた自転車でカッパ淵、曲がり家、福泉寺、デンデラ野などを訪ねた。昔話の里のような穏やかな風景に、4年間の疲れが癒えるようだった。試験試験試験の4年間は長く、疲労困憊した。

　国家試験発表の日。当時はインターネットなどなかった。翌日の新聞発表を待ちきれず、河北新報社に電話したところ、親切に「合格していますよ」と教えてくれた。それ以来、私は同社に好感を持ち、長く河北新報を購読している。人には親切にしておくものである。

　国家試験合格を東京逓信病院に連絡すると、「勤務は6月1日より。九段の郵政宿舎を用意するから、荷物を送られたし」との回答があった。仙台にはもう戻ることはないかも知れない。引っ越し前日、バイクで思い出の場所をすべて回った。向山の下宿も、八木山橋も、川内の教養部も、もちろん喫茶無伴奏も。バイクで走りながら、「自分の青春は今日終わった」と思った。大学時代に知り合っ

た女性の中には、結婚してもよいと思える人もいたが、いつもどこからか「あなたが選ぶべきはこの女性でない」という声が聞こえて来た。それはまだ会ったこともない女性の声だった。

▲卒業式　中央筆者
（1978 年 3 月）

２．東京逓信病院時代

　東京逓信病院は飯田橋にあり、準備してもらった 2 DKの郵政宿舎は九段にあった。駅で言えば市ヶ谷で、山手線のど真ん中である。この家賃が僅か2,000円だというのでまた驚いた。郵政大臣を務めた田中角栄の威光がまだ郵政省に残っていた時代であった。飯田橋と市ヶ谷は総武線の隣駅で、宿舎から病院まで外濠公園の土手を歩けば10分、バイクなら 2 分の距離だった。病院と宿舎の間には法政大学があった。病院前の富士見坂を東に上れば左側に衆議院宿舎、病院女子職員用の常盤寮、朝鮮総連本部。右側に嘉悦女子中高。突き当たれば白百合学園小中高、靖国神社と、要警護対象の建物がずらりと並んでいた。当時は今よりも社会情勢が不穏で、角々に警察官が歩哨し、私は何度もバイクを止められ、職質を受けた。仙台ナンバーのバイクにフルフェイスヘルメット姿だったので、地方から上京した過激派ではないかと怪しまれたようだった。

　東京逓信病院の小児科は渡辺悌吉部長、石原祐副部長の下に浦野純子医長と河野弘子医長、それに 2 年目の女性研修医という体制だった。直接の指導医となった女性研修医はI先生といった。I先生は長野県諏訪清陵高校の出身で、性格が厳しく言葉が剃刀のような人だった。以来、私は長野県出身者を苦手にするようになった。浦野先生の旦那さんは東大医学部病理学教室の浦野順文教授で、昭和天

皇の最終診断（十二指腸乳頭部周囲腫瘍、腺がん）をした方である。自身もこの頃肝がんに冒され、昭和天皇より1年早く、55歳で亡くなられた。生前お宅に招かれて歓談したことがある。

　研修医生活が始まってまもなくの夕方、病棟にいた時、突然、大きな地震を感じた。東京の震度は4だったが、小児科の病棟は4階にあったため結構揺れた。その震源は宮城県沖で、仙台は震度5。相当な被害が出ていた。それは1978年6月12日、16時14分のことだった。

　被災された方々には申し訳ないが、自分は危ないところで（2週間前に）仙台を脱出したことになり、「また守られた」と思った。それまでにも鉄棒から落下して頭を打ったり、交通事故寸前の状況が何度もあったが、不思議とかすり傷さえ負わなかった。新宿の占い師に「あなたには強い守護霊が付いています。それは女性です」と言われたことがあった。

　私は飲むと饒舌になり、馬鹿話が得意なせいか、年上の看護師さん達に人気があった。週に2回は誘われて神楽坂に出かけた。神楽坂のパブ**ハッピージャック**と喫茶店**軽い心**が行きつけだった。産婦人科の武藤伸二郎医長、麻酔科の芦沢直文副部長、内科の長益悦医長には特に仲良くしていただき、よく赤坂、六本木、浅草に連れ出された。神楽坂には**飯田橋佳作座**、**ギンレイホール**という名画座があり、休みの日に利用した。

　東京逓信病院は所謂「職域病院」で、郵政省と電電公社、国際電電の健康保険しか使えなかった。それ以外の保険では10割負担になったから、職域以外の患者は来なかった。このようなシステムでは赤字になるのは当然で、ようやく1986年3月からすべての保険証が使えるように改正された。

　この病院でいろいろな子供の病気を経験した。なかでも印象に残っているのは腸重積の女児と重症複合免疫不全症（SCID）の男児である。

　腸重積の女児は生後11か月で、私の初めての当直の夜中に緊急でやって来た。腸重積は回腸が大腸に入り込んで腸閉塞を起こした状態である。症状として血便、嘔吐、腹痛が見られる。発症から時間が経っていなければバリウム注腸で整復できるが、時間が経ってしまうと腸が壊死して大手術が必要になる。患児の兆候は疑いなく腸重積であった。同期の外科の女性研修医、田中三津子先生も当直だったので、2人で「やっちゃおう！」と決めた。腹部を透視しながらバリウム

整復を始めた。バリウムが直腸から上行結腸まで進んだ時、X線上に特徴的な「カニ爪」像が見え、直後に腸重積は整復された。患児は忽ち顔色が良くなり、元気になった。翌日、渡辺部長に「よくやったが、事前にオーベン（指導医）に連絡しておくこと」と釘を刺された。

　重症複合免疫不全症（SCID）は遺伝性で、血液中の抗体（免疫グロブリン）の量が少なく、T細胞も低値かゼロという病気である。感染症で容易に死に至る。この病気の子供のほとんどは、通常生後か6か月までに肺炎、持続性ウイルス感染症、鵞口瘡、下痢等を発症する。感染予防のためにずっと個室で過ごさねばならない。治療としては感染時に抗菌薬、抗真菌薬を使い、免疫グロブリン製剤を定期的に補充する。完治させるには今では造血幹細胞移植（HLAが一致し、白血球混合培養で適合した同胞の造血幹細胞が最も良い）があるが、当時はまだ難しかった。産科入院中のお産直後の母親から、免疫物質が豊富な初乳を貰って飲ませたりもした。この子は私が仙台に戻ってから肺炎で亡くなった。その後に生まれた弟も同じ病気で亡くなったと聞いた。

　2年目は麻酔科で研修した。全身麻酔を104例、腰椎麻酔・硬膜外麻酔・神経ブロックを171例経験し、気管挿管と麻酔の基本は身に付けた。全身麻酔の導入時、筋弛緩剤を静脈注射してから3分以内に（喉頭痙攣や小顎症のため）気管挿管が成功しなければ患者は死ぬ。麻酔は怖いと思った。

　麻酔科は術前回診を行なう。手術の前日に患者を診察し、麻酔のことを説明するのである。30代の子宮筋腫のSさんという女性に、「明日は腰椎麻酔ですから手術中も意識はありますよ」と告げると、「怖くてたまらないから、手術中手を握っていて。約束よ」と懇願された。当日、約1時間の手術の間、本当にSさんの手を握っていた。芦沢副部長は横で腹を抱えて笑っていた。退院の日、その患者は夫君と麻酔科に挨拶に来て、「お世話になりました、いろいろと・・・」と妖艶に微笑んで帰って行った。その後何回か手紙をもらったが、返事は書かなかった。

　東京の病院の多くは首都圏の医大のジッツ（関連病院）であり、医者の間には学閥がある。その大学の出身でなければ居心地は良くないということが、研修医として過ごす間に分かって来た。2年間の研修期間が終わったら逓信病院には残らず、母校の大学院に入ることに決めた。

　1980年2月初め、大学院の試験を受けに仙台を訪れた。試験は内科学と小児科

学と法医学を選択して受けた。久しぶりの仙台の街は東京ほど人も多くなく、静かだった。2年経っても何も変わっていなかった。試験が終わってから大学病院向かいの食堂山田屋に寄ったら、おじさんとおばさんが大喜びしてくれた。このおばさんは、我々が卒業する時に大声で泣いてくれた人である。一番高い定食を注文したが、お代はどうしても受け取ってくれなかった。仙台は優しい街だと思った。

　大学院試験には合格し、1980年4月から東北大学抗酸菌病研究所小児科の大学院博士課程に入学することになった。

▲東京で暴走していた頃
（1979年1月）

3．東北大学抗酸菌病研究所時代

　抗酸菌病研究所小児科での生活は、午前中は外来診療。午後は入院患者の診察と検査。それが終わるとすぐ研究（実験）を始め、夜は抄読会というものだった。大学院生は無給で、それどころか年180,000円の授業料を払う立場であった。この大学院の4年間は他の病院の当直とBCG接種のアルバイトで何とか生活した。

　小児科の新津泰孝教授は長野県生まれで、大学では「名物教授」だった。根は人情家なのだが、よく怒り、怒鳴る人だった。怒られて夜のうちに姿を消したKという研修医もいた。今ならパワハラ、アカハラである。誰かが怒られているのを見て、私の「長野県人恐怖症」が再発した。当時、最も怒られたのはサルコイドージス研究班のN助教授とH先生とT先生だった。

私はマイコプラズマ研究班に配属された。同じ班の洲崎健先生には実験方法を一から教えていただき、大変お世話になった。一緒に気仙沼までドライブしたり、カラオケに行ったり、後に京都の一力で豪遊したりもした。私と洲崎先生は要領が良かったのか、あまり教授に怒られたことはない。洲崎先生はその後、故郷の富山市で医院を開業され、毎年鱒寿司を送って下さる。ウイルス研究班の小松茂夫先生、消化器科の佐藤幸弘先生、朝村光男先生とは毎週末に当直室で麻雀をした。

　大学院2年目の6月、東京時代に知り合った女性と赤坂のホテル・ニュージャパンで結婚式を挙げた。ニュージャパンは力道山が刺されたホテルである（なぜここを選んだかについては、前著『山形夢横丁／セピアの町』の「ジャパニーズ・ドリーム〜少年と力道山〜」に書いた）。彼女は金沢の出身だったので、それ以降、何度も金沢を訪れることになる。百万石の城下町は贅沢できらびやかで、仙台にも東京にもないものをたくさん見た。学生時代に「あなたが選ぶべきはこの女性でない」という声を何度か聞いたが、それはこの人の声だったことに気がついた。金沢のことは前著の「金沢の旅」、「内灘砂丘〜かつて北陸に宝塚があった〜」に詳しく書いた。

　結婚した年の12月に私の母親が入院した。重病だった。教授は「いくら休んでも構わないから存分に孝行して来い」と言ってくれた。母親は20日間の闘病で亡くなった。教授と洲崎先生には山形での葬儀にも参列していただいた。大雪の日であった。

　新津教授は、「研究者は実験データの前にひざまずけ」と繰り返し言った。私が教授に与えられた最初の研究テーマ、「肺炎マイコプラズマの抗生物質耐性獲得機構の解明」は期待した結果が出なかったが、「ELISAによる肺炎マイコプラズマ血清抗体の測定」は良い結果が出て、これが学位論文として認められた。晴れて博士号（Titel、ティーテル）を取得し、大学院は4年で卒業することが出来た。私の大学院修了と同時に新津教授が定年を迎えた。後任教授は元東北大学の小児科の助教授、今野多助先生だった。今野先生の専門は免疫学、血液学、ロタウイルスであり、それまでやって来たテーマとは違っていた。大学から新しく助教授が招聘され、それまでの助教授、助手達は外部に転出させられた。会社で言うなら、それまでの社長が辞めた後、どこかから新社長と新副社長が着任し、

古参の社員が辞めさせられ、販売品目が別なものに変わったという状況であった。

4. 宮城健康保険病院時代

　私は研究者として大学に残るつもりはなかった。新しい教授の下で2年間働いた後、東北大学小児科の多田啓也教授のお世話で、仙台市長町の宮城健康保険病院に赴任することになった。この病院の伊藤義郎小児科部長は私より18歳上だったが、気が合って楽しく仕事をした。伊藤先生はスポーツが得意で、院内野球では投手をした。ゴルフ、テニスも上手だった。大学では診療の他に研究も実験も学会の準備もしなければならなかったが、ここでは診療だけになったので、忙しくはあっても気が楽だった。医局の仲間とテニスサークルを作り、近くのテニスコートで週1回の練習会をした。夏には鬼首のペンションでテニス合宿をした。看護師さん達も参加し、総勢30人以上になった。楽しい時代であった。

　この頃、医局に初めてFAXが導入された。初日、H医師がそれを使って紹介状を送ろうとして、「これ壊れてる。何回やっても紹介状が出て来てしまう」と騒いだ。彼は紹介状がそのまま吸い込まれて先方に届くと思っていたらしく、医局は大笑いとなった。その紹介状は先方に何枚送られたのだろう。

　私が赴任して3年後、伊藤先生は退職し、近くの河原町で開業された。代わって私が小児科部長になり、新たに大学小児科から半田郁子先生を迎えた。医局の人事で、半田先生は1年で別の病院に移り、代わりに柿沢美保先生が着任された。院内では、病院が移転し小児科が廃止される、という噂が聞こえるようになっていた。

　ちょうどその頃だった。以前ウイルスの共同研究をした宮城県保健環境センターの梅津幸司氏から、愛子地区に小児科がなくて住民が困っているので、開業してはどうかという提案があった。愛子で不動産業を営む佐々木信一氏が愛子駅前に医療ビルを建てるので、そこにテナントとして入らないかという話である。当時の愛子駅は古くて小さく、駅前も未舗装で水たまりだらけだった。時々狸が歩いていた。子供らが蛇を捕まえて遊んでいるところも見た。錦ケ丘団地と愛子駅も直線道路が繋がっていなかった。まだ北環状線も愛子バイパスもなく、48号線（現457号線）はいつも大渋滞していた。今と違って不便な場所だったが、これから良くなるという予感があった。

中国に「越鳥は南枝に巣喰い、胡馬は北風に嘶く」という故事がある。南の国から来た鳥は南向きの枝に巣を作り、北の国から来た馬は北風を慕う、という意味である。どんな遠く離れても、生き物は生まれ故郷を生涯忘れない。開業した同級生を見ていると、岩手県出身者は仙台北部に、福島県出身者は仙台南部に開業する傾向があることに気づいていた。ならば山形生まれの自分が（山形寄りの）愛子に開業するのは自然かもしれない。この話は理にかなっている。思い切って開業することにした。

▲宮城健康保険病院小児科外来で
（1987 年 4 月）

５．クリニックを開業

　1992年11月4日、大勢の人達の協力を得て、仙山線愛子駅前のグラベルビル3階に「あやし小児科医院」を開業した。ビルのオーナーは佐々木信一氏。「グラベル」とは「小石」という意味である。

　開院初日こそ知合いを中心に2桁の受診者があったが、翌日からはずっと1桁が続いた。1時間に1人来るかどうかのペースである。10分間診察して、後の50分間は新聞を読んでいた。読み終われば昼寝でもするしかなかった。この月の受診者は300人行かなかった。

　年が明けても状況は変わらず、これはさすがにまずいと思い始めた頃にインフルエンザが流行し、1日40人、50人という日が増えて来た。1995年からはコンスタントに1日100人を超えるようになった。これまでの1日の最高は1998年2月

16日の204人である。

　開院以来31年が経ち、当院を受診された患者数はのべ533,408人。カルテは28,930枚となった。小児の呼吸器疾患、感染症を主に治療して来た。気管支喘息の患者約1,000名、低身長症の子20名を長期に渡って治療した。子供の病気は良くなるのも悪くなるのも速い。重症化しそうな予兆があれば速やかに病院に紹介し、1人も手遅れにしなかった。患者離れが良いことは自負している。紹介先の宮城県立こども病院、仙台市立病院、仙台社会保険病院には大変お世話になった。

　30年間で当院に入職した正職員は17名になる。TYさんとSJさんはどちらも開院時から29年間在職し、当院の発展に尽力してくれた。心からお礼を申し上げる。

　七十路を迎え、いつまで働くのかを考えている。抗酸菌病研究所小児科の先輩である長谷川純男先生は、80歳を過ぎてもまだ現役開業医で頑張っておられる。自分はまだ足腰は丈夫で、週1回のテニスと、年1回の野球を続けている。身体的には特に疲れやすくなったということもないが、精神的なバイタリティがなくなった。開業した頃は、すぐ咽頭培養、血液検査をしてレントゲンを撮り、毎日点滴して外来で肺炎を治すようなことをしていたが、さすがに最近はそこまでする元気がなくなった。

▲あやし小児科医院（2022年4月）

　（註1）森富教授は1921年、森鴎外の長男、森於菟の次男として生まれた。1944年東北帝国大学医学部卒業後、陸軍軍医となった。1961年から1985年まで東北大学医学部解剖学教授、1990年から1994年まで仙台大学学長を務めた。ま

た森鷗外記念会名誉会員、ふるさと津和野鷗外塾塾長でもあった。2007 年 8 月 31 日、仙台市の病院で逝去。享年 86。森教授の自宅はわが家の近所で、しばらく空き家になっていたが、2022 年の 11 月に更地になった。

　森於菟は鷗外と最初の妻登志子との間に生まれた。その直後に鷗外と登志子は離婚した。この頃、鷗外はドイツ留学中の恋人エリスをまだ忘れかねていた。後に鷗外は美貌で知られた志げと再婚し、長女茉莉、次女杏奴、次男不律（生後半年で百日咳のため早逝）、三男類が生まれた。鷗外は子供と孫に外国でも通用するような名前を付けた。後妻志げは、登志子の産んだ於菟を可愛がらなかった。於菟は母校の東京帝国大学医学部解剖学講座助教授を経て、1945 年の終戦まで台北帝国大学医学部教授を務めた。戦後は帝国女子医学専門学校長、東邦大学医学部教授・医学部長などを歴任した。父・鷗外の回想記を書き、鷗外にドイツ人女性の恋人エリスがいたことを公表した。於菟には息子が 5 人いて、真章、富、礼於、樊須、常治と名付けられた。

　1916 年、鷗外は 54 歳で陸軍省医務局を退いた。東京日日新聞の客員として執筆に専念したが、時間はあるのに傑作は書けなかった。軍医の片手間に文章を書く方が性に合っていたようである。1922 年、肺結核のため 60 歳で死去した。

　（註 2）「東北大学医学部風雪会」は、入学までの風雪期間が 3 年以上あることが入会資格となっていて、旧風雪会と新風雪会に分かれる。旧風雪会は 1978 年に I 氏によって創設された。I 氏は東大法学部を卒業後、25 歳で東北大学医学部に入学した。風雪 7 年である。現在は東京都で眼科医をしている。また M 氏は、弟達の進学を援助するため左官の棟梁をし、援助が終わってから仕事をたたんで 32 歳で入学して来た。風雪 14 年の VIP である。現在は岩手県で産婦人科医をしている。往時、会員は約 40 人に増え、国分町のフライパンという店をたまり場にしていた。旧風雪会は 1990 年頃に自然消滅したが、2017 年に風雪 8 年の O 氏によって再興され、新風雪会と名付けられた。正会員は以下の 3 ランクに分けられる。風雪注意報：風雪 3 〜 4 年、風雪警報：風雪 5 〜 7 年、風雪非常事態宣言：風雪 8 年以上。風雪 3 年未満は準会員で、風雪の内容が豊かであれば入会を認められる。現会長は東北大学医学部を 1 度除籍になり、もう 1 度見事に合格した P 氏が務めている（風雪 8 年）。2 度の医学部合格は輝かしい勲章で、他に類を見ない。P 氏は福島県で内科医をしている。Q 氏は東大の薬学部を出て 25 歳で入学して来た。風雪

7年は立派な有資格者であり、当然勧誘対象となったが、彼は頑なに入会を拒んだ。そういう人材を野に置くことは大変勿体ないことである。会の活動内容は春の新人歓迎会と秋の総会である。ここで自分の来し方を語り、他の会員の物語に心を震わす。人生の風雪を経験した者達が互いを磨き合えば、他人の痛みを自分のこととして引き受けられる医師になるはずである。

　（註３）「ビーコン」は「追試」の意味で、ドイツ語のwieder-kommen（＝再び来る）から作られた和製独語である。「ビーコンを食らった」、「ビーコンを免れた」のように使う。ビーコンを落とすと「トリコン」（再追試）、それも落とすとテトラコン（再々追試）となる。これ以上は落第とされている。

　医学界ではドイツ語とアルファベットと日本語の語尾が混ざった奇妙な「病院語」が日常的に飛び交う。例えば、「ムンテラ」（言葉で説明・治療する、ムント・テラピーの略）、「ステルベンする、ステる」（死亡する）、「クランケ」（患者）、「マーゲン」（胃）、「ルンゲ」（肺）、「クレブス」（癌）、「シュメルツ」（痛み）、「カイザーシュニット」（帝王切開）、「ゲブルト」（分娩）、「MK」（胃癌）、「PK」（膵臓癌。ペナルティキックではない）、「アナムネーゼ」（病歴）、「アウフネーメン」（入院）、「エントラッセン」（退院）、「ジッツ」（関連病院）、「オーベン」（上級医、指導医）、「ネーベン」（下位の医師、研修医）。まだまだ山ほどあるが、病院で仕事をしていると自然に覚えてしまうから不思議だ。

　（註４）我々の時代は、３年生から６年生の４年間で医学の専門課程を学んだが、その後、医学の教育内容は膨大になり、４年間では時間が足りなくなったためカリキュラムが変更された。全学部の１、２年生に対し、川内北キャンパスで従来どおり全学教育（一般教養）が行なわれるが、それと並行する形で学部学科別の専門教育も行なわれるようになった。医学部医学科では１年生で全学教育に加えて、医学・医療入門、行動科学、生命科学を学ぶ。２年生は全学教育に加えて、医学研究課題解決型学習、解剖実習、組織学実習、基礎医学、社会医学、行動科学を、３年生は、医学英語、基礎医学、社会医学、行動科学、基礎医学修練を、４年生は、行動医学、行動科学、臨床医学、臨床修練前準備実習、症候学課題解決型学習を学ぶ。共用試験に合格すると５年生からの臨床実習に参加することができる。５年生は臨床実習と地域医療実習が中心になる。６年生になると、高次臨床修練、卒業最終講義、卒業試験、医師国家試験などがある。医学生の中

には解剖実習に耐えられずに辞めて行く者が少数ながらいるが、解剖実習が早まることはこういう学生の早めの転身に役立つとも言われる。

（註５）医師法第11、12条の規定に基づき、医師国家試験の受験資格は、学校教育法に基づく大学において、医学の正規の課程（医学部医学科・６年制）を修めて卒業した者とされている。司法試験の如き予備試験ルートのような道はない。外国の医学校を卒業し、又は外国において医師免許を得た者については、審査の結果として、（１）医師国家試験の受験資格を認定される場合、（２）医師国家試験予備試験の受験資格を認定される場合、（３）その両方が認められない場合、がある。

（註６）私が受けた第65回医師国家試験の科目は、基幹科目が、内科、外科、小児科、産科、公衆衛生。選定科目は精神科、眼科だった（基幹科目は５科目で毎年同じ。選定科目は２科目で、毎年変わる）。総問題数は500で、口頭試験はなし。試験の時間割は以下の如くで、かなりハードである。

【１日目】（１）　９：30 〜 11：30　　60問
　　　　　（２）13：15 〜 15：00　　62問
　　　　　（３）16：00 〜 17：00　　31問
【２日目】（１）　９：30 〜 11：30　　60問
　　　　　（２）13：00 〜 15：00　　69問
　　　　　（３）16：00 〜 17：00　　31問
【３日目】（１）　９：30 〜 11：30　　69問
　　　　　（２）12：45 〜 14：00　　38問
　　　　　（３）14：40 〜 17：00　　80問

合格基準は80％以上の正解とされ、第65回の合格率は73.3％（7,593人中5,562人合格）であった。そう簡単には合格できないのである。国家試験の点数が高ければ良い医師になれるというものではないが、では点数が低ければよいのかというとそういうものでもない。

1984年の第77回、78回までは医師国家試験は春と秋の２回行なわれた。春の試験で合格すれば医師免許証に奇数回目の合格と書かれた。偶数回目の合格なら春に落ちて秋に合格したことが分かったので揶揄いのネタになった。1985年からは試験は年１回（春だけ）になり、偶数回目の合格でも春に落第したとは限らなく

なった。2001年からは出題数が550に増えた。2015年に英語を取り入れた臨床問題が初出題された。

（註7）宮城健康保険病院は、1946年に全社連が健康保険宮城第二病院として仙台市長町に開設した。その後、宮城健康保険病院と改称。1998年に老朽化のため太白区中田町に移転新築し、宮城社会保険病院となった。2014年に、運営主体が全社連から地域医療機能推進機構（JCHO）に移行し、JCHO仙台南病院として再スタートした。宮城第一病院は、1946年に全社連が仙台市名掛丁に開設し、その後、健康保険宮城第一病院、社会保険宮城第一病院と改称された。1982年には東北厚生年金病院として若林区大和町に新築移転。2013年には東北薬科大学病院に移行した。

日本郵政株式会社は全国に14の逓信病院を展開したが、郵政民営化に伴う不採算事業の整理の一環として売却を進め、現在は東京逓信病院を残すのみである（関東逓信病院、現NTT東日本関東病院は日本郵政ではなく、日本電電公社の職域病院である）。仙台逓信病院は1922年に仙台逓信診療所として青葉区中央に開設されたが、2015年にIMSグループに譲渡され、イムス明理会仙台総合病院と改称された。このように平成の時代は既存病院にとっては激動、試練の時となった。

（註8）自分の学位論文は以下のように発表された。

Tatsuo Miyaji：Determination of antibody to Mycoplasma pneumoniae by enzyme-linked immunosorbentassay.

1. Factors in the assay.　2. Serum antibody in patients with Mycoplasma pneumoniae infections. The Report of the Research Institute for Tuberculosis and cancer,Vol.31,p1-26,October,1984.

（註9）梅津幸司氏との共同研究は以下の論文にまとめられた。

梅津幸司、宮地辰雄、（中略）、新津康孝：冬期に経験した呼吸器症状を伴った乳児下痢症のウイルス学的検査. Annual Report of Miyagi Prefectural Institute of Public Health and Environment, No2, p212,1984.

仙台の言葉

　仙台と山形は隣県なので会話が通じないことはないが、お互いに驚くような言葉もある。

　山形から仙台に来て間もない頃、下宿の壁に立てかけてあった梯子が、強風で倒れそうに揺れていたので、思わず「あ〜、もっかえる！」と叫んでしまった。

　傍にいた下宿のおばさんは、揺れる梯子よりもその「もっかえる！」にびっくりしたらしく、私の顔をしげしげと見た。山形と仙台では言葉が違うんだな、と思い始めた出来事だった。「もっかえる」はある程度の大きさの物体がゆっくりと倒れる様をいう。植木鉢が風で倒れたとか、人間が倒れたような場合には使わない。方言辞典には「倒れること」と書いてあるが、ネイティブでないとそのニュアンスは分からない。

　山形では電話をかけて相手が出たら、「＊＊でしたー」と言う。＊＊は自分の名前で、それが全国共通だと思っている。私がいた下宿では、下宿生への電話はおばさんが取り次いでくれた。山形から私に電話をかける人は例外なく、「山形の＊＊でしたー」と言うので、おばさんは「＊＊でしたー、だって。いきなり話が終わるのかと思ったわ」と不思議そうな顔をした。私は「仙台では＊＊でしたーと言わないんだ」と驚いたが、黙っていた。

　仙台弁には青森弁、秋田弁ほどの強烈なアクセント、イントネーションはない。支店経済都市で、関東からの転居組も多いから、東北６県の中では最も方言度が薄まっているのだろう。仙台では「自分は訛ってない」と思っている人が多いが、仙台の言葉には特有の濁点が多く、以下のような方言が日常的に使われている。・・・「だっちゃ」、「〜してけさい」、「〜すぺ」、「いぎなり」、「（ん）だがら」、「ねっぱす」、「しずねえ」、「（ごみを）投げる」、「たごまる」、「しなきゃない」・・・。

　私は仙台ネイティブではないが、50年以上も仙台に住んでいる立場から仙台弁の解説をしてみる。

　・だっちゃ＝「だ」、「です」。もっとも頻繁に使われる仙台弁で、聞かない日はない。「雨だっちゃ」は「雨です」の意味だが、軽い驚きのニュアンスを含む。「んだっちゃ」となると「そうだよね」という相槌になる。「早ぐ起ぎるっちゃ」だと、「早く起きようね」という軽い促しの意味が入る。

・（〜して）けさい＝「（〜して）下さい」という意味の丁寧な命令語である。五段活用動詞の未然形には「い」（例：行がい＝行って下さい）、上一段活用と下一段活用の動詞には「らい」を付ける（例：見らい＝見て下さい）。山形弁の「〜してけらっしゃい」に当たる。「してけさいん」は「してけさい」より優しい言い方。「どうぞ〜して下さいな」の意。山形弁なら「〜してけらっしゃいっすー」が近い。初めて仙台に来た日、下宿のおばさんに「風呂さ入らいん」と言われ、「風呂さhigh line？」かと思って戸惑った。

・〜すぺ＝「〜でしょ」。「明日は仕事だすぺ」は「明日は仕事でしょ」。「んだすぺ」は「そうでしょ」。

・いぎなり＝「とても」。私の周りで「いきなり」と濁らずに発音する人はいない。「いぎなり寒い」は「急に寒くなった」ではなく、「とっても寒い」の意。共通語の「いきなり」はsuddenlyだが、仙台弁の「いぎなり」はveryである。共通語の「いきなり」と仙台弁の「いぎなり」は別の言葉である。

・だがら＝「ほんとにそうだよね」という相槌。「んだがら」とも言う。「だ」に強いアクセントがある。強い同意なら「だっがら！」となる。私の周りで「だから」と濁らずに発音する人はいない。英語なら「Really so！」か「I truly think so！」であって、「So〜」の意味ではない。県外の人は「だからの後、何？」と戸惑う。だから共通語の「だから」は順接の接続詞、仙台弁の「だがら」は同意の応答詞と覚えた方が早い。

・ねっぱす＝「接着する」。「封筒のくづ、ねっぱしぇ」と使う。

・しずね＝「うるさい」。「このんぼこだしずねごだや」は「この子供達はうるさいねー」の意味。

この「ねっぱす」、「しずね」を聞くと仙台もやっぱり田舎だなと思う。

・（ゴミを）投げる＝「捨てる」。「ゴミば投げで来て」と使うが、ゴミ袋をゴミ捨て場目掛けて放り投げてはいけない。英語で言うならthrow（投げる）ではなくthrow away（捨てる）と同意になる。「ゴミを投げる」は山形、岩手、北海道でも使うようである。

・たごまる＝服とか紐が絡まったり、団子になったりしている状態。（バスの車内で）「乗り口さたごまっていねで、奥さ進んでけさいん」のように人についても使う。

・もじゃぐる＝「揉んでぐしゃぐしゃにする」。

この「たごまる」と「もじゃぐる」の語感は妙に理解できる。

・だーれー＝「誰がそんな馬鹿なこと言うの？」、「まったく」の意味の間投詞。謙遜や否定の際に「全然〜ない」の意味でも使われる。Who〜？の意味はない。例：「もうがってんでない？」、「だーれー、さっぱりでがす」

・どこに〜＝「どこにそんなとんでもないことがあるの？」、「まったく」の意味の間投詞。謙遜や否定の際に「全然〜ない」の意味でも使われる。Where〜？の意味はない。

・だいが＝「だろうか」。「明日雨だいが」は「明日雨だろうか」の意味。山形弁なら、「明日雨だべが」となる。

・しなきゃない＝「しなければならない」。「行かなきゃない」なら「行かなければならない」の意味である。県外の人はこの言い方に大いなる抵抗を覚える。なぜなら元々の「しなきゃ成らない」の「成ら」が完全に脱落して、文法的にmust、have toの意味を成していないからである。「しなきゃない」で何がおかしい、と言う人には、「なくてはならない」が「なくてはない」、「してはならない」が「してはない」、「仕事にならない」が「仕事にない」でよいのかと聞きたい。私の周りの人々は更に訛って、「しなぎゃない」、「すなぎゃね」、「すなげね」と発音する。私は何年仙台に住んでも、この言葉にだけは馴染めないし、使ったこともない。

一方山形には「動詞の未然形＋ん＋なね」という言い方がある。「すらんなね（さんなね）＝しなければならない」、「行がんなね＝行かなければならない」のように使う。「なね」は「ならない、ならねえ、なんねえ」の転訛短縮形であり、短縮されてはいるが辛うじて「成ら」は脱落していない。文法的に間違ってはいないが、山形以外の人はこの「すらんなね（さんなね）」、「行がんなね」に到底馴染めないだろうと思う。東京の人に、「しなきゃない」は「さんなね」と同じ意味だと説明して分かってもらえるとは思えない。

山形弁の「やばつい」は、雨だれなどが突然首筋にかかったときの、軽い驚きの感覚をいう。「ひゃー、やばつい」とか「わっ、やばつい」など感嘆詞と一緒に使われることが多い。方言辞典には簡単に「身体に水がかかった時の感じ」とある。しかし、水がかかることを既に予期していた場合とか、かかったのが大量

の水とか、お湯だった場合には使わない。池に落ちたとか、大雨でずぶ濡れになったとかのように思いっきり濡れた場合に「やばつい！」と言ったら、聞いた方は違和感しかない。この辺りのニュアンスは山形ネイティブでないと分かりにくい。方言辞典を読んだだけで分かったつもりになるのは危険である。

同様に仙台弁の「いずい」もニュアンスが難しい。方言辞典には「しっくりこない感じ、フィットしない感じ」とあるが、ネイティブでないと難しい言葉である。地元の人に聞くと、Ｔシャツを後ろ前に来てしまったとか、靴を左右逆に履いてしまったとか、襟に髪の毛が１本くっついているとかのような、ちょっとした違和感・不自由感を「いずい」と表現するという。靴に小石が入って痛いとか、蚊に刺されて痒いとかの明らかな不快感には使わない。法事に行ったら知らない人ばかりだった、というような「心理的な居心地悪さ」にも使うそうだ。

関西人は関西人以外が使う「関西弁」を何よりも嫌うという。ネイティブでない言葉は慎重に使わなきゃない、もとい、使わなければならない。

（2022年2月）

（註）宮城県北部の病院にアルバイトに行った時、「ばんかたがらぐいらあっだまやんでーやんでー」と訴えるお年寄りが受診した。意味が分からず立ち往生していると、傍から看護師が「夕方から急に頭痛がひどくなって」と翻訳してくれた。仙台弁には通暁したつもりだったが、宮城県はずいぶん広いことに気づかされた。

最近、気になる日本語

年を取ると言葉の変化に対する許容度が低くなるようである。最近、気になって仕方ない日本語を思いつくままに羅列してみた。

１．歴任
退職したＫ氏の講演を聞く機会があった。冒頭Ｋ氏は、「ご案内のとおり、私はこれまで○○○、△△△などのポストを歴任して参りました」と自己紹介した。その「歴任」という言葉に些かの違和感を覚えた。「歴任」は「重要なポジションにいくつも就いた」という尊敬語である。あくまでも他人を敬って使う言葉な

ので、自分の経歴に使うと変なのである。文書では「歴任した」、あるいは「歴任。」と体言止めで構わないが、本人を目の前にした紹介では「歴任された」と敬って言うのが正しい。

「歴任」は本来、大臣や行政の長など、公務員の中でも相当高い官職を二つ以上任された人に使う言葉である。以前は民間会社の役職は該当しなかったが、昨今は緩くなって部長以上の職には使われている。そこは許容範囲としても、「私は係長、課長代理、課長を歴任して来ました」と言ったら、違和感どころか失笑を買う。自分の経歴を紹介するときには、「私は○○○、△△△などの職を務めさせていただきました」と謙虚に言うことである。K氏はこの先も自己紹介の度に「歴任」と言い続けるだろう。K氏ほど偉くなると、進言できる者は誰もいないからだ。偉くなったらなおのこと、発言はより慎重、謙虚であらねばならない。

２．訃報のお知らせ

同窓会のMLで、「訃報のお知らせ」という件名のメールが来た。内容は元教授が亡くなられたということだったが、件名が変である。「訃報」とは「誰かが亡くなったことのお知らせ」の意味だから、「訃報のお知らせ」だと「誰かが亡くなったことのお知らせのお知らせ」となってしまう。「いにしえの昔の武士のさむらいが、山の中なる山中で、馬から落ちて落馬して・・・」の類である。表現が重複しているのでこれを重言という。他にも「色が変色する」、「いちばん最初」、「違和感を感じる」などをよく聞く。会話ではあまり厳密でなくてよいが、書く場合はいちいち気にする読者がいるので注意が必要である。

３．逝去と死去

「逝去」と「死去」はしっかり使い分けなければならない。「逝去」は死の尊敬語であり、身内以外の人が亡くなった場合に用いる。上司、年長者だけではなく、身内でなければ友人や年下の人にも「逝去」を用いて構わない。尊敬語なので「逝去した」ではなく、「逝去された」、「ご逝去されました」と使う。

・○○さんが、□月□日にご逝去されました。

・○○様ご逝去の報に接し、心からご冥福をお祈りいたします。

一方の「死去」は一般人、または身内の死に用いられる。自社の社員が亡くなっ

たことを他社向けに知らせる際にも用いられる。

・△月△日、薬石効なく夫が死去いたしました。
・昨日、弊社専務が死去いたしましたので、ご報告申し上げます。

「死去」の「死」という字を使いたくない場合は婉曲に、「亡くなりました」、「他界いたしました」、「永眠いたしました」とする。息子が上司に、「昨夜、私の父が逝去されました」と言ったら、死んだ父親もびっくりして起き上がって来るに違いない。

4．小生

「小生は云々」と書いた手紙をもらうことがある。小生とは、ある程度地位のある男性がへり下って言う一人称で、同格、もしくは目下の相手に対して文書上で使う。自分より目上の人に使うと横柄な印象を与える。目上の人に対しては素直に「私」を使うのがよい。ただし、女性は「小生」を使ってはならない。「小生」の女性版もない。どうしても「私」を使いたくないなら、旧い言い方だが「下名（かめい）」というのがある。これは自分をへり下った一人称で、性別、職業、立場などを問わずに使える。使いやすいが、最近ほとんど目にすることがないため、読んだ方が戸惑うかもしれない。逆に女性が手紙の終わりに添える挨拶語「かしこ」は男性は使ってはいけない。男性が何か結びに置きたいと思ったならば「謹言」を用いる。しかし最近これもあまり目にしなくなった。

5．脇付け

脇付けは手紙の宛先に添えて敬意を表わす言葉で、「侍史（じし）」と「机下（きか）」がある。今でも医療界では頻用される。紹介状の宛名に「○○病院　○○先生　侍史」と添えられる。侍史とは、貴人に仕える書状の管理を専門に取り扱う役職のことである。直接書状を届けることが恐れ多い相手に、「お付きの方を通じてお届けします」という意味で使われる。本来の「侍史」にさらに「御」を足し、「御侍史」と書く人がいる。相手を敬いたい気持ちは分からないでもないが、「侍史」がすでに敬語なので、「御」をつければ敬語の重複となり、誤用となる。宛名に「先生様」と書くようなものである。「侍使」、「侍吏」、「持使」と書いた紹介状もたまに見るが、これは完全な誤字である。「御待使」、「御持吏」に至っては三重の

誤りで、目も当てられない。これを何と読むのかと聞かれても困る。

　もう一つの「○○先生　机下」という脇付け。机下とは、「机の上に置くような立派な手紙ではないので、机の下にでも放り投げておいて下さい」という謙遜である。こちらも「御」を足して「**御机下**」と書いたのを見るが、これも「先生様」である。また、机下は宛先の個人が特定できている場合に使用するのが正しい。宛先の医師名が分からない場合は、「担当先生　侍史」とする。

　差出人の署名の後に「拝」と書いた紹介状は丁寧である。「謹んで」という敬意を表わすが、最近はあまり見なくなった。姓だけ書いて「拝」を付けると、名前が「拝」なのかと誤解されることがあるので「フルネーム＋拝」と書いた方が良い。メールの場合はお付きの方を通じて渡すのでもなく、机の下に放り投げるわけでもないので、「侍史」も「机下」も使わない。

　脇付けは医療界でも、医師以外の（事務長、婦長、薬剤師など）医療職には用いないのが慣例である。また契約している弁護士、会計士、税理士などの専門職には心情的に脇付けを使いたくなるが、「先生」とだけ書く。なぜなら自分はクライアントで、立場としては上だからである。

6. させていただく

　最近、芸能人が、「このたび、○○さんとお付き合いさせていただくことになりました」というような言い方をする。この「～させていただきます」は聞けば耳障り、読めば目障りである。「お付き合いする」のは誰かの許可を必要としないし、言う方も許可をもらうつもりがない。思ってもいない形だけの言葉だから耳に目に障る。しかも、「～させていただきます」は1回では済まない。一つの話の中で、5回も6回も、7回も8回も繰り返されることが多い。敬語には敬意漸減の法則というのがあって、繰り返し使うほどに敬意を感じなくなる。2回使えば敬意は2分の1に、5回使えば5分の1になる。敬意が減った分、聞き手の不快感が増す。「～させていただきます」は相手の許可を取る必要がある状況で、ただ1回だけ使うのが良いと思われる。

　自分はクリニックのホームページに、ときどき「○日は休診いたします」と書くが、最近はふと、「休診させていただきます」の方が良いかなとも考える。休診で迷惑を被る人もいるだろうから、いささか遜ろうとの心である。しかし、患

者の許可を取って休むわけではないから、結局は「〇〇日は休診いたします」と
あっさり書く。

7. そこまで

　「北海道では寒さで樹木の水分が凍り、幹が裂けることがあります。宮城では
そこまで寒くなることはありません」のように、「そこまで」を使う場合は、「そ
こ」が指す前振りが必要である。

　しかし、最近は前振り無しに「そこまで」が使われる。一番目立つのは天気予
報である。「今日の夜は気温が下がりますが、そこまで寒くなりません」という
具合に、「そこまで」を「そうひどくは」の意味で使う。「そこまでとはどこまで
だ？」と突っ込みたい。話し言葉の手本となるべきNHKの気象予報士が使うか
ら嘆かわしい。

8. なので

　文頭の「なので」が濫用されている。「明日から連休なので」と言うべきとこ
ろを、「明日から連休です。なので」のように使う。しかも、どういう訳か「な
ので」の箇所だけ声が大きくなる。「なので」は文章の途中で使う言葉であり、
英語のAnd soのように文頭に置いてはいけない。特にアナウンサーが文頭の「な
ので」を使えば違和感が倍増する。「なので」は、断定の助動詞「だ」の連体形「な」
＋接続助詞「ので」で構成されている。なので「なので」は体言（名詞）の後ろ
にくっついてのみ存在できる（うつってしまった！）。独立した接続詞でないか
ら文頭に置くことはできない。

　私が最初にこの「なので」を聞いたのは、ある女子テニス選手の解説だった。
マリア・シャラポワがウィンブルドンで優勝した年だから2004年。もう20年近く
も前のことだ。彼女は、話の頭に「なので」を頻用し、さすがに使い過ぎたと思っ
たのか、彼女はときどき「ですので」に替えていた。「ですので」と丁寧にして
みたところで、「です」は終助詞だからこれも文頭には使ってはいけない。

9. しているところ

　「お詫びを申し上げているところであります」、「対策を取っているところでご

ざいます」。

　この頃よく聞く。もともとは役人言葉だが、最近は政治家も一般人も使うようになった。特に東北のある政令都市の女性市長は頻用する。簡単に「お詫びを申し上げます」、「対策をとります」の方がよっぽど清々しい。

　「〜している」が単に動作を表わすのに対し、「〜しているところ」と言えば、（まだ何もしていなくても）「その件はすでに把握している」、「ちゃんと手を打ちつつある」のように、もう対策を始めているとのニュアンスを忍び込ませて嫌らしい。役人が「対策を取ります」でなく、「対策を取っているところであります」と言ったら、「実は忘れていました。今からやろうと思います（でもすぐにはやりません）。」の意味だから警戒が必要である。

　逆に怠慢を追及される側になった場合は、「速やかに」、「方針をお示しして」、「粉骨砕身」、「一丸となって」、「善処し」、「今後は」、「風通しを良くして」など、耳に爽やかな麗句を並べて頭を下げる。とにかくその場を神妙に乗り切ることだ。ひと月も経てばもう誰も覚えていないから。

10. めちゃくちゃ

　「めちゃくちゃ」、「むちゃくちゃ」、「めっちゃ」はいずれも「とても」の意味だが、最近食レポでよく用いられる。というより、これを使わないと食レポにならないほどである。耳に障るのは、もともと関西弁であるのに全国で使われ過ぎだからである。東北人が真似て使えばより猿真似感が増す。レポーターは料理を舐めたか舐めないかのうちに、「これ、めっちゃ旨い！」と絶叫する。舐めただけで何が分かろうか。

11. すごい美味しい

　「すごい美味しい！」は誤用である。当たり前だが「すごく美味しい！」が正しい。「すごい」は形容詞の連体形だから体言（名詞）の前にしかつかない。「美味しい」（形容詞＝用言）を修飾したいなら連用形の「すごく」となる。「すごい美味しい！」でもいいじゃないかと言うなら、「速い走る」、「強い投げる」、「激しい泣く」もよいことになる。

12. 日付の変わる頃

　10年ほど前から「深夜０時頃」の意味でNHKの天気予報が使い始めた。最初は雅びな言い方だと思ったが、最近はどこの局も真似して新鮮味がなくなった。それどころか「NHKの猿真似」のイメージが付いた。「深夜０時」、「24時」、または「子の刻」と言った方がまだましである。

13. 送り仮名

　「行って」と書いて、これが「いって」と読むのか「おこなって」と読むのか、文脈で判断せよというのは不親切である。「おこなって」と読ませたいなら「行なって」と送った方がよい。同様に「表す」は「あらわす」なのか「ひょうす」なのか、一見では分からない。「あらわす」なら「表わす」と書いた方がよい。「開いた」は「ひらいた」とも「あいた」とも読む。どっちに読んでも構わないなら別だが、「ひらいた」と読ませたいなら「開らいた」と送る。なんか変だと思うならば、「開いた」とルビを振る。

　日本語は豊かで奥行きの深い言語である。アルファベットは僅か26文字だが、日本語では日常的に3,000から5,000文字を使っている。日本語の「皮膚」も「肌」も英語では「skin」である。皮膚と肌は似ているが全く違う。「肌が合わない」、「肌を合わせる」、「素肌」、「人肌」、「肌寒い」、「学者肌」、「山肌」などの「肌」を「皮膚」に置き換えることは出来ない。「肌」は「皮膚」に感触、感情、体温を纏わせた言葉であるからである。日本人は無意識にそれを学習し、会得しているから素晴らしい。

　ヨーロッパ言語の一人称はバリエーションがない。老若男女、誰でも英語なら「I」、スペイン語なら「Yo」、ドイツ語なら「Ich」を使うが、それ以外はない。日本語では、僕、私、あたし、おいら、あちき、自分、吾輩、当方、小職、拙者、本官、当方、下命、某、朕と多々あり、状況と周囲の人との関係性によって使い分けている（使い分けなければならない）。言語的には豊かではあるが、正しく使い分けるには些かの教養が必要となる。

　言葉は揺り戻しを伴いながら100年単位のスパンで変化して行く。移り変わる言葉については広辞苑も役に立たない。自分は５年10年しか経っていない変化は「言葉の乱れ」とみて抵抗することにしている。家人は、「七面倒くさいことば

かり言っているから、病気も取りつかない」と嗤っているが。

（2022年7月）

花笠定期

今から37年も前のことになる。

当時、山形のS銀行が華々しく売り出した「花笠定期」という預金があった。仙台のテレビでも盛んに宣伝していた。

ある日、私の勤務先を「S銀行N町支店副長」と名乗るMという人物が訪ねてきた。在仙台山形県人会の名簿で私の名前を見たのだという。

彼は「新しい積立型定期預金が出来て、預金獲得のノルマがある。件数を稼ぎたいから、いくらでもいいので預金してもらいたい」と懇願した。

自分のメインバンクは七十七銀行だったが、同県人の誼で、私は手持ちの10,000円を渡した。Mは名刺の裏に10,000円の受取りを書き、「明日、通帳を作って持参する」と帰って行った。

しかし、それから1か月経ってもMは現れなかった。

家内は、「馬鹿ね、銀行員が名刺を受取りにするわけないじゃん。それ詐欺よ」と言った。

私は警察に届ける前に、一応S銀行N町支店に電話をしてみた。

「そちらにMという副長の方はおられますか？」

すると「いる」という。そしてなんとMが電話に出た。本人であった。Mは銀行の労働組合の委員長に祭り上げられて忙しく、通帳のことはすっかり失念していたと言った。

その夜、MとN町支店長が揃って拙宅にやってきた。（忘れていて）「1月遅れで作った通帳」と菓子折り持参だった。

「花笠定期」は1年定期だった。1年後の満期当日に私はそれを解約した。100円ほどの利息がついていた。表紙にオレンジ色の紅花がデザインされた通帳は今でも引き出しに入っている。むろん通帳のその後は空欄である。そのときもらったメモ帳も取ってある。

当時、仙台にS銀行の支店は三つあった。店内はいつも空いていて、お客さんは大抵山形出身の人だった（言葉でわかる）。山形大学の授業料の振込み（S銀

行は山形大学の指定金融機関になっている）か、山形から仙台の大学に来ている子弟への送金に使われているのが殆どだっただろう。山形に縁のない人がこの銀行を使う理由が思い当たらない。

その頃、Ｓ銀行は行員の不祥事が相次いでいた。集金拐帯、横領は勿論、行員による殺人事件まで起こった。Ｓ銀行は後にＫ銀行に名前を変えたが、顧客より労働組合と社会人野球が大事なのは伝統である。

私は山形県人会の名簿から自分の名前を削除してもらった。県人会などに出るものではない。

（2017年5月）

▲花笠定期のパンフレット

（註）Ｋ銀行の野球部は都市対抗野球大会に3回出場の強豪で、プロ野球選手も輩出したが、2022年度をもって無期限休部となった。

エンドーチェーン

エンドーチェーンは、昭和50年代に栄華を極めた宮城県のスーパーである。山形でいえばスーパーヤマザワにあたる。当時の子供達に「日曜はどこに行くの？」と聞けば、たいてい「八木山動物園かエンドーチェーン！」と答えた。

社史に拠れば、1928年、初代社長の遠藤養吉が宮城県鹿島台村で衣料・雑貨店を開いた。戦後、黒川郡吉岡町に遠藤養吉商店を開店した。長男の養一と二人三

脚で、昭和30年代に、仙台市宮町に第1号店をオープンした。その後、店舗を徐々に拡大し、1964年には仙台駅前店を開店した。最盛期には宮城県全域に44店、福島県に2店、岩手県に9店を構え、1978年には東北小売業の売上No. 1になった。全国制覇を夢見て東京に下北沢店を出した。突然出現した宮城県のスーパーは下北沢の住民にどう映っただろう。山形県にはなぜか出店がなかった。ヤマザワに遠慮したのか、商圏に魅力がなかったのか。

　仙台駅前店は10階建ての大きな建物だった。食料品以外に電気製品、家具なども売っていた。わが家では40年前に同店で買ったCDラジカセがまだ現役で活躍している。「シーラカンス」、「黄金のファラオ」、「北極の氷」などの展示会も行なった。エンドーチェーンはまるでデパートのようだった。

　毎年初売りでは、駅前店を取り巻くように長い列ができた。福袋には、毛布、魔法瓶、ジャンパー、トイレットペーパーなど、ガサのある品物が詰められた。客はサンタクロースのように大きな袋を担いで幸せそうに家路についた。エンドーが扱うのは「質より量」であり、「安さ」だった。デパートとは明らかに営業方針が違っており、「お中元、お歳暮をエンドーチェーンから贈ろう」というキャンペーンを張ってもうまく行かなかった。お中元、お歳暮は儀礼であり、同じ商品であってもデパートから贈らねばならなかった。

　仙台駅前店の1階にはサテライト・スタジオがあった。1964年から東北放送ラジオが月〜土の昼に公開生放送番組「エンドー・ミュージック・ショーウィンドー」を放送した。デビュー直後の荒井由実、南野陽子、松田聖子、SMAPも来場した記録がある。

　エンドーチェーン提供のラジオ番組"ジャンボリクエストAMO"（東北放送、月曜午前0時から）は毎週聞いていた。DJは『ああ宮城県』の吉川団十郎とアナウンサーの高荒葵の絶妙コンビだった。高荒アナはラジオでこそ輝く女性だった。

　CMソングにピンキーとキラーズ（♪小鳥があんなに歌うから）、森田公一とトップギャラン（♪窓を開けたら空が見えた）、チェリッシュ（♪ハローハローウィンター）を起用したのも東北の企業としては画期的だった。オリジナル・キャラクターのアンジュボンボンも人気になった。屋上でのジャンケン大会も懐かしい。勝てば4本、負けると1本鉛筆がもらえた。

1983年8月、『西武警察』のロケが宮城学院大学跡地（現在のSS30）で行われた際、刑事達が用もないのにわざわざエンドーチェーンの店舗で待ち合わせるシーンがあった。

　振り返ればこの頃が栄光のピークであった。

　1975年、ダイエーとジャスコが仙台店を開業した。郊外では藤崎スーパー、トーコーチェーン、ヨークベニマルなどのチェーン店との競争が激化し始めた。1980年代、世の中は車社会となっており、駐車場が少ないエンドーチェーン駅前店は客足が激減した。しかも、仙台市民は少々高くても「量より質」を求めるようになっていた。エンドーチェーンはそれに気づけなかった。気づいてもどうにもできなかったかもしれない。巨艦ほど舵を切るのが難しいものである。

　陽は傾き始めると早い。売上は低迷、エンドーチェーンは競争力を失って行った。1991年3月、経営不振の打開策として、エンドーチェーンは西友と業務提携。仙台駅前店はSEIYOとなり、従業員1,000人は子会社に移った。1997年には西友が資本参加した。2000年以降、エンドーチェーンは店名を徐々にSEIYUに変えて行った。

　エンドーチェーン本体は仙台駅前店のビルを管理する不動産部門となり、エステートエンドーと社名変更した。駅前店はエステートエンドーが運営するテナントビルEBeanSとなった。イー（E）はエンドーチェーンの頭文字、ビーンズは、ビル内にエンドウ豆のようにテナントが入っていることからつけられた。

　若者に人気のココルル、セシル・マクビーを入店させると客足が幾分戻った。

▲ EBeanS（2023年5月）

ダイソー、ダルマ薬局、パラダイスレコード、島村楽器、ジュンク堂などが入居したが、食料品売場はなく、かつてのスーパーの面影はなくなっていた。

　2008年のリーマンショックで業績は更に落込み、宮城、岩手、福島、東京に展開した店舗も軒並み閉鎖した。東京の下北沢店はビッグベンに代わった。県民になじん

だレインボーマークを街で見かけることもなくなった。

2011年には東日本大震災に見舞われた。建物は全壊と判定され、建替え費用は60億円と計算された。この費用を支出するのは無理だったが、懸命に頭を捻った結果、上階を解体し下層階への荷重を減らす減築工法で費用を軽減できることが分かった。この工法でEBeanSは営業を再開。近くの仙台朝市で人気だったアニメグッズ専門店アニメイトを誘致すると「カオスな空間」に人気が出て、業績はV字回復を示し現在に至っている。

来た道を振り返れば、人間も企業も栄華の時は一瞬で、月のように満ち欠けを繰り返すことに気づく。2023年の初売りでは「エンドーチェーンTシャツ」が2時間で完売したという。浮沈はあったとしても、エンドーチェーンは仙台市民に深く愛されている。

（2023年2月）

懐かしの昭和博覧会

仙台駅前のEBeanSで、2009年10月30日から「懐かしの昭和博覧会」が開かれていた。入場料500円。

入口にはこういう催し物の定番のダイハツ・ミゼットが飾ってあった。この車は昔、すずらん街のスーパー Nにあった。Nの親父の目を盗んで運転席に乗り込み、ハンドルを動かしたり、ブレーキを踏んだり、方向指示器を出したり引っこめたりして遊んだ。この方向指示器は点滅しないからウインカーではなく、腕木式格納型方向指示器と呼ばれた。

復刻版書籍コーナーで、『まほろし探偵』（桑田次郎）、『ロボット三等兵』（前谷惟光）などの懐かしいマンガを売っていた。欲しいけど高い。高いけど欲しい。

昭和30年代の茶の間が再現されていた。お櫃があり、練炭火鉢に鍋がかけられている。今なら「室内で練炭」と聞くと恐ろしいが、あの頃は建物の気密性が低かったので大丈夫だった（それだけ寒く、しもやけになる子供も多かった）。茶の間は居間であり、勉強部屋であり、食堂であり、寝室でもあった。食事をした丸い卓袱台は寝るときに足を畳んで箪笥と壁の隙間に収納する。散らかった物を片づけて、茶の間に布団を敷き、家族全員川の字で寝た。

東芝の電気釜が置いてある。東芝の電気炊飯器が売り出されたのは1955年だった。米と水をセットしてスイッチを押せば、ご飯が炊けて自動でスイッチが切れる。当時はそれが夢のように思えた。母親達は5時起きして薪に火を付けなくてもよくなった。電気釜のスイッチはONとOFFのみで、保温などはできなかった。内釜の外にも水を入れるのが特徴で、三重釜と呼ばれた。炊きあがった頃に外の水が蒸発して温度が上がり、それをサーモスタットが感知して自動的にスイッチが切れる仕組みだった。

　電気炊飯器は電気冷蔵庫、電気掃除機とともに家事における「三種の神器」と呼ばれたが、唯一日本の発明である。定価は3,200円で、これは当時の大卒初任給の3分の1に相当した。

　昭和の英雄、力道山が着ていた虎柄のリングローブが展示されている。敗戦国の少年達は力道山に日本の希望を見た。凶悪な外人レスラーを空手チョップでなぎ倒す雄姿に、少年達は狂喜した。倒しても、倒しても、凶悪なレスラーは次から次にやって来た。力道山はかわいそうだな、と思った。しかし、何のことはない。凶悪なレスラー達は力道山自身が大金を積んで連れて来るのだった。彼の光と影の人生については、前著『山形夢横丁/セピアの町』の『ジャパニーズ・ドリーム』に詳しく書いた。

　再現された小学校の教室。机は2人掛けだった。机の真ん中に線を引いて（彫刻刀で彫って）、ちょっとでも隣人の物品が自陣に侵入すると定規で押し戻した。机は蓋が上に開く仕様だった。隣の席のX君は、机に教科書を置いたまま帰った。鞄も持って来ないし、宿題もして来なかった。授業中に歩き回り、教室から脱走しようとして先生に捕まえられた。落ち着きがなく、よく癇癪を起こした。先生に何回叱られても、それは変わらなかった。蓄膿症で、いつも緑色の鼻を2本垂らしていた。皆に「悪い子」と思われていたが、今なら分かる。彼はADHDだったのだ。

　パッタ（メンコ）の展示コーナー。四角いのは角ぱん、丸いのは丸ぱんと呼んでいた。ぶ厚くて一回り大きいのは大ぱん。裏に数字とぐーちょきぱーが書いてあって、別の遊びもできるのだが、やっている子供を見たことはない。

　帰りにAER（アエル）の丸善に寄った。ここには「昭和の風景」と題した昭和本のコーナーがある。『ぼくらの昭和30年代新聞』を売っていた。これがまた面白い本だった

ので買って来た。「昭和30年代」を特集した本が他にもあった。流行なのだろうか。昭和30年代は戦後の経済が回復し、親の給料が少しずつ上がり、テレビを買ったり車を買ったりする家が出て来た。来年こそわが家もテレビを買おう、車を買おうと希望に満ちた時代だった。

　「懐かしの昭和博覧会」は1月11日で終わってしまった。もう1度行きたい。

（2009年10月）

▲再現された昭和30年代の茶の間（2009年10月）

救命救急の碑

　1999年6月23日は水曜日だった。

　午後6時35分頃、東北大学病院正門前の歩道で、自転車に乗って帰宅中だった宮城第一女子高校2年の女子生徒が前から来た歩行者とぶつかり、車道に転倒。後ろから来た市バスに轢かれた。

　女子生徒の腹部にはバスのタイヤ痕があり、骨盤骨折が疑われた。骨盤骨折なら腹部大動脈から大出血している可能性がある。現場に居合わせた誰もが、「目の前の東北大学病院に搬送される」と思った。

　ところが女子生徒を乗せた救急車は東北大学病院ではなく、仙台市立病院に向かった。市立病院は現場から3kmも離れている。当時、東北大学病院にも救急部はあったが、他の病院が休みの日や夜間に限られており、しかも交通外傷は受け入れていなかった。現場に真っ先に駆けつけたのは東北大学病院の高度救命救急センターの医師で、交通外傷なら市立病院の方が迅速に対応できると判断した。

しかし、女子生徒は約３時間後に市立病院で息を引き取った。ぶつかった歩行者は事故を知っていたはずだが、名乗り出なかった。

　大学病院の使命は研究、教育、診療だが、最も大事なのは研究である。大学病院は患者を何人診たかではなく、研究成果によって評価される。特に東北大学は建学時より「研究第一主義」を掲げていて、東北大学病院が求めているのは研究対象となる珍しい病気である。ありふれた病気はその次で、患者がいつ来るか分からない救急医療は最も不得手な（扱いたくない）分野だった。

　しかし、訃報を聞いた誰もが、

「東北大学病院には医師が1,000人いて、ベッドは1,300もある」

「事故現場から大学病院の玄関まで、担架で運んでも１分かからない」

「大学病院には高度な医療がある」

「大学病院なら助けられたのではないか」

　そう思ったことだろう。

　市民の大学病院への信頼は絶対である。大学病院で助からなかったなら仕方ないと諦めきれるのだ。事故現場にいつまでも手向けられる花は無念さの表われではなかったか。私は現場を通る度に新しい花束を見た。

　山田章吾東北大学病院長も、絶えることのない供花を見ていた。そして救急医療の充実を決意し、事故現場近くの大学病院の敷地に「救命救急の碑」を建てることにした。

　2004年４月、碑の除幕式で、山田病院長は「救急医療に対する東北大学病院の決意をここに示す」、「ここで医療に携わる者は、目の前で倒れた人に手を差し伸べられなかった悔いを胸にとどめよ」と述べた。

　石碑の２本の柱は、患者と病院とを表す。リングが双方を繋ぎ、命を支え合う形である。宮城第一女子高の卒業生がデザインした。

　2006年、東北大学病院についに高度救命救急センターが開設された。救急患者を24時間体制で診療する。広範囲の火傷、手指の切断事故などの重症患者にも対応する。専任医師30人、専用ベッド20床、屋上にはヘリポートも備えた。

　それから５年後に起こった東日本大震災の際には、80人を超える患者がヘリで搬送されて救われた。2014年度には救急外来受診者は8,000人、救急車での搬送件数は2,500件に達した。

あの日亡くなられた女子生徒は新体操部に入っていた。わが家の長女の親友だった。校門で長女と別れて10分後に事故に遭った。長女は2〜3日言葉を発しなかったが、その後、突然医学部に行くことを宣言した。1浪後、山形大学医学部に入学し、今では中堅医師として働いている。仕事が辛いときはいつも亡き友のことを思い出しているのだと言う。

（2015年12月）

▲救命救急の碑（2004年4月）

温泉旅館の事件

温泉旅館ではいろいろ事件が起こる。

Mさんは40年間消防署に勤め、去年退職した。最初は町内会の花見でMさんから聞いた話である。

救急と消防はどちらも消防署の業務だが、救急救命士の資格を取るか、または消防学校で救急隊になる資格を得た職員が救急隊員として活動する。Mさんは救急の資格を持っていたが救急隊が嫌だった。救急車は出動回数が多いこともあるが、救急の現場では人間の良くない部分を見なければならないからだそうだ。

温泉旅館から119番通報があった場合は、たいてい急性アルコール中毒か、露天風呂で倒れたかのどちらかだ。温泉に行くと人はたらふく酒を飲み、しかも満腹の状態でいきなり寒い露天風呂に入るから、心筋梗塞や脳卒中を起こしやす

い。特に冬の露天風呂は温度差が激しく、行き帰りに長い階段を昇降すれば駄目押しになる。

　倒れた時に周囲に人がいればまだいいが、夜中に１人で露天風呂に入っていたら見つかるのは朝なので、手遅れとなる。浴槽で亡くなっている人は、何時間経っていても身体は温かいから、人工呼吸をすれば助かるのではないかと錯覚するそうだ。消防が旅館に入るときは、手前でサイレンを止めて、勝手口から入って行く。温泉で客が亡くなっても新聞はいちいち記事にしないので、一般の人の知るところにはならない。

　Ｍさんは自分が出動した旅館にはやっぱり行かないそうだ。

　もう一つは、古川で内科医院を開業するＳ君の話である。

　山形のＺ温泉でのことだ。夜11時頃、露天風呂に行くと、湯船で鼾をかいているおじさんがいた。酔っぱらって温泉に浸かって気持ち良く寝ていれば極楽だな、と思って見ていたら、そのうちおじさんはずぶずぶと湯の中に沈んで行った。居合わせた数人はびっくりして、おじさんを引き上げ、脱衣所に運んだ。さっきまでの鼾は止まり、だんだん顔色も悪くなって行く。脈も触れない。このままではほんとに極楽に行ってしまう。Ｓ君は慌てて心臓マッサージを始めた。しかし、おじさんの口にmouth to mouthで息を吹き込むのは嫌だったので、近くにいた若者に、「君、口から息を吹き込みたまえ」と言ったら、若者は恐る恐るやり始めた。だが、いくらも空気が入って行かないようなので、Ｓ君は「ちゃんと吹け」と命令した。すると傍にいた別のおじさんが、「人工呼吸って腹ばいにしてするんでねがったっけが？」と口を出して来た。Ｓ君は、「このやり方でいいのだ。黙って見でいろ」と凛々しく告げた。

　そのうちに誰か呼んだか、奥さんが、「あらあら、お父さん、なしてこだなごどに！」とやって来た。Ｓ君は慌てて下半身にタオルを巻いた。続いで救急隊が駆けつけた頃にはまた鼾が出始めたので、とりあえず呼吸は戻ったようだった。

　Ｓ君は、やっぱり酒を飲んで風呂に入ると危ないな、と思ったが、自分もたらふく飲んでから風呂に来たことを思い出した。この騒ぎですっかり酔いが醒めてしまい、部屋に戻って飲み直した。その日はもう露天風呂には行かなかった。

　まだAEDがなかった時代の話である。

（2021年１月）

謎の店てんぐ

遠刈田温泉街の真ん中にある食料品店てんぐは不思議な店である。

外装の色彩は一見デイリーヤマザキだが、店の正面に巨大な天狗の面が取り付けてある。ビール売り場の冷蔵庫に缶ビールが並んでいる。冷えているかと思えば冷蔵庫のドアは外されており、**電源は入っていない**。冷蔵庫はただの棚として使われている。

本のコーナーには**去年の週刊誌と月刊誌**、それに中古コミックが並んでいる。野菜売場になぜか昭和に売り出された戦艦武蔵のプラモデル（箱入未使用品）。通路には米軍の戦闘機グラマンＦ６Ｆヘルキャットの巨大模型（組立済）が置いてある。これは売り物でなく、しかも機首が壊れている。なぜわざわざ通路に置いて通れなくしてあるのか理解に苦しむ。

別の通路にはカボチャが２個と、トイレットペーパーと空の箱が置いてある（**転がっている**）。このトイレットペーパーは２か月前に来た時にもあった（売れてない）。

一般のスーパーでも「賞味期限切れが近い食品」を値引きして売ることがあるが、ここでは「**賞味期限が切れた食品**」を売っている。チョコレートは３か月以上前に期限が切れていて、それを値引きして売っている。それも**２割だけ**！

この店はおじさんが１人で経営していて大変そうだ。憎めない店ではあるが、「賞味期限切れの食品」はさすがにアウトではないか。

"探偵ナイトスクープ"風に言うと、ここはまさに遠刈田温泉のパラダイス！

（2015年10月）

▲店正面の天狗の面（2015 年 10 月）

▲「期限切間近品」ではなく「期限切品」！
（2015年10月）

レストラン黄色いからす

　仙台市北部の高級住宅街、紫山にレストラン**黄色いからす**はある。名前のとおり建物が真黄色だから分かりやすい。最近、山形新聞に「黄色いからすが閉店間近」という記事が載った。

　仙台のレストランがなぜ山形新聞の記事になったかと言うと、この店はかつて山形の青春通りで15年間営業していたからだ。その後、紫山に移転して21年になる。マスターと女性2人で運営して来たが、3人の年齢の合計は222歳になる。入口に「閉店間近のご挨拶」が張ってあり、来年の11月で閉店の予定だそうだ。

　店内は広めで、ビニールカーテンできちんと区切られている。閉店を告知したらお客さんが増えて忙しいそうだ。忙しくしているとは言っても、従業員はみんな70歳代なので、動きはゆっくりだ。店長は話好きで、何回もテーブルに来て喋って行く。

　「山形はあんまり雪が多いから仙台に移転したんだ」と言う。仙台のお客さんが「今年は雪多いね」と言うと、「んだね」と一応相槌は打つものの、内心では「こだな、雪のうぢさ入らねべ」と、毒づいているのだそうだ。

　21年前、山形の青春通りからこの店が消えた時、「潰れた」とか、「店長が急死した」とか思った山形市民が多かった。山形の豪雪に耐えかねて仙台に逃げたと

は報道されなかった。

　メニューには洋食も和食もあり、どれも個性的。釜飯まであって、これが人気だ（漬物、小鉢、味噌汁、デザート、ドリンク付き）。とにかくメニューが幅広い。錬蕎麦ならぬ、「錬スパ」（身欠き錬が乗ったスパゲッティ）とは駄洒落っぽい。

　今日はサラダとオムカレー・ハンバーグとチーズ・ビビンバを注文した。カレーはそれほど辛くない。オムレツの中は白いご飯で、結構なボリュームだ。チーズ・ビビンバはここでしか食べられない。どれもビジュアル的に優れている。デザートは「白玉ぜんざい＋アイスクリーム」。コーヒーはサイフォンで丁寧に淹れてくれる。

　この店では時間がゆっくり流れている。なんでもゆっくりだ。昼休みが１時間しかないような忙しい時はやめたほうがよい。入店から注文し、料理を食べて、デザートが出て、コーヒーを飲み終えるまで、１時間半をみておきたい。

　店内には『賽里木湖』、『刺繍之路』などによる13点のリトグラフが飾られている。全て、張歩（チャンプー）という中国出身の画家の作品で、季節ごとに替えている。なかなかセンスのある作品だ。

　2023年の12月29日廃業予定。あと１年半。店長の体調によっては早まるかもしれない。廃業後はテーブル、椅子を格安で譲ってくれるそうだ（要予約）。行ったことのない方はぜひ一度、思い出に。

（2022年６月）

▲黄色いからすの外観（2022 年６月）

▲店内　接客はゆっくり（2022 年 6 月）

　（註）閉店予定が 1 年早まり、レストラン黄色いからすは2022年12月29日をもっ
て閉店した。年が明けてから行ったら、椅子もテーブルもリトグラフも、何もな
かった。全部売れたそうだ。

蹴とばしたい蕎麦屋

　久しぶりに蹴とばしたい蕎麦屋に遭遇した。昨年暮れに仙台のショッピング
モールに進出した山形市のP屋である。

　昼の 1 時過ぎにそのP屋を訪れた。他の飲食店はどこも満員だったが、その店
は空いていた。店員が注文を取りに来たので、メニューにあった鴨蒸籠を注文し
た。ところが店員は、それは夜のメニューだから駄目だと言う。テーブルには、
昼のメニューと夜のメニューの両方が置いてあった。私はたまたま夜のメニュー
を見たのだった。

　昼には夜のメニューなど片づけておくべきだし、鴨蒸籠くらい昼でも夜でも出
せるだろうにと思いながら、半板蕎麦（1,400円）と鰊の煮物（550円）を頼んだ。

　箸は割箸でなく、赤い塗箸だった。しかも焼き鳥の串 2 本分くらいの太さ（細
さ）だった。「塗箸を出す麺屋は 5 年以内に潰れる」と聞いたことがある。

　細くて持ちにくい上に、塗箸だから蕎麦を手繰ると滑って落ちる。手繰るのに
難渋して面倒くさくなり、蕎麦は 3 分の 1 ほど残した。塗箸は洗って繰り返し使
えるから、店にとっては割箸より幾らかコスト的に良いのだろう。山形のP屋本
店ではちゃんと割箸を出すのに、なぜそのくらいを吝嗇るのだろう。

蕎麦は冷水での締めが足りず、生ぬるかった。多分ビルの水道は温度が高いのだ。大抵の蕎麦は氷水で締めればランクが一つ上がる。水道水が生ぬるいなら氷を使えばいいのだが、それも面倒なのだろう。蕎麦つゆは許容範囲か。鰊の煮物はしょっぱかった。値段は山形の本店より、1品につき100～300円高かった。それについては仙台のショッピングモールという場所代のせいと思うことにする。

　一升瓶が何本も通路に置きっぱなしにされ、注文があればそれを調理台に載せて徳利に注いで出していた。飲み物を床に置くのは嫌な感じだ。不潔だし、歩いていてぶつかったら倒れて割れる。

　会計時、山形のP屋本店のポイントカードを出してみた。すると若い店長は、「これは使えません！」と不機嫌に言った。「申し訳ありませんが・・・」のクッション言葉をつけたらまだよかったし、「！」もない方がよかった（シベールも清川屋も、ポイントカードは県外の支店でも使えるのだが）。おまけにその店長は、打ち出されたレシートを勝手にゴミ箱に捨てた。このショッピングモールは、2,000円以上の買い物で駐車代が2時間無料になるので、慌てて「そのレシート要ります！」と言ったら、ゴミ箱から拾い上げて、「ほいっ！」と投げるように寄こした。

　昼時なのに空いていた訳が分かった。仙台の客は店のマナーに敏感だ。この店はもたないだろう。もたなくてもいいが、仙台の人にこれが山形の蕎麦屋だと思われるのは悲しい。

　いつもの蕎麦粉を、いつものように打ち、いつものように茹でて、いつものつゆで食べる。客は「いつもの蕎麦だった」と満足して帰る。それが贔屓の蕎麦屋というものだ。看板はP屋だが、ここはP屋ではなかった。P屋の名誉のために言うと、山形本店はちゃんとしている。これはあくまでも仙台のショッピングモールのP屋の話である。

　自分は大いなる蕎麦党だったが、近頃はすっかりうどん党になった。最近の蕎麦屋は変に高級ぶり、価格を上げて量を減らす店が増えた。量を減らして蕎麦1本の有難味を増すという戦略らしい。少しのざる蕎麦に野菜と海老1本の天ぷらを付けて、天ざる1,500円～2,000円は高すぎないか？

　しかも天つゆを添えず、「蕎麦つゆで天ぷらを食べよ」という店が多い。天ぷ

ら屋で蕎麦つゆを出す店があろうか。特に東日本のつゆはしょっぱくて、天ぷらには合わないし、天ぷらの油が浮いたつゆで蕎麦を食べたくもない。天ぷらなら天つゆと塩を添えなければならない。大根おろしも、とまでは言わないから、それほどの手間でもあるまい。丸亀製麺では天つゆがいくらでも使える。私は蕎麦屋に行ったら天ざるに天つゆが付くかどうかを尋ね、付かなければ天ざるは頼まない。客が蕎麦つゆで天ぷらを食べるのは我慢してのことである。天つゆがあれば天つゆで食べる。当たり前だ。近頃は「蕎麦よりうどん」、「うどんをおかずにご飯を食べる」という関西人の気持ちが分かって来た。

椎名誠は『殺したい蕎麦屋』（新潮文庫、2016年）という本に、「1,260円のざる蕎麦があまりに少ないので、本数を数えてみたら20本しかない。なんと1本が63円にもつくと分かって、蕎麦屋を殺したくなった」と書いている。

その気持ち、分かる。自分はP屋で椅子を蹴とばして出て来た。

（2010年10月）

（註）そのショッピングモールのP屋は、3年後に閉店した。よく3年ももったと思う。

茶房山ひこ

中山吉成の喫茶店山ひこのマスターは庄子さんといって、古くからの友人である。以前は内装、設計の仕事をされていた。20年前にクリニックの内装をお願いした縁で、ずっと仲良くさせてもらっていた。

9年前、庄子さんは思うところがあって会社を辞め、自宅を自分で改装して喫茶店を始めた。何でも器用な人で、挨拶状もメニューもあっという間に書いてしまうのだ。

開店に際し、庄子さんは蕎麦打ちの修業をし、最近はプロの域にまで達していた。奥さんの実家が札幌の老舗蕎麦屋なので、北海道の蕎麦粉を直送してもらっている。カレーライス、モーニングセット、蕎麦アイス、蕎麦ぜんざい等も出していた。私は蕎麦を楽しみに時々寄っていた。

ところが2012年11月、突然葉書が届いた。同年いっぱいで閉店のお知らせだった。

2011年3月の震災で店が被害を受けたことを契機に、息子達のいる札幌に引っ越すことに決めた。庄子さんも66歳になり、元気なうちに家族で近くにまとまろうという話になったそうだ。

　それは仕方ないことだが、また行きつけの店がなくなってしまう。

　庄子さんはほんわかした、春の日射しのような人柄で、それを慕って毎日通うお客さんもいた。3食をここで食べていた人もいて、「これからいったいどごで食べだらいいのっしゃ？」と嘆いているそうだ。

　一緒に秘湯巡りをする約束をしていたが、難しくなった。記念に山ひこで使っていたコーヒーカップを一客もらって来た。

▲閉店のお知らせ（2012年11月）

▲庄子さん手書きのメニュー（2012年11月）

▲庄子さんの打った蕎麦（2012 年 11 月）

　（註）地震のない場所で暮らしたいと札幌に転居した庄子さんだったが、お気の毒なことに 6 年後の2018年 9 月 6 日、北海道が胆振東部地震に見舞われた。最大震度は厚真町の 7 。庄子さんの住む札幌は震度 6 弱で、全道が停電（ブラックアウト）した。

国見ランドを知っていますか

　国見ランドがオープンしたのは1972年。仙山線国見駅から葛岡墓園に登って行く道の右側に位置していた。地元のゴルフ関係の会社が始めた遊園地で、そこは仙台市街を見下ろす南向きの丘陵地（斜面）だった。

　1980年の 9 月、勤めていた病院の芋煮会が国見ランドで行なわれ、私は半日そこで遊んだ。

　敷地のてっぺんにある観覧車からは仙台市が一望出来た。斜面の途中には 6 本のウォータースライダーがあった。もう秋だったので休業していたが、水着になって階段で一番上まで昇り、下のプールまで流水とともに左カーブで滑り降りる設計だった。冬にはプールがスケートリンクになると書いてあった。

　プールの下にはゴーカートのコースがあった。国見ランドの敷地全体が斜めで水平面がないため、コースは斜面から水平に突き出した「プレート」上に造られていた。プレートの外周には転落防止の柵、下部には支えの鉄骨が設えられた。しかし、プレートは地面から最大10mほどの高さがあり、支えの鉄骨が折れたら大事故になりそうだった。

その他、バッティングセンター、メリーゴーラウンド、アポロ2000を模（かたど）ったブランコのような遊具、回旋塔、バーベキューや芋煮会用のかまどなどもあった。その日は入らなかったが、ラドン温泉もあった。

　アトラクションのメイン（？）は、斜面に穴を掘って作られた「スリラーハウス」という入場料200円のお化け屋敷だった。ギロチン、井戸、牢獄、窓から生首の飛び出す仕掛けがあった。素人が描いたようなお化けの絵も怖かったが、洞窟が崩落するのではないかというスリルが一番だった。

　遊戯施設は以上がすべてであった。

　テーマソングがない、ジェットコースターがない、キャラクターもいないという三重苦が原因か、国見ランドは土日でも来園者は少なく、1983年頃、静かに閉園した。約11年間の営業だった。今なら仙山線国見駅から徒歩7分の距離だが、国見駅の開業は1984年だから、開園していた頃は車で来るか、唸（うな）り坂から続く急坂を登るしかなかった。アクセスにもかなり問題があったと言える。

　閉園して7年後の1990年、土地は大手マンション会社に売却された。すぐに高級マンションが建つ予定だったが、折からのバブル崩壊で頓挫。しばらくすると正面入口が有刺鉄線で囲われ、立ち入り禁止になった。

　設備はそのまま捨て置かれ、風雨に晒されるうちに朽ちて行った。遊具には錆びが浮き、雑草は背よりも高く蔓延（はびこ）った。ゴーカートのコース（プレート）には風化して穴が開（あ）いた。観覧車は動かないのに風が吹けば振り子のように揺れた。もう誰が見ても立派な廃墟であった。

　正面入口からは入れないが、国見峠の仏舎利塔から下って来る道があり、出入りすることは簡単だった。サバイバルゲームの会場となり、廃墟探検の若者も入り込んだ。葛岡墓園から近いので心霊スポットとも言われた。不法侵入した高校生が観覧車から転落したというニュースが伝えられ、「深夜にメリーゴーラウンドが回る」という噂も立った。

　17年ほど哀しみの姿を曝した後、2001年8月に「DマンションL国見」というマンションが建った。そのマンションも傾斜を利用したひな壇型で、地上2階・地下1階建て。全部で202戸ある。

　国見ランドは大崎八幡宮から直線距離にして僅か1.5kmで、11年間も営業した。40代後半以上の人なら聞いた事くらいはあるはずなのに、誰もが「知らない、

聞いたこともない」と言う。そして必ず、「ベニーランドなら知ってるけど」と付け加える。

　自分が国見ランドで遊んだ秋の日が、まるで幻だったかのように思えて来る。

　あなたは、国見ランドを知っていますか？

（2023年8月）

村田町野外活動センター

　谷山温泉に立ち寄ったついでに、村田町野外活動センターはどうなっているかを見に行った。谷山温泉から山の中へ林道を４km入った所にある。30代の頃は子供を連れてテニスやデイキャンプ、芋煮会をした。荒川沿いには高低差のあるハイキングコースがあり、谷山温泉と同様、GWでも空いている穴場だった。

　車で林道を西に進む。途中までは道路脇に民家があり、そこまでの道路はきちんと維持されていた。しかし、それを過ぎると道の両側から草が繁茂し、２車線分の幅員がほぼ中央１車線分になっていた。ほとんど車の通行がなくなっているようだ。

　20分ほどで野外活動センターに到着。事務所だった建物はまだ存在していたが、蔦がその壁を縦横に這っていた。長い間、人が立ち入った気配がない。

　「本日の営業終了」との表示板が掛けてあるが、「本日」とはいつのことだったろう。

　事務所の奥にあったキャンプ場はどうか。「キャンプ場」の看板こそまだ立っているが、草ぼうぼうの原野に戻っていた。これではキャンプも芋煮会もとうてい無理。アスレチック遊具も雑草の中、どこにあるかさえ分からなくなった。一体何年放置するとこうなるのだろう。

　テニスコートは周囲のフェンスに草が絡みついて中が見えない。草を除けて金網から覗いてみる。ハードコートだったことが幸いし、コートに草は生えていない。ネットは外されているが、中に入れさえすれば、まだテニスはできそうだ（やらないけど）。

　しかし、この場所は元々がこうした原野だったのだ。こういう場所を切り開いてキャンプ場とかテニスコートにしようと発想したことに感心する。

web上では、この施設が廃業したとは書かれていない。電話番号も載っているし、まだ営業しているかのような記載になっているので要注意。

調べたところ、2011年3月の地震で被害を受け、それ以来、利用中止になっている。10年で完全に原野に戻ったということだ。

谷山自然公園は野外活動センターから林道を2kmほど入った所にある。そこは広さが1000万㎡もあり、荒川沿いの遊歩道を歩いていると、木漏れ日、そよ風、せせらぎの音で癒された。パワースポットと呼ばれた谷山石橋^{しゃっきょう}もあった。それは沢水が何万年もかけて創り上げた神秘的な天然のアーチで、長さが15m、空洞の高さが4mもあった。しかし、2011年の地震で崖の何か所かが崩落した。それ以来、遊歩道、吊り橋の整備もなされていない。スズメ蜂の巣も放置されているし、熊も出るので、立ち入るのは危険である。

（2021年11月）

秋の遠刈田温泉

秋分の日、遠刈田温泉郷を訪れた。

休日なのにメインストリートに人出がない。コロナ禍で寂れている印象だ。赤い丸ポストが寂しそうに立っている。

日帰り温泉にでも入ろうと思ったら、**神の湯**は13時半でお終いだそうだ。短縮営業になっている。それではと、**寿の湯**に行ったら、ここは平日休みで、土日祝日のみの営業。しかも「6時から9時半」と「16時から19時半」とやはり短縮営業になっている。これでは観光客は利用できない。観光地としてやって行く気概はあるのだろうか。

温泉は諦め、お昼をどこかで、と歩いていると、いつか東北放送の"ぼんやり～ぬテレビ"で紹介された豚カツ屋があった。豚カツにはジャパンXという豚を使っているそうだ。看板に"ぼんやり～ぬ"の黄色い足跡シールが貼ってある。テレビに出た店はすぐ味が落ちるので避けたいが、他に開いている店が見当たらないので、ここに入ることにする。

店内はおばさん3人で回している。ヒレカツ定食1,200円を頼んだ。ジャパンXの肉は歯応えがある（やや硬い、とも表現できる）。ソースは市販のものが置い

てあった。トンカツ専門店なら、摺り鉢で胡麻を摺らせるとか、もうひと工夫がほしい。連れが頼んだカツカレーは結構辛く、これも歯応えがあって美味しかった。私は歯応えのない豚肉が好きだが。

遠刈田温泉の名所だった**てんぐ**というコンビニは、いつの間にか営業をやめていた。賞味期限切れの食品を2割引きで売っていた。天狗の面を外した跡が看板にそのまま残っている。その建物は、お風呂道具と「湯けむりプリン」を売る店になっていた。

その右隣の**大八精肉店**もメンチカツとコロッケがテレビで紹介された。その向かいの**北岡商店**が営業をやめていた。ここはイタリアンレストランだった。結構大きな店だったので、廃業すると喪失感が大きい。

こけしとか温泉まんじゅうとか、土産品を売る店は軒並み閉店（休業？）していた。手打ち蕎麦の**匠庵**も営業していないが、やめたのか、休みなのか分からない。定休日ならそう書かないとやめたかと思ってしまう。

蔵王七日原の豆腐販売所**すずしろ**に寄る。ここは「はらから福祉会」が運営する作業所である。全国金賞を受賞した豆腐と豆乳を買った。大豆の味と香りがものすごく濃い。豆乳にはニガリが付いていて、家庭でおぼろ豆腐が作れる。

小妻坂の野菜果物直売所には秋の実りがたくさん並んでいた。昔レインちゃんという茶色のダックスフントがいたが、亡くなったそうだ。「雨の日にうちさやって来たからレインちゃんなんだよ」とおばさんが言っていた。

色づいたあけび。宮城の人はこの皮を苦いといって食べないが、山形ではその苦味こそが珍重される。あけびの皮に肉みそとキノコをはさんで油で揚げ焼きにする。蕨の薹、ウコギ、あけびの苦さは大人の味だ。いろんなキノコが並んでいる。自分で採ったキノコは怖くて食べられないが、売られているものは大体安心だ。

遠刈田街道沿いのバーベキューハウス**レジーナ**は廃業して20年以上が経つ。山小屋風の外観に惹かれて、昔はよく立ち寄ったものだ。今、階段は草生し、バルコニーは朽ちた。立ち入ると床を踏み抜きそう。かなりの廃墟物件となっている。かつては店の前にSLが置かれていたが、いつの間にか撤去された。隣の茅葺き屋根の蕎麦屋**不忘庵**はレジーナと経営が同じだったようだ。ここも屋根と駐車場の傷み具合がひどい。この両店、建物は魅力的だったのにどうしてだめだったのだろう。遠刈田地区全体が地盤沈下していて、二つの建物を取り壊して新しい店

を建てる計画もない。

　遠刈田街道を村田方面に行くと、蔵王町唯一の病院、国保蔵王病院がある。去年は大赤字を計上した。蔵王町には他に内科診療所が2軒、整形外科診療所が1軒、歯科医院が3軒あるだけだ。産科はないので、この町の女性は地元で出産できない。

　医療の充実は住民の安心の基盤だが、隣の白石市の刈田総合病院も大赤字で、しかも救急を断るなど評判がよくない。若者は、特に若い女性はこういう町に住みたいと思わないだろう。その町に20代、30代の女性がいなければ出生数に一喜一憂するまでもなく、人口は階段状に減少して行く。

　廃墟に立てば、往時の賑わいが目に浮かぶ。夢叶わなかった人の無念が胸に迫る。夢敗れた理由はなんだったのだろう。もう一度やり直したらうまく行くのだろうか。

　人の手を離れた建物の風化は凄まじい。放置された人工物は10年かからず自然に還る。

　廃墟を見れば立ち止まり、砕けた夢の欠片を探してしまう。廃墟に立って蔵王嵐に吹かれていると、何もかも終わりにして、何処までも墜ちて行きたくなる。

（2021年10月）

▲廃墟となったバーベキューハウス・レジーナ
（2021年10月）

　（註1）2023年9月に発表された宮城県内の基準地価は概ね上昇傾向だが、蔵王町の基準地価は平均38,865円/坪で、変動率は3.80％の大きな下落となった。

（註２）国保蔵王病院は36床で内科と外科を標榜、救急指定病院になっている。常勤医２名が週２日、東北大学病院からの派遣医が週５日の当直を行なって入院体制を維持している。常勤医の１人は私の同級生である。当直医が１日でも不在なら入院体制は維持できない。ところが東北大学は「医師の働き方改革」の影響で、2024年３月までで派遣を中止する予定である。近年の病床使用率は僅か４割で、黒字には程遠い。しかも建物は老朽化し、雨漏り、ひび割れが目立つ。建て替えは急務である。病床を減らすか、診療所に転換する時期である。

　（註３）刈田総合病院は2023年４月に公設民営化された。2023年度上半期の収益は増えたが、まだ赤字である。看護師20名が３月で辞めて補充が進んでいない。経営が変わったことを理由に職員に夏季賞与が支給されなかった。不安材料は多い。

謎の定義温泉

　定義山まで紅葉見物に出かけた。仙台中心部は晴れていたが、山は時折小雨が降り、風が強い。

　定義は平家の落人が開いた土地と言われるだけあって、かなりの山奥になる。西方寺の五重塔の紅葉は今が盛り。池に餌を撒くと錦鯉が口を開けて集まって来た。

　定義山西方寺縁起は以下のとおりである。

　・・・平家が壇ノ浦の戦いに敗れた後、平重盛の重臣・肥後守平貞能が、源氏の追討を逃れるため名も定義と改め、この地に隠れ住んだ。それが定義という呼び名の由来だという（諸説あり）。平貞能は1198年に60歳で死去したが、墓上には小堂を建て如来を安置し、後世に伝えていくことを遺言。従臣達はそれを守り、1706年に早坂源兵衛が出家し、極楽山西方寺を開山した。・・・

　蕎麦屋十里に寄る。店の真ん中に囲炉裏が切ってあり、ここで田楽を焼いてくれる。鴨汁蕎麦1,260円を注文。蕎麦は白くて細い。蕎麦湯には柚子が入っていた。こうしたちょっとした気遣いが客の再訪を誘う。

　有路こけし店はシャッターが閉まっていた。廃業したのだろうか。そこから３kmほど奥に伝説の定義温泉という旅館がある。前からその存在は知っていたが、

途中の道は狭くて車のすれ違いが出来ない。かといって歩いては遠い。そこは一般の人を泊めない「アタマに効く」温泉と言われる。精神科医・斉藤茂太と漫画家・つげ義春の作品で世に知られることになった。

1969年の雑誌『旅』に斉藤茂太が訪問記を書いた。それによると、昔は暴れる患者を縄や鎖で縛りつけて入浴させ、2日間絶食させると興奮が鎮静したという。そのための専用の浴槽があり、それは畳1畳ほどの小さなものだそうだ。

1969年8月に漫画家のつげ義春が夏油温泉の帰路、夫人とともに定義を訪れた。そば屋の紹介でこの旅館に宿泊、その時のことを『つげ義春とぼく』（晶文社　1988年2月）の中に詳しく記している。つげは布団を無断で持ち出してひどく叱られた。浴室の壁には「大小便をかたく禁ず」と張り紙があったそうだ。

かつて、あるマスコミが定義温泉について興味本位の記事を書き、それを読んで出かけた釣り客や参拝客が宿泊を断られてトラブルになった。物見遊山の施設見学はもちろん、療養目的以外での訪問、問い合わせは慎まなければならない。

西方寺の門前には定義名物の店が並ぶ。焼めし220円は巨大な焼き味噌おにぎりである。名物あげまんは1個90円。こしあんと胡麻あんがある。

中でも三角油揚げはテレビ番組の“秘密のケンミンSHOW”で取り上げられて、いっそう賑わっている。巨大な油揚げの表面に割箸でぶすぶすと穴を開け、七味と醤油をかけて食べる。熱々が美味しい。1枚120円。

今は賑わっているが、紅葉の季節が終わると定義山の人出は急に途絶え、定義は一気に冬の風情になる。

（2016年11月）

（註）定義温泉は2011年の東日本大震災で施設が被害を受けて廃業した。

面白山高原のコスモス

あまりに天気が良いので、仙山線で面白山高原に出かけた。面白山高原駅の看板はカラフルなものに変わっていた。

面白山という名称は「スキーをして面白い」から来たのではなく、宝暦年間の古文書に出てくる「面の白い清い山」から生まれたのだそうだ。

電車で通って来た面白山トンネルは奥新川駅と面白山高原駅の間にある。標高

は440m。全長は5,361mもある（もちろん通行禁止だが、歩けば1時間半もかかる長さである）。

　正式には仙山トンネルといい、昭和12年の開通である。開戦が近づいていたため僅か2年で完成した。1日に平均7.3mを掘削したことになる。当時の土木技術を考えれば異例の早さであった。無論難工事になり、殉職者も出た。その慰霊碑がある。開通当時は上越線の清水トンネル、東海道本線の丹那トンネルに次ぎ、日本で第3位の長さを誇った。通過する電車の最高時速は85km/hで、約4分でトンネルを通過する。

　駅を降りたところにある藤花山荘は、渓谷の対岸に藤花滝があることから名づけられた。現在、面白山で営業しているのはこの店だけである。カレー、ラーメン、牛丼、冷麺などが食べられる。女将さんは韓国の方で、本場のキムチを出してくれる。日本語ペラペラだが、イントネーションがやや微妙だった。他にも店が2、3軒あるが閉まっている。

　面白山から山寺、天童に繋がる2本の林道は冬季閉鎖され、仙山線だけが生命線となる。通年ここで生活するのは大変なことだろう。

　空は高く、風が涼しい。

　ゲレンデはコスモスが満開だった。ここはコスモスベルクと名付けられている。秋の陽を浴びて輝くオレンジ色のキバナコスモス。白いコスモスはセンセーションというそうだ。8種類のコスモスが植えられており、各群落が風に揺れる。コスモスの道を歩く家族連れが1組。平日のせいか人はまばらだ。

　渓谷に降りてみる。かなりの急坂だ。藤花滝で全身にマイナスイオンを浴びる。ここ一帯を紅葉川渓谷という。織りなす山々の中、人のいられるスペースはほんの僅か。ハイキングコース、登山コースが幾通りも設定されている。登山コースはタフで、しっかりした装備が必要だ。

　今日はそれこそサンダル、短パン姿なので、一番楽なハイキングコースを選択する。沢に沿って歩く北面白山行きカモシカコースは見ただけでギブアップだ。宮城、山形の県境は絶景ポイントが多い。宮城県側の奥新川にも素晴らしいハイキングコースがある。

　赤蜻蛉が盛んに飛び交う。山はもうすっかり秋。栗も丸々太っている。

　ハイキングコースを1周してスキー場に戻った。このスキー場にはリフト4本

と五つのゲレンデがある。このスキー場の良い点は電車で来られて、駅を降りて
すぐリフトに乗れること。雪道運転が苦手な方には最適だ。仙台から40分で着く。

　面白山駅は無人で、自動券売機がある。駅には無料の休憩所があり、風雨を遮っ
てくれるので、寝袋があれば泊まれないことはない。ただし、夜は真っ暗になる
ので1人だと怖いし、知らない人がいたらもっと怖い。

　休憩所には団扇とノートが置いてある。読んでみると、関東からわざわざ秘境
の駅として訪ねて来た人が多い。作並で降りるつもりが寝過してしまったという
人もいた。無人駅にしては、トイレはとてもきれいだ。渓流沿いで芋煮会も出来る。

（2009年9月）

▲面白山コスモスベルク（2009年9月）

　（註1）面白山スキー場は2009年の冬から営業を休止しているが、設備も年々
老朽化が進み、事実上廃業状態と言える。面白山高原はまだ人が住み、人の手に
よって環境が保全されているが、隣の奥新川は著しく荒廃が進んだ。半世紀前に
は旧国鉄や秋保鉱山の関係者が数百人ほど住んでいた。しかし、2018年現在、3
世帯3名の住人しかいない。そのうちの1軒は奥新川食堂だが、営業しているか
どうか不明である。電車から見える名取屋食堂は廃業した。広瀬川の渓谷に降り
る道は通行禁止になり、新川ライン、奥新川ラインなどのハイキングコースも廃
止された。人の手を離れた吊り橋は老朽化し、遊歩道は崩落個所がいくつもある。
奥新川一帯は熊とスズメバチの生息エリアになっていて、もはやハイキングは危
険である。いずれ住人がいなくなれば、八ツ森駅のように奥新川駅は廃駅になる

のだろう。私が奥新川で芋煮会をしたのは50年も前のことになる。

　（註２）川崎町のみやぎ蔵王セントメリースキー場は、2024年の３月をもって閉鎖された。1995年には158,000人を集客したが、2022年には37,000人に減少した。35年の歴史であった。

東北の呪縛が解けた日

　第104回全国高等学校野球選手権大会は2022年８月22日に最終日を迎え、仙台育英高校と下関国際高校との間で決勝戦が行なわれた。

　仙台育英は春夏合わせて決勝進出４回目で、過去３回は惜しくも涙を飲んだ。下関国際は初の決勝進出である。準々決勝で優勝候補の大阪桐蔭を、準決勝で同じく優勝候補の近江を激闘の末に破った。

　決勝戦は午後２時に始まった。下関国際は善戦するも、２人の投手に疲れが残っていた。５人の本格派投手を擁する仙台育英は、休養十分の２投手が好投。満塁ホームランなどで８－１の勝利を収めた。

　試合終了は16時24分。107年間、東北を苦しめた呪縛が解けた瞬間であった。仙台育英は準決勝までの４試合がすべて第１試合だったことも幸運、いや天祐だった。バスの中で試合待ちをする必要がなく、20時就寝・４時起床と規則的に十分な休養が取れた。第４試合で、それがナイターになると、終わった後はなかなか寝付けないという。

　翌８月23日の朝刊は、朝日新聞が30ページ中６ページを、河北新報は32ページ中、実に９ページを仙台育英の優勝に割いた。いかに東北人の喜びが大きかったかが分かる。

　東北の高校スポーツはラグビー、バレーボール、バスケットボール、サッカーが既に全国制覇を遂げた。野球だけがあと１勝の壁を破れないでいた。東北勢はこれまで春夏合わせて12回（夏９回、春３回）決勝に進んだが、すべて跳ね返された。甲子園での優勝はいつしか「東北の悲願」と呼ばれ、「優勝旗は今年も白河を越えられなかった」のフレーズは晩夏の風物詩になっていた。白河とは無論、関東と東北の境、奥州三古関の一つの白河の関のことである。

　戦後初めて東北から決勝に進んだのは1969年夏、青森県の三沢高校であった。

太田幸司（主に近鉄で活躍）の力投で松山商との決勝戦を延長18回0-0で引き分けた。延長15回裏と16回裏、三沢は満塁のサヨナラ機を2度もつかんだが、四球待ちの消極的な姿勢とスクイズ失敗により、2度とも無得点に終わった。三沢は翌日の再試合で2-4と敗れた。太田は最初の試合で262球、再試合では122球を投げた。太田の投球数は2日間で384球にも達した。松山商には主戦井上明の他にもう1人、左腕中村哲投手がいたことが再試合の勝負を分けた。当時はエース1人が全試合を投げるのが普通だったので、スタンドから「松山も（正々堂々と）井上1人で投げ抜け」という声が上がった。

1971年夏は福島県の進学校である磐城高校が決勝に進出し、コバルトブルー旋風を巻き起こした。「小さな大投手」と呼ばれた田村隆寿は、準決勝までの3試合をすべて完封した。桐蔭学園との決勝では7回に初めて失点し、0-1で涙を飲んだ。

3年間で東北勢が2度も決勝に進んだことで、東北に優勝旗が来るのは時間の問題と思われた。ここからまさか51年を要するとは、誰が予想しただろう。

1989年夏、仙台育英が大越基（元・ダイエー）の好投で決勝に進んだ。しかし0-0の延長10回、帝京に2点を奪われて力尽きた。帝京の投手は、後年、東北楽天に入団する吉岡雄二だった。

2001年春、仙台育英が決勝に進出したが、名将木内幸男監督率いる常総学院に6-7で惜敗。育英は監督が佐々木順一朗、エースは芳賀崇だった（芳賀の同期に後の須江航監督がいた）。

2003年夏は東北高校がダルビッシュ有（現・パドレス）とスラッガー横田慎幸を擁して決勝に進出したが、またしても常総学院に2-4で逆転負けした。

2004年と2005年の夏は駒大苫小牧が連覇。優勝旗は白河の関より先に津軽海峡を越えた。同じ寒冷地・北海道の優勝ではあったが、東北人には喜びよりもむしろ焦りがつのった。

2009年春は岩手県勢として花巻東が初めて決勝に進んだ。対戦相手は長崎清峰である。花巻東・菊池雄星（現・ブルージェイズ）、清峰・今村猛（元・広島）の投手戦となったが、0-1で清峰が勝利した。7回表、清峰は二死から8番打者が四球で出塁。9番打者の打球は前進守備のセンターの頭を越えた。一塁走者が長駆ホームインし、これが決勝点となった。この大会には21世紀枠で利府高校

が出場し、準決勝まで進んで花巻東と対戦した。結果は５－２で花巻東が勝利したが、どちらにも勝たせたかった。

2011年夏、2012年春、2012年夏と、青森県の光星学院が３回連続で決勝に進出したが、３回とも準優勝に終わった。相手チームはそれぞれ日大三高、大阪桐蔭、大阪桐蔭であった。

この頃から、東北のチームの優勝は未来永劫無理なのではないか、という雰囲気が漂い始めた。

2015年夏は仙台育英が３度目の決勝進出。佐藤世那投手（元・オリックス）、郡司裕也捕手（現・中日）のバッテリーで小笠原慎之介（現・中日）を擁する東海大相模と対戦したが、やはりというか、６－６の９回表に４点を失って敗れた。「祝・優勝」の垂れ幕を準備していたある企業は急遽「祝・準優勝」に作り替えた。予め「準」の字を貼るスペースを開けていたというから情けない。

2018年夏は第100回大会だった。吉田輝星投手（現・日ハム）を擁する秋田の金足農が「金農旋風」を巻き起こしたが、決勝では大阪桐蔭に２－13と大敗した。

以前は抽選で東北のチームと当たると、「ラッキー」と飛び上がって喜ぶチームがあった。東北のチームは冬期間雪で練習できず、周りのレベルも低く練習相手にも事欠いた。しかし、最近は毎回ベスト８に残れるほどの地力をつけている。もうどこのチームも、仙台育英、花巻東、光星学院、聖光学院などとは対戦したくないと思うだろう。東北は落合博満、大魔神・佐々木主浩、菊池雄星、大谷翔平、佐々木朗希などのスーパースターを輩出しており、決して野球後進地域ではないが、甲子園で優勝しない限りは喉に刺さった小骨が抜けなかった。

全国高等学校野球選手権大会が始まって107年。東北諸藩が「賊軍」の汚名を着せられた戊辰戦争（1868年）からは154年である。この間、東北は「白河以北一山百文」と貶められて来た。関西弁は東京で市民権を得たのに東北弁は今でも嗤われる。差別感情は無意識なほど逆に根深く、簡単に払拭できるものではないが、今回の優勝は東北復権の一歩となる。奥羽越列藩同盟の雄藩である仙台の高校が、山口県（長州藩）の高校を破ったことは象徴的でもある。準決勝は仙台育英と福島の聖光学院の対決だったが、もし聖光学院が勝っていたら、決勝は会津対長州という因縁の一戦になっていた。

苦労を分かち合って来た東北人の結束は固い。決勝戦が行なわれていた時間、

東北地方の商店街では人通りが絶え、優勝が決まった直後には地方新聞が号外を出したそうだ。福島民報は、聖光学院が仙台育英に敗れた翌日の社説で、「聖光ナインは仙台育英に六県の悲願を託した。県民も一丸となって応援しよう。福島の夏はまだ終わっていない」と書いた。仙台育英の須江監督は優勝インタビューで東北の辛苦を労い、コロナ禍で苦しんだ全国の高校生にエールを送って感銘を呼んだ。

　優勝の翌日、仙台育英の選手達は新幹線で帰仙した。飛行機の方が早いが、あえて陸路で優勝旗を白河越えさせたのだという。報道によると、優勝旗を乗せたはやぶさが白河を過ぎたのは午後２時15分だった。

　強豪私立校は全国から有望な生徒をかき集めて勝っているから素直には喜べない、という声を聞く。今回、仙台育英のベンチ入りした18名の出身中学校は、宮城県９名（秀光中、南吉成中、名取一中、佐沼中、金津中、古川中）、山形県３名（酒田三中、鶴岡四中、大石田中）、青森県１名（弘前四中）、岩手県２名（大船渡一中、釜石東中）、福島県１名（泉崎中）、大阪府１名（山滝中）、広島県１名（二葉中）であった。東北地方出身者は89％（16名）、宮城県出身者は50％を占めた。この構成ならば、東北の生徒達が日本一になった、と胸を張ってよいだろう。

　ちなみに、春・夏を含めて優勝校が出ていない都道府県は、青森県、岩手県、秋田県、山形県、福島県、新潟県、富山県、石川県、山梨県、滋賀県、鳥取県、島根県、宮崎県の13県となった。春夏合わせた優勝回数は多い順に、大阪26回、愛知19回、神奈川14回、兵庫13回、和歌山13回、東京12回となっている。

　東北の呪縛は第１回全国中等学校優勝野球大会（現在の全国高等学校野球選手権大会の前身）決勝で、秋田中が京都二中に１－２と惜敗したことに始まった。この試合で秋田中が勝っていれば呪縛なるものが生じることはなかった。それはいったいどのような試合だったのか。

　その大会は1915年（大正４年）８月18日から６日間、大阪府の豊中グラウンドで行なわれた。東京、東北、東海、京津、関西、兵庫、山陽、山陰、四国、九州の10地区での予選を勝ち抜いた10校が代表として出場した。予選参加校は73校で、東北予選は秋田県内の３校のみで行われた（今年の参加校は3,547校である。）。

　記録を見ると、初戦は、秋田中９－１三重四中。第２戦（準決勝）は、秋田中３－１早稲田実業。決勝は京都二中との対決になった。秋田中は７回表に、京都

二中の犠打処理の失敗から1点を挙げる。京都二中は8回裏、秋田中の投手の暴投で1点を挙げ同点とし、試合は延長に入る。13回裏、京都二中の攻撃をスコアブックから書き起こすと次のようになる。

・・・先頭の4番打者がセンターにフライを打ち上げた。秋田の中堅手は目測を誤り、これを落球。打者走者は二塁に進んだ。秋田のエースは5番打者を討ち取り一死二塁となった。続く6番打者は二塁への痛烈なライナーを放つ。二塁手がこれを弾き、慌てて一塁に送球。これを一塁手が捕り損なう。それを見た二塁走者は勇躍三塁を蹴った。ボールを拾った一塁手は本塁へ矢のような送球。二塁走者は捕手のタッチを避けながら本塁へ滑り込んだ。砂塵が舞う中、主審は大きく両手を広げた。セーフ！・・・

サヨナラ勝ちで京都二中の優勝が決まった。これが107年に渡る呪縛の始まりである。当時の野球はまだ発展途上で、多くの失策が見られた。決勝戦でも両軍合わせて九つの失策があり、得点はすべて失策がらみであった。豊中グラウンドは長方形の運動場で、外野にフェンスはなく、代わりにロープを張った。観客席もなかった（ベルサンピアのグラウンドの方がずっとましだ）。甲子園球場で試合が行なわれるようになったのは第10回大会からである。

暑い夏を熱い夏に変えてくれた仙台育英のナイン達。来年は連覇と気負わず、野球を楽しんでもらいたい。

東北の呪縛は解けた。もう祈りながらテレビを観る必要もない。長い間東北の空を覆っていた見えない雲が霧消し、青い空がより青く見えるようになった。

（2022年8月）

（註1）2023年の第95回選抜高校野球大会で、山梨学院高校が山梨県勢初となる甲子園大会優勝を遂げた。春・夏を含めて優勝校が出ていない都道府県は一つ減って12県となった。

（註2）2023年6月1日、秋田中を前身とする秋田高校と、京都二中を前身とする鳥羽高校（京都）との試合が秋田市のこまちスタジアムで行なわれた。秋田高校が創立150周年を記念し、1915年の決勝戦を再現しようと鳥羽高校を招待したものである。秋田高校が4－1で勝ち、雪辱を遂げた。

（註3）2023年の第105回夏の甲子園で、仙台育英は浦和学院、聖光学院、履正社、花巻東、神村学園と、強豪校を次々と撃破して決勝に進んだが、慶応に2－

8で敗れ、2連覇はならなかった。

（註4）その後、郡司裕也捕手は2023年からオリックスへ、吉田輝星投手は2024年からオリックスへ移籍した。

Storm last night　〜津田梅子の生涯〜

現在、5,000円札の肖像は樋口一葉だが、2024年度に発行される新紙幣は津田梅子になる。

津田梅子は幼くしてアメリカに留学し、儒教的価値観で縛られた日本女性に高等教育への道を拓いた。後の津田塾大学の創設者であり、初代塾長である。

1864年（元治元年）の大晦日、津田梅子は津田仙・初子夫妻の5男7女の次女として、江戸牛込に生まれた。男子を望んでいた父・仙は失意し、その日家に帰らなかったという。仙はこの時代にあっては進歩的な方だったが、7日経っても名前さえ付けなかった。仕方なく初子が盆栽の梅の花を見て梅と命名した。この辺の経緯が、後々彼女が日本の男尊女卑に反発する基となった。1902年には戸籍上の梅を梅子に改めている。

仙は江戸幕府の外国奉行支配通弁（通訳官）を務めていたので英語も堪能だった。梅子が3歳の頃に福沢諭吉らと共に渡米もしたが、幕府が廃止されると職を失った。その後は西洋野菜の栽培を手掛け、学農社を設立した。青山学院大学の創立にも関わり、70歳の時に脳出血で死去した。

1871年、明治政府は不平等条約の改正を目指し、欧米を視察する岩倉使節団を派遣した。開拓次官の黒田清隆は、近代国家建設には男子を教育する賢母のモデルが必要と考え、一緒に女子留学生を送ることを決めた。留学期間は10年と長く、結婚適齢期を逃す畏れがあったので多くの女性は尻込みした。応募したのは、それを名誉挽回の好機と捉えた旧幕臣の娘5名であった。当初、仙は8歳の長女を応募させようとしたが、長女は親元を離れるのを嫌がった。代わりに、自ら「海外に行きたい」と希望した6歳の梅子が応募することになった。

応募した5名は全て留学生として承認された。その5名とは上田悌子（幕臣の娘、満14歳）、吉益亮子（幕臣の娘、満14歳）、山川捨松（会津藩家老の娘。8歳で会津落城に遭う。満11歳）、永井繁子（幕臣の養女、満8歳）、そして津田梅子

（幕臣の娘、満6歳）であった。日本政府は留学生に旅費・学費・生活費を全額負担した上で、更に奨学金として1人につき毎年800ドルの高額を支給した。

　留学生達は1871年12月23日に横浜を出港した。出港を見送った人々は、「年端も行かない女子を10年も異国にやるなど、親は鬼か」と囁き合った。24日後、サンフランシスコに入港。梅子と亮子はワシントンD.C.近郊、ジョージタウンのチャールズ・ランマン夫妻の家に預けられた。ランマンは日本弁務使館書記官で、著名な画家・著述家・旅行家でもあった。夫妻は子供がなかったこともあり、聡明な梅子を実の娘同様に可愛がった。

　梅子はコレジエト・インスティチュートに通い、英語、ピアノなどを学んだ。1878年にはアーチャー・インスティチュートへ進学。ラテン語、フランス語、英文学の他、自然科学、心理学、芸術、ピアノ、生活様式、文化、社会習慣などを幅広く学んだ。この1878年には紀尾井坂で大久保利通が暗殺された。明治はまだ安定していなかった。

　5名のうち最も年長だった上田悌子と吉益亮子は、留学後体調不良を理由に10年持たずに帰国してしまった。新しい環境に馴染むには年を取り過ぎていたのである。逆に最年少だった梅子は新しい環境に順応し、英語でものを考えるまでになった。

　1882年、17歳で帰国した梅子の英語力は母語話者と全く同等になっていた。しかし、その代償として日本語を完全に忘れ、生涯苦労することになった。梅子は、「日本語は長くて、含みがあって意味がはっきりせず、理解しがたい」と書いている。それはまさに外国人から見た日本語の特徴を言い当てている。

　梅子より年長だった永井繁子と山川捨松は、帰国後比較的早期に日本語を取り戻した。繁子、捨松、梅子の3人は生涯親しく、梅子が後に「女子英学塾」を設立する際には繁子と捨松が助力した。

　女子留学生を所管していた開拓使は留学生達が帰朝する前に廃止され、彼女達に官職が用意されることはなかった。梅子は失望を味わったが、それよりも儒教的価値観に縛られた日本女性を見てカルチャーショックを受けた。儒教は女子に三従ありと説く。幼くては親に、嫁しては夫に、老いては子に従えと教える。女性は結婚したら子を育て、夫とその家族に仕えるだけで一生を終わってしまう。女子は小学校に通うこともままならないし、選挙権もない。社会の日陰に置かれ

ているのに、女子はそれに気づいてさえいない。

　梅子は帰国後、華族女学校で英語を教えていた。しかし、官立の学校の女子教育は良妻賢母を養成するためのものであり、女性を自立させるためのものではなかった。それと異なる教育を行なうには私学を創り、そこで男性とも自由に意見を交わし、問題を解決し、経済的に自立する女性を育てるしかない・・・彼女の私学創設の夢は帰国後1か月の間に膨らんだ。しかし、それにはまだ勉強も人脈も資金も足りなかった。

　梅子は安定した職を捨て、2度目の留学を決意した。ここに彼女の意志の強さと使命感を見ることが出来る。1889年、24歳で再び渡米。ブリンマー大学で生物学を専攻した。同大学は創立4年目の私立女子大学であったが、最高水準の研究と教育を行なっていた。生物学を選んだのは1859年にダーウィンが『種の起源』を発表して以来、時代の花形だったからである。華族女学校は留学を有給扱いにしてくれた。ブリンマー大学では梅子の授業料が免除され、寄宿舎が無償で提供された。3年目に、梅子は「蛙の発生」に関する大きな研究成果を挙げた。梅子の研究成果は論文「蛙の卵の定位」にまとめられ、指導教官のT・Hモーガンと連名で1894年にイギリスの学術雑誌Quarterly Journal of Microscopic Science, vol.35.に掲載された。梅子は、欧米の学術雑誌に論文が掲載された最初の日本人女性となった。今で言う「リケジョ」である（T・Hモーガンは1933年にノーベル生理学・医学賞を受けた）。

　留学中の1891年に梅子は日本女性を留学させる奨学金の創設活動を始めた。8,000ドルの基金を集め、翌年に「日本婦人米国奨学金」が発足した。この資金により日本女性25人が留学した。在学中に知り合ったアンナ・ハーツホンはその後来日して、長く梅子を援助することになる。

　梅子はブリンマー大学から研究の継続を懇望されたが、女子教育の道を選び、1892年に帰国した。1898年には日本女性代表として万国夫人連合大会会議に出席。日本女性の問題について堂々と英語でスピーチした。和服姿であった。それを機にヘレン・ケラーと会談をし、その後、イギリスでナイチンゲールとも面会を果たした。

　1900年、アリス・ベーコン、大山（山川）捨松、瓜生（永井）繁子、新渡戸稲造などの協力を得た梅子は、東京市麹町の借家に女子英学塾を開校した。最初の

学生数は10名だった。開校式にあたり、「英学塾の目的はいろいろあるが、将来英語教師として働く場を与えるのが目的の一つである」と述べた。

　進歩的で自由でレベルの高い授業が認められ、塾は私立女子教育機関としては初めて無試験検定による英語教員免許状の授与権を与えられた。1905年のことである。その3年後に学生数は150名に達した。

　1917年の春、52歳になった梅子は疲労感と多飲を訴え、聖路加病院に入院した。糖尿病と高血圧であった。その後も入院と退院を繰り返した。梅子は日記に、「新しい苗木が芽生えるためには、ひと粒の種子が砕け散らねばならない」と記し、1919年に塾長を辞した。

　学生が増え校舎が手狭になったため、塾は1922年に東京府北多摩郡小平村（現・東京都小平市）に25,000坪の校地を取得した。

　ところが、1923年の関東大震災で、麹町の校舎は全焼。塾の存続すら危ぶまれる事態となった。この危機に際し、無報酬で教鞭を取っていたアンナ・ハーツホンは、急遽アメリカに帰国し、3年間で500,000ドルの寄付金を集めた。この多額の寄付金により塾は復興し、小平キャンパスの建設を果たした。

　梅子は晩年を読書と編み物で過ごした。編み物で指先を動かすことで身体全体の血液循環を良くしたという。

　1928年、梅子は勲五等に叙され、瑞宝章を授けられた。1929年8月16日、父親と同じく脳出血のため死去。満64歳であった。葬儀は、東京市麹町区五番町の女子英学塾講堂で校葬として行なわれた。梅子の墓は津田塾大学構内に建立された。学校内に墓を作ることは禁止されていたが、東京府が特別に許可を出した。

　1931年、女子英学塾は小平キャンパスに移転した。1933年に校名を津田英学塾に改めた。1943年、理科を増設して津田専門学校となり、1948年には学制改革に伴い津田塾大学に昇格した。現在、英語英文学科、国際関係学科、多文化・国際協力学科、数学科、情報科学科、総合政策学科、大学院（文学研究科、国際関係学研究科、理学研究科）を置く。大学の本館は鉄筋コンクリート造りの洋式建築に和風の瓦屋根を乗せた帝冠様式で、アンナ・ハーツホンの献身を称えて「ハーツホン・ホール」と命名されている。

　戦後、労働省婦人少年局の局長になった山川菊栄（初代局長）、藤田たき、森山眞弓、赤松良子は津田塾大の卒業生である。1985年、男女雇用機会均等法が成

立した時の婦人局長が赤松良子であった。塾の卒業生は35,000人を超えている。

　伊藤博文、新渡戸稲造、M・Cトマス（ブリンマー大学学長）など、津田梅子に巡り合う人々は彼女を援助せずにはいられなかった。なかでもアンナ・ハーツホンは一生を津田塾に捧げたと言ってよい。梅子の性格は頑固で不器用であったが、私心のなさと未来を見つめる強い眼差しは周囲に希望の光を振り撒いた。彼女は「血税で学ばせてくれた日本に恩を返す」という強い使命感を持ち続けた。それは彼女が書いた手紙のあちこちに垣間見える。その使命感こそが彼女を最後まで支えたエネルギーであった。

　彼女は生涯未婚を通した。何度か縁談もあったが、当時の日本の結婚観を受け入れられなかった。「自分は故なく夫を尊敬したり仕えたりは出来ない」と書いている。

　津田梅子に関する資料は関東大震災・太平洋戦争の戦災で多くが焼失した。梅子の住んだ家も今は無い。彼女を偲ばせるのは津田塾大学とその構内にある墓所、それと友人達に宛てた多くの手紙である。

　彼女の最後の言葉は、日記に記された「Storm last night」（昨夜、嵐）だった。女子高等教育の先駆者として数々の苦難に立ち向かった彼女の人生は、まさしく嵐の如くだった。

（2023年1月）

▲「蛙の卵の定位」『津田梅子文書』
　1980年10月、津田塾大学発行より

　（註1）永井繁子はヴァッサー大学音楽科でピアノを専攻し、日本最初のピアニストとして活躍した。後に結婚して瓜生姓となった。

（註2）山川捨松は幼名をさきという。兄は山川健次郎。会津戦争で籠城し、「焼玉押さえ」をした義姉を失くした。焼玉押さえとは、官軍が会津城内に撃ち込んだ砲弾を爆発する前に濡らした布団で押さえる危険な作業のことである。米国留学が決まった際、母は「捨てたつもりで帰りを待つ」と述べ、「捨松」と改名させた。帰国後、仇敵薩摩出身で18歳年上の陸軍中将・大山巌の後妻となった。恋愛結婚だったが、大山は会津城に砲弾を撃ち込んだ砲兵隊長であり、会津ではこの結婚は受け入れられなかった。彼女はやがて「鹿鳴館の花」と呼ばれる存在となり、諸国外交官と交流した。後年、元老となった大山巌の妻として看護婦教育と女子教育を支援した。1919年、58歳の時、スペイン風邪で死去。

（註3）「蛙の卵の定位」の原著は、TH Morgan and Ume Tsuda：The Orientation of the Frog's Egg, Quarterly Journal of Microscopic Science, vol 35, New Series, p373-405,1894.

（註4） 私の母は津田梅子に54年遅れて東京御徒町に生まれ、生後8か月で山形市に引っ越した。山形には日本の古い儒教的価値観が江戸時代のまま残っていた。母は津田梅子に憧れ、1937年に津田英学塾に入学した。卒業後は英語の教員となったが、女性が職業を持って自立するなど、まだ許されない時代であった。さらに太平洋戦争が始まると敵国語を話す者は非国民と指弾され、日本に仕事がなくなった。そのため文部省派遣日本語教員としてフィリピンに赴任した。フィリピン陥落寸前に輸送船で奇跡的に帰国。戦後はNHK、GHQで翻訳・通訳の仕事をした。山形東高校に英語教員として勤務する中、1950年からフルブライト・プログラム留学生として米国ミシガン州立大学に留学した。山形県初の女子留学生だったため、「山形の津田梅子」と呼ばれた。帰国後は山形北高、山形西高に計30年間勤め、英語を教え、女性の自立を説いた。晩年は庭に梅の木を植え、梅子と同じように読書と編み物をして過ごした。最期の言葉は、「先に隣の部屋に行く」だった。

初恋通り　〜島崎藤村の憂鬱〜

初恋通りは、仙台駅東口にある歩行者専用道路である。東口のBiViと交番の間を起点とし、ここから北に三吉神社の鳥居前まで行き、西に折れて藤村広場に到

達するまでをいう。途中には植栽やベンチが設置され、「初恋」の詩碑が建てられている。藤村広場はかつて島崎藤村が住んだ下宿屋・三浦屋があった場所で、通りの名称はもちろん藤村の詩「初恋」に由来する。

　藤村は1872年3月、長野県神坂村馬籠（現在は岐阜県中津川市に編入）の島崎家に生まれた。4男3女の末っ子で、本名は春樹である。生まれた日、庭の椿が満開だったため、「春樹」と名づけられた。島崎家は馬籠宿の本陣と庄屋と問屋を兼ねる大きな旧家だった。藤村は生来頑固で、執念深い性格だったという。8歳時に隣家の大脇ゆふという娘に恋をし、それをモチーフに後年「初恋」が生まれた。

　学業のため9歳で上京した藤村は、銀座の泰明小学校、三田英学校、共立学校（後の開成中学）でそれぞれ優秀な成績を残した。一高受験には失敗し、開設されたばかりの明治学院に第1期生として入学した。

　1892年、藤村は20歳で明治女学校高等科英語科教師となった。ここに佐藤輔子という花巻出身の美しく、気品ある女学生がいた。藤村は彼女に激しい恋情を抱く。在学の教え子で一つ年上。しかも彼女には郷里に許婚者がいたため問題が大きくなり、藤村は僅か3ヵ月で辞職せざるを得なくなった。

　その後、1894年に復職したが、1895年に花巻で結婚した輔子が妊娠中に心臓疾患で急逝。同じ年、藤村の兄が水道鉄管事業で失敗、母の他界、交友していた北村透谷の自殺等が重なり、憂鬱が昂じて再び辞職することになった。

　この頃のことを自ら著作『春』に書いている。「藤村」という筆名は佐藤輔子の死の翌年から使用し始めた。佐藤の一字を取ったものである。1955年に出版された自伝的小説『桜の実の熟する時』に、輔子は「安井勝子」として登場する。

　1896年、藤村は知人の紹介で東北学院の教師となり、仙台に赴任した。当初、支倉町の広瀬川を見下ろす河岸段丘の家に住み、教鞭の傍ら詩作を始めた。その後、仙台駅東側の下宿屋・三浦屋に引っ越した。第1詩集『若菜集』は三浦屋の2階の部屋で書かれた。これを発表して文壇にデビューする。代表作『初恋』は瑞々しい恋愛感情を美しい文語体で詠み上げ、若者の心情を震わせた。藤村の仙台滞在は1年ほどだった。

　続いて詩集『一葉舟』、『夏草』、『落梅集』を出版すると、瞬く間に明治浪漫主義の第一人者となり、土井晩翠とともに藤晩時代と並び称されることになった。

1899年、長野県小諸町の小諸義塾に英語・国語教師として赴任。明治女学校で教え子であった秦冬子と結婚。翌年には長女が生まれた。藤村は小諸で詩人から小説家への転身を試み、信州の自然と農村の生活を文章でスケッチする修業を重ねた。千曲川一帯を描写した写生文は、後に『千曲川のスケッチ』として出版された。

　藤村は小諸の6年で小説家として立つ準備をし、33歳の春、上京。1906年、初の小説『破戒』を自費出版した。『破戒』は評判となり、文壇からは本格的な自然主義小説として絶賛された。

　しかしこの頃、島崎家の経済は赤貧洗うが如くだった。栄養失調により3人の娘が相次いで没し、冬子もビタミンA欠乏による夜盲症を発病。さらに1910年、冬子が4女を出産後、大量出血で死去。藤村の許には4人の子が残された。このため次兄・広助の次女・こま子が家事手伝いに来たが、藤村はこま子と深い関係になり、やがて彼女は妊娠してしまう。

　1913年、藤村はこの生活から逃げるように渡仏。こま子が産んだ子供はひそかに里子に出され、間もなく死亡。1918年、帰国すると、一旦清算されたかに見えたこま子との関係が復活する。

　この辺の事情は藤村自ら『新生』に書いているが、内容が事実と思えば読むのが辛い作品である。

　広助は藤村と義絶。親類の差配により、こま子は台湾にいる伯父・秀雄（藤村の長兄）の元へ渡った。こま子は後に日本に戻り、10歳下の左翼学生と結婚して女児を産んだ。その学生は若い女と逃げた。

　こま子は婦人公論に手記を発表し、藤村を怯えさせたが、1978年6月に東京の病院で死去。85歳だった。

　藤村の父、島崎正樹は生来学問好きで、平田篤胤派の国学と神道に傾倒していた。正樹が島崎家17代目を相続したのは1862年、幕末の世情混沌とした時期であった。やがて明治維新により島崎家が担って来た本陣、庄屋、問屋が廃止され、馬籠の良き慣習も人心も大きく変わって行った。正樹は信心深く、古代の天皇制を理想と考えていた。しかし、厳格で融通の利かない性格は維新の激変に順応できず、先祖から受け継いだ財産を減らす一方だった。一時上京して教部省に勤務し

たが、信奉する国学を「古い」と冷笑され、激高して退職。明治天皇の行列に憂国の和歌を書いた扇を持って直訴する事件を起こし帰郷。次第に酒浸りになり、統合失調症と診断された。幻覚を見て馬籠の寺に放火し、村人達によって座敷牢に監禁された。以来一度も太陽を見ることなく、牢内で死去。1886年のことである。藤村は父の葬儀に参列していない。

　1930年、藤村と同い年の親友・田山花袋が死去。死の2日前に見舞った藤村は、「死んで行くときの気持ちはどういうものかね」と聞いた。残酷な問いに花袋は、「なかなかひと口には言えない」と苦しい息で答えた。藤村のこうした性格には気味の悪さを禁じ得ない。

　1932年、藤村は父・正樹をモデルとした歴史小説『夜明け前』を刊行した。1853年の黒船来航から、1886年の主人公の死までの33年間を書いた。明治維新で変わって行く木曽の人々の生活と、父親（小説では青山半蔵）のように新しい時代に受け入れられなかった人達の運命を重ねた長編小説となった。『夜明け前』の成功により、藤村は1935年に日本ペンクラブ初代会長に就任した。

　藤村は文学者としては多方面で優れた才能を見せたが、教師時代に教え子と恋愛事件を起こしたり、姪と不倫関係になって妊娠させたりするなど、男女関係で度々問題を起こした。父親と同様、長姉も統合失調症が元で死去した。また、父親は異母妹と関係があり、それに苦悩した藤村の母が不倫し、生まれたのが藤村のすぐ上の兄・友弥である。

　このような異形の家族関係を、藤村は自作でたびたび「親譲りの憂鬱」と呼んだ。姉が入院していたのは、木曽須原宿の清水医院で、藤村は姉をモデルに『ある女の生涯』という短編小説を書いている。

　藤村は木曽路をこう綴った。

　・・・あるところは岨（そわ）づたいに行く崖の道であり、あるところは数十間の深さに臨む木曽川の岸であり、あるところは山の尾をめぐる谷の入り口である。一筋の街道はこの深い森林地帯を貫いていた・・・

　私は30歳の時に小諸懐古園と千曲川を訪れた。また、40歳でようやく中山道の馬籠宿から馬籠峠を経て妻籠宿までの8.4kmを歩く機会を得た。途中には皇女和宮の行列が通ったとはとても思えない狭いカーブや川、滝まである。歩けども歩けども四方は山また山。馬籠は山の尾根に開かれた町で平地というものがなく、

険しい坂道が600mも続く。3時間歩いた頃に日は暮れ切った。心細くなった頃、遠くに妻籠宿の明かりが小さく見えて来た。自分の20mほど前を、年配の旅行者が疲れ切った様子で歩いていた。宿の灯りにゆらゆら揺れて歩く姿は、扇を持って直訴に向かう青山半蔵にも見えた。

　私の好きな島崎藤村、石川啄木、若山牧水は幸福な人生を送ったとは言い難いが、作品は長く読み継がれて来た。この先も読まれるだろう。読者の琴線を震わす珠玉の作品群は、彼らが苦しんだ人生の果実である。現代の作家達の場合はどうか。著者が死んで1年もすると、その作品は書店や図書館の棚から姿を消してしまう。時間とともに忘れられて行く作品の何と多いことだろう。著者たちも永く読まれることなど期待していないのだろう。作家はある程度不幸でなければ、永遠の作品など書けないのかもしれない。

参考文献
　島崎藤村　『夜明け前（第1部）上・下』　新潮文庫　1954年
　島崎藤村　『夜明け前（第2部）上・下』　新潮文庫　1955年
　島崎藤村　『藤村詩集』新潮文庫　1968年
　水本精一郎　『島崎藤村研究 詩の世界』　近代文藝社　2010年

（2022年7月）

▲「初恋通り（仙台駅東口）（2022年7月）

　（註1）中山道は日本橋を起点とし、武州路、上州路、信濃路、木曽路、美濃路、近江路を経て、京都三条大橋に至る。木曽路は贄川宿から馬籠宿迄の11宿である。

（註２）馬籠の藤村記念館の北隣に土産物屋の大黒屋がある。そこは藤村の初恋の人、大脇ゆふの生家である。彼女は妻籠の造り酒屋に嫁ぎ、以後藤村と会うことはなかった。

（註３）藤村は９歳で上京して以降、71歳で大磯で死去するまで馬籠に戻ることはなかった。52歳の時、馬籠本陣跡の宅地を買い戻した。いずれそこに戻る心算（つもり）だったのか、父の供養だったのかは分からない。

（註４）1943年、藤村は『東方の門』を執筆中に脳溢血で倒れ、死去。最後の言葉は「涼しい風だね」だった。

（註５）東京医科歯科大学医学部精神医学教室初代教授で、『心で見る世界』等を著わした島崎敏樹は、藤村の兄の秀雄の娘・いさの息子で、敏樹の弟は登山家・文筆家の西丸震哉である。

歌は私の悲しい玩具である

「追われるように故郷を後にした」、「勤勉に働いたが生涯不遇だった」、「故郷のことを思いながら肺病で早世した」・・・石川啄木にはそういう清貧、不運、薄幸の歌人というイメージがある。彼には若い時から希死念慮、不眠症、抑うつ傾向があり、生活破綻者であった。頭は良かったが絶えず周囲と軋轢を起こし、怠学し、人に金を借りて返すことがなかった。金銭感覚の欠如においては野口英世と双璧をなす。世渡り下手で、歪（いびつ）な人生を送ったが、今も人々に愛されているのは何故だろう。

1886年、石川啄木は曹洞宗日照山常光寺住職の父・石川一禎（いってい）と母・カツの長男として岩手県南岩手郡日戸村（ひのと）（現・盛岡市日戸）に生まれた。幼時から利発で、村では「神童」と呼ばれた。「啄木」は筆名で、本名は「石川一（はじめ）」。２人の姉と妹がいた。

啄木は学齢より１歳早く渋民尋常小学校に入学した。周囲より１歳下だったにもかかわらず、首席で卒業した（当時尋常小学校は４年制だった）。1898年、岩手県盛岡尋常中学校（現・盛岡第一高等学校。当時は５年制）に入学。入学試験の成績は合格者128名中10番だったが、４年生終了時には119名中82番にまで下がった。後に妻となる堀合節子とは３年生の頃には既に交際していた。

不来方のお城の草に寝ころびて空に吸はれし十五の心

15歳の少年の、のびのびした心境と果てしない夢を感じる歌だが、

教室の窓より遁（に）げてただ一人かの城址（しろあと）に寝に行きしかな

　草に寝ころびに行ったのは授業を怠けた末のことであった。文学と恋愛に夢中になり、5年生の1学期は出席104時間に対し、欠席207時間という有様だった。

　啄木は怠業の末、5年生1学期の期末試験で不正をし、答案無効・保証人召喚という処分が下された。4年生の学年末試験でも不正をしていて累犯であったので中学を退学となった。

　しかし、めげることもなく、「天才詩人」の名を天下に知らしめんと、そのまま上京。新詩社の集まりに参加し、与謝野晶子の許を訪れていた。翌年には与謝野鉄幹主宰の『明星』に作品が載せられるようになった。彼の才能は、短歌の技巧を忽ちに吸収して自分のものとする、という形で現れた。この頃から「啄木」という筆名を使い始めた。

　1905年、父親は啄木に送金するため、寺の裏山の木を勝手に売り、宗費を滞納して常光寺住職の職を追われた。一家はいきなり経済的に困窮することになった。その直後、啄木は借金をして処女詩集『あこがれ』を出版したが売れなかった。啄木は家族の窮状を知りながら、借金した中から1銭の仕送りもしていない。

　同年、盛岡で堀合節子との結婚式が予定されたが、啄木は東京からなかなか盛岡に帰ろうとしなかった。矢のような催促にも拘わらず、ずるずると帰郷を引き延ばした。式も2度、3度延期され、ついに一禎によって婚姻届けが先に出された。啄木もようやく東京を出発するが、何故か仙台で下車。8日間投宿し、友人を集めて酒を飲んだ。旧知の土井晩翠から、「母が危篤のため旅費が必要」と嘘の理由で借金をした。この間に結婚式は新郎を欠いたまま終了した。新郎の無断欠席である。この欠礼で節子は結婚をどうするか聞かれ、「吾はあく迄愛の永遠性なると言う事を信じ度く候」と結婚の宣言をした。これが忍従の結婚生活の始まりだった（しかし、その結婚生活は僅か7年間で終る）。

　仙台を発った啄木は盛岡で下車せず渋民村まで行き、その後ようやく盛岡に戻った。啄木はまだ無名で、文学で収入を得てもいなかった。啄木にしてみれば、そのような状況で結婚することはプライドが許さず、婚約がご破算になることを願っていたのだと言われる。

結婚後、盛岡で出版を試みるもうまく行かず、渋民尋常小学校に代用教員として勤めた。生徒には人気があったが、校長とトラブルを起こして退職する。

石をもて追はるるごとくふるさとを出でしかなしみ消ゆる時なし

その後、知己を頼り、単身函館に渡って青柳町に居を構えた。代用教員、新聞記者の職を得るが、函館大火で勤務先が焼失し職を失った。

函館の青柳町こそかなしけれ友の恋歌矢ぐるまの花

みぞれ降る石狩の野の汽車に読みしツルゲエネフの物語かな

今夜こそ思ふ存分泣いてみむと泊りし宿屋の茶のぬるさかな

しかし、拾う神があった。啄木の窮状を見かねた小樽日報・釧路新聞社長、白石義郎の誘いで釧路新聞に就職し、編集長として紙面を任され腕を揮った。

さいはての駅に下り立ち雪あかりさびしき町にあゆみ入りにき

しかし、啄木は取材と称して釧路の花柳界に出入りし、芸妓と親交を結んだ。次第に田舎の生活に倦み、遅刻欠勤を繰り返すようになった。小説に挑むもうまく行かず、節子への仕送りもしなかった。節子は、自分の持ち物を売って生活苦をしのいでいた。

22歳で、「やはり文学がやりたい」と1年間の北海道生活を切り上げ、1908年、東京へ引っ越した。この頃、突然短歌の創作意欲が旺盛となり、見るもの聞くもの、みな溢れるように歌になった。一旦感興が湧けば、一晩に百数十首もの歌を詠んだ。

東京では東京朝日新聞の編集長、佐藤真一の世話で校正係となるも、次第に出社しなくなり、給料の前借りが死ぬまで続いた。浅草の悪所に通い詰め、節子に読まれることがないよう、ローマ字で日記をつけていた。不安や不満の他、女遊びについても事詳らかに描写している。「この日記は自分の死後焼却せよ」との遺言をしたが、節子は日記を最後まで大切に保存していた。彼女は外国人に英語を習い、代用教員をしていたほどなので、ローマ字くらいは読めていた。燃やせと命じるくらいなら書かなければよいようなものだが、書かずにはいられない。文学者の業である。

「ローマ字日記」は日記文学として意外にも高い評価を得、現在でも岩波文庫で読める。例えば1909年4月10日の日記はこうである。

Ikura ka no Kane no aru toki, Yo wa nan no tamerô koto naku, kano, Midara na Koe ni mitita, semai, kitanai Mati ni itta. Yo wa Kyonen no Aki kara Ima made ni, oyoso 13-4 kwai mo itta, sosite 10nin bakari no Inbaihu wo katta. Mitu, Masa, Kiyo, Mine, Tuyu, Hana, Aki ……Na wo wasureta no mo aru.

（日本語表記・筆者）「いくらかの金のあるとき、予はなんの躊躇うことなく、かの、淫らな声に満ちた、狭い、汚い街に行った。予は去年の秋からいままでに、およそ13-4回も行った。そして10人ばかりの淫売婦を買った。ミツ、マサ、キヨ、ミネ、ツユ、ハナ、アキ……名を忘れたのもある。」

　関係を持った吉原の遊女の名前を一人ひとり書き記している。啄木には、人として大事なものが欠落していたようである。火事を見かけた際は燃え盛る様子を喜び、手を叩いて踊ったという。

　口癖の「私が奢るから」は終生虚言だった。彼には金田一京助という中学時代からの親友がいた。アイヌ語研究の権威として知られる言語学者である。啄木が生活の危機に瀕した際に、金田一は自分の服を質入れしたり、蔵書や妻の着物を売ったりして援助した。啄木は「私が奢るから」と言って何度も金田一を誘ったが、金を出したことは一度もなかった。全て金田一に払わせた。啄木は生涯で約60人の知人から借金をし、その金額は現在の価値にして1,500万円を越したという。驚くのは、北海道時代、東京時代の家賃をすべて踏み倒したことである。啄木からすれば自分の文学がすべてで、借金はそれを成就する手段に過ぎなかった。

　ちなみに借金をしに行く時の歌も作っている。

**　何故かうかとなさけなくなり弱い心を何度も叱り金かりに行く**

**　実務には役に立たざるうた人と我を見る人に金借りにけり**

**　わが抱く思想はすべて金なきに因するごとし秋の風吹く**

　金を借りるときは人並みに屈辱を感じるが、金は返さない。返さない割に人を憎む。

**　一度でも我に頭を下げさせし人みな死ねといのりてしこと**

**　どんよりとくもれる空を見てゐし人を殺したくなりにけるかな**

　啄木の借金の目的は生活費ではなく、ほとんど遊郭通いのためだった。借りた金が無くなれば、遊郭の女性にまで金をせびった。金は返すものではなく、貰うものだった。寺の子供だった彼は、布施として他人から金を貰うことに慣れていたのかもしれない。

このような状態が続いても破滅に至らなかったのは、彼が短歌という「玩具」をついに手放さなかったからである。

　1909年頃からようやく無駄遣いが収まり、生活が穏やかになった。貧困からの脱出、有名になること、幸福な家庭、それらすべてを諦めたのである。死の予兆がそうさせたのかもしれなかった。すると今さら帰れない故郷、渋民村への強い郷愁が湧き上がって来た。

　　かにかくに渋民村は恋しかりおもひでの山おもひでの川
　　ふるさとの訛なつかし停車場の人ごみの中にそを聴きにゆく
　　そのかみの神童の名のかなしさよふるさとに来て泣くはそのこと
　　ただ一人のをとこの子なる我はかく育てり父母もかなしかるらむ

　1910年10月4日、『一握の砂』の原稿を出版社に渡し、出版契約を結んだ。その日に長男真一が誕生した。ところが10月27日、真一は病死。ひと月を生きなかった。啄木は見本刷りをその子の火葬の夜に受け取った。真一を悼む歌8首を追加し、第1歌集『一握の砂』は出版された。生活に即した新しい歌風に加え、3行分かち書きを取り入れたことが成功し、ようやく歌人として名声を得た。

　『一握の砂』は次のような文章から始まっている。

　・・・また一本をとりて亡児真一に手向く。この集の稿本を書肆の手に渡したるは汝の生まれたる朝なりき。この集の稿料は汝の薬餌となりたり。而してこの集の見本刷を予の閲したるは汝の火葬の夜なりき・・・

　啄木は、出来上がった見本刷りの最後のページに8首を追加した。そのうちの4首である。

　　夜おそくつとめ先よりかへり来て今死にしてふ児を抱けるかな
　　二三こゑいまはのきはに微かにも泣きしといふになみだ誘はる
　　真白なる大根の根の肥ゆる頃うまれてやがて死にし児のあり
　　おそ秋の空気を三尺四方ばかり吸ひてわが児の死にゆきしかな

　1911年2月、啄木は結核性腹膜炎を発症した。1912年1月には母カツの肺結核が悪化し、3月に死去。気落ちした啄木の病状は悪化し、4月13日小石川区の自宅にて死去した。

呼吸（いき）すれば胸の中（うち）にて鳴る音あり凩よりもさびしきその音

　妻と父と友人の若山牧水が看取った。満26歳と2か月であった。このとき節子は妊娠8か月だった。未亡人となった節子は千葉県北条町に移住し、次女・房江を産んだ。節子はその後、堀合家のある函館に帰り、借家に暮らした。

　同年6月、第2歌集『悲しき玩具』が出版された。翌1913年、一周忌を機に函館の立待岬に啄木の墓碑が立てられ、遺骨も移された。同年5月、節子も函館の病院にて肺結核で死去。遺児は節子の父が引き取った。啄木と節子の結核はカツから感染したものだった。

　1922年、第1号の歌碑が、故郷渋民に建立された。その歌碑には

やはらかに柳あをめる北上の岸辺目に見ゆ泣けと如に

　と刻まれた。歌碑の巨石は、大雪の日に村民の有志200名が橇で運んだという。国道4号線を隔ててその反対側に啄木記念館があり、そこからは岩手山が真正面に見える。

　啄木記念館には、啄木の少年時代からの遺品、自筆原稿、手紙、借用証書、作品掲載の雑誌、渋民小学校のオルガン、北海道時代、東京時代のパネル展示などがある。手紙の内容は文学への憧れと金策である。啄木は経済的な支援者だった金田一京助と佐藤真一に因み、長女を京子、長男を真一と命名している。

　作家の渡辺淳一は仙台での講演で、「石川啄木の伝記を書こうとしたが、その人間性にどうしても共感できず、執筆を諦めた」と語った。しかし、啄木ほど多くの人に愛されている歌人もいない。自分の手をじっと見たとき、友が昇進したとき、上野駅に立ち寄ったとき、啄木の歌がふと浮かんで来る。函館の青柳町は何もない住宅街だが、多くの若者が啄木を偲んで訪れる。何より、啄木の歌は100年以上にもわたって教科書に取り上げられている。

　歌詠みに限らないが、難解な語句を句読点なしに羅列した長文を特技とする人がいる。難解に見せるのは寧ろ容易なのだが、読めなければ高級、難しければ芸術という虚構である。啄木の歌は飾ることなく、ひたすら率直で平明である。だからこそ人の心を打つ。人生の折々に暗誦されてこその詩歌ではないか。

　啄木は、「歌は私の悲しい玩具である」と言った。人間は何か自分だけの玩具を弄（いじ）っていないと寄せて来る人生の試練に耐えられない。啄木には歌という玩具があったからこそ破滅に至らず、最後まで高みを目指して生きられたのだ。

参考文献

石川啄木　『一握の砂』東雲堂書店　1910年

石川啄木　『悲しき玩具　一握の砂以降』東雲堂書店　1912年

石川啄木　『啄木・ローマ字日記』岩波文庫　1977年

石川啄木　『石川啄木歌文集』　講談社文芸文庫　2003年

ドナルド・キーン　『石川啄木』新潮社　2016年

（2022年8月）

ほろびしものはなつかしきかな　〜牧水と小枝子〜

小学校の教科書で出会った若山牧水の歌、

白鳥はかなしからずや空の青海のあをにも染まずただよふ

青い海を見るたびに、青い空を見るたびに、1羽の白鳥が浮かんで来るほどこの歌は印象が強い。当時は、「白鳥は世の中の汚れに染まることなく清らかに飛んでいるけれど、その生き方はさぞ哀しいことだろう」と理解していた。

牧水のことを調べてみる気になったのは、それから40年も経ってからのことである。牧水は「酒と旅を愛した豪放な歌人」というイメージがあり、生涯に9,000首もの歌を残した。しかし、実際は自分の想像とはかなり違った人物だった。

若山牧水は本名、若山繁。1885年、宮崎県東臼杵郡坪谷村（現・日向市）の医家に生まれた。自然、旅、恋愛、酒を題材に短歌を詠んだ。彼の歌は絵画的で、畳み掛ける韻律が心地良く、記憶に残りやすい。

号「牧水」の「牧」は母の名前の「マキ」にちなみ、「水」は故郷宮崎の渓谷の水から取ったという。母と故郷を愛していた。

彼は早稲田の学生だった21歳の時、たまたま訪ねた神戸の赤坂家で、1歳年上の園田小枝子に出会う。背が高く、痩せ気味の美しい女性だった。赤坂家の当主・吉六は、小枝子の父・大介の弟で、小枝子は広島から結核療養のために来ていた。一目惚れであった。この日から牧水と小枝子の5年に及ぶ激しい恋愛が始まった。

恋の予感に牧水の心は高鳴る。

けふもまたこころの鉦をうち鳴しうち鳴しつつあくがれて行く

小枝子はやがて上京する。赤坂家三男の庸三が勉学のために下宿していた本郷

春木館の隣の部屋に住むことになった。小枝子との出会いは、結果として牧水の人生をひどく苦しいものにし、命を縮めることになる。しかし、彼女と出会わなければ、優れた短歌の多くは生まれなかった。

想いを告げる牧水に小枝子はなかなか心を開かない。実は小枝子は人妻で、広島に夫と２人の子供がいたからである。それを牧水に告げることは出来なかった。理由の分からない拒絶に、牧水の情熱は逆に燃え上がり、苦しさは一層つのった。

わが妻はつひにうるはし夏たてば白き衣きてやや痩せてけり

牧水はもう「わが妻」と詠っているが、１年以上経っても恋の進展はなかった。この頃の本当の心境はこうである。

幾山河越えさり行かば寂しさのはてなむ国ぞ今日も旅行く

また、成就せぬ恋の哀しさを

白鳥はかなしからずや空の青海のあをにも染まずただよふ

と詠った。この２首は牧水の最高傑作とされている。

出会いから１年半、ようやく機会が訪れる。牧水、小枝子、それに小枝子のいとこの庸三の３人で房総半島の海岸に泊りがけの旅行に行くことになった。この旅行中に牧水と小枝子は初めて結ばれた。その高揚感を情熱的に詠った処女歌集、『海の声』は世に衝撃を与え、若者はこぞって買い求めた。彼は処女歌集で最高傑作を詠んでしまった。

天地に一の花咲くくちびるを君を吸うなりわだつみのうへ
くちづけは永かりしかなあめつちにかへり来てまた黒髪を見る
こよひまた死ぬべきわれかぬれ髪のかげなる眸の満干る海に
山を見よ山に日は照る海を見よ海に日は照るいざ唇を君
海哀し山またかなし酔い痴れし恋のひとみにあめつちもなし
山ねむる山のふもとに海ねむるかなしき恋の落人の国

海への旅で何があったのか誰でも分かるような、高揚した率直な歌群である。

しかし、その高揚感は１か月も続かなかった。次第に小枝子は無口になり、笑顔を見せなくなった。それは秘密を打ち明けられない苦しさ故だった。

ともすれば君口無しになりたまふ海な眺めそ海にとられむ

牧水は求婚するが、小枝子は首を縦に振らない。振れるはずもなかった。牧水との仲が深まるほど、拒絶の理由は言えなくなった。

そうしているうちに小枝子は、いとこの庸三とも関係を持ってしまう。

小枝子は妊娠し、出産する。女児であった。牧水の子か、庸三の子かも分からず、正式な出産届は出されなかった。その子は稲毛に里子に出された。稲毛に連れて行ったのは庸三だった。

ここに至って牧水は、ようやく彼女が人妻であり、子供もいるということを知った。小枝子の執拗な拒絶の理由がようやく腑に落ちた。牧水は深く傷つき、5年に渡った恋がようやく終わった。難度の高すぎる初恋であった。

里子に出された子は、間もなく命を落とした。後年、牧水はこの子供のことを思い出すように詠っている。

　　乳のみ児の匂ひのふもと夏の夜のほたるに似たるさびしさとなる
　　をさな児のひとりしやぼんを身につけてあそぶ湯殿の五月の昼かな

牧水の収入は歌集の印税と、たまに頼まれる講演料だけであり、生活は苦しかった。

一方、小枝子は満足な教育を受けておらず、文字も読めなかった。牧水の短歌の価値を理解できず、歌人という職業も受け入れられなかった。

小枝子の出生地は広島である。生い立ちは極めて複雑だった。小枝子は児玉カズと、婿の児玉大介との間に生まれたことになっているが、生母が誰かはっきりしていない。児玉大介は数年後カズと離婚し、園田キサの婿となった。小枝子は大介の連れ子として園田姓になった。そして園田キサの長男（直三郎）と15歳で結婚。子どもを2人産む。

やがて父大介が死亡すると婚家に居づらくなったのだろう。小枝子自身が結核で療養施設に入ったのを機に、子供を置いたまま婚家を出た。その頃に牧水と出会ったのである。

小枝子はその後、直三郎と離籍し、牧水とも別れた。学業を諦めて定職に就いた赤坂庸三と再婚し、数人の子を産んだ。小枝子は牧水の生活力のなさに見切りをつけた。結婚は文学より、まず生活だった。

1910年、牧水が25歳で出版した第2歌集『独り歌へる』（全551首）と、第3歌集『別離』（全1,000首）は、牧水の名声を一気に高めた。20歳頃から詠んだ1,551

首をまとめたものだが、題材の大半を小枝子との恋愛が占めている。牧水は、酒と旅を愛した豪放な歌人と称されるが、性格は繊細で、恋の傷心から酒に走り、現実から逃げ出す旅を繰り返していたのだった。

海底（うなぞこ）に眼のなき魚の棲むといふ眼のなき魚の恋しかりけり

第4歌集『路上』の巻頭歌である。小枝子との関係はもはや望みのない悔恨であった。小枝子の面影を振り払って振り払えず、毎夜酒の酔いに沈潜していた。この時期の鬱々とした心境である。

小枝子と別れた牧水は長野の旧家出身の歌人、太田喜志子と出会って求婚した。出会う前から牧水の名声を知っていた喜志子は、「僕を救ってくれ」という牧水の申し出を承諾。2男2女をもうけた。

結婚しても経済的な窮状は相変わらずだったが、喜志子には尊敬する歌人を理解し、支えようという強い意思があった。

牧水はたいそうな酒豪で、若い時から日に1升の酒を飲んでいた。晩年（といっても40代だが）、アルコール依存となり、肝硬変を患った。恋愛絡みの酷い飲み方が原因である。小枝子との出会いは多くの秀歌を産んだが、命を縮める原因にもなった。

酒にまつわる歌として、次のようなものもある。

たぽたぽと樽に満ちたる酒は鳴るさびしき心うちつれて鳴る
妻が眼を盗みて飲める酒なれば惶（あわ）て飲み噎（む）せ鼻ゆこぼしつ
足音を忍ばせて行けば台所にわが酒の壜は立ちて待ちをる
酒ほしさまぎらはすとて庭に出でつ庭草をぬくこの庭草を
病む心は、自身の健康な身体を逆恨む。
なほ耐ふるわれの身体をつらにくみ骨もとけよと酒をむさぼる

自傷的に飲み、酒量はどこまでも増えた。「（自らの）骨もとけよ」とは悲し過ぎる。

白玉の歯にしみとほる秋の夜の酒はしづかに飲むべかりけり

飲み過ぎず、1人静かに楽しんでこその酒だ、という内容である。「お前が言うな」と言われそうだが、そうでない飲み方をして来たことへの悔恨の歌である。

1927年5月、喜志子同伴で朝鮮に揮毫旅行に出かけた。行く先々で歓待を受けながら揮毫し、歌を詠んだ。酒を勧められ、記録では毎日平均2升5合を飲んだ。存分に飲んだのがよくなかった。7月から体調は急に悪化した。

翌1928年9月初旬から病床に臥し、医師から重態の宣告がなされた。主治医は、節酒の指導はもはや無駄と判断した。9月13日の往診記録には、「とりあえず常備薬たる日本酒を約150cc、コップ1杯を進ずるに、忽ちやや元気を回復せられ」とある。もはや酒のカロリーで辛うじて命脈を保っている状態であった。

9月16日の食事は、「果汁・重湯の他、日本酒を朝200cc、午前10時100cc、昼200cc、午後2時100cc、午後3時半100cc、夕200cc、夜間3回400cc」だった。

翌17日の朝方に死亡。19日に葬儀が行われた。享年43。

主治医は、「激しい残暑にも拘わらず、死臭も死斑もなし。斯かる現象は内部よりのアルコホルの浸潤に因るものか」と記している。

牧水は最後まで小枝子を忘れることが出来なかった。友人の妻の面影が小枝子に似ているとして、

相模の秋おち葉する日の友が妻わすられぬ子に似てうつくしき

長崎県島原の悪所に通えば、

島原の遊女深雪の笑顔にもわが初恋のおもひでの湧く

わが小枝子思ひいづればふくみたる酒のにほひの寂しくあるかな

汝が弾ける糸のしらべにさそはれてひたおもふなり小枝子がことを

などと平然と詠んでいる。喜志子は牧水没後に作品を整理し、『牧水全集』（全12巻）を完成させたが、こうした歌をどう読んだのだろうか。

かたはらに秋ぐさの花かたるらくほろびしものはなつかしきかな

治療と静養のため、小諸を訪れたときの作である。牧水にとって「ほろびしもの」とは、小枝子との恋愛以外にはなかった。牧水の命日9月19日は、奇しくも園田小枝子の誕生日でもあった。

参考文献

大悟法利雄　『若山牧水新研究』　短歌新聞社　1978年

谷邦夫　『評伝若山牧水 生涯と作品』　短歌新聞社　1985年

若山牧水　『若山牧水歌集』　岩波文庫　2004年

前山光則　『若山牧水への旅 ふるさとの鐘』　弦書房　2014年

（2022年9月）

（註）自然、特に渓谷を愛した牧水は利根川の源流を訪ねる旅に出た。1922年のことである。長野、群馬、栃木の山奥を巡った24日間の旅は『みなかみ紀行』という紀行文にまとめられた。彼は43年の短い生涯に8度も群馬県を訪れている。2005年に水上町、月夜野町、新治村が合併し「みなかみ町」が誕生したが、その町名は牧水の『みなかみ紀行』に由来している。町内には宝川温泉、法師温泉、水上温泉、猿ケ京温泉、谷川温泉などがあり、「まるごと短歌」というイベントを通じた町おこしが始まっている。

愛を読む人

何年たっても記憶から消えない一瞬がある。

あれは丹○悟君が酒田に転校して行った年だから、小学校5年生の夏休みのことだった。

私は朝から第一小学校のグラウンドで、丹○君送別の野球をしていた。お昼ご飯の時間になったので一旦休憩として家に向かった。安孫子○一君の家の前を過ぎ、附属中学校と山大紫苑寮の間の道に差し掛かった時、向こうから60歳くらいのモンペ姿のおばさんがやって来た。おばさんは頭に手ぬぐいをかぶり、背中には大きな籠を背負っていた。おそらく町に野菜を売りに来た帰りだったのだろう。

突然、おばさんは私の10m先でモンペを下ろすと、籠を背負ったまま側溝を跨いでしゃがみこんだ。立ちション、いや座り小用を始めた。たちまちモンペの下から勢いよく水が迸り、それは夏の強い日光を反射し、白昼の蛍のように美しく乱舞した。

農村では男も女も農作業の途中、畔に小用をするのは普通のことだったのだろう。私は町場の子だったから、女性の小用を見たのは初めてであり、驚いてその場で動けなくなってしまった。

おばさんは私に気づき、にっこりと笑いかけた。私はぺこりと頭を下げ、その場を通り過ぎた。そして全速力で家まで駆けた。

それだけの話だが、その光景は40年たっても、初めてバルビゾン派の絵画を見た時のように印象に残っている。

昨日、『愛を読む人』という映画を観て来た。主人公の少年が、中3の夏に経験した出来事。それが一生にわたって彼を支配する話である。自分にとってその

ような出来事はあっただろうかと考えていたら、あの夏の「白昼の蛍」が頭に浮かんだのである。

『愛を読む人』の原題は『The Reader』という。ホロコーストを扱ったヘビーな作品で、ケイト・ウィンスレットがナチスの刑務所の女性看守の後半生を演じている。原題をそのまま訳すと「読む人」となるが、「読む人」では集客は見込めない。映画のタイトルは「愛の」とか「恋の」、または「哀しみの」とか「夜霧の」を付けるだけで、ロマンティックで欧米風の響きを与えられ、集客力も何十倍かになる。『愛を読む人』は上手い和訳である。

ケイト・ウィンスレットは映画『タイタニック』に主演した。彼女は、結婚、離婚、再婚、出産を経て女優として脂が乗って来た。この作品で、アカデミー主演女優賞、ゴールデングローブ賞助演女優賞、英国アカデミー賞主演女優賞を受賞した。33歳の爛熟した美しさは人々の記憶に残るだろう。そしてこの映画がおそらく『タイタニック』とともに、彼女の代表作と呼ばれるようになるはずだ。

40年という時間は記憶を変容させるのかもしれない。あの日のおばさんはケイト・ウィンスレットに似ていたような気がしてきた。

（2009年7月）

祝い人助八

藤沢周平の単行本『たそがれ清兵衛』（新潮社、2002年）には、『たそがれ清兵衛』、『うらなり与右衛門』、『ごますり甚内』、『ど忘れ万六』、『だんまり弥助』、『かが泣き半平』、『日和見与次郎』、『祝い人助八』の8編の短編が収められている。どれも秀作で、読後感が良い。

8番目の『祝い人助八』のあらすじをまとめると次のようになる。

・・・助八は三十前にして気の強い妻を亡くし、気楽で自堕落な一人暮らしを送っていた。風呂に入る事も稀で、体から異臭を放っている。藩主のお蔵視察の折に垢じみた悪臭を咎められ、それ以来「祝い人助八」の異名をとっている。「祝い人」とは乞食のことである。ある日、幼友達の妹、波津が元夫の粗暴を恐れ、かくまって欲しいとやって来る。助八は波津の元夫と果し合いになるが、助八は香取流の剣を使い一撃で倒す。その腕を見込まれ、上意討ちの命が下る。助八は

波津に身支度を頼み、戦いに赴く。２時間に渡る死闘の末、助八は傷を負いながら相手を倒し、ようやく家に戻る。家の門から波津が走り寄って来た。・・・

映画『たそがれ清兵衛』（2002年、山田洋次監督、松竹）を観た人はお気づきと思うが、その内容はまさに小説『祝い人助八』そのものである。小説『たそがれ清兵衛』では、妻は労咳を疑われているが生きていて、筋立ても異なる。斬り合いも短い。

では山田洋次監督は『祝い人助八』の内容に、何故『たそがれ清兵衛』の題を冠したのだろうか。おそらく映画にするには、斬り合いが長く、恋愛模様もある『祝い人助八』の内容の方が良かったが、作品名に「祝い人」という言葉を使いたくなかったのだと思われる。

「ほいと」はドイツ語の「ルンペン」と同様、汚い身なりの物乞い、乞食を意味する言葉で、東北、北陸、中国地方で広く使われた。「ほいと」の語源は次のいずれかとされる。

（１）神事で祝詞を述べる人を祝人ということから、相手にお祝い（お世辞）を述べて物乞いをする人を「ホギト」→「ホイト」と呼ぶようになったという説。

（２）禅宗で飯米を陪堂ということから、米を乞う人を「ハイトウ」→「ホイト」と呼んだという説。

いずれにしても「ほいと」の語源は神仏由来で、卑しいものではなかった。自分も子供の頃に使った記憶があるが、時代とともに差別語とされ、今ではほとんど忌み語になっている。藤沢周平は山形県鶴岡市出身だが、執筆当時は「祝い人」が差別語という認識はなかったのだろう。

ところで、映画『たそがれ清兵衛』には、夕餉を終えた清兵衛が、飯椀に湯を注いで沢庵で椀の内側を丁寧に擦り、そのお湯を飲み干して、椀を洗わずに箱膳に伏せるシーンがあった。私はそれを見た瞬間、父方の祖母が同じことをしていたのを思い出した。

わが家の祖先は三河国岡崎の産で、1733年、岡崎城主水野監物源忠輝公の臣となった。その後、藩主の転封すること３回毎に陪従し、代々連綿として王政維新廃藩まで水野家に任えて来た。祖母の代までは言葉にも作法にも武家の気風が残っていた。祖母は食事が終わると必ず飯椀に湯を注ぎ、漬物で飯椀を撫でてか

らその漬物を食べ、お湯を飲んでいた。椀を洗う水が節約できるという理由だった。その後、椀を水道で洗ってはいたが、私はその行為が貧乏くさくて嫌だった。しかし、映画のそのシーンを観て、それが江戸時代からの武家の倹約な作法だったことをようやく知ったのであった。

（2009年8月）

黒色火薬の作り方

　中学生の時に読んだ白土三平の忍者漫画『サスケ』と『カムイ伝』に、「微塵隠れの術」というのが出て来た。主人公が敵に追い詰められた時、着物の綿で黒色火薬を包み、火を着けて爆発させる。自らは地面に穴を掘って潜り、自爆したと見せる。あわよくば接近した敵を爆殺しようという術である。

　黒色火薬は木炭、硫黄、硝酸カリウム（硝石）を混合させた火薬である。火薬の中では最も古く、7世紀に中国で発明された。14世紀中期には鉄砲の装薬として使用されるようになった。中国で黒色火薬が発明されたのは硝酸カリウムが多く産出されたからである。硝酸カリウムは水溶性で水に溶けて流れてしまうので、雨の多い日本では産出しない。

　当時、漫画を読んで微塵隠れを真似しようとした子供は多かった。私もその1人で、漫画には書いていなかったが、黒色火薬の材料が上記の三つだということを調べた。木炭なら物置にいくらでもあり、これを肥後守で削って粉にすればよい。硫黄は電柱の碍子から得られる。当時の電柱は木製だった。カラマツとかボカスギの材木を加圧し、防腐剤を中まで注入してあったが、今のコンクリート製のものに比べれば寿命は短かった。そのため頻繁に電柱交換をしなければならず、あちこちに電柱置場があった。そこには古くなって廃棄される予定の電柱が無造作に置かれていた。碍子は電線と支持物とのあいだを絶縁するための器具で、多くは白い磁器製だった。現在の碍子は磁器部分とボルト部分をセメントで接着させているが、1950年代までは硫黄で固定していた。硫黄は黄色いのですぐにそれと分かった。電柱置き場に行って釘で碍子をほじれば、容易に硫黄粉を手にすることが出来た。

　黒色火薬の製造手順も調べた・・・木炭を乳鉢ですり潰す。硫黄を加えて混合

する。木炭と硫黄の混合物を容器に移して硝酸カリウムを加える。この時に水分を加えて・・・これ以上は保安上の理由から書かない。

　難問は硝酸カリウムだった。子供が薬局に行って買えるものではない。江戸時代には海鳥、蝙蝠、蚕の糞を大量に集めて乾燥させたらしいが、入手は困難だ。行き詰まっていると、T君が隣家の山形大学生に人の屎尿から硝酸カリウムを作れると聞いて来た。屎尿には大量の窒素が含まれている。窒素が細菌によって分解されると大量のアンモニアが発生する（臭い！）。このアンモニアは別の細菌によって酸化されて亜硝酸に、更に硝酸に変わる。また、枯れた落ち葉はカリウムイオンを放出する。硝酸とカリウムイオンが混じれば硝酸カリウムとなるのだという。

　我々はそれを聞いて飛び上がって喜び、硝酸カリウムの精製計画を立てた。・・・飯塚の畑まで行って、肥溜めの上澄みをバケツに汲んで来る。肥の上澄みには硝酸が濃縮されているはずだ。そこに落ち葉を混ぜて放置。硝酸カリウムが合成された頃を見計らって液体成分を煮詰める。残渣を乾燥させて粉末にすれば、純粋とは言えないまでも硝酸カリウムの完成だ。黒色火薬の製造手順は既に調べてある。

　計画は固まったが、実行するには難関があった。肥を汲んで落ち葉を混ぜるまではよいとして、それをいったいどこで煮詰めるのか。凄まじい悪臭の発生が予想される。台所でやれるわけはなかった。戸外で焚き火をすれば、その悪臭は人を驚かし、目的を説明する状況に追い込まれる。使った鍋を濯いで戻して親にばれないだろうか。難問にぶち当たり、我々はここで立ち往生したのだった。

　しかし、我々が立案した方法はあながち間違いではなかった。後に調べたところ、江戸時代には野草に大量の尿や蚕の糞をかけて5年ほど土中に埋め、微生物発酵を利用して硝酸カリウムを作った。しかし、効率が悪い上、悪臭もひどいので、現在はこのような方法は行なわれていない。化学変化を細菌に任せるのではなく、触媒を使うことで工業的に窒素から硝酸を作るのである。現在、硝酸は火薬としてよりも窒素肥料としての需要のほうが大きい。

　しかし、火薬作りは諦めて良かった。完成していれば、微塵隠れに挑戦した誰かが大火傷を負ったり、指を失くしていたりしたかも知れないからだ。

（2021年10月）

（註１）黒色火薬は、木炭：硫黄：硝酸カリウムを15：10：75の質量比で混ぜる。化学的に安定で吸湿性がないので、長期の貯蔵に耐える。炎、衝撃、摩擦、静電気、火花に敏感で、容易に爆発する。黒色とは木炭を混ぜた粉末の色に由来する。爆発時の煙は白色である。

（註２）『サスケ』は雑誌「少年」に1961年７月号から1966年３月号まで連載された（全55話）。サスケは甲賀流の少年忍者で、徳川方の刺客と戦って成長する。それ以前の忍者漫画は、徳川方の服部半蔵率いる伊賀者が主役で、甲賀者と風魔一族は徳川政権の転覆を企む悪役と決まっていた。『サスケ』は甲賀者に光を当てたこと、子供も死ぬ容赦の無さ、忍術の科学的な解説が斬新だった。

（註３）『カムイ伝』は1964年から1971年まで月刊誌「ガロ」に連載された。被差別民出身の忍者が主人公で、この忍者が「抜け忍」となって農民一揆に加わるというストーリーだった。ちょうど学生運動が盛んな時期で、学生達は自らの闘争と重ねてこれを熱心に読んだ。

（註４）1963年、白土三平は『サスケ』と『シートン動物記』で第４回講談社児童まんが賞を受賞した。1968年には『サスケ』がテレビアニメ化された。白土三平は2021年10月８日に死去。

フォークソングの時代

1960年代はベトナム戦争の時代だった。アメリカではピーター・ポール＆マリーの『悲惨な戦争』、ピート・シーガーの『腰まで泥まみれ』など、反戦フォークソングが流行った。

1970年代になるとフォークソング・ブームは日本にも上陸した。フォーク界に揃って登場した吉田拓郎と井上陽水。七五調を離れ、思いのたけを率直に綴った歌詞と斬新なメロディーは、リスナーの心を一気につかんだ。彼らの歌を聴いて、「これは自分の歌だ」と思った若者は多く、拓郎と陽水の歌に自分の生き方を重ねるようになった。

やがてギターを抱えて自作のメッセージソングを歌うことが若者のスタイルとなり、多くのフォークバンドが現れた。１曲ヒットすれば誰でも芸能人になれそうだった。アマとプロの距離が近いように思えた。

ラジオからザ・フォーク・クルセダーズ、岡林信康、泉谷しげる、かぐや姫、小椋佳、風、海援隊など、煌めく個性達が溢れ出した。歌の上手い下手は問題にならなかった。

　吉田拓郎は鉈のようだった。野太い声で、強いメッセージを投げかけた。作詞と作曲と楽器と歌を1人でこなし、「シンガーソングライター」と呼ばれるようになった。それは従来の歌手のように歌わされる歌ではなく、強い個性と主張を持っていた。拓郎の歌は拓郎自身が歌わねばならなかった。その歌詞はボブ・ディランのように文学的であった。

　その時代の若者は世の中を真っすぐに見据え、生まれて来た意味を考えていた。社会のあり方を経済と哲学から捉えようと、マルクス、サルトルなどの難しい本を読んだ。時には酒を飲んで友と論争し、デモに出かけて怪我をしたり、逮捕されたりもした。今は生きる意味を真摯に考える若者を「暗い」と茶化すらしいが、拓郎は若者の懸命さを歌で応援した。

　一方、井上陽水は剃刀のように繊細だった。歯科医の家に生まれた彼は、九州歯科大学を受験するも3度失敗。世の中と断絶し、氷の世界に閉じ籠った。しかし、人生が2度はない事に気づき、歯科医の道を諦め、音楽の海に船を漕ぎ出した。挫折の体験を曲作りの原点としたので、受験の失敗、学生運動の敗北、失恋などで傷を負った人達が陽水の曲に心を震わせた。彼の歌詞を眼で追うと、よく分からないシュールな言葉が多く出て来る。しかし、メロディーに乗せて聞かされれば違和感なく受け入れ、それを口ずさんでしまうから不思議だ。

　時流に遅れてはなるまい。芸能界はすぐそこにある。学生だった自分も仲間とバンドを組み、フォーク歌手への登竜門、「ヤマハ・ポピュラーソング・コンテスト」（通称ポプコン）の第7回宮城県大会に出場した。それは1972年12月23日、仙台電力ホールの7階で行なわれた。我々のバンド名はJOKES。出場曲は自分が作詞した。

　審査の結果、優勝は、吉川団十郎一座の『キューピーちゃん』に決まった。その曲の出来栄えは特に良いとも思えなかったが、演奏中にキューピーちゃんの着ぐるみがトコトコ歩いて登場した。その演出に会場が大いに盛り上がり、それが高得点につながったように思えた。我々は惜しくも次点に終わり、全国大会には進めなかった。

それから３年。1975年の第10回ポプコン全国大会でグランプリを得たのは、中島みゆきの『時代』だった。自分達の曲とのあまりのレベルの差に衝撃を受け、JOKESは解散を決めた。JOKESのライブの録音テープは屋根裏の段ボール箱に隠してあるが、その存在は家人も知らない。

ポプコン参加曲はニッポン放送系のラジオ番組"コッキーポップ"で紹介された。司会は大石吾朗。もともまろの『サルビアの花』、高木麻早の『コーラが少し』などが何度も流れた。ポプコンは1986年９月に第32回大会をもって終了した。ポプコン出身の歌手には、伊藤敏博、因幡晃、オメガトライブ、雅夢、辛島美登里、クリスタルキング、小坂明子、小坂恭子、下成佐登子、世良公則＆ツイスト、谷山浩子、CHAGE&ASKA、中島みゆき、長渕剛、円広志、八神純子、渡辺真知子など大勢いる。

吉田拓郎は1973年に『都万の秋』、『落陽』、1974年に『竜飛崎』、『襟裳岬』など、旅をテーマにした連作を発表した。自分はこれを追いかけるように都万村のある隠岐の島、津軽、苫小牧、襟裳岬を次々と旅した。今なら「聖地巡礼」である（都万村は2004年の市町村合併で消滅した）。

拓郎は喋りも得意で、"パック・イン・ミュージック"、"オールナイト・ニッポン"、"セイ！ヤング"など深夜放送のラジオから若者に語りかけた。受験生の間では、夜中にラジオを聴きながら『蛍雪時代』を広げる勉強スタイルが確立した。

1970年代後半になると、ユーミン、サザンオールスターズ、オフコースなど、所謂ニューミュージックが台頭し、フォークソングの時代は終焉を迎えた。人々はそろそろ四畳半ソング、メッセージソングから卒業したくなっていた。素人がバンドを組んで、自作の歌がたまたまヒットすれば、という時代でもなくなった。知らない間にアマとプロの距離は大きく開いていた。

2022年、76歳になった拓郎は、ラストアルバム『ah-面白かった』をもって音楽・芸能活動から引退することを表明した。ファン達は、引退なんて永遠の嘘であってくれと願ったが、７月21日、夜８時からフジテレビで"LOVE　LOVEあいしてる最終回・吉田拓郎卒業SP"が放送され、これが吉田拓郎の見納めとなった。

一方、井上陽水は1974年の『闇夜の国から』以降作風を変え、フォークソングから脱皮していた。その後、『いっそ セレナーデ』、『飾りじゃないのよ 涙は』、『５月の別れ』、『最後のニュース』、『少年時代』、『ダンスはうまく踊れない』、『積み

荷のない船』、『とまどうペリカン』、『夏まつり』、『女神』（ブラタモリ・オープニングテーマ）、『瞬き』（同エンディングテーマ）など独自の世界を築き、長く芸能界に君臨している。

今、拓郎のCDを聴くと、1971年頃の東北大学川内キャンパスの風景が蘇る。あの頃は学生運動の嵐が吹き荒れていた。立て看板の前でヘルメット姿の学生が大音量で演説（アジテート）を行ない、講義は騒音の中で行なわれた。講義棟は過激派によって度々封鎖され、学年末試験を実施するために機動隊が導入された。学生は体制に反抗することで社会を変えられそうに思っていたが、実際は無力で、卒業後の不安もいっぱいだった。自由と反抗と不安が同居する季節に拓郎は、悲しいのはみんな同じだ、自由になるのは淋しいのだ、と力強く歌いかけた。

七十路が近づき、静かに忍び寄る老いに戸惑っている。古い船で新しい海に出る体力はもうない。年老いた男が川面を見つめて、時の流れを知る日がいよいよ近づいたのだ。

仲間とフォークソングを歌っていたあの頃は、ほんとに面白かった。仲間達は皆どこに行ったのだろう。祭りの後の淋しさとはこういうものだったのか。もし青春が人生の最後にあったならば、どんなに愉快なことだろうか。

(2022年7月)

▲大学祭での JOKES の演奏　右が筆者（1973 年 11 月）

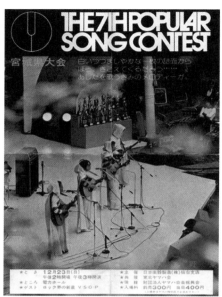

▲ヤマハ・ポピュラーソング・コンテスト
第7回宮城県大会のパンフレット
（1972年12月）

▲同大会の出場者と出場曲（1972年12月）

★ ポプコン宮城県大会出場曲
（自作自演の部）

	曲　名	作曲者	作詞者	バンド名	地区
1	捧げる歌	大斗米信夫	大斗米信夫	シモとマイ	
2	民さん	瀬川英之	瀬川英之	ライブロッツ	
3	はじまり	飯沢幸子	飯沢幸子	すいかぼんち	
4	遠い日のスケッチ	花松俊一	宮地民雄	ジョークス	
5	君がいなくなつて	米沢成和	米沢成和	ラ　ブ	
6	何　も	伊藤定国	伊藤定国	ポコチアファミリー	
7	雨の日曜日	木幡礼子 菅野美恵子	木幡礼子 菅野美恵子	コ　　ヨ	
8	部　屋	阿部芳勝	飛沢　諭	阿部芳勝	
9	なみだひとつ	近藤京子	近藤京子	はと　Z	
10	今このとき私は	清水淳子	清水淳子	徒　然　草	
11	さよならビートルズ	斎藤　良	斎藤　良	大舘童女	
12	キューピーちゃん	吉川　昇	吉川　昇	吉川団十郎一座	
13	君　は	小松芳光	小松芳光	アンデル船	
14	別れのプレリュード	高木　良	小田桐朋利子	そ　う　び	
15	愛する歌	小山広樹	小山広樹	ホムスターテイングバンド	

他に課題応募曲がエントリーされます。

（註1）2022年12月16日、拓郎はニッポン放送ラジオ“吉田拓郎のオールナイト・ニッポンGOLD”最終回にパーソナリティとして出演した。この番組が始まったのは2020年4月。月1回のペースで2年9か月続いたことになる。デビュー曲『イメージの詩／マークⅡ』や、中島みゆきとの初対面の時の話題で盛り上がった。会心の提供曲はキャンディーズの『やさしい悪魔』とかまやつひろしの『水無し川』だそうだ。番組のラストは『今夜も君をこの胸に』で締めくくった。拓郎節は健在で、これで終わりとは思えなかった。

（註2）拓郎のパーソナリティ活動は、1971年の“バイタリス・フォーク・ビレッジ”から始まった。1974年からと1980年からとの2回、“吉田拓郎のオールナイト・ニッポン”を担当。さらに、1997年には“吉田拓郎のオールナイト・ニッポンDX”、2009年からは“坂崎幸之助と吉田拓郎のオールナイト・ニッポンGOLD”、そして2020年からは“吉田拓郎のオールナイト・ニッポンGOLD”を担当した。

TBSラジオ"パック・イン・ミュージック"、文化放送の"セイ！ヤング"も担当したことがある。三大深夜ラジオ番組を担当したパーソナリティは吉田拓郎だけである。

新型コロナウイルスが怖いと思った日

　新型コロナウイルスが心底怖いと思ったのは、志村けんと岡江久美子が亡くなったニュースを聞いた時である。志村は2020年3月29日に、岡江は4月20日に死去した。志村はECMO（体外式膜型人工肺）を装着され、2人とも医療スタッフ以外、誰にも看取られずに亡くなった。親族でさえ面会できず、死に目にも会えなかった。遺体に手を合わすことすら叶わなかったという。

　新型コロナウイルス感染症で死亡した場合は、家族ではなく病院職員によって、棺ではなく納体袋に入れられて火葬される。骨になればようやく家に帰らせてもらえるが、家族が濃厚接触者なら遺骨を直接手渡しすることは出来ず、その家の敷地に逃げるように「置き配」される。何とも恐ろしい旅立ちではないか。

　遺族からしたら、救急車に乗って出発する場面が今生の別れになってしまう。慌ただしさの中で、別れの言葉を交わしたり、手を握るどころではない。次に会う時は骨壺に入っている。

　これまで自分が死ぬときは、大体次のような経過を経るものだと想像していた。
　・・・病気が悪化して入院する。入院中は知り合いが見舞いに来て、いよいよとなれば身内が揃い、懐いている孫がわんわん泣く（泣かないかもしれない）。遺体は家に運ばれ、死化粧をして死装束で棺に納められる。さらに読経、通夜、出棺、火葬、葬儀が執り行なわれる。・・・

　これら一連の煩瑣な葬送の儀礼を経ることで、私は「死者」となり、遺族は死を受容することが出来る。救急車に乗ったところから中抜きで、いきなり骨壺の置き配では、遺族は死を受け入れられるものではない。

　呼吸が出来ない苦しさは、がんの痛みよりも辛い。ベッドでどの向きに転がろうと、息苦しさはなくならないが、それでも転がるしかない。七転八倒の苦しみである。村上春樹の『1Q84』で、探偵牛河が頭にビニール袋を被せられて窒息死させられる描写は凄まじい。高濃度の酸素を吸入させてもだめならば、人工呼

吸器に繋ぐことになる。繋ぐといっても「手を繋ぐ」ような訳には行かない。

　人間を呼吸器に繋ぐには次のように複雑で高度な手順が必要になる。患者を仰向けにし、首に枕を当てて頭を低くし、上からのどの奥が見えやすいようにする。医療者の感染を予防するために患者の頭に透明なアクリルの箱（COVID Intubation Box）を被せる。医師は患者の頭の上方に立ち、クロスフィンガー法（右手の親指で患者の下の歯を上に押し、人差し指で上の歯を下に押す）で開口し、左手に持った喉頭鏡で舌を上に圧排し、喉頭が見えるように空間を拡げて行く。専門用語では「喉頭を展開する」という。医師が喉頭を確認したら、看護師は医師の右手に気管チューブを渡す。喉頭鏡を歯にあてないように左手を挙上保持しつつ、気管チューブを口腔、喉頭を経て、気管内まで挿入する。うまく行ったら注射器でチューブのカフに空気を入れて膨らまし、抜けないようにする。さらに、テープでチューブを頬と顎にしっかり固定する。患者の歯でチューブが噛まれそうならバイトブロックを使用する。チューブが気管でなく、誤って食道に挿入されていれば患者は死亡するので、呼吸音、レントゲンでチューブの位置を確認する。以上の操作を気管（内）挿管と言う。

　気管挿管をしていると、声帯の真ん中をチューブが通るため患者は声を出せない。自分で体位を変えることも出来ないし、人工呼吸器によって自分の意志と関係なく、呼気と吸気が延々と繰り返される。あまりに苦しいため、たいていの患者は麻酔薬で眠らされることになる。これをセデーションという。

　肺の状態が快方に向かえば呼吸器は外され、セデーションを中止して意識は戻る。しかし、改善しなければ、意識が戻らないまま死の転帰をとる。その場合は、「今から麻酔で眠ってもらいますよ」という医師の言葉が今生との別れになる。家族の声を聞きたくても、孫に泣いてもらいたくても、もう何もかも叶わない。

　呼吸器の感染症で死ぬのは恐ろしいことだ。

（2021年12月）

軍医って何するの？

　ウクライナ、中東の戦闘に加え、近い将来、中国の台湾侵攻が懸念されている。中国は台湾を東側から攻撃するため、与那国島、石垣島、宮古島に上陸して橋頭

堡とする可能性もある。

　日本が戦争に巻き込まれた場合、医師はどういう境遇に置かれるのだろう。必ず軍医にならなければならないのだろうか。軍医を志願せずに、そのまま臨床医、研究医の生活を続けることも可能なのだろうか。戦地に赴いたら何をしなければならないのだろう。明治6年の徴兵令では、満17歳から40歳の男子が兵役義務者とされた。陸軍の兵卒はほぼ徴兵だったのに対し、海軍では多くが志願兵であった。現在、ウクライナでは18歳から60歳の男子が兵役登録されている。自分はもう兵役の年齢を十分に越えたが、若い医師達のために前の大戦における軍医事情を振返ってみた。

　私の父は陸軍軍医として北支・山西省に5年間従軍し、八路軍（中国共産党軍）や匪賊（非正規武装集団）と交戦した。山西省は春秋時代には普の領域であった。東西南北を、それぞれ太行山脈、黄土高原、黄河、万里の長城に囲まれた山岳重畳、酷暑厳寒の地である。雨が少なく乾燥した大地は黄色い土に覆われ、見渡す限り小麦と高粱の畑だった。主要都市は太原（かつての普陽）と大同である。

　兵籍簿に記載された父の軍歴を要約すると以下の如くになる。

・昭和11年、東北帝国大学医学部卒業。

・昭和12年、軍医予備員候補者として弘前陸軍病院に入隊。同年衛生軍曹として除隊。

・昭和16年〜17年、臨時招集により野砲兵第五十七連隊に応召。第三十六師団第二野戦病院に転籍。中国山西省に従軍。陵川西側地区掃滅作戦、中原会戦、沁河作戦、第二十七軍掃蕩作戦、冬季山西粛正作戦、晋察冀辺区作戦、南部大行作戦、秋季山西粛正作戦に参加。

・昭和18年〜19年、第三十六師団第一野戦病院、南京第一陸軍病院に勤務。軍医中尉。

・昭和20年、第百五十六兵站病院、支那派遣軍軍医部に勤務。8月、停戦詔書発布・復員下令。軍医大尉。

・昭和21年6月、上海港出発、鹿児島港上陸、召集解除。

　父は激しい戦闘に参加するも五体無事で復員した。軍医は非戦闘員なので、戦争に行っても安全だったのだろうか。

　戦地で野戦病院は後方に置かれる上、戦時国際法上、野戦病院への攻撃や非戦

闘員である軍医の殺害は禁止されている。しかし、それは建前で、流れ弾、誤爆ならまだよい方で、病院、病人、非戦闘員を区別しない攻撃は戦争の常である。ガザでは病院がハマスの拠点だとして集中的に攻撃された。爆撃、艦砲射撃、部隊の壊滅・敗走、軍艦沈没、飢餓、チフス、マラリアとなれば軍医も兵隊もなく、全員平等に死の縁に追われた。

　危険の度合いは、勤務場所により一律でない。内地の軍病院勤務ならば戦死の可能性は低く、逆に海軍で軍艦に搭乗すれば戦死の可能性は高かった。特に潜水艦搭乗員は戦死率が高かった。潜水艦搭乗を命ぜられるのは精神科医と、意外だが皮膚科医が多かった。閉所ゆえに兵士が精神に変調を来しやすく、真水が貴重で入浴できないので皮膚疾患が多かったためだという。潜水艦では銃創を受けることがなく、外科医でなくとも勤まった。

　戦場における典型的な医療体制は次の如くである。

（１）衛生兵が最初の救急措置を行なう。

（２）衛生兵不在の時は、兵士自ら又は兵士同士で、止血や副木処置などを行なう。

（３）一次的な医療措置のために戦線間近に応急救護所（仮包帯所）を設ける。ここには、衛生兵と軍医が１〜２名配属され、応急処置を行なう。軍医は、外科用具、強心剤、鎮痛剤の入った軍医携帯嚢を所持していた。

（４）後方に師団野戦病院が設置され、重傷者を応急措置後に搬送する。それなりの人数の医師や看護師が配置され、簡単な手術の設備があった。１個師団（約6,000〜20,000名）につき最大四つの野戦病院が編成された。一つの野戦病院の病床数は約500であった。

（５）野戦病院が定員を超える場合は、更に後方の兵站病院、陸軍病院に送られた。そこには高度な医療設備とリハビリなどの施設もあった。

　軍医の主な仕事は傷病兵の治療、疫病対策、兵士の体調・食事の管理、慰安所の衛生管理などであった。戦場は死体、糞尿、大雨、毒虫等により極めて不衛生であり、しばしば伝染病が発生した。

　兵士が軍事活動中に病気で死亡することを戦病死という。食料も薬品も不足する中では、戦病死者が戦死者を数で上回る事も珍しくなかった。戦病死の原因は、餓死、凍死（低体温症）、破傷風、壊疽、赤痢、敗血症、熱帯性潰瘍、マラリア、チフス、インフルエンザ、結核、脚気などであった。南方で雨季に宿舎が水浸し

になれば、アメーバ赤痢が蔓延した。マラリアはほぼ全員が罹患するので、脳性マラリアでなければ病気とは認められなかった。

　一朝有事の際は、爆創、銃創、砲弾破片創、骨折、四肢損傷、脊髄損傷、眼外傷などの患者が続々と運ばれて来る。戦時医療は平時のそれとは異質で、重症者には麻薬投与と四肢の切断以外、何も出来ないことも多かった。軍医は軍人だけでなく、現地の民間人の治療をすることもあった。無論治療費は受け取らない。治療の結果が良ければ軍の駐留に好影響を与えた。

　日本陸軍の戦陣訓には、軍人は「生きて虜囚の辱めを受けず」とあり（本訓其の二、第八「名を惜しむ」の項）、捕虜になることはあってはならない事だった。そのため戦闘中に戦線が急に崩壊した場合には、歩けない傷病兵を軍医や衛生兵が殺害、あるいは手榴弾や昇汞錠を手渡して自決を命じた。

　検視と死亡診断書の作成も軍医の仕事だった。死体と名前の照合作業をするが、顔が損傷した遺体は身に着けている認識票が唯一の証拠となった。当時、DNA検査はなかったので遺体同定の誤りは珍しくなく、戦死とされた兵士が後に生還するような事もあった。

　兵士が「名誉の戦死」を遂げれば、市町村葬が盛大に行われ、家には「誉の家」の標識が掲げられた。同定されない死体は戦死扱いとならず、戦死者名簿にも載らなかった。戦死か否かは軍人恩給にも影響したので、検視は疎かには出来なかった。軍人であっても、平時における死亡や、戦時下の訓練中の事故死、病死は戦死に含まれない。ちなみに「戦没」は軍人の戦病死や、民間人の戦災死も含む用語である。自衛隊では、軍隊ではないとの立場から戦死ではなく「殉職」を使う。

　戦前、医師となるには、大学医学部または医科大学（現在の高校に相当する旧制中学を終えた後、卒業まで６年）または医学専門学校（旧制中学を終えた後、卒業まで４年）のいずれかを卒業する必要があった。国家試験はなく、卒業と同時に医師免許が与えられた。

　平時において軍医は志願制だった。軍医を志願した医学生（依託学生）に奨学金を支払う見返りに、卒業後は軍医として勤務させた。現代の僻地医療奨学金のようなものである。依託学生は夏休みに軍隊で３週間の夏季教育を受けた。卒業後は衛生部見習士官として入隊、２か月の訓練後に軍医中尉に任官した。

　昭和８年に陸軍は短期現役軍医（短現）という制度を作った。それは医師が兵

としての訓練期間を経ることなく、士官か少尉候補生として任用される制度である。採用時から軍医候補生として軍曹の身分を与え、見習士官を経て３か月後に、大学医学部や医大卒なら軍医中尉、医学専門学校卒なら軍医少尉に任官した。その後、１年間の現役勤務をさせ、入営から１年３か月後に、現役を続けるか、予備役として民間に戻るかを選択させた。予備役になれば、召集されるまでは普通の社会生活に戻れたので人気があった。昭和12年に日支事変が始まると現役勤務が１年３か月から２年に延長された。しかし、実際には軍医不足の状況から無期延長されることも多かった。

　戦況が悪化し、短現でも軍医が不足すると、昭和12年から軍医予備員の制度が始まった。医師免許を持つ男性は誰でも軍医になれるようにしたのである。建前は志願制だが、軍医として志願しない医師は、意図的に初年兵（２等兵）として徴兵されるようになった。これを懲罰召集と言った。懲罰召集で初年兵として入隊すれば上官による私的制裁（私刑）が待っていた。医師として志願し、召集されればすぐに見習士官になり将校待遇となる。そのため、ほとんどの医師は軍医を志願した（せざるを得なかった）。

　昭和12年には防空法が制定された。空襲に備えて防空演習が行われるようになり、医師、看護師には、防空業務従事令書が交付された。それには、防空業務の中で「医療従事者招集を受けたるときは技能報国の志を堅持して滅私応召すべきものとす」と明記されていた。これにより医療従事者は疎開する自由を奪われたのである。

　昭和14年になると日中戦争激化により軍医不足が顕著となり、国家総動員法に基づく国民徴用令による医師の臨時動員が始まった。父もこれによって召集された。一般の開業医・勤務医の多くが召集されたため、内地では医師不足になり、病院や診療所の多くが閉鎖された。

　一般人の徴兵年齢は20歳だったが、大学生は20歳を過ぎても26歳まで徴兵を猶予されていた。しかし、昭和18年には猶予措置を停止し、文科系の学生を中心に入隊が始まった。学徒出陣である。翌昭和19年には徴兵年齢が19歳に引き下げられた。

　昭和20年には43歳以下の医師が殆ど召集された。更に新たに医師に軍医としての教育を行なう軍医学校が新設され、全国から軍医候補生が集められた。学業を

1年短縮されて仮卒業とされ、医師免許証もないまま陸軍軍医学校への入学を命じられた者さえいた。医師の養成制度もご都合的に変えられた。日本の敗戦は近づいていた。

　このように、軍医は志ある一部の医師が志願してなったのではない。国民皆兵のスローガンの下、第2次大戦末期には日本中の医師のほとんどが動員された。動員された医師達は拡大した日本の版図に配属された。兵隊の赴く所には必ず軍医も従軍した。陸軍では歩兵1個大隊（約600〜1,000名）につき2名の軍医が配属された。

　敗戦時に軍医になっていなかったのは、40歳過ぎの医師、身体障害を有する医師、女医くらいであった。太平洋戦争には陸軍・海軍合計で7,889,100人が投入され、2,121,000人（26.9％）が戦没した。作家の帚木蓬生によれば、九州大学医学部の昭和17年卒業生170人中、40人（23.5％）が戦死したという。軍医の戦死率も決して低くはなかった。

　戦後、敗戦国の軍人は軍事法廷で戦争犯罪を裁かれた。軍医も同じであった。自らは直接手を染めていなくても、捕虜・地元民の虐待を傍観した、あるいは捕虜の衛生事情と栄養の劣悪さを改善しようとしなかった、などの不作為が断罪され、死刑、終身刑を含むかなりの重罪に処された。敵国兵の捕虜、現地民らの証言が量刑を大きく左右した。

　終戦後、陸海軍は解体され、陸軍病院・海軍病院は国立病院へ移管された。日本はGHQに7年間統治され、「好ましくない」と判断された政治家、経済人、言論人、職業軍人などが公職から追放された。ただし、戦後の医師不足が顕著であったため、軍医に対する公職追放は上級幹部に限定され、多くの軍医が国立病院の医師として留まった。

　戦時下には戦意高揚のため数々の標語が作られた。「大東亜共栄圏」、「八紘一宇」、「満蒙は我国の生命線」、「進め一億火の玉だ」、「子だくさんもご奉公」、「笑顔で受け取る召集令」、「欲しがりません勝つまでは」、「強く育てよ召される子ども」、「足らぬ足らぬは工夫が足らぬ」。こうした標語の数々が国民から反戦の意欲を奪った。また、全県に特別高等警察（特高）、全市町村に憲兵が配置され、思想取締、治安維持、防諜を網の目のように担った。隣組は互いの滅私奉公を監視し合った。当時の日本の国民統制は、現在の独裁国家も斯くやというほどであっ

た。戦時下に英語教師をしていた母は、それだけで非国民のレッテルを張られた。当時、母が最も恐れたのは、割烹着に白襷姿で突然家を訪れて来る大日本國防婦人會のおばさん方だった。英語の本は頭陀袋に入れて天井裏に隠したという。

　戦争が始まれば医師は必ず召集されるし、戦局とともに網の目は狭まって来る。戦場では非戦闘員なら安全ということもない。専門外の重症患者が次々とやって来て、平時の医療とは違い、命を救うどころか逆のことも多い。やりたい仕事ではない。医師であることのアドバンテージと言えば、初年兵として入隊しなくてもよいことくらいだろうか。やはり戦争は起こしてはならないのである。

　（この章は特に和暦で書いた。）

（2023年11月）

　（註１）戦陣訓の文体は島崎藤村や土井晩翠が校閲しているので、異様に格調高い文章になっている。本訓其の二、第八「名を惜しむ」の項の「生きて虜囚の辱を受けず」という一節は、軍人・民間人に突撃、玉砕、自決を強要する原因になった。

　（註２）日本の軍刑法には私刑禁止の条項がなかったため、上官による初年兵への暴力が頻繁に行なわれた。精神と身体を理不尽に陵虐することで逆境に強い兵士を作れるという発想だったが、実際は古参兵の不満のガス抜きの役割をしていた。軍は、兵士達の待遇に対する不満が上に向かうより下に向かって発散されることを期待した。陸軍では裏に金具が付いた革のスリッパで新兵の顔を殴った。顔は腫れ、唇は切れ、歯は折れ、顔の形が変わった。海軍では軍人精神注入棒という太い木棒を用い、フルスイングで尻を殴打した。保存されている軍人精神注入棒の現物を見ると、長さ４尺、直径３寸、重さ0.5貫目（1,875g）もある（大谷翔平のバットは905gである）。陵虐は毎晩の様に続き、戦地に行く前に死亡したり、陵虐に耐えかねて兵舎に放火したり、自ら命を絶つ者もいた。

　私が中学校の生徒だった頃には軍隊帰りの教員が何人かいて、授業中または部活中によく拳か竹の棒で生徒を殴った。それは沁みついた軍隊生活の名残だったのだろう。公務員による常習的陵虐だったが、他の教師は見ていながら止めることも、警察に通報することもなかった。

　（註３）昭和３年から昭和12年の10年間に自殺した日本の軍人・軍属は1,230人であった。これは100,000人中30人の割合で、日本の軍隊が世界一であった。ちなみにドイツは23人、フランスは17人、イギリスは10人、スイスは僅か２人であっ

た。

　平成16年から平成18年に復興支援名目で、イラク南部サマワに陸上自衛隊員が派遣された。現地は日中の気温が61℃にもなり、30kgの装備が隊員を苦しめた。昼夜を問わずロケット弾や砲撃に晒され、精神状態が不安定になる隊員が３割に及んだ。派遣された陸上自衛隊員延べ5,600人中20人、航空自衛隊員延べ3,600人中８人が在職中に自殺した（平成26年４月16日現在）。平成13年９月の米同時多発テロをきっかけに、アフガニスタンやイラクで米国が始めた対テロ戦争での米兵の戦死者が7,000人である。しかし、対テロ戦争を経て自殺した米兵は30,000人を超えると推計され、戦死者の４倍以上にもなる。戦争が如何に人間の精神を蝕むかを物語る。

　（註４）帚木蓬生「普通のお医者」が辿った道は ―『月間 保団連』NO.1183
2015年３月

父母と戦争

　私の母は1918年、東京下谷区（当時）御徒町で生まれ、生後８か月の時、祖父の転勤に伴い山形に引っ越した。山形市立第一小学校から山形県立第一高等女学校へ進んだ。

　当時の女性達は経済力がなく、誰かに水をもらわなければ生きられない「鉢植えの木」だった。女子教育の目標は女性の自立ではなく、良妻賢母の育成だった。

　母は自分で大地に根を張って生きたいと、新しい女子教育を実践する津田英学塾に進んだ。しかし、津田英学塾を卒業した1941年、22歳の春は正に日米開戦前夜であった。敵国語を学ぶ学生は非国民とされ、大学を出ても仕事は少なかった。英語科教師としてようやく職を得たのは秋田の精霊高等女学校だったが、軍部が英語の授業にしきりに干渉するようになり、授業時間も大幅に減らされた。

　日本人は終戦に至るまでアメリカと英語教育をひどく憎悪した。ドレミファソラシドは鬼畜語だとして、ハニホヘトイロハに言い換えさせた（ドレミは英語ではなく、同盟国であるイタリア語だったが）。

　敵国語ならなおのこと研究する必要があったのに、日本人は近視眼的な反米政策によって英語はもとより、アメリカの文化も国民性も理解できなくなった。

　逆にアメリカは日本語と日本人を徹底して研究した。後年日本に帰化するドナ

ルド・キーンは、当時アメリカの海軍情報士官として日本語の構造と日本人の精神性の研究に専従していた。日本軍の暗号はほぼ解読され、ミッドウェー海戦の敗北、山本五十六大将の搭乗機撃墜に繋がった。戦後の占領政策も日本人の精神性を研究した結果、皇室を存続させ、日本政府を形だけ残す「間接統治」をすることで成功した。

　1942年、文部省が南方派遣日本語教育要員の募集を始めた。占領下にあるフィリピン人に英語で日本語を教える仕事である。母は日本での仕事を諦め、東京でその事業の試験を受けた。幸か不幸か合格し、マニラの成人日本語学校に教師として勤めることが決まった。採用されたのは男性教員132名、女性教員24名だった。1943年の正月、一行はフィリピン・ルソン島に着任し、任務に精励した。

　しかし、翌1944年10月、レイテ沖海戦で日本は米豪連合軍に壊滅的敗北を喫した。空母4隻（瑞鶴、瑞鳳、千歳、千代田）と戦艦3隻（武蔵、扶桑、山城）、巡洋艦10隻、駆逐艦11隻、潜水艦3隻が撃沈され、制空権と制海権の両方を失った。

　マッカーサー元帥率いる連合軍は圧倒的な海・空軍力でフィリピンを包囲し、日本軍の補給路を断った。戦局は日に日に悪化。フィリピン陥落は時間の問題となった。邦人婦女子は日本帰還と決まり、山下奉文大将が女性教員に「内地出張命令」を出した。「2度と故国の土を踏むまい」と誓った母の決心は、「もう1度、親に会いたい」と脆くも崩れ、急遽帰り支度を始めた。マニラ駅頭で盛大な見送りを受け、第一陣帰還団として出港地に向けて出発した（帰還団の第二陣はなかった）。

　ゲリラを警戒しながら汽車やトラックを乗り継ぎ、一夜をかけて到着したのはルソン島の北方、リンガエン湾であった。そこには白鉢巻をした日本の兵士の一団が目を光らせ、異様に緊張した表情で駐屯していた。1944年12月10日のことである。

　母が兵士に、「ご出身はどちら？」と尋ねるもそれには答えず、「明日は米軍が上陸して来るので、手榴弾を抱いて戦車に体当り致します」と言う。祖国の妻子に心残りもあるだろう中年の兵士だった。これが明日命果てる人の顔かと怖々見上げれば、その眼には気配ただならぬものがあった。それはまるで六道銭のような眼であり、母を見ているが、何をも見ていない。瞬きも忘れ、既に彼岸を彷徨っているような眼は、死者のそれを見るより何倍も怖ろしい気がした。

　リンガエン湾は遠浅なので輸送船は沖止めされていた。帰還団は艀で沖まで行

かねばならない。荷物はどうしようかと迷っていると、驚いたことに先ほどの兵士達が海中に半身を沈め、何百というトランクを頭上に抱え、濡らすこともなく艀まで運び始めた。終始無言である。一体何往復しただろうか。すべてのトランクは艀で輸送船に運ばれた。乗船を急かされた帰還団は兵士達に礼をすることも叶わずにフィリピンを後にした。制空権も制海権も失い、包囲された中を護衛艦なしに航行する日本の輸送船はほとんどが魚雷の標的となった。母を乗せた輸送船が無傷で門司港に着岸したのは奇跡とも言えた。

　1945年1月9日、マッカーサー元帥がリンガエン湾に上陸。2月3日にマニラで日本軍対連合軍の市街戦が始まった。1か月後、日本軍はこの凄絶な戦いに敗北し、3年に及んだ日本のフィリピン支配は終わった。この市街戦では100,000人の市民が死亡し、マニラの中心部は廃墟となった。フィリピン戦での日本軍の死者は518,000人にも及んだ。あの兵士達もその言葉どおり、玉と砕けたのだろうか。南方派遣日本語教育要員のうち、女性教員は24名全員が帰国できたが、男性教員は132名中70数名が戦没した。

　母が日本に戻った8か月後に終戦を迎えた。すると驚いたことに、日本人の英語教育に対する意識が180度変わり、世の中の英語熱が大変なものになった。「カムカムエヴリバディ」の時代が来たのである。戦時中、英語の授業をするかどうかは学校がそれぞれ判断していた。授業をしていなかった学校は急に英語教師が見つかるものでもなく、大いに慌てた。

　母は東京のNHKに翻訳係として1946年から1年間勤めた。その後2年間、山形と仙台のGHQで司令官付きの通訳をしたり、公文書の翻訳をしたりした。1950年、山形東高に英語科教師として招聘された。在職中、知人の勧めで第1回フルブライト・プログラム留学生の選抜試験に応募したところ、2,000人から50人を選ぶ倍率40倍の試験に合格した。山形東高は休職させてもらって、1950年7月から翌年6月までミシガン州立大学で構造言語学の教授法を学ぶことになった。

　アメリカは敗戦国からの留学生も平等に扱った。留学生は未来の架け橋と考えたからである。母はミシガン州立大学の4年生に編入され、女子寮の立派な1人部屋を充てがわれた。月曜から金曜は講義。土日は図書館に籠った。第1学期には15単位（6科目）をとった。教授がそれぞれ1学期に10冊の関係図書を読めと

厳命し、論文を大中小三つ書かせ、定期考査を2回行なった。ホーソンをやればホーソンの作品を全部読まされた。辞書を引き引きだから能率が悪い。6科目だからノルマはその6倍で、徹底的な勉強漬けになった。図書館から借りた本は期限に遅れると罰金を取られる。論文は成書にない創造的なテーマを課される。定期考査の3日間は一睡もできなかった。アチーブ式の問題は量が莫大で、徹底的に僥倖点を取らせまいとする出題だった。

　眠くて休みたいと思っても、医師の診断書がなければ欠席は許されない。朝食抜きで学校に駆け付ける毎日が続いた。過酷とも言えたが、充実した留学生活となった。

　帰国して半年経った頃、世話する人があって山形鉄道病院に勤める内科医に嫁いだ。それが私の父である。

　父は東京杉並区和泉に生まれ、第一東京市立中学校（現九段高校）を経て1936年に東北帝国大学医学部を卒業。加藤豊治郎内科に入局した。しかし、翌1937年に日中戦争が始まる。1941年、学位論文完成間近で召集され、29歳から5年間、軍医として中国山西省に従軍した。山西省は中国共産党軍との攻防の最前線であった。

　父は五体無事で抑留もされなかったが、復員した時、34歳になっていた。学位論文は完成できなかった。医師として最も大切な時期を、北支で死と隣り合わせに過ごさねばならなかった。父は私が9歳の時に他界し、戦地の話を聞く機会はなかった。同じ山西省で兵士として4年を過ごした宮柊二は、現地での激戦の様子と兵隊の凄惨な日常を短歌に詠み、『歌集山西省』（古径社、1949年）を遺している。

　母は結婚後も教員を続け、山形東高、山形北高、山形西高の3校に計30年間勤務した。あの日の兵士達の眼、靜まで荷を担いでくれた献身を生涯忘れなかった。誰かの子であり、夫であり、父であったろう兵士達と男性教員達が死なねばならず、なぜ自分が生きて帰れたのか。その不条理さと兵士達の奉仕に返礼できなかった悔いは、長い間母を苦しめた。遺詠集『石蕗の花』に比島を詠んだ歌群がある。

マニラには百日紅に似し花木ありてマニラの桜と我ら呼びにき
戦車に対ひ明日は玉砕すると言ふ兵に逢ひにきその眼忘れず
婦女子らに帰国を勧め巌の如く在しし山下将軍思ほゆ

数しれぬ兵の果てたる比島よりああ有難し我れ帰り来ぬ

　現在の高校の日本史Bでは授業時間の関係で明治維新までしか教えない。日本が中国、ロシア、そしてアメリカと戦争をしたことを知らない大学生が増えているのはその結果だろう。大ロシア主義の下にウクライナに侵攻したロシアを非難する若者は、日本がかつて大東亜共栄圏、八紘一宇のスローガンを掲げて満州、華北、東南アジアを占領したことを知っているだろうか。

　日露戦争で日本が勝ったといっても、それはたまたまロシア革命が起こったことによる薄氷の勝利であった。その実態を政府が明らかにしなかったため、国民はポーツマス条約で賠償金を取れない事に怒った。講和に反対し、日比谷公園で騒擾を起こし、内相官邸を焼き討ちした。その後、盧溝橋事件に際して近衛内閣は不拡大方針を打ち出したが、領土拡大を望む国民感情は甚だしく、それを背景に軍部は日中開戦への道を突き進んだ。真珠湾奇襲の第一報が届いたとき、多くの国民も作家達も快哉を叫んだ。当時の作家達は今で言うインフルエンサーであった。日本人はいつの間にか、大和魂をもって戦えばどこの国にも勝てるし、最後には神風が吹く、と信じるようになっていた。戦争は軍部が独走して起こすのではない。国民感情のうねりが軍部を後押して起きるのだ。

　祖国が侵攻されたら、戦うのも地獄だが、戦わずに占領されるのは更なる地獄である。「人間は未来永劫愚かで・・・」と哲学しているうちにもミサイルは飛んで来る。従軍記者だったむのたけじは、「殺さなきゃ殺される、という恐怖のなかで、神経を張りつめられるのは3日間。あとはもう惰性で、やがては人間からケモノに近くなる」と書いている。

　戦争は誰をも幸福にしない。銃弾の1発、魚雷の1発が人の運命をすっかり狂わせる。父か母に1発が命中していたら、自分は生まれていなかったし、3人の子供達、4人の孫達がここにいることもなかった。日本は無条件降伏したが、占領統治したのがソ連でなくてアメリカだったことが唯一の幸運だったろうか。

　どんなに大きな震災でも30年経てば記憶は途切れる。戦争も同じだ。終戦からもう77年が経った。語り継がなければ軍靴の音はまた聞こえて来る。

（2022年8月）

　（註）むのたけじ『戦争絶滅へ、人間復活へ ── 93歳・ジャーナリストの発言』岩波新書2008年

ジョージ・スコットの悪夢

　母がミシガン州立大学に留学した時の話である。

　第1回フルブライト・プログラム留学生一行50名は、1950年6月13日の午前2時に羽田を飛び発ち、36時間の後にサンフランシスコのフェアフィールドに着いた。そこからバークレー市のインターナショナル・ハウス（国際会館）に1泊。翌日、オークランド市のミルス・カレッジ（女子大学）に移動し、そこに2週間滞在した。

　50名は2班に分かれ、母を含む30名は汽車で3日をかけて、シカゴ経由でシャンペーン市に着いた。そこはイリノイ大学がある緑に囲まれた美しい町であった。リスが道のそばの樹蔭にたわむれ、夜はホタルが飛び交っていた。30名は最初の6週間、このシャンペーン市に滞在してオリエンテーションを受けることになった。7名の女子留学生達はイリノイ大学の女子学生用の宿舎に泊まっていた。

　ある日、青い眼の金髪の青年が、「私はジョージ・スコットといいます。この近くに住んでいます」と宿舎を訪ねて来た。

　話を聞くと、戦争中、彼はパイロットで、旧日本軍の捕虜になった。福岡県大牟田市の連合軍捕虜収容所に入れられ、三池炭鉱で石炭掘りの重労働をさせられた。労働以外に拷問、侮辱は連日で、食事もひどく粗末なものだった。「一つ、軍人は忠節を尽くすを本分とすべし」で始まる2,686文字からなる軍人勅諭を暗唱させられた。暗唱どころか、復唱も出来ずにいると何度も往復ビンタをされ、蹴飛ばされた。仲間が何人も死んだ。当時のことを今でも毎晩悪夢に見ると言う。

　その人が何の用事かというと、自宅のディナーに招待したいと言う。まだ戦後間もない頃で、日本軍の捕虜になって陵虐を受けた人からの招待である。女子留学生達は迷ったが、その青年はロバート・レッドフォードのようにハンサムで、感じの良い人だったので、結局その招きを受けることにした。

　彼の自宅には美しい妻と男の子と赤ちゃんがいた。夫妻はどちらもイリノイ大学の学生だった。戦争で卒業が遅れたのだそうだ。奥さんが料理をしている間、彼は赤ちゃんを寝かせつけたり、おむつを替えたりしていた。赤ちゃんが寝ている時は、男の子を自転車で散歩に連れ出したりもすると言う。育児に参加しない日本の男性とは余りに違っていた。何よりも彼が育児を楽しんで自然にやってい

ることに驚いた。

　夕食は豪華とは言えないまでも、何本も立てた蠟燭の下で、とても心のこもったもてなしだった。女子留学生達はスコット夫妻と宿舎の門限ギリギリまで話をした。彼は日本人を恨んだまま死にたくない、日本人と交流することで日本人の良い所を見つけ、心の傷を癒して悪夢を見ないようにしたいのだと言った。留学生達は1人ずつ生立ちとか戦時中の苦労を話した。母は英語科教員の仕事を追われ、南方派遣日本語教育要員としてフィリピンに行ったこと、父母に会いたい一心で、制空権、制海権を失った中を輸送船で奇跡的に帰国したこと等を話した。アメリカ人と本音で長い話をしたのは初めてだった。英語で外国人と会話が出来るのは何と素晴らしいことだろうと思った。留学生達がミシガンに発つ日、彼はわざわざ駅に見送りに来てくれた。

　そしてミシガンに来て数か月が経った頃だった。ジョージ・スコットがはるばる留学生達に会いに来てくれた。再び夕食を共にし、彼は、「日本人も同じ人間で、戦争で苦しい思いをした。貴女達と話したことを何度も反芻しているうちに、悪いのは日本人でなく戦争だったと思えるようになった。この頃ようやく悪夢を見なくなった。それを伝えるために会いに来た」と言った。留学生達は彼のために少しでも役立てたことを心から喜んだ。

　戦後の日米関係が良好で来たのは、ジョージ・スコットと留学生達の交流のような小さな積み重ねがあったからだろう。戦争をした国同士は、互いの積極的な努力なしに関係を修復・維持することは出来ない。

（2022年8月）

　（註1）戦時中、連合軍捕虜収容所は全国に135か所あった。そのうち2か所が福岡県大牟田市にあった。大牟田の第17分所は国内最大級で、収容人員は米国人やオーストラリア人など約1,700人。捕虜達は三池炭鉱の労働力として使役され、かなりの人数が死をもって解放された。戦後の戦犯裁判で、当時の分所長らは捕虜の虐待・殺害などの罪で死刑判決を受けた。収容所は終戦直後に解体され、現在の大牟田市民はそうした収容所があったことさえ知らないという。

　（註2）1945年5月5日、グアムから九州を爆撃するために飛来したB29の編隊55機のうち2機が、紫電改の迎撃を受けて撃墜された。落下傘降下した兵士達は農具で武装した住民に殺害されたり、自害したりした。裁判無しに斬首刑を受

けた者もいた。捕虜のうちの8名は福岡市の九州帝国大学に送られて生体解剖され、全員が死亡した。

（註3）母はジョージ・スコットに聞いた虐待の詳細を日記に書いていたが、数行分を空欄にしてあった。その部分はとても文字に出来ない内容だったと話していた。

桜とともに去った人

去年（2021年）は周りから人がどんどん去って行った。

1月、私が12年間コーチをして来たパドルテニス・クラブがコロナ禍を理由に解散。30人ほどいたメンバーと会うこともなくなった。

2月には小児科の小松茂夫先輩が、8月には高校〜大学の友人中村憲二君が病没した。2人とも麻雀仲間だった。中村君は私に麻雀を教えてくれた恩師である。麻雀を覚えたおかげで、自分の人生はどれだけ豊かになったことだろう。

5月には当院に20年勤務した看護師のBHさんが退職した。6月、近くの調剤薬局が閉店し、ユリエモンと呼ばれていた薬剤師のSYさんがいなくなった。11月には震災当時から11年間にわたって当院を担当した薬品卸会社のKK君が異動になった。彼にはワクチンの配給でずいぶんお世話になった。

別れの理由はそれぞれにしても、この歳になると、「またそのうちどこかで会える」という期待はもうできない。「どうか、お元気で」が最後の言葉になってしまう。

その人に最初に出会ったのは、30年前のことだった。私がクリニックを開院する際、看護師を募集したところ応募して来たのである。当時彼女は24歳。岩手県の農業高校を卒業してから看護学校に進んだという。結婚していて、面接に9か月の男の子を連れていた。秀○というその男の子は泣くでもなく、彼女の膝でニコニコ笑っていた。テーブルの上を這い這いし、私に寄って来て抱っこされた。

私は彼女を採用した。彼女は最初八木山に住んでいたが、愛子に通勤するために一家で北仙台のアパートに引っ越し、秀○をおんぶして仙山線で通勤した。朝、子供を保育園に預け、仕事をし、帰りに秀○を連れて買い物をして帰る。帰って

から夕食の準備をし、子供を風呂に入れて寝かせる。自分が寝るのは何時になったのだろう。朝は5時に起きると言っていた。幸いその子は丈夫で、熱も出さず、保育園から呼ばれることもなかった。

　彼女はその後、愛子駅近くにアパートを借り、遂にその近くに家を建てた。すべては通勤のためである。

　途中何人か看護師の入れ替わりがあったが、その人は誰ともうまくやり、淡々と仕事をこなしてくれた。30年間で彼女が休んだのは二男の賢○を産んだ時と、その子の手の怪我の時だけである。それ以外は皆勤。私が出来る治療の守備範囲をよく心得、手に余りそうな患者はさりげなく他院に行くように勧めてくれた。断り方が上手だった。予防接種では私がやりやすいように種々の工夫をしてくれた。子供が診察ベッドから転落しないように気を配ってくれた。

　清潔好きで、白衣はいつもアイロンが効いていた。待合室での患者の様子から点滴・採血になりそうだと察すると、予めその準備をしておいてくれた。水疱瘡、おたふくかぜの疑いの患者であれば、遅滞なく隔離室に誘導した。外傷の手当、処置も彼女に任せておけば安心だった。レセプトコンピュータの操作もすぐに会得した。ただ診察時にじっとしていられず、走り回るADHDの子供だけは苦手のようだった。

　生家は岩手の千厩である。山の奥の農家で、両親はどちらも昭和13年生まれ。辛うじて近くに2軒の家があるので、「ポツンと一軒家」ではないという。県道から別れる実家への道は1車線の山道で、車がすれ違うことが出来ない。途中で2台が向き合ったらどちらかが長い曲り道をバックしなければならない。そのため実家に行くときは山道に入る手前で、「今、車で出て来ないで」と電話する。途中には倒木、落石があり、必ず車に傷が付くそうだ。

　美人かどうか問われれば、もちろん美人である。美人で丈夫でよく気が付き、控えめでしっかりしているのは、岩手の女性の美点である。

　そんな彼女が今年の1月に退職したいと申し出て来た。ここまでいたら、閉院までいてくれると思っていたので驚いた。両親が高齢になり、母親は何回か軽い脳梗塞になっている。実家で介護したいのだという。もちろん何度も引き留めたが決意は固かった。次の人が決まるまでいてくれると言ったが、意外とすぐに決まってしまい、4月には辞めることになった。入職後29年6か月目であった。

彼女は最後の日、診察室の床の汚れを何度も拭き、ガラスを磨き、すべてのスリッパを消毒してくれた。看護師免許を取ったのは、結果的に当院に約30年勤めるためだったことになる。本当に当院に尽くしてくれた。コロナのため盛大な送別会は出来なかったが、みんなでお弁当を食べ、花束を贈った。

最後の日、退勤して行く彼女の後姿を見ていたら、家族を1人失くすような淋しさに襲われた。「長い間、ありがとう」と口をついて出た。

辞めて行く人は、「また遊びに来ます」とは言うが、まず来ることはない。「また来ます」が最後の挨拶になる。彼女の退職の日は2022年4月8日。仙台に桜の開花宣言が出た日であった。

最後の勤めを終え、クリニックを出た彼女は当院を1度だけ振り返った。

（2022年4月）

（註）2022年8月には、開院以来29か月、当院の医療事務を務めてくれたSJさんも惜しまれながら退職した。

京都で豪遊

日本小児科学会は毎年4月に開催される。1991年は京都国際会館で行なわれることになり、大学の研究仲間3人が出席することになった。

「せっかく京都に行くなら、一生に一度くらいお茶屋などというところに行ってみても、罰は当たらないのではないか」という話が、誰からともなく持ち上がった。

寺澤先生は前年に大学を辞めて開業していた。翌年には私も開業する予定だったし、洲崎先生は郷里の富山医科薬科大学に移ることが決まっていた。みんなして学会に行く機会はこれが最後だった。これまで贅沢らしい贅沢はしたことがないので、研究仲間で最後に豪遊しようということになった。

京都のお茶屋は一見さんでは入れない。それはお茶屋が女所帯なので、花代を踏み倒したり、狼藉を働いたりする客を避けようとする300年来の知恵である。しかし、しっかりした紹介元があれば一見でも大丈夫ということだ。そこで旧知のF社の京都支店に紹介をお願いすることにした。案内兼監視役としてF社仙台支店の妹尾君が同行してくれることになった。

恐らく一生に一度だろうということから、お茶屋は**一力**に決まった。そこは大石内蔵助が遊び、近藤勇や大久保利通、西郷隆盛も通ったという祇園で最も格式の高い店である。

　『仮名手本忠臣蔵』の7段目は「祇園一力茶屋の場」である。元々この店の屋号は**万屋**だったが、『仮名手本忠臣蔵』では、この店の「万」の字を二つに分けて「一力」という屋号に変えた。するとその芝居が大当たりし、以後この店は一力と呼ばれるようになった。ここの暖簾には今でも「万屋」と書かれている。

　一力は四条通と花見小路の角に位置する。朱の壁と黒の板塀が印象的な建物である。花見小路は紅殻格子、犬矢来の家並が花街の風情を醸し出す。時折、舞妓さんが角のいけず石を避けて出勤して行く。

　当日、4人は朝からそわそわして、もはや心は学会になかった。花見小路で待ち合わせ、18時きっかりに一力の門をくぐった。通りの喧騒とは別の静謐な空間がそこにあった。

　両手をついて迎えてくれた若女将は杉浦京子さんという。一力の当主は代々杉浦治郎右衛門を名乗っている。我々公達4名は格式高い座敷に通された。大石内蔵助が一力に宛てたという支払猶予依頼の書状を見せてもらう。ガラス箱に大切に入れられた書状は家宝で、万一火事の際はこれだけ持って逃げるのだという。赤穂浪士が討ち入ったのは1702年（元禄15年）だから、300年ほど前のものになる。

　床の間、掛け軸、調度品など、歴史の品々を鑑賞した後、宴会となった。料理は仲居さんではなく、芸妓さんと舞妓さん自らが運んで来る。京料理のフルコースは近くの仕出屋が作り、タイミングを見計らって、一品一品届けて来る。舞妓・芸妓は置屋から派遣され、料理は仕出し屋が用意し、お茶屋は場所貸し、という完全分業体制になっている。

　舞妓さん2人にお酌をしてもらう。舞妓さんは年齢で言えば高校生だ。まだ京言葉が完全でないため、あまり口を開かないように言われている。この2人は同じ置屋に所属している。まめ園、まめ代という千社札のような名刺をもらった。この名刺は縁起が良く、財布に入れておくと花街で遊べるような身分になれるそうだ。

　一方、芸妓さん達は一皮も二皮もむけて、どんな話題を振っても面白かった。しかし、東京から東には行ったことがなく、宮城、仙台という地名は聞いたこと

もない風だった。口には出さないが、「宮城？仙台？それどんな田舎どす？」という気配がありありと感じられる。

　場が和んで来た頃、舞妓さんの祇園小唄の踊りが始まった。鑑賞しながら芸妓さんに祇園の仕来りを詳しく聞いた。

　舞妓は芸妓になる前の15歳から20歳迄の少女である。多くは中学を出てすぐこの世界に入って来る。児童福祉法、労働基準法で、18歳未満の者は酒席に侍る業務及び夜10時以降の深夜労働に従事させてはならないとされているが、舞妓の場合は給与をもらっていない（！）ので労働者に当たらず、修業の場と解釈されて特別に許可されている。髪に挿している緑色の簪（かんざし）がその許可証に当たるのだそうだ。舞妓は「だらりの帯」と言う５mほどの帯を付けている。帯の下には置屋の家紋が入っていて、帯の前にはポッチリと呼ぶ帯留めを付ける。髪は自分の髪で、結い直しは週１回。寝る時は崩れないように箱枕を使う。箱枕では寝返りも打てず、最初はなかなか眠れない。この舞妓さん達は下唇にだけ紅が塗られていた。１年目は口紅を下唇にしか入れられない決まりである。昼間は、祇園女子技芸学校という学校で芸事を習い、夜はお座敷でお客さんの相手をするのが日課となる。

　続いて芸妓さんによる京舞が披露された。京舞は初世井上八千代が約200年前に始めた。都をどり、祇園をどり、京をどりなどはいずれも井上流の京舞である。日本舞踊とは違い、能の影響を受けている。芸妓は、舞妓の修行を終えてからなるので、20歳を越えている。芸妓には舞を専門とする立方（たちかた）と唄や三味線を専門とする地方（ちかた）がある、舞妓は自分の髪だが、芸妓は鬘（かつら）をつけている。

　料理が終わりに近づき、芸妓さんが、「そろそろぶぶづけでもいかがどすか？」と尋ねて来た。

　「京のぶぶづけ」、来た！・・・それは京都では「そろそろ帰っておくれやす」の隠語で、ほいほいとぶぶづけを頼むのは野暮の骨頂ではなかったか。返事できずにもじもじしていると彼女達は大笑いした。一般家庭ではどうか知らないが、こういう場では遠慮なくいただいて良いのだそうだ。

　京都のお茶屋は観光エージェンシーのような仕事もする。２次会に行きたいと伝えれば、希望に沿うような店（京都で３代以上続く老舗）を予約してくれる。新参者が開いた京風の店は紹介リストに入っていない。我々は翌日の都をどりのチケットを予約してもらった（もう学会はどうでもよくなった）。頼めば新幹線の切符も取ってくれるそうだ。

玄関には一力のマッチ箱が置いてあった。それには住所も電話番号もなく、ただ「もののふのおもかげ残る一力の宿」の句があった。

　我々は一力を後にして、丸山公園まで夜桜見物に出かけた。おりから桜は満開で、夜は11時に近かったが、昼を欺くほどに人通りが多かった。京都では千年の昔からこのように人々が漫ろ歩き、桜を愛でて来たのだ。我々はすっかり歴史絵巻のひとコマになった気分でいた。

　この日は客（我々）4名が、舞妓2名、芸妓2名、地方2名を侍らせ、仕出しの食事（フルコース）と酒を4時間にわたって楽しんだが、当日は支払いも何もなかった。当日は会計など気にせず、気持ちよく帰ってもらいたいという心遣いである。しっかりした紹介元があってこその話だ。

　翌日は祇園甲部歌舞練場で都をどりを楽しんだ。春らしい艶やかな2時間であった。

　お上りさん一行が帰仙して1週間ほどすると、遂に請求書が送られて来た。一同は「ははー」と畏まり、それを押しいただいた。大宴会の請求額は7桁までは行かなかった。内訳は、お花代、ご飲食代、宴会ご祝儀お立替、都をどりチケット代、などとなっていた。

　「京のおねだん」はわかりにくい。予め決まった料金表はなく、請求額は紹介者によって、景気によって、客がまた来そうかどうかによって違うのだという。安くはない請求だが、「京都だから仕方ない」と思わせる重みがある。それが古来より日本に君臨して来た都の底力である。

（1992年4月）

▲舞妓さん（1992年4月）

（註１）いけず石とは、曲がり角に建つ家の角に置かれる直径20～50cmほどの大きさの石のこと。車両による外壁への接触を防ぐために置かれる。京都市内には数千個のいけず石があるという。京都弁の「いけず（意地悪）」と、「これ以上近くに行けない」という意味の「行けず」をかけている。

（註２）一力は350年前の創業。創業時の建物は蛤御門の変（1864年）で焼失し、現在の建物はその後、建て直されたものである。世界一の観光都市である京都の観光客数は、コロナ禍前の2019年に8791万人で、観光消費額は１兆3000億円に達した。イギリスの旅行専門誌の調査では旅行満足度第１位の都市に選ばれている。最近は京都でも明朗会計の店が多くなっている（それでも高いが）。一方で余所者には理解しがたい不明朗会計が時折顔を出す。その代表が茶屋遊びだが、それは350年をしたたかに生き延びて来た花街の流儀でもある。

（註３）京都は観光客でもっているので、観光客には基本的に親切である。しかし、住めば都とは行かない。特に祇園、北山、北大路、東山、白川、嵐山あたりの住人は排他的で、外から移り住んだ者を他所さん（嫌な言葉だ）と言う。京都市内でも北は北山、東は東山、南は京都駅、西は西大路と嵐山、それより外は京都とみていない。京都府の他の市、長岡京市、宇治市、亀岡市、京田辺市、福知山市、舞鶴市などは県外扱い、東北に至っては化外の地と見られている。それはかつて都であったことのプライドから来ていて、「京都人は１人残らず意地悪」と言われる原因もこの辺りにある。

東京散歩

秋の東京を歩いて来た。紅葉には早いけれど、涼しくて散歩には良い季節だった。

東京駅から銀座線で虎ノ門へ。駅を出ると目の前に**虎ノ門病院**。市川団十郎が白血病で入院したのも、息子の海老蔵が喧嘩で運ばれたのもここ。去年の12月、海老蔵は屋上で奥さんの麻央さんといるところをフジテレビに撮られた。盗撮ではなくヤラセ（わざと撮らせた）ではないかとみられている。

東京はあちこちに坂があり、いちいち名前が付いている。江戸見坂を登ってホテルオークラに出る。**大倉集古館**はホテルオークラの創設者、大倉喜八郎が収集

した東洋美術品を展示する、日本最初の私立美術館である。

霊南坂を降りて行くと右に**霊南坂教会**。1980年11月19日、山口百恵と三浦友和が結婚式を挙げたことで有名になった。ここで結婚式をあげるにはキリスト教に入信するか、1か月間講義を受けに通わなければならない。自分はそれを聞いてここを諦め、ホテル・ニュージャパンで式を挙げた。そのことは前著『山形夢横丁/セピアの町』の『ジャパニーズ・ドリーム　～少年と力道山～』に詳しく書いた。

六本木アークヒルズは下から見上げるとあまりに高く、カメラのファインダーに収められなかった。カラヤン広場では一年中イベントが行われている。

アメリカ大使館は都心の一等地に広大な敷地と巨大なビルを有し、アメリカの力の強大さを誇っている。周囲には何十人もの警察官が立っている。テロ警戒中なのだそうだ。鼓坂、新榎坂を経て**桜坂**に出る。桜坂はその名のとおり桜の並木。春はさぞきれいだろう。この辺りはテレビでよく耳にする場所が並んでいる。桜坂を下ると**溜池山王駅**に出る。この駅名は江戸時代、ここに人工の溜池と山王日枝神社があったことに由来する。1967年までは溜池町という地名があったが、今は永田町か赤坂である。由緒ある地名が消えて行くのは残念だ。

溜池山王駅から南北線で**東大前駅**に来た。東大赤門は旧加賀屋敷御守殿門である。東大は入口にそれぞれ立派な門があって守衛がいるが、誰でも中に入れる（見た目があまりに怪しいと尋問されるが）。校舎の一角にスターバックスがある。

工学部前の広場にあるペンシルロケットの模型。これを開発したのが糸川英夫博士。私の父と第一東京市立中学校（現・九段高校）で同級だった。

東大のシンボル、**安田講堂**。全学連と機動隊の安田講堂攻防戦が行なわれたのは、1969年1月18日から翌19日にかけて。逮捕者は600名以上に及んだ。年が明けた1月20日には東大当局が入試中止を決定した。あの頃の学生達は建物を封鎖して、火炎瓶を投げれば、世の中が変わると信じていた。講堂前に「社青同」、「中核派」、「社学同」、「反帝学評」などのセクトの看板が乱立した。日本の学生運動が残したものは新宿騒乱と東大入試の中止と連合赤軍事件だった。

森田童子にこの時代を歌った『みんな夢でありました』という名曲がある。彼女は私と同じく1952年生まれで、1975年に歌手デビューしたが1983年に引退。その後1993年に、『ぼくたちの失敗』がドラマ"高校教師"の主題歌になって大ヒットした。私生活を公開せず「謎の歌手」と言われたが、2018年に亡くなった。後

に、作詞家なかにし礼の兄（異母兄弟）の中西正一の次女であったことが分かった。中西正一はなかにし礼の小説『兄弟』のモデルで、事業失敗と借金を繰り返し、なかにし礼に絶縁された人である。

構内中央に悠然と腰かけている濱尾新の像。東大総長、文部大臣等を歴任した。

三四郎池は加賀藩前田家が造成した。庭園を育徳園、この池を心字池といった。夏目漱石の小説『三四郎』がここを舞台としたため、三四郎池と呼ばれるようになった。池の周りを散歩するダックスフントが２匹。コンクリートを歩かされる東京の犬達は幸せなのだろうか。

東大病院は歴史的な建造物だ。この翌日、愛子さまがマイコプラズマ肺炎で入院した。すぐに退院されたが、入れ替わるように天皇陛下が気管支炎で入院された。皇族は宮内庁病院を利用しないようだ。

東大医学部からは軍服にサーベルを下げた森鴎外が出てきそうな気がする。鴎外は文学者としては超一流だったが、医学者としては多くの陸軍兵士を脚気で死に追いやった責任がある。脚気がビタミンB欠乏症であることは今でこそ自明だが、日清戦争では多くの兵隊を死に至らしめた原因不明の難病であった。海軍においては当時すでに脚気対策として洋食化が勧められており、また白米に替えて麦飯の導入もあわせて行なっていた。陸軍においても麦飯を脚気予防の目的で行なおうとする機運がすでにあった。しかし、ドイツ留学から帰国した鴎外は、陸軍の兵食の現状をそのままでよしとする立場を取った。脚気を感染症と信じたのである。海軍の真似をしたくない、自説を撤回したくない、という意地もあったのだろう。

1904年には日露戦争が勃発。鴎外も第二軍軍医部長という責任ある地位で従軍した。この戦争でも脚気患者が陸軍兵士に多発した。陸軍参戦総兵士数108万人のうち、全傷病者350,000人。うち脚気患者が少なくとも250,000人。戦病死者37,000人中、脚気によるものが28,000人というのだから、人災としかいいようがない。

1907年、鴎外は陸軍軍医としての最高の地位である陸軍軍医総監にまで上り詰めた。1916年、54歳で陸軍軍医総監を退官したが、在職中から1922年、60歳での死まで、脚気病調査会の長を務めた。脚気病調査会は1924年（鴎外の死の２年後）になって、ようやく脚気はビタミンB欠乏による栄養障害病であることを認め、

解散した。鷗外生存中は脚気がビタミン欠乏によるものであることは公的には認められなかった。軍医総監の名誉を守るためであった。

病院のそばに鉄門があり、東大医学部の同窓会を鉄門会という。

本郷の子供会がハロウィンの格好で遊んでいた。ハロウィンはケルト人の収穫感謝祭が起源だが、日本人には意味がよく分からない。サン・ジョルディの日、恵方巻きと並んで作為感のあるイベントである。

4年前には、JR山手線にハロウィンの格好をした数十人のグループが押し寄せ、車内の蛍光灯を外す、網棚の上に寝転ぶなど、暴徒化した。30日には札幌で、ゾンビパーティー中に蝋燭の火が女性に燃え移り、大やけどを負った。参加者の多くが血だらけのメークをしていたため、見物人が驚いて通報した。救急車が何台も駆け付けたが、怪我人はたった2人だけだった。日本で「ハロウィン」は、「仮装して渋谷に集まり、路上で酒を飲んで暴れても良い日」と理解されている。こんなイベントは日本に必要ない。

東大の西側にあたる**菊坂通り**。ここは明治の小説家、樋口夏子（一葉）が約10年間住んだ町である。最近、一葉はあまり読まれないが、読んでみると大変面白い。

1890年、一葉は父親の死後、母妹と共に旧菊坂町70番地の貸家に移る。ここでの一葉は他人の衣服洗濯や針仕事で生計を立てた。あちこちに一葉に関する説明版がある。生活に苦しみながら、『たけくらべ』、『十三夜』、『にごりえ』等の秀作を発表した。

一葉は肺結核により24歳6か月で夭逝した。作家生活は僅か14か月で、研究家は「奇跡の14か月」と呼んでいる。その頃に建った家が今もそちこちにある。立派な破風造りの「菊水湯」は現役の銭湯である。脱衣室の一角には読書コーナーが設けられていて、多くの書籍、漫画があり、風呂上りに休憩することができる。入浴料400円。

鐙坂はかなり急だ。急な上、狭いので車が通らず、時が止まったような静寂が漂う。一葉は、この路地の掘抜井戸の水を使ったとされる。一葉が生活のために通った**伊勢屋質店**の建物が現存している。日記には「此夜さらに伊せ屋がもとにはしりて、あづけ置たるを出し、ふたたび売に出さんとするなど、いとあはただし」、「時は今まさに初夏也、衣がえも、なさではかなわず、ゆかたなど大方いせやが蔵にあり」と記されている。

また一葉の亡くなった時の香典帳に、「伊勢屋より金壱円也」とある。土蔵は当時のままだが、店部分は明治40年に改築された。1982年に廃業したが、建物は保存されている。この路地は一葉文学の聖地である。

　菊坂の路地はだんだん狭くなる。狭さ故、車は全く入って来ない。この通りに宮沢賢治も住んでいた。彼も経済的に困窮していた。この辺りは学生が多い町だったので、文化の香りが高い割に生活費が安く済んだのである。

　明治時代に建てられた名物下宿**本郷館**が2011年7月いっぱいで取り壊されていた。関東大震災や東京大空襲にも耐えたが、建物の老朽化が激しかった。かつての住人や建築家らが在りし日の姿を惜しんでいる。1905年（明治38年）、東京大学の正門から約200m離れた細い路地に建てられ、築106年になっていた。木造3階建て。延べ床面積は約1,500㎡、中庭を囲むように76室があった。風呂はなく、トイレや炊事場も共同。『放浪記』の作家、林芙美子が住み、学生らも大勢下宿した。取り壊されたのは何と3か月前だった。残念！

　最後に市ヶ谷と飯田橋に寄った。私は東京逓信病院に勤めていた頃、市ヶ谷と飯田橋の中間の九段北に住んでいた。市ヶ谷はほぼ昔のままだったが、飯田橋駅周囲は大規模な再開発が始まっていて、毎日お昼を食べたレストラン・ドルビーは跡形もなかった。そこは高さん一家が経営しており、常連の私には必ず食後にコーヒーをサービスしてくれた。

　新幹線の時間になった。散歩はここまで。

　東京駅でお土産を買う。お客さんが行列しているのは、ねんりん家のバウムクーヘンと新東京ポテト。これは東京バナナの店が出した新製品である。そして、昼の情報番組で紹介された「東京カンパネラ」にも長い列。帰りの新幹線は奮発してグリーン車にした。

（2011年11月）

▲桜坂（2011年11月）

▲東大病院（2011 年 11 月）

▲樋口一葉が通った伊勢屋質店（2011 年 11 月）

象潟はいつも雨

　父親は山形鉄道病院に勤めていた。当時の国鉄には家族パスというのがあり、社員と家族が３等車に無料で乗れた。毎年夏休みには汽車で秋田県象潟の国鉄保養所に行き、２泊して海水浴をすることになっていた。しかし、象潟に行くと雨にたたられ、３日のうち、少なくても１日は雨が降った。ある年は台風に直撃され、２泊３日とも雨だった。海水浴に来て１歩も外に出られないのは悲しいものである。鉛色の空と黒い海を見ながら、毎日トランプをして過ごした。晴れた日の象潟は風光明媚だというが、それを見た記憶はない。覚えているのは象潟の海岸の砂がすごく細かったことだけだ。

　いつかもう一度象潟を訪ねてみたいと思っていて、ようやく1988年の夏休みに家族で象潟に出かける機会を得た。仙台を出発する日、台風が近づいていたがもう予定は変えられない。車で47号線を最上川沿いに酒田へ。酒田から国道７号線

を北上している時、日本海沿いを台風が追いかけて来た。十六羅漢辺りでついに追いつかれ、象潟まで来た時には強風、豪雨になって来た。

　予定では、昔泊まった象潟の保養所を探索するつもりだったが、到底無理な状況になった。仕方がないので車のスピードを上げ、台風を振り切って男鹿半島まで行き、男鹿温泉に宿泊した。台風は象潟から東に進路を変え、男鹿までは来なかった。象潟とはどうも天気の相性が良くない。地図で探してももう見つからないが、国鉄の保養所は象潟駅から歩いて５分ほどで、海水浴場の南端の林の中にあった。

　景勝地である象潟の風景は以下のように出来上がった。

　・・・紀元前に鳥海山が大規模な山体崩壊を起こした。崩壊した岩と土砂が日本海に落ち込み、浅い海と多くの小さな島々が出来た。やがて砂の堆積が進み、海は砂で仕切られて潟湖（八十八潟）が出来た。そして小さな島々（九十九島）には松が生い茂り、風光明媚な地形になった。・・・

　江戸時代までは、「東の松島、西の象潟」と呼ばれるほどだった。芭蕉は『奥の細道』で、「松島は笑ふが如く、象潟は憾むが如し」と評し、「象潟や雨に西施がねぶの花」と詠んだ。

　ところが、1804年に象潟地震が起こると海底が隆起し、一帯は陸地化してしまった。その後、水田開発のために干拓が行なわれ、歴史的な景勝地は消え去ろうとした。しかし、当時の蚶満寺の住職の呼びかけによって保存運動が高まり、危うく今日の姿をとどめた。今でも102の小島が水田地帯に点々と残っている。とりわけ田植えの季節に水が張られると、往年の多島海を彷彿とさせる風景が見られるという。

　いつかもう一度象潟を訪れて、心残りを回収したい。

（2009年8月）

（註１）国鉄の経営が傾く中、家族パスも保養所もその後廃止になった。

（註２）十六羅漢は、山形県遊佐町吹浦海岸にある磨崖仏。海禅寺21代寛海和尚が、日本海の荒波で命を失った漁師諸霊の供養と海上安全を願い、1864年から托鉢をしながら地元の石工達を指揮し、５年をかけて22体の磨崖仏を彫った。16の羅漢に釈迦牟尼、文殊菩薩、普賢の両菩薩、観音、舎利仏、目蓮の三像を合わせて22体があり、歴史的にも貴重である。眺望台には歌碑や句碑があって、夕日や飛島が望める。晴れていれば、だが。

新潟県は何地方？

　新潟県は山形県の隣県にもかかわらず、なぜか山形県とは疎遠である。山形県と宮城県のような交流はないし、言葉も似ていない。新潟の人は機嫌が悪くなることを「臍を曲げる」でなく「鼻を曲げる」、模造紙のことを「太洋紙」と言うらしいが、山形でも宮城でもそれは聞いたことがない。

　そもそも新潟県は何地方に入るのだろうか？北陸地方か、東北地方か、それとも関東甲信越地方なのか？

　越前（福井）、越中（富山）、越後（新潟）と言うから北陸のような気もする。新潟のガス会社は「北陸」だが、電力会社は「東北」で、天気予報は「関東甲信越」区分となる。気象庁は新潟県を「北陸地方」とし、NHKは「関東甲信越」としている。

　公職選挙法で衆議院選挙における比例代表の選挙区は、新潟県、富山県、石川県、福井県、長野県の５県で「北陸信越」と明記されている。自分は小学校の教科書で、「新潟は中部地方」と習った。

　一時、北陸４県という言い方があったが、富山・新潟県境には飛騨山脈と親不知という難所があり、両県の交流は難しかった。文化的に北陸３県は名古屋、関西圏に入り、新潟とは文化、経済的な結びつきが薄い。言葉も北陸とは異なる。新潟の言葉は東北弁とも北陸３県とも違っている。語尾の発音が強くはっきりしていて、ずうずう弁ではない。むしろ長野の言葉に近い。

　戊辰戦争では、河井継之助率いる長岡藩が奥羽越列藩同盟に加わり官軍と闘ったので、東北に入れたい気もする。戦後の占領期には進駐軍により「東北７県」として統治が行なわれたが、今「東北７県」は死語になった。東北６県には各々有名な夏祭りがあるが、新潟には大民謡流しくらいしかない。

　関東甲信越という括りもあるが、地図上で並んでいるだけで気候・風土・文化に共通性を見出すのが難しい。

　要するに隣接するどの県とも括るのが困難である。県の面積も広いので、新潟県だけで「新潟地方」にするのが自然かもしれない。

（2005年３月）

上越新幹線の謎

　上越新幹線は東京と新潟を結んでいる。そのため、終点の新潟市を上越地方だと思っている人もいるが、新潟市は下越地方である。**上越地方**には**北陸新幹線**の上越妙高駅や糸魚川駅があり、上越新幹線とは全く関係がない。県外者には非常に分かりにくいことになっている。

　そもそも上越、中越、下越とは古代律令体制下で定められたものである。律令制下にあって地域の起点となるのは天皇の住む都で、都に近い側から上、中、下とされた（地図で上にあるので、新潟の北部を上越、南部を下越と思っている人がいる！）。前、中、後も同様で、例えば、北陸では都に近い側から越前・越中・越後とされた。

　要するに、上越新幹線の「**上越**」は旧国名の**上州**（群馬）と**越後**（新潟）の頭文字である「上」と「越」から名付けられたので、「上越地方」から取ったものではないのである。

　ちなみに、**上越地方**（地図では下）には上越市、糸魚川市、妙高市。**中越地方**には長岡市、三条市、柏崎市、十日町市、魚沼市などがある。**下越地方**（地図では上）は新潟市、新発田市、村上市、胎内市などがある。

　鉄道の路線を新設する際、名称を決めるのはなかなか難しいもので、北陸新幹線が最終的に完成するまでに、「長野新幹線」、「長野行新幹線」、「長野行新幹線（北陸新幹線）」、「北陸新幹線（長野経由）」、「長野北陸新幹線」、「北陸長野新幹線」、「北陸新幹線（長野経由）」と微妙に何度も変遷した。北陸地方と長野県の間で地域エゴを剥き出しに、綱引きが激しく繰り返されたためである。

（2015年 4 月）

　（註）私は乗り鉄というほどではないが、電車に乗っている時間が好きである。飛行機は嫌いで乗らない。日本国内ならどこでも電車で（沖縄は船で）行く。途中で駅から出ずに最も遠くまで乗ったのは、仙台から長崎までの1,678㎞である。仙台から東京までは東北新幹線で 2 時間。東京から長崎までは寝台特急さくらを利用した。さくらは東京発18時03分、長崎着は翌日の13時05分だったので、19時間02分かかったことになる。帰りはこの逆で、長崎から電車に乗って仙台に着いたのだった。

さだまさしの『指定券』という曲のイントロには、寝台特急さくらの発車を伝える東京駅の構内放送が入っている。寝台特急さくらは2005年3月1日で運行を終了した。

急行べにばな

　仙台から新潟は遠い。直線距離で168.2kmある。仙台―盛岡間の180kmより短いのだが、それよりはるかに遠く感じる。鉄道で行けば仙台―新潟間は、仙台―（**仙山線**）―山形―（**奥羽本線**）―米沢―（**米坂線**）―坂町―（**羽越本線**）―新発田―（**白新線**）―新潟と5路線を乗り継ぐ経路となる。その路線距離は249.8kmにもなる。乗り継ぎ具合により、早くて5時間19分、遅ければなんと10時間57分を要する。一方、仙台から盛岡へは東北新幹線1本で、僅か1時間13分で着く。

　このような時間的な距離はそのまま心理的な距離となり、宮城県民と山形県民の新潟県に対する関心は低く、交流もほとんどない。仙台市民からしたら、新潟より北海道のほうがまだ身近な感じすらある（仙台―新函館北斗間は510.7kmあるが、はやぶさに乗れば2時間26分で着く）。

　仙台―新潟間を、仙山線・奥羽本線・米坂線・羽越本線・白新線経由で準急「あさひ」の運行が始まったのは1960年である。それから1984年までは仙台―山形―新潟を準急または急行が1本で結んでいた。実家が新潟県や富山県の友人達は仙台からこれを使って帰省していた。当初は1往復だった。名称は米坂線沿線の朝日連山に因む。「あさひ」は1962年に2往復となった。

　1960年の冬、私の2歳の従妹Mがポリオ（小児まひ）を疑われ、山形の吉池小児科から新潟大学小児科に紹介となった。叔父叔母はMをおんぶして列車で新潟に向かったが、この時は山形―新潟を準急1本で行けたのだろう。奥羽本線、米坂線、羽越本線、白新線をいちいち乗り換えて行ったら大変なことであった。今更ながら胸を撫で下ろした。

　1966年、「あさひ」は急行列車に昇格し、5時間17分をかけて仙台―新潟間を結んだ。停車駅は仙台―北仙台―作並―山寺―北山形―山形―上ノ山―赤湯―糠ノ目（現・高畠）―米沢―西米沢―羽前小松―今泉―羽前椿―小国―越後金丸―越後下関―坂町―中条―新発田―豊栄―新潟の22であった。自分もこれを使って

新潟、佐渡に旅行したことがあるが、5時間17分は長かった。

　1982年11月15日から「あさひ」という列車名は、上越新幹線の速達列車の愛称として採用されることになり、仙台―新潟間を走る急行列車は山形の県花「べにばな」と改称された（しかし、「あさひ」は長野新幹線「あさま」と紛らわしく、間違えて乗る客が後を絶たなかったため、2002年に「とき」と改称された。）。

　その後、米坂線と併走する国道113号が整備され、山形新幹線が開通、そして高速道路が整備されると、「べにばな」は都市間輸送列車としての役目を終えることになる。1985年に急行「べにばな」は、快速「べにばな」（山形―新潟）と快速「仙山」（山形－仙台）の2系統に分離され、仙台―山形―新潟を1本で走る列車はなくなった。現在は米坂線内が各駅停車となるなど、上越新幹線への接続列車、及び米坂線内のローカル輸送に役割を変えた。

　仙台から鉄道で2県隣の新潟に行く場合、今では東北・上越新幹線を大宮経由で利用するルートが最速となっている。仙台―大宮―新潟間の路線距離は625.1kmもあって、最短で3時間5分、料金は19,240円もかかる。

　仙台―新潟間には磐越自動車道・東北自動車道を経由する高速バス（WEライナー）が、山形―新潟間には国道113号・日本海東北自動車道を経由する特急バス（Zao号）がそれぞれ運行されている。しかし、道路が良くなったとはいっても、米沢、小国、新潟は名だたる豪雪地帯である。冬場はバスに乗りたくない。

（2021年6月）

　（註1）急行「べにばな」の仙台－山形間の停車駅は6駅（仙台―北仙台―作並―山寺―北山形―山形）で、仙山線快速の停車駅は9駅（仙台－北仙台－愛子－作並－面白山－山寺－羽前千歳－北山形－山形）だったのに、急行「べにばな」は仙山線の快速より遅く、しかも急行料金が必要だった。その理由は、仙山線の快速は仙台－山形間のみの運行なので電車を使っていた。一方、急行「べにばな」は当時非電化だった米坂線を通るのでディーゼル車でないと新潟まで運用できなかった。「べにばな」として使われていたキハ58気動車は、当時としてはパワーのあるディーゼル車だったが、電車に比べると力不足で、作並―山寺間の急勾配でスピードが出せなかったのである。

　（註2）急行「べにばな」を題材にしたトラベルミステリーがある。仙台で開催された高校の同窓会に参加した同窓生が、仙台発新潟行きの急行「べにばな」

の車内で殺害される話である。トラベルミステリーは何故か必ず殺人が起きるが、犯人の造形は稚拙で、殺人の動機も薄弱である。読者は犯人に感情移入が出来ない。旅情に欠けるし、時刻表のトリックも取って付けたようなものばかりである。普段トラベルミステリーは敬遠しているが、「急行べにばな」に惹かれて珍しく読んでみた。結果はやっぱり詰らなかった。どれほど詰らないか読んでみるのも一興だが、まあ時間の無駄である。

　（註3）2022年に東北地方を襲った豪雨災害で橋梁・盛土が流出し、米坂線は現在不通になっている。復旧費用は86億円とみられるが、米坂線の営業係数は2,500を超えている。復旧させるかどうか、復旧させる場合の国・自治体・JRの費用負担割合、復旧後の安定的な経営を実現するための方策が現在議論されている。

夢麻雀

昨日、夢の中で麻雀をした。

相手は佐藤先生、中村君、小松先生の3人。

佐藤先生は2011年に、中村君と小松先生は2021年に亡くなった。

私は今日、初めて夢麻雀に誘われたのだ。

第1局。私は早々と七対子を聴牌した。七対子を聴牌する日はついていると言う。

待ちは白。白はドラでもなく、場に2枚捨てられている。

いわゆる地獄待ち。

誰かが引いたら使いようがないから、「安全牌！」として必ず出るはずだ。

これ以上ない待ち。

しかし結局白は出ず、流局となった。

中村君が4枚目の白を押さえて降りていた。

昔から振り込まない人だったが、この最後の牌を押さえるとは。

その後4人の自模上りか私の振り込みで局は進み、半荘が終わった。

私の1人負けだった。私以外は誰も振り込まなかった。

異様な展開だったので、私は思わず聞いた。
・・・皆さん、牌が見えるんですね？
3人は静かに頷いた。

佐藤「こっちに来てから、他人の牌も、山の牌も、透き通って見えちゃうんだよ」
・・・だから誰にも振り込まないし、自模上がりばっかりなんですね。でも全部見えたら面白いの？
小松「振り込むかもしれないという緊張感がないから、あまり面白くない。けど退屈だからやってる」
中村「相手の待ちが分かっちゃうんだから、当たり牌は捨てられないさ。オープン麻雀のようなものだ」
小松「世の中には分からない方が良いこともあるんだ。こっちに来て分かったよ」
佐藤「昔は生活費を賭けてたからドキドキしたな」
中村「ここに来たら賭けるものもないし、負けても口惜しくないんだ。そこが問題だな」
小松「失くすものがないってのは幸せなんだろうけど、幸せってのは案外面白くないもんだ」
佐藤「He that dies this year is quit for the next. って知ってるか？」
・・・いえ。
小松「シェークスピアだよ。1回死んだら、もう死ななくていいんだよ」
中村「もう死なないってのはとにかく安心なんだ。お前も早くこっちに来いよ」
・・・はあ。
私は曖昧に返事をした。

（2021年12月）

震災篇

「仙台平野に津波は来ない」

　仙台市は、西は奥羽山脈から、東は太平洋にまで広がり、山も平野も海岸も含んでいる。仙台市東部の若林区、宮城野区は太平洋に面していて、2011年の津波で甚大な被害を受けた。あの頃、仙台駅から車で海に向かって30分も行けば一面瓦礫の原が広がっていた。火事、泥棒ならば、家財を根こそぎ持って行くことはないが、津波は想い出の品も財産も、家の基礎を残して奪い去る。

　津波に遭い、九死に一生を得た人達にいろんな話を聞いた。電柱にしがみついて助かった、閉じ込められた車の窓が流木で割れて脱出できた、水が首の高さまで来たがぎりぎり止まった・・・人々の生死を分けたのは結局、「運」というしかなかった。

　本震の2日前。2011年3月9日の午前11時45分、牡鹿半島沖を震源とするM7.3の地震が発生した。大船渡市で55cm、石巻市鮎川では50cmの津波を観測した。現在ではこれが3月11日の地震の前震と考えられている。東日大震災は2日前から始まっていた。2日後に本震が来ると予報できれば、どれだけの命が助かっただろうか。

　当時、すでに政府の調査委員会は、宮城県沖で「30年以内に大地震が来る確率は99％」と予測していた。「30年以内、確率99％」と数字を出されても、人は何も起こるはずがないと思いたかった。「30年以内」なら「30年先」だと、「確率が99％」ならば「1％は何も起こらない」と信じたかった。これが正常性バイアスという心理学的メカニズムである。災害時には70％の人にこの正常性バイアスが発生し、事態を過小評価しようとして逃げ遅れの原因になる。

　宮城県には、「仙台平野に津波は来ないし、来ても貞山堀で止まる」という言い伝えがあった。貞山堀で津波が止まるはずはないが、人はそう思いたいのである。日本海側でも、「日本海で津波は起きない。地震の時は地割れと山崩れの恐れがあるから浜へ逃げよ」と言われていた。しかし、衆知のように1983年5月26日の日本海中部地震では日本海側の広い範囲が津波に襲われ、死者104人中100人が津波で命を落とした。男鹿市の海岸では遠足に来ていた小学生13人が亡くなった。最大震度は5だったが、数分後に高さ5〜6m、局所的には14mの波が来た。日本海側の断層は太平洋側に比べると陸に近く、浅くて動く角度が急である。そ

のため地震の規模に比べて津波が高くなり、到達までの時間も短いことが分かって来た。根拠のない迷信は人の命を奪う。

　また、「この土地では昔から○○が起こったことがない」の言い伝えは精々数百年の経験に基づくものであり、地殻変動の周期とは時間の桁が違う。神戸も熊本も「地震は来ない土地」と言われていたが、歪（ひず）みを長期間ため込んでいたので逆に危険だった。自分に所縁（ゆかり）のある山形、金沢も地震が少ないと言われて来たが、安全と言える場所などないのである。

（2022年3月）

医師達の震災

　震災から1か月半が経った頃、世の中には少し落ち着きが戻って来た。大学の同級生達から少しずつ電話、メールが来るようになった。

1. 阿武隈川河口のW君

　阿武隈川河口のU崎に開業しているW君から電話で聞いた話である。

　W君はいきなり押し寄せた津波に足を取られながら、クリニックを出た。命からがら高さ6mほどの堤防に避難した。周辺の住宅地はあっという間に水没した。

　「助けてー」という声がたくさん聞こえて来た。あちこちの屋根に人がいた。堤防に居合わせた数人で、川に漂っていたボートを引き寄せた。火事場の馬鹿力でボートを堤防に担ぎ上げ、人のいる近くまで運んで救助を開始した。彼は学生時代にボート部だった。

　あたりは次第に薄暗くなって来ていた。水面は流木、漂流物ですっかり覆われている上、水には流れがあり、ボートで20m進むのに30分もかかるような状況だった。しかし、彼らは休むことなく、1人ずつ確実に、妊婦を含む十数人を堤防に助け上げた。

　気が付けば夜の10時になっていたが、助けを求める声はまだ聞こえていた。「あんだ、どごさいるんだー？」と声をかけたところ、「こっちの屋根の上だー」と返事が聞こえた。「もう溺れる心配ないがら、朝までそごさいろ。俺達も疲れだー」と言って、堤防に大の字になった。

　W君は、服がびしょ濡れになっていることに気づき、急に寒気がしてきた。疲

れているのに眠れず、朝日が昇るまで長い夜になった。松山千春にそんな歌があったなと思い出し、口ずさんでみた。

2．志津川病院のＳ君

　志津川病院は津波で全壊し、入院患者73人と看護師３人、看護助手１人の計77人が犠牲になった。整形外科部長だったＳ君は同級生である。当日たまたま非番で、仙台の自宅にいて難を逃れた。震災後、同病院の新院長に指名され、行政との折衝、医療スタッフの確保を期待され、両肩に責任がのしかかった。Ｓ君の実家は福島で、そちらも大変だったが、金曜の夜に仙台の自宅に戻り、日曜の夜に志津川に赴く生活が始まった。月曜から金曜は避難所に寝泊まりして町内の避難所を巡回した。

　「５年で絶対に病院を創る。それまで頑張ろう。明けない夜はないんだ」、病院スタッフに、そう語りかけた。

　東北大学や宮城県医師会は志津川病院を診療所として再建する方針だったが、Ｓ君は断固として、病院としての再建を主張した。2013年10月、Ｓ君の主張に沿って新病院の建設基本計画がまとまり、2015年12月に新・南三陸病院が開院した。Ｓ君は新病院でも院長を務めた。2022年７月28日、顔なじみの患者40人を診て医師人生を終えた。挨拶で、「震災当時はみんな毎日泣いていた。絶望の中で本当に頑張ってくれた」と感謝を述べた。

　Ｗ君、Ｓ君のような人達がいる限り、日本はまだまだ大丈夫だと思った。

3．石巻のＮ君

　石巻で産科医をしていた同級生のＮ君は、２階の分娩室でお産の最中、地震に遭遇した。

　慌てて居合わせた全員を３階に移動させた。間もなく津波が襲来した。ドーンという地響きとともに、２階の窓が破壊され、波が通り抜けた。

　３階のスタッフルームでようやくお産の続きを終えたが、すぐに夜が来た。水も食料もトイレもない暗闇の中、スタッフと産婦、新生児、入院患者、見舞客ら30名とともに一晩を過ごすことになった。

　翌朝、日が昇ると、あたり一面は海になっていた。２階の途中までが水中にあ

り、建物の３階が水面から顔を出していた。建物が３階建てでなかったら、建物が鉄筋でなかったら、30名の命はなかった。

　事務員が流れていたボートを棒で手繰り寄せ、それに乗って市役所に向かい、救助を要請した。昼過ぎ、自衛隊のヘリがやって来て、新生児、産婦ともども、屋上から救出された。

　後日、彼はテレビで自院のビルが津波に襲われている映像を見て、初めて足が震えた。津波の高さは７ｍほどだった。津波は北上川を16kmも遡ったという。

　Ｎ君はクリニックを廃院にし、仙台市の病院の産婦人科に勤務することになった。

４．石巻のＧ君

　石巻市Ｏ町の老健施設長をしていたＧ君はテニス仲間である。地震の後、しばらく安否が不明だったので、仲間達はずいぶん心配した。２週間が過ぎた頃、Person Finderに「Ｇです。生きています。Ｈ避難所にいます」と応答があった。

　後の話では、職場は海に面していて、高台に向かって逃げる途中、津波に追いつかれた。首まで水に浸かったが、たまたま近くを流れていた大きな流木に抱きついた。波は次々とやってきて、黒い渦となって荒れ狂った。流木と一緒に渦に巻かれ、辺りをぐるぐる回った。瓦礫が自分に向かって押し寄せて来ても、流木にようやく抱きついている状態ではなす術もない。身体のあちこちが傷だらけになった。空が暗くなり、ものすごい雪が降って来ると、陸がどっちかも分らなくなった。手の感覚もなくなり、「これはもう駄目かな」と思った。しかし、行きつ戻りつしているうちに鉄筋のビルに打ち寄せられた。最後の力を振り絞ってその屋上の柵につかまっていると、やがて水位が下がり、九死に一生を得た。水が引いてからそのビルが３階建てだったのが分かった。命からがら避難所となっている中学校にたどり着いた。東京に住むＧ君の弟が迎えに来たのは、３月も末のことだった。

　６月18日、Ｇ君は久しぶりにテニスに出てきた。やつれているかと思ったが、日焼けして案外元気そうだった。ただ手足のあちこちに傷跡があった。

５．田村市のＤ君

　福島県田村市は原発から西に35kmという微妙な距離にある。半径20kmまでは

避難、20〜30kmは屋内退避の指示が出されていた。30km圏外は何も指示がなく、ここに開業しているD君は避難するかどうか迷っていた。

　近くで開業するF先輩に、「こごいらは放射能だいじょぶなのがい？」と聞いた。F先輩は、「この辺は30km圏外だがら全然問題ねえ。危ねえど思ったら俺が一番に逃げっから、俺がいる間は安心していろ」と頼もしく言った。D君はそれを聞いてすっかり安心した。

　ところが10日後にF医院の前を通ると医院は閉まっており、「当分休診します」と張り紙があったそうだ。

6．東名浜のS先輩

　東松島市東名浜で内科クリニックを開業されていたS先輩が帰らぬ人となった。地震直後、野蒜小学校近くの仙石線踏切で患者に目撃されたのが最後になった。

　釣りが好きで、仙台から東名浜に引っ越し、海の見える場所にクリニックを兼ねた家を建てた。

　朝は渚で犬を放す。夜はウッドデッキで潮風に吹かれ、ワインを傾ける。休みの日はもちろん釣りだ。そのうち船を買うぞ、遊びに来い、と笑っていた。理想のリゾート生活に思えた。

　昔、東名浜に子供を連れて潮干狩りに行った。天気の良い春の日だった。あの静かで穏やかな海が牙を剥いたとはとても信じられない。

　S先輩のお姉さんは塩釜で産婦人科クリニックを開業されている。地震の4日後、避難所でインタビューされているところが朝のテレビに映った。「クリニックの1階部分が浸水したが、たいしたことない」と気丈に話していた。S先輩が亡くなったことを、その時知っておられたのだろうか。

（2022年8月）

チェレンコフ光

　その青白い光が出るときは、紙の束で机をたたくようなバシッという音がするという。その光は原子炉が臨界に達した時に現われ、**見た者は早晩死ぬ**ことになっ

ている。

　12年前、茨城県東海村の株式会社JCOが起こした原子力事故を覚えているだろうか。JCOは「日本核燃料コンバージョン」のことである（ちなみにJOCは日本オリンピック委員会）。

　1999年9月30日、JCOの核燃料加工施設内で、ウラン溶液が臨界状態に達し、核分裂連鎖反応が発生した。至近距離で中性子線を浴びた作業員3名中、2名が死亡した。これは国際原子力事象評価尺度（INES）でレベル4の事故にあたる（今ではレベル4なんて驚かなくなったが）。

　10時35分、転換試験棟で警報が出た。第1報は、「**てんかんの急病人が出た**」というものだった。これが「**転換試験棟での事故**」の聞き間違いと分かるまで時間がかかった。笑い話ではない。

　11時52分、被曝した作業員3名を搬送するため、ようやく救急車が出動した。救急隊は放射線事故と知らされなかったため、**放射線防護服を着て来なかった**。

　12時30分、東海村から住民に対し屋内退避を呼びかける広報が始まった。次いで事故現場から半径350m以内の住民約40世帯への避難要請。500m以内の住民への避難勧告。10km以内の住民210万世帯への屋内退避及び換気装置停止の呼びかけ。現場周辺の県道、国道、常磐自動車道の閉鎖。JR東日本の運転見合わせ。陸上自衛隊への災害派遣要請・・・といった大事故になった。

　この事故は考えられないような杜撰な作業方法が原因で起こった。

　『JCO臨界事故の概要』（一般社団法人日本原子力産業協会（JAIF）1999年12月27日）によると・・・

　国内初の臨界事故が起こったのはJCO社東海事業所の「転換試験棟」で、八酸化三ウラン（U3O8）を硝酸で溶かした硝酸ウラニル液を沈殿槽に入れている途中で起きた。同事業所の普段の業務は原子力発電所用の燃料を製造するために、濃縮された六フッ化ウラン（UF6）を二酸化ウラン（UO2）の粉末に転換し、それを燃料成形加工会社に納める仕事であった。事故を起こした転換試験棟は、発電所用の燃料（3〜5％程度）と比べて濃縮度が高いウランを扱っていた。この濃縮度の高いウラン燃料は、核燃料サイクル開発機構の高速増殖実験炉「常

陽」用のもので、濃縮度は18.8％だった。ウランによる臨界事故を防ぐため、各装置は細長く、形状制限を加えた設計で配置され、処理されるウランの量についても制限が課せられていた。当日の作業も通常では、八酸化ウランを溶解塔で硝酸に溶かし、臨界制御のために形状が制限された細長い貯塔を使って、１バッチ毎に濃度を均一にすべきだった。しかし、作業員３人は、**酸化ウラン粉末2.4kgを10ℓのステンレス製の容器の中で硝酸と純水により順次溶解した**。できた硝酸ウラニル溶液の濃度の均質化を図るため、**溶液を５ℓのビーカーに移し替え、沈殿槽に漏斗を使って直接流し込んだ**。この注入は１人がビーカーを持って注入し、１人が漏斗を支えていた。通常の工程では、沈殿槽に入れるウラン量は、１バッチ当たり約2.4kg以下と決められていたが、このときは**その約７倍の16.6kgのウラン量が注入された**。その結果、硝酸ウラニル容器周囲の冷却水が中性子の反射材となって溶液が臨界状態となり、中性子線などの放射線が大量に放射された。要するに、事故を招いた作業手順は国の許可を得たものとは全く異なる杜撰なものだった。バケツから沈殿槽に移す作業は「楽をするため」に３人が発案し、今回初めて行なったという。・・・

　これは**制御不能の原子炉が突然出現したようなもの**だった。バケツで溶液を扱っていた作業員の一人は、「16.6kgのウラン溶液をバケツから溶解槽に移している時に**青い光が出た**」と証言している。それがチェレンコフ光である。「その青い光を見た者は早晩死ぬことになる」とは初めに書いた。

　事故発生当初、**JCO職員達は逃げることしか頭になかった**。国が「収束作業をやらなければ強制命令を出す」と脅した結果、JCO職員が数回に分けて内部に突入。冷却水を抜いてホウ酸を投入し、連鎖反応を止めることに成功した。

　事故を起こした３名の作業員は多量の放射線（中性子線）を浴びた。２名は多臓器不全で死亡した。この２名の被爆量はそれぞれ16〜20Sv、6〜10Svと推定されている。もう１名は一時白血球数がゼロになったが、放医研で骨髄移植を受けて奇跡的に回復した。その被爆量は1〜4.5Svと推定されている（**急性放射線障害の致死量LD50は6〜7Svとされる。**）。

　被曝した３人は臨界の意味さえ分からず、危険な仕事だという自覚もなかった。事故の内容を知らされずに出動した救急隊員３名は13mSvの被爆をした。他

に収束作業を行なった７名、周辺住民207名の被曝も起こった。被曝者総数は667名にもなった。

　日本の原子力発電史上、初めての死者を出した臨界事故だったが、作業員の無知と職員の緊急時の無能さ、日本社会特有の無責任体制と自己保身、隠蔽体質が明らかになった。賠償対象は約7,000件、賠償総額は154億円に上った。日本人が原子力を扱うことが無理だという証左である。

（2022年４月）

神の恵み

　日本人が苦手とするのは不都合な事態の想定と対策で、得意とするのは問題の先延ばしと瓦礫の片付けである。

　東京電力は、東日本大震災の３年前（2008年）に、「明治三陸地震と同様の規模の地震が福島県沖で発生したと想定すると、福島第一原発周辺では津波の高さが最大10mを超える」、「津波を防ぐために新たな防潮堤を建設するには数百億円規模の費用と４年の期間がかかる」と試算し、当時の武藤栄前副社長と吉田昌郎前福島第一原発所長に報告していた。しかし、２人は根拠が十分でない仮定の試算だとして、実際にはこうした津波は来ないと勝手に判断し、具体的な対策を取らなかった。作家の半藤一利は『今、日本人に知ってもらいたいこと』（金子兜太、半藤一利　ベストセラーズ　2011年７月）の中で、「日本人は往々にして起きて困ることは、起きないのではないか→起きないに違いない→絶対に起きない、と思い込む癖がある。昭和史はその連続だった」と指摘している。

　福島第一原発は、運転中の三つの原子炉が相次いでメルトダウンするという大事故になった。事故発生直後に行なわれた原子力委員会の「最悪のシミュレーション」では、「１号機の原子炉か格納容器が水素爆発して作業員が全員退避となる。すると原子炉への注水ができなくなり、格納容器が破損する。続いて２号機、３号機、さらに４号機の燃料プールの注水もできなくなり、各号機の格納容器が破損する。４号機の使用済み燃料プールに貯蔵されている原子炉２炉心分の1,535体もの燃料がメルトダウンし、大量の放射性物質が放出される。その結果、東日

本全体がチェルノブイリ原発事故に匹敵する大量の放射性物質に汚染される。原発から半径250kmは人の住める土地ではなくなり、その地域の国民は北海道か東海以西に避難を強いられる」となっていた。半径250kmとは、北は盛岡市、南は横浜市に至る範囲である。これらの地域が自然放射線レベルに戻るには、数十年かかるはずだった。

この最悪のシミュレーションが回避された理由はしばらく謎のままだった。

2021年3月にNHKメルトダウン取材班は、福島第一原発事故による「東日本壊滅」を回避できたのは以下のような「偶然の連鎖の産物」だったという分析を明らかにした。（NHKメルトダウン取材班『福島第一原発事故の「真実」』講談社　2021年2月）

・・・2011年3月14日、冷却が途絶えた2号機は、何度試みてもベントができなくなった。なんとか原子炉を減圧したが、消防車の燃料切れで水を入れることができず、原子炉が空焚き状態になった。ベントできなかったのは、手動での開閉ができないという設計ミスがあったからである。後の検証では、2号機はベントができず水が入らなかったのに、その原子炉や格納容器の中には、溶け残っている金属が多く、予想に反して高温に達していなかったことが分かった。その理由を研究者は、皮肉にも肝心なときに水が全く入らなかったことではないかと指摘している。メルトダウンは核燃料に含まれるジルコニウムと水が高温下で化学反応を起こすことで促進される。消防車の燃料切れでしばらく水が入らなかった2号機は、水とジルコニウム反応が鈍くなり、それほど原子炉温度が上昇せず、メルトダウンが抑制されたのではないかというのである。更に2号機の格納容器は爆発寸前の高圧になったが、上部の繋ぎ目や、配管との接続部分が高熱で溶けて隙間が空き、放射性物質が自然漏出して圧が下がったことで爆発を免れた。そして2号機は、電源喪失から3日間にわたって原子炉隔離時冷却系（RCIC）と呼ばれる冷却装置（電源が喪失しても、原子炉から発生する蒸気を利用してタービン建屋のタンクの水を原子炉に注水するシステム）が原子炉を冷やし続けていたため、核燃料のもつ熱量が、1号機や3号機に比べると小さくなり、メルトダウンを抑制させた。こうした偶然が重なって、格納容器は「決定的には」壊れなかった。RCICは、津波で電源喪失する直前に中央制御室の運転員がとっさの判断で起動させたものだった。2号機は計器が全く動いていなかったので、RCICが本

当に起動しているのか分からなかったが、動いていたのだ。また4号機の燃料プールはたまたま定期検査中だった。そのため普段は空のはずの原子炉ウェルと機器貯蔵プールに水が満たされており、通常の2倍近い貯水量があった。さらに、隣接する原子炉ウェルの仕切り板が（恐らく水素爆発により）理想的な形に破損したことで絶妙な水路が出来、燃料プールに大量の水が流れ込んだことが僥倖だった。更には4号機が（核燃料プールが破壊されない程度に）水素爆発し、原子炉建屋最上階が壊れたことで、コンクリート注入用の特殊車両を遠隔操作し、燃料プールに外からの注水が可能になったことも、まさに偶然だった。・・・

　もし、これら幾つかの偶然が重なっていなかったら、4号機プールの水位はどんどん低下し、1,535体もの使用済核燃料が剥き出しになったはずである。

　私は神を信じる者ではないが、この奇跡的な偶然の連鎖に限っては「神の恵み」としか思えない。恵みとはそれを受けるに値しない者に対する神の博愛の事である。

　2023年3月6日、福島県環境創造センターなどの研究チームは、東京電力福島第一原発事故の放射能汚染で空間線量が毎時3.8μSvを上回る高線量地点について、2021年3月時点で事故直後より約97.5％も減少したと発表した（政府は避難指示解除について3.8μSv以下を基準としている）。住宅地や農地を中心に除染が進んだほか、放射性物質が時間とともに崩壊する「自然減衰」や、放射性物質が吸着した土壌の一部が雨で海に流れ出たこと等によるとみられる。

　しかし、災害から13年が経ってもデブリ（溶融燃料）の搬出工法すら決まっていない。廃炉完了がいつになるのかは見当もつかない中で、54基の原発のうち11基が再稼働を始めた。

（2023年4月）

南三陸ホテル観洋 2012

　南三陸町は2005年、志津川町と歌津町の合併によって誕生した。震災報道でその名は全国的に有名になったが、仙台では今でも志津川、歌津と呼ばれている。

　今回の地震による地殻変動で、志津川地区の地盤は、水平方向に442cm、垂直方向にマイナス75.27cmも移動した。この地殻変動は貞観地震以来、1141年を経て繰り返された現象と見られている。志津川での津波高は15mに及び、南三陸町

の死者・行方不明者は820名となった。

　貞観地震と言えば西暦869年、平安前期のことである。この地で人々はやはり海の近くに住み、海の恵みで生きていただろう。そこを巨大津波が襲った。

　「その屍たるや通路に満ち、沙湾に横たわり、その酸鼻言うべからず。晩暮の帰潮にしたがって湾上に上がるもの数十日。親の屍にとりついで悲しむ者あり、子の骸を抱きて慟する者あり、多くは死体変化して父子だもなお、その容貌を弁ずに能わざるに至る。頭、足その所を異にするにいたりては惨の最も惨たるものなり」

　これは『岩手県気仙郡綾里村村誌』に書かれた1896年（明治29年）の明治三陸津波の記録である。津波はいつであっても、どこであっても、同じような惨状をもたらすことが分かる。

　わが家の子供が小さい頃、夏は志津川に行くものと決まっていた。泊まるのはホテル観洋。部屋はすべてオーシャンビューで、鏡のように凪いだ志津川湾が眼下に広がっていた。部屋のベランダにはかもめがやって来て餌をねだった。手すりにはかもめが鈴なりになり、えびせんを放ると空中でキャッチした。子供達は大興奮だった。

　7月最後の土曜日には志津川湾に花火が上がる。それをビール片手にホテルの窓から眺めた。「かもめの湯」という海に面した露天風呂があり、火照った肌に潮風が心地よかった。朝採れのアワビとウニが膳に乗る。夏の楽しみは志津川にこそあった。

　震災の後、ホテル観洋のことが気になってそのホームページを探した。するとそのサイトは生きていた。震災直後も微弱な電波を頼りに、奇跡的にスマホから更新されていた。それによると、ライフラインが止まった中でも従業員は元気に仕事をしており、このホテルの底力を感じた。私は毎日このサイトを開いて、ホテル観洋と志津川のことを応援していた。

　ホテル観洋の女将は阿部憲子さんという。ホームページによると、津波発生後、ホテルには宿泊客と従業員、住民ら、約350人が避難していた。会議室や浴場のある1、2階が津波に遭った。3階以上の客室は無傷だったが、目の前の国道45号線は寸断され、完全な孤立状態に陥った。阿部さんはすぐに調理場で食材の在庫を確かめ、1週間分の献立を考えた。

　3月の志津川はまだ寒い。ホテルの託児所から毛布と布団を運んで来た。水道

も電気も止まった中、阿部さんは宿泊客を懸命に世話し、5日後までに全ての客を無事送り出した。震災直後は阿部さんの家族も安否不明だったが、自身のことは一切封印した。絶対に泣かないと決めた。こんな女将がいるなら震災があっても安心だ。

4月16日から電気が通り、4月23日にレストランの営業を再開した。仕入れができず、断水も続いていたため、時間とメニューを限っての営業だった。再開したのはレストラン海フードBBQ。メニューはカレーやスパゲティ、豚汁やおにぎりだけだが、工事関係者、ボランティアの人々に喜ばれた。水道が回復していないため、給水車の水を使う。水の使用量を抑えるため料理は紙皿で提供した。

ある日、某新聞のデジタル版に『どっこい女将』の記事が載った。「ど」・「っ」・「こ」・「い」。この四文字で、女将さんの乙女心は、ズタズタにされた。「どっこい、ってまるでドスコイをかけてるみたい。私、相撲取りのように太っていると思われてる？」

女将さんはふくよかではあるが、決して太ってはいない。

震災の6日前の、3月5日の観洋のホームページには、「海の幸たっぷりの春の三陸路への誘い」、「南三陸キラキラ丼」、「志津川港で行なわれた船おろしの様子」が写真付きで載っていた。震災の直前までは海辺の町の豊かな暮らしが平穏に営まれていたのだ。

先日、テレビ朝日の"報道ステーション"が同ホテルの現状を伝えた。・・・

ホテル観洋では2月末で500人が避難生活を送っている。水道をひねっても水は1滴も出ない。1日に300トンの水が必要だが、給水車で運び込めるのは80トンだけ。入浴は週2回。トイレは屋外の仮設トイレを使う。食器、衣類は川で洗っているが、雨が降ると川が濁って洗濯ができない。隣町のコインランドリーは20kmも離れている。「おじいさんは山へ柴刈りに、おばあさんは川に洗濯に」の時代に戻ってしまった。・・・

6月25日現在、南三陸町の水道復旧率は7％である。「川で洗濯」のニュースを見た企業からホテルに、海水を淡水に変える巨大な濾過装置2台が提供された。このおかげで1日130トンの水が使えるようになり、風呂も入れるようになった。それでも十分ではないので、仙台市の主婦達の洗濯ボランティアが支援している。ホテル従業員が避難者の洗濯物を週2回仙台まで運び、洗濯してもらった物を持ち帰るというシステムだ。みな志津川には思い入れがあり、協力しようと

している。幸いホテルの建物には大きな損傷はなかった。インフラさえ整えば必ず元通りになる。

　Eさんは私が以前勤めていた病院の看護師さんである。小児科の担当だった。志津川の生まれで、結婚して閖上に暮らしていた。Eさんのお兄さんはホテル観洋に勤めていた。花火の日の宿泊予約は1年前からEさんのお兄さんにお願いしていた。

　昨日そのEさんから電話があった。Eさんはなんと志津川の実家と閖上の婚家の両方を失い、下増田の避難所にいると言った。生まれた町も、嫁ぎ先の町も津波に飲まれ、2軒の家を失くすとは、なんという不運だろう。慰めの言葉もなかった。どうやって電話を終えたのか覚えていない。

　また志津川の花火が見たい。テラスでかもめに会いたい。最近、評定河原に行くと、かもめのような鳥の声がする。もしかしたら津波で塒を失ったかもめが、はるばる避難して来たのかもしれない。かもめは陸で暮らせるものだろうか。

　大津波からの復興は、平安時代より早いはずだ。志津川を愛する人々がいる限り、早晩賑わいは戻るだろう。志津川湾の花火と海の幸の復活を心から待っている。

（2012年3月）

野蒜 2014

　仙石線野蒜駅の駅舎は津波で1階が大破したが、修復されていた。右側に隣接していたデイリーヤマザキは更地になっていた。

　あの日を境に野蒜駅に電車は来なくなった。現在は地域交流センターとなったが、いまだに「野蒜駅」の表示がある。仙石線は内陸側に移設されることが決まり、野蒜駅と東名駅は廃駅となる。新しい野蒜駅が完成する日までは、電車が来なくてもここが野蒜駅なのだ。駅の中にファミリーマートが出来た。駅中のコンビニとは言っても、廃駅ではお客さんは少ない。飲食・談話スペースがある。周辺に全く店がなく、お茶を飲む場所もないので、このスペースは貴重だ。

　自衛隊が撮影した震災時の写真が展示されていた。野蒜駅の被害は相当なものだった。東名の被害写真には倒壊した知り合いの家が写っていた。

東名運河にかかる橋の手すりは壊れたままである。子供が落ちそうで大変危険だが、3年経っても手がつけられていない。野蒜駅のホームはそのまま残されているが、構内の線路は既に撤去された。線路がなければ電車は来ない。電車が来ない駅舎ほど傷ましい風景はない。

　東名運河の土手も壊れたままになっている。水中の瓦礫は掬ったが、土手の修復作業までは手が回っていない。土手の松も津波で傾いたままになっていて、波の進行方向が今でもよく分かる。土手の大きく瓦壊した箇所にはとりあえず土嚢が積まれた。惨事のあった野蒜小学校の体育館は解体された。

　もう電車は来ないと決まったので、線路の上にスーパーハウスが建てられた。手入れをしないと線路はあっという間に草生す。

　野蒜は風光明媚なところだった。リタイヤしたらこの辺りに住みたいとさえ思っていた。津波の被害が少なかった松島は観光客で賑わっている。松島以北、東松島、石巻、女川、南三陸、気仙沼の復興はまだまだ。まずは仙石線の全線開通が待たれる。

（2014年8月）

▲野蒜駅前の壊れたままの橋（2014年8月）

　（註）野蒜小学校の体育館は避難場所に指定されていて、地震後、児童60人を含む300人以上が避難した。地震の1時間後、体育館を濁流が襲った。壁を破って突然黒い大蛇が入ってきたように見えたという。児童は全員2階観覧席に避難したが、1階にいた住民の多くが波に巻き込まれ、30名近くが命を落とした。校長は壇上でマイクを握っていたところをさらわれ、観覧席から投じられた紅白の幕につかまって助けられた。

荒浜 2016

　慰霊のためお盆に仙台市若林区の荒浜を訪ねた。震災から5年経っても海岸周辺は震災直後のままである。押しつぶされた金属のネットがそのまま転がっており、立ち枯れた樹木は今でも海から陸側に傾いている。

　海に背を向けて、立派な白御影石製の観音像が立っていた。「荒浜慈聖観音」と刻まれた観音像は2013年3月11日に完成した。土台も含めた像の高さは約9mで、ほぼ津波の高さだという。

　右手にある慰霊碑は高さ1.7m、幅2.4mの黒御影石製。この地区で津波の犠牲になった190名の方の名前と年齢が刻まれている。「2歳」、「4歳」という年齢が胸を突く。

　荒浜小学校は2016年3月31日をもって閉校となり、4月1日より仙台市立七郷小学校と統合した。4階建ての同小は津波で2階まで浸水したが、児童や近隣住民約300人が屋上などに避難して助かった。

　この校舎について、県の有識者会議が「学校と集落がセットで残った遺構はこれだけで、津波が生活や伝統も破壊することを知る上でも貴重」と評価した。仙台市は2015年春に保存を決めた。

　夕暮れの荒浜地区は静か過ぎて、静寂の声が聞こえるようだった。5年前まで800世帯の街並みがあったとは信じられない。県道10号線より海側は居住禁止になった。8月20日の16時から灯篭流しが行なわれる。

（2016年8月）

▲荒浜慈聖観音　この高さの津波が来た（2016年8月）

女川 2018

　女川では震災で569名が亡くなった。

　震災から7年経過した女川を訪れた。かつての駅を中心とする一角にシーパルピア女川なる商業施設ができ、結構な人でにぎわっていた。土日はよいが平日は閑散としているそうだ。

　両側に商店が並ぶ。突き当たりは女川駅だ。Konpo's Factoryの店内には、段ボールで正確に再現したランボルギーニ（ダンボルギーニ）が展示してあった。秋刀魚を練りこんだパンを売っている。女川の名物にしたいそうだ。新鮮でボリューム満点の女川丼と握り寿司、あら汁も美味しい。

　新しい女川駅の左半分は温泉施設ゆぽっぽである。電車を待つ間、駅の2階で海を見ながら温泉に入れる。

　JR女川線も復活したが、本数が少ない。石巻行きが1日に11本で、平均1時間20分に1本である。仙台に行くには石巻まで出て仙石線に乗り換えて、2時間かかる。

　S銀行女川支店では職員12名が犠牲になった。地震後、職員は高さ10mの旧銀行の屋上（建屋の高さは13.35m）に避難したが、津波高は20mだった。屋上まで津波は来ないと判断したのだろう。高台（堀切山）にある町立病院に逃げれば助かったというのは結果論だ。新しいS銀行は盛り土の上に新築され、隣に避難用ステーションが作られた。

　マリンパル女川の建物はすっかり解体された。引き波で建物の杭が引き抜かれて横倒しになった女川交番は、震災遺構として残されることになった。津波の恐ろしさは口で言ってもなかなか伝わらない。今でも満潮時にはこの交番が深さ30cmまで海水に浸かるそうだ。新しい交番は高台の女川駅の隣に再建された。

　高台の駐車場から見ると、全体的にかさ上げは進んでいるもののほとんどは空き地のままである。この一帯、夜は真っ暗になる。女川町立病院は海から18mの高さにあるが、津波は高さ20mにまで達し、その駐車場（海抜16m）で命を落とした人もいた。

　慰霊の碑に合掌し、犠牲者の冥福を祈った。

　女川から万石浦に向かう。万石浦に接する女川線の浦宿駅。震災の半年後に訪れた時、駅の看板は倒れていた。ホームは鉄筋がむき出しで、満ち潮が駅の下を

通り抜けていた。

　現在ホームは復旧し、防潮堤も完成した。しかし、無人駅で、電車の本数は少ない。上下２本の電車が通過したが乗降客は１人もいなかった。

（2018年４月）

▲津波で引き倒された女川交番（2018年４月）

南三陸の旅2018

　震災後初めて志津川を訪れた。

　志津川湾は昔と同じく穏やかだが、あの日はこの海が23.9mも盛り上がった。

　ホテル観洋の運営する語り部バスに乗った。南三陸町でも特に被害が大きかった戸倉地区では、海岸から500m離れた高台の家の１階まで津波に襲われた。地震の後、戸倉小学校では校長の英断で児童はこの高台まで避難し、更に山上の五十鈴神社まで登った。児童達は小さな神社とその周りで寒い夜を明かした。低学年の子が眠らないように、高学年の子は卒業式のために練習した『旅立ちの日に』を何度も歌った。そして全員が助かった。

　６年生は卒業式が出来ずに中学生になった。５か月後の８月、改めて卒業式が行われた。そこに歌手の川島愛さんがサプライズ出演して、『旅立ちの日に』をみんなで合唱したという。

　小学校より南側の高台に建つ戸倉中学校。その１階にまで波はやって来て、数名の方が亡くなられた。時計は２時48分で止まっている。２時46分の地震のあと、電気は２分間流れていたことになる。この中学校は2011年に廃校になり、今は公民館として利用されているが、時計はそのまま残されている。学校脇にはチリの

イースター島から贈られた２体のモアイ像が立ち、津波が来た方向を見据えている。

　かつて小学校、住宅があった場所は一面の原野になった。過疎の地域での復興の難しさを物語っている。

　語り部バスは南三陸町の中心部に向かう。町の真ん中を流れる八幡川の護岸整備が進んでいる。賑わっていた港周辺にはまだ何も建物がない。町立病院には小児科がなく、交通も買い物も不便だ。若い世代が復興を待てずにどんどん町を離れている。若い世代がいなければ、町は必ず消滅する。震災は過疎の進行を10年以上早めたとも言われる。

　防災対策庁舎は４階建てだったが、屋上まで水没し、大勢の犠牲者が出た。周囲がかさ上げされたため、今は低く感じてしまう。庁舎の前に慰霊台が置かれ、周囲を公園にする工事が行なわれている。

　語り部バスの乗客たちは慰霊所で降りて黙祷を捧げた。

　志津川病院の建物は取り壊されていた。かつて志津川病院のすぐ海側にあった高野会館に来た。高野会館は結婚式場だった。地震の後、支配人が手を広げて客を１人も帰さず、屋上に昇らせた。その結果、全員が助かった。この建物は津波のモニュメントとして保存される。浸水ラインは何と４階に残っている。あの日、水位はどんどん上昇して来た。どこまで来るか分からない。屋上にいた人々はどんなに怖かったことだろう。

　バスの中から不思議な風景を見た。気仙沼線の線路のレールがなくなって、そこをバスが走っているのだ。かつて前谷地から志津川を経て柳津まで走っていた鉄道の線路は、レールが外されて専用バス（BRT、Bus Rapid Transit）が走るようになった。しかし、地元の人にとってBRTは鉄道の代わりにはならない。仙台、東京につながる鉄道があることが地域存続の生命線だという。昔、気仙沼線は請願から完成まで80年かかった。また80年かかっても鉄道を復活させたいとしている。

　語り部バスはここまで。

　隣町の歌津に作られた商店街ハマーレ歌津。残念だがあまり活気がない。移動郵便局と書いた車が停まっている。この辺りには郵便局がないのだ。

　ハマーレ歌津は当初45号線沿いに位置していたが、その後、道路が離れた場所に移動したため多くの車が通過してしまうようになった。一番右の店舗は佐藤酒

店で、夜は居酒屋になる。しかし、ご機嫌で店から出て来たら周りは真っ暗。風と波の音しか聞こえなかったらどうだろう。タクシーも通らない。どうやって家に帰るのか。

南三陸町を後にし、北上津山線に入る。細い１車線の山道である。対向車が来ないことを祈りつつ山越えし（対向車は１台も来なかった！）、追分温泉の脇を下ると北上川河口に出た。ここには震災の津波で74人の児童が亡くなった大川小学校がある。

大川小学校は２年ぶりの訪問となる。住民投票の結果、小学校の建物は震災遺構として保存されることが決まった。１回目の投票では解体派が多かったが、２回目に逆転した。

今でも訪問者が多い。いつも語り部の人がいて、テレビクルーが来ている。校舎の向かいに「まちなみ復元模型展示施設」が出来ていた。月１回ほどの開放らしい。昔の街並みがジオラマで再現されていた。今日はたまたま開いていて幸運だった。

大川小学校は２階の教室の天井まで波に飲まれた。コンクリート製の渡り廊下は波で破壊された。スピーカーも壊れたまま。言っても詮無いことだが、３階建てにしておけば辛うじて逃げ場があった。テレビで校舎の設計者が、「河口から４kmも津波が遡って来るとは想像しえなかった」と２階建てにしたことを悔やんでいた。

裏山の約10mの高さに津波到達点の立て札が立っている。そこが生と死の境界線だった。

学校正門が慰霊台として使われている。建物は風雨にさらされ、少しずつ劣化しているが、７年経っても、希望の天使の像に献花は絶えない。

（2008年３月）

▲志津川湾の朝日（2018年10月）

▲結婚式場だった高野会館
4階に浸水ラインがある
（2018年10月）

（註）震災以外にも台風、豪雨のために運休・廃線になったローカル線は多い。日高線、根室線、岩泉線、大船渡線、日田彦山線、高千穂鉄道は廃線かバスに転換された。津軽線、五能線、米坂線、大井川鉄道、くま川鉄道、美祢線、肥薩線などは2023年8月現在、長期運休している。

貞山堀 2022

「仙台市若林区荒浜で、200人から300人の遺体が見つかったとの情報があります」

東日本大震災当夜、ラジオから突然このような情報が流れた。蝋燭の灯りの下で聞いた私は、荒浜でなぜそれだけの人が死ななければならないのか、状況が分からず言葉を失った。

後の調べによると実際に荒浜で犠牲になったのは186人で、この情報は結果的に誤報だった。情報元は県警のホワイトボードに張り出された未確認情報で、伝えたのは河北新報だった。情報が届いたのは夜間であり、交通も混乱していて、

現場を確認しに行くことが出来なかった。河北新報はこの情報を伝えるべきか迷いに迷ったが、まずは大変な事態が起こっていることを知ってもらうことが重要と考え、「との情報があります」と伝えたのだそうだ。

　翌日、記者は夜明けを待って海岸に事実を確認に行った。瓦礫のところどころに遺体はあったが、200〜300の遺体が見つかるという状況ではなかった。おそらく未曽有の混乱の中、現場の警察官からの電話を中継している間に歪曲した形で伝わってしまったのだろう。誤報とはなったが、事態が極めて重大であることを喚起する役割を果たした。河北新報は伝えた判断を責められるべきではない。

　多くの人は津波が仙台市を襲うとは想像もしていなかった。「津波は三陸のリアス式海岸に来るもので、仙台平野には来ない。来たとしても貞山堀で止まるから心配ない」という言い伝えがあった。それは根拠のない迷信であり、それが多くの命を奪うことになった。

　阿武隈川河口から荒浜を通って松島湾までの貞山堀、松島湾から鳴瀬川河口にかけての東名運河、更に鳴瀬川河口から旧北上川の石井閘門までの北上運河が宮城県の沿岸部を南北に貫いている。これら三つの運河の総延長は約49kmで、これは日本で最も長い運河である。伊達政宗は貞山掘を運搬用の運河として造った。宮城米を船で江戸に運ぶためであり、これで津波を止めようとした訳ではないし、止まるはずもない。貞山の名は、伊達政宗の諡（瑞巌寺殿貞山禅利大居士）にちなむ。

　明治の初め、鳴瀬川河口に近代港湾として野蒜築港が建設されることが決まった。東北では数少ない国家事業であった。それと同時にこれらの運河が新港に連動する水上交通網として整備された。1882年には運河で蒲生に集められた荷物を仙台まで運ぶ馬車鉄道(宮城木道社)も開業し、物流の大いなる発展が期待された。

　しかし、1884年に野蒜築港は大型台風によって壊滅し、翌年に廃港が決定した。更に仙台から塩釜に鉄道が敷設されると物流は鉄道が主役になり、馬車鉄道は1891年に廃止になった。結局、運河を利用した物流は行なわれなかった。野蒜築港が完成していれば、横浜、神戸と並ぶ国際港となり、「白河以北一山百文」などと貶められることもなかったかもしれない。東北の不運、歴史の非情を思う。

　その後、貞山堀は、運搬はおろか、観光資源としても使われることはなかった。

田畑からの排水路でもあったので泥や砂が堆積した。

　貞山堀に架かる深沼橋は、戦前（1936年）に架けられた頑丈なコンクリート橋である。陸軍第2師団歩兵第4連隊の射撃演習の際、大型車両通行用に造り直された。市内から車で海に向かい、この橋を渡れば仙台市唯一の深沼海水浴場だった。荒浜自治会が駐車場の管理を任され、シーズン中は1台1日500円の駐車料金を得た。しかし、東日本大震災後、運河沿いの一部地域は災害危険区域に指定され、住民は内陸へ移転し、海水浴は禁止された。

　建物が無くなった荒野にぽつんと立つのは旧荒浜小学校である。震災当時、荒浜地区には800世帯、2,200人が暮らしていた。荒浜小学校は海から700mの内陸にあり、児童91人が在籍していた。この辺りで高層の建物はこの小学校だけだったので、震災時は児童、教員、住民がここに避難し、九死に一生を得た。

　現在は震災遺構として公開されている。津波は2階まで達し、人々は屋上に避難した。学校の周りは一面の海。校舎は小さな島になった。水がどこまで上がって来るかわからない恐怖感は如何ばかりだったろう。校庭の二宮尊徳像は台座ごと流され、数か月後にようやく元の位置に戻された。

　校舎の1階に入ってみる。水はこの天井を越えて2階まで上がった。天井は水で壊されたままになっている。襲って来るのは水だけではない。津波は民家を破壊し、瓦礫やガスボンベや車を運んで来る。人間の身体などひとたまりもない。泳げても泳げなくても違いはない。木材など水に浮くものは2階を直撃し、ベランダのコンクリート壁を破壊した。

　教室にはかつての町並みを再現したジオラマと、津波が来た時刻で止まった時計が展示されている。

　屋上から見ると海岸線は目の前だ。海から700m離れているとは思えない。ちょうどヘリコプターが上空を旋回している。あの日もヘリが屋上から避難者を吊り上げたのだった。

　この辺りの家は300坪から500坪の広さがあった。母屋が流失し、風呂場とトイレだけが残った家や、津波に地盤がえぐられて基礎が傾いた家などがそのまま保存されている。

　「荒浜記憶の鐘」は、高さ4mの人型をした柱と津波の高さを記した球体を、影法師に見立てた飛び石で結んでいる。柱は平穏と日の出、未来をつくる復興へ

の願いを表現している。柱から球体までの距離はこの場所での津波の高さと同じ13.7mになっている。訪れた人達は青銅の鐘を鳴らして、鎮魂の祈りを捧げる。

　荒浜再生を願う会の「里海荒浜ロッジ」は人が集まれる唯一の建物である。この近くに旧深沼停留所を模した手作りの「偽バス停」が置かれていたと聞いたが、撤去されていた。

　貞山堀周辺には集落や川港が点在した。堀にはいつも小舟が浮かんでいて、ハゼ、蜆、蝦蛄、鰈、鮒、鰻などを採った。堀の両岸には防風のため黒松が植林され、アミタケ、キンタケ、ハツタケ、松露などのキノコが採れた。落ちた松葉は冬の貴重な燃料になるため、地面を線で区切り、各戸で平等に分けた。輸送路としての役割は終えていたが、住民はこの運河の恵みを大切に、心豊かな暮らしを営んで来た。津波さえなければ一生をここで過ごす住民が多かった。この地区には、大学さんという苗字の家が多かった。

　今はわれわれが記憶している風景とは全く変わってしまった。松林がなくなってみると、こんなに海が近かったのかと驚く。

（2022年5月）

▲防風林がなくなった貞山堀（2022年4月）

付録1　記憶の中の山形

山形駅 4 代

　1901年 4 月11日、上山〜山形間の鉄道が開通し、ようやく山形から東京まで線路が繋がった。蒸気機関車で山形から東京に行くことができるようになった。それまで東京に行くには関山峠を越えて仙台に出て、東北線に乗るしかなかった。

　当時、ロシアは満州を占拠し、更に朝鮮半島へ南下しようとしていた。日本とロシアの開戦は不可避で、開戦時の兵員輸送に間に合わせるため、国は鉄道の整備を急いでいた。

　初代の山形駅は木造で、旧山形城三ノ丸内の香澄町に設置され、鉄道開通と同時に営業を開始した。翌1902年には三ノ丸の土塁を切り通し、山形駅と十日町の稲荷角を結ぶ駅前大通りが開通した。この駅前大通りを中心として、桑畑だった一帯に新しい街並みが形成されていった。歌懸稲荷神社の向かいには第二公園が設置された。第一公園がないのに、なぜ第二公園なのかは不明だが、1902年、そこに芝居小屋が建てられ千歳座と命名された。

　1904年 2 月に始まった日露戦争は、1905年 9 月に日本の勝利に終わった。第二公園の周囲、歌懸稲荷神社境内に戦勝記念の染井吉野が植えられ、市民は幔幕を張って勝利を喜び合った。祖母の話では、第二公園から駅前大通りを横切って歌懸稲荷神社までミニ線路が引かれ、軽電車が往復して子供達を喜ばせたそうである。その時の染井吉野は太平洋戦争下に手入れをしなかったせいか、多くが枯れてしまった。

　1916年には 2 代目の山形駅が建てられた。私が覚えているのはこれ以降の駅である。

　2 代目の山形駅舎は木造 2 階建て。2 階正面の最上部に直径 1 m以上もある丸い時計が取付けられ、建物正面の左右に切妻の小屋根がデザインされた。正面入り口には 5 m四方の雨除けの大庇が造られ、2 本の隅柱がそれを支えた。

　正面入り口から30mほど北側に団体用の集合スペースと団体改札口が設けられた。修学旅行に出かける中学生達はここで壮行式を行ない、「全員、生きて帰って来ます」と宣言して修学旅行専用列車に乗り込んだ。集合スペースには信楽焼の大狸が立ち、修学旅行生を見送った。彼らの殆どは東京など初めてだった。

　駅舎に入ると正面は改札で、その右側にはキオスク、立ち食い蕎麦屋、土産物

屋があった。左側が待合室で、緑色の長椅子が16客並べられていた。そこにテレビが置かれたのは1965年頃である。待合室の左奥に切符売場があった。待合室の入口には伝言板が設置された。階段を昇った２階は**日本食堂**だった。

「山形駅のケン坊」は弁当を持って毎日駅に出勤し、改札か土産物店の前で客に丁寧にお辞儀するのが仕事だった。夕方になると父親が迎えに来て、自転車を引きながら夕陽の中を帰って行った。

駅前広場は山交のバスが出入りする以外にまだ車は少なく、広々としていた。かつては人力車が客待ちをしていたというが、自分は見たことがないから1960年頃にはなくなっていたと思われる。冬になるとスキー客が蔵王温泉行きのバス停に長い列を作った。東京から来たスキー客が「山形駅を出ればすぐに滑れると思っていた」とか、「間違えて一つ手前の蔵王駅で降りて（何もなくて）途方に暮れていた」とかの笑い話が語られた。

駅前広場の南側には交番と手荷物（チッキ）発送所、三菱テレビの看板を飾った鉄塔があった。駅から東に延びる大通りには華やかに「沖政宗」のアーチが架けられた。駅前大通りの北側レーンは**明月堂**から始まり、東に向かって**富士屋食堂、ライオン食堂、成金蕎麦屋**、パンの**さのや、村木沢旅館、旅館弘報舎、まつの食堂、堤農機具店、スポーツカスカワ**と続いた。この界隈には旅行客目当ての旅館と食堂が多かった。舗道には露店が数軒出ていて、農家のおばさんが野菜や漬物や吊るし柿を売っていた。カスカワはすずらん街との交差点角に位置し、向かいの**大久保硝子店**との間に「鈴蘭街」、「滑川温泉」と書いたアーチが架けられていた。

駅前大通りの南側レーンは**伊長八百屋、吉田肉店、日通、よしかわ屋、山形ヂャイアント、郵便局、みやもと薬局、両羽銀行、白蝶**（毛糸屋）が並んでいた。郵便局、みやもと薬局、両羽銀行、白蝶の敷地には後に**十字屋**が建つことになる。

さのやにはパンの日焼けを防ぐため、白とグリーンのストライプのビニール製の庇があり、その下を笹堰が流れていた。この頃の笹堰は半暗渠で、ところどころで流れが顔を出していた。さのやがあった場所は現在コンフォートホテルになっている。３階建て以上のビルは一つもなく、駅前から千歳山が眺望できた。

明月堂の北側には**池内菓子店**、ドリアン（アイスクリーム）で有名な**江川食堂**、大人数を入れる**前田屋食堂**（前田蕎麦屋）が軒を連ねた。江川食堂は後に陶板焼

の店になったが長くは続かず、その後ニチイになり、ビブレになり、今はコインパーキングになっている。前田屋食堂は前田不動産になり、そのビルには中華飯店五十番、パチンコ店、カラオケ店が入居している。

前田屋食堂を東に曲がれば、北側に高橋煙草店（現存している）、文房具の渡辺文誠堂、一銭店屋山口、松田美容室、春日井商店、山口魚店、伊藤青果店、本田米穀屋、北条魚店、徳正家具店と続いた。南側は青果店、金澤屋旅館、ひでの家、かつら食堂、山口酒店、相田靴店、しらかば洋品店などが並んだ。この通りは後にはながさ通りと呼ばれるようになる。現在の東口交通センターの場所には、父が勤めていた山形鉄道病院があった。

山形市は空襲を受けなかったため、駅前に城下町特有の隘路（クランク、T字路、袋小路、車の通れない細い道）が多く残っていた。これを解消するため、1965年から山形市が駅前土地区画整理事業に取り掛かり、駅周辺の古い建物は一掃されることになった。同時に2代目駅舎も取り壊された。この頃、第二公園の千歳座も閉館し、解体された。重機の威力は凄まじく、私は泣きながら壊されて行く風景を写真に撮った。

1967年に総工費約5億円余をかけて3代目の駅が完成した。初代と2代目は木造だったが、今度は初めて鉄筋になった。同時に駅前広場も従来の2倍ほどに拡張された。

新駅舎は地上2階、地下1階で、中には山形ステーションデパートが開業した。ステーションデパートの売場は駅の総面積の80%をも占めた。エスカレーターも設置されたが昇りだけで、降りるのは階段だった。2階には衣料品店、おもちゃ屋、蕎麦屋（三津屋）。地下には土産物店、パン屋、焼鳥屋、喫茶店などが入った。デパートとは言っても衣料品の品揃えは今一つだった。

買い物をしてそのまま跨線橋を渡れるように、2階の売り場にも改札が設けられた。屋上には遊園地ではなくゲームセンターを配し、子供達には怪獣射的が人気になった。当時はまだ近くに十字屋もニチイもダイエーもなかったので、ステーションデパートは人気のスポットになった。子供が一番喜んだのは地下の階段脇のたこ焼き屋だった。ここはなぜかカフェバーのようなカウンターテーブルになっていて、椅子も高かった。

駅前広場はロータリーになり、南側にタクシープール、北側に屋根付きのバス

停留所が３か所設けられた。駅の東西を繋ぐ地下道（自由通路）と、駅の向かいのニチイに繋がる地下道も整備された。自由通路のおかげで香澄町に住む第三中学校の生徒達は城南陸橋を経由せずに通学出来るようになった。それまでは遅刻しそうになると、鉄道柵を乗り越え、奥羽本線と仙山線と左沢線の線路を走って横断していた。駅員に見つかると追いかけられたり、学校に通報されたりした。私は線路横断中に腕時計を拾ったことがあり、正直に交番に届けたら、線路横断がばれて警官に大目玉を食った。

　２階建ての新駅舎は正面から見れば案外低く、３階建てでもよかったかなと思えた。しかし、屋上にはそれまでとは違って、「紅花の山形路」、「水晶米」、「でん六豆」、「ハッピーミシン」、「ヤガイ」などの看板が賑やかに林立した。

　新駅効果で駅の東側は活性化したが、駅の西側は相変わらずだった。西側には国鉄物資部、国鉄宿舎、保線区、機関区くらいしかなく、買い物客もいない一帯は荒んでいた。1928年に誘致された鐵興社（東洋曹達）が駅と第三中学校の間の広大な面積を占有し、夜は真っ暗だった。同社の西側には山形城三の丸の堀が残っていた。堀の水は流れるでもなく、涸れるでもなく、油が流れ込んで虹色に光っていた。そこでひねもす釣り糸を垂れる子供がいた。

　この３代目の駅は「山形民衆駅」と呼ばれ、その後20年以上も山形市民に愛されたが、この「民衆駅」の意味するところは何だったのだろう。

　日本の主要都市はアメリカの空襲で多くの駅舎を失った。終戦時には仮駅舎のまま営業しているところも多く、国鉄はまず駅の復旧に手を着けたかった。しかし、戦後すぐに進駐軍、復員兵や引揚げ者、買い出しに行く人の輸送の必要性が高まり、国鉄は線路網や車輌設備の復旧を急がなければならなかった。そのため駅舎再建に資金を回すことができなかった。

　1945年９月、運輸省は『鉄道復興五箇年計画』を作成した。駅舎の復旧方針として、「旅客駅としては平面的に建物の大きさを十二分に広くとり、待合室、旅行案内所、関連輸送、警察関係詰所、食堂、売店、郵便局、理髪、浴場、ホテル等は勿論、華やかな位置に相当のデパート式売店を設ける余地を残す」と記し、駅施設以外に商店や利便施設を併設した駅を建設する方針を示した。国鉄と民間が協力する方式で建設された駅は「民衆駅」と呼ばれることとなった。1947年、鉄道政策の最高諮問機関であった鉄道会議に民衆駅推進の方針が示され、可決さ

れた。

　これが1950年代から次々と建設された民衆駅構想の始まりだったが、国が駅舎建設資金を出すわけではない。そこで国鉄が考え出したのが、地元の有力な企業や事業者に駅の改築建設費を分担してもらい、その代わりに開設する商業施設に優先的に出店してもらうという方式だった。国鉄は民間の資金で駅舎内に「民衆施設」を併設することができて乗降客も増える。自治体にとっては、住民に安全で利便性の高い商業施設を提供できるという利点があった。1950年に民衆駅の第1号として豊橋駅が完成した。その後、1973年までに50以上の民衆駅が誕生したのであった。

　1992年の山形新幹線の開業に合わせ、4代目の山形駅が開業した。1993年にはホテルメトロポリタン山形とメトロプラザ（現在エスパル山形店）が開業した。また2002年以降、東口のペデストリアンデッキ、東口駅前広場、東口交通センター、地上の東西自由通路も整備された。きれいで便利にはなったが、どこにでもあるような平凡な駅になってしまった。

（2020年12月）

　（註1）駅前交番はその後、広場の反対側（北側）の現在地に移動した。

　（註2）チッキとは鉄道による手荷物・小荷物の輸送業務（またはその預かり証）のことである。預り証を示す英語のcheck（チェック）から来ている。旅客が鉄道を利用する際に、（乗車券を見せて）駅から駅の区間で携行品を輸送させる。客には手荷物の引換券が渡される。1個30kg、大きさ2㎡までは一定料金だが、超すと超過料金が必要だった。基本駅留めだが、別料金で家まで配達もした。

　（註3）「山形駅のケン坊」とは、昭和30年代にいつも山形駅構内で遊んでいた仙台四郎のような少年のことである。山形市民なら誰でも知っていた。毎朝自転車を引いた父親と駅にやって来た。父親は自転車で仕事に出かけ、ケン坊は昼には待合室で弁当を使い、夕方まで駅構内で時間を過ごした。売店脇に立って、お客さんに「ありがどございました」と頭を下げるのが大事な仕事だった。ケン坊といると誰もが優しい気持ちになった。駅員、売店のおばさん、乗降客の誰もがさりげなく彼のことを見守っていた。夕方、父親が迎えに来て一緒に帰って行った。彼は私より少し年上で、本名は誰も知らなかった。父親が亡くなった後は施設に入ったと聞いた。

（註４）国鉄によると、第２次大戦で被災した駅は全国で132に上り、全駅本屋総面積の約20%に相当する166,850㎡を失った。被災した駅は丸の内を始め、仙台、釜石、郡山、池袋、八王子、岐阜、福井、富山、姫路、徳島、松山、広島、長崎などの中核都市が多かった。空襲に遭わなくても、戦時中の保守の不備によって傷みが激しい駅も少なくなかった。

（註５）1990年頃、山形駅東側地区は既に都市化が進んでいて、夜でも賑やかで明るかった。それに対して西側地区は鐵興社、国鉄官舎、山形機関区があるだけの寂寥とした地域だった。30m毎に街灯が立ち、夜はその薄灯りの下を通勤客が家路を辿っていた。痴漢も出た。東西の差は暗くなってから電車に乗るとはっきり分かった。一方は煌びやかなネオン街、一方は裸電球の町だった。やがて、山形新幹線の開通によって駅周辺を利用する人が増加したため、1993年度から総事業費約340億円、10年をかけて山形駅西土地区画事業が行なわれた。この再開発によって、24階建ての民間・公共複合施設である霞城セントラルや、音楽ホールを有する山形テルサなどが建設された。周辺にはスーパー、ホテル、マンションなどが次々と出来、ようやく東西の差はなくなった。

（註６）2000年に山形駅東口のビブレが閉店したが、跡地の権利関係が複雑で更地のまま再利用が進んでいなかった。地権者がそれぞれコインパーキングを運営していて、県都の玄関口として好ましい状況ではなかった。しかし、ビブレ跡地とその北側を合わせた一帯について、ようやく複数の地権者と山形市が大規模再開発（駅前のバスプール拡張とペデストリアンデッキの延長）に向けての協議を始めた。

十字屋閉店

山形駅前で1971年から営業して来た十字屋山形店が2018年１月31日に閉店した。十字屋は最盛期には全国に30店舗以上を構えたが、商圏内の人口減少と郊外店の増加などから営業継続を断念した。十字屋山形店としては46年、十字屋創業からは95年の歴史だった。

これで山形の百貨店は大沼デパートだけになるが、大沼も赤字続きで、ついに県外資本が入り経営権を失うことになった。十字屋に次いで大沼もなくなった

ら、山形市民はどこからお中元、お歳暮を贈るのだろう。

　十字屋のファミリー食堂のメニューは、焼きそば780円、ナポリタン700円、ホットコーヒー 300円、メロンソーダ300円。このメニューが十字屋の特徴を表わしている。高くもなく、安くもなく、美味しくもなく、不味くもない。何よりも「休日はデパートのレストランで！」という「ハレの日感」のあるメニューがなかった。

　店内は閉店セール中だが閑散としている。婦人服も品揃えが少なく、いまひとつセンスが感じられなかった。十字屋は店のコンセプトが中途半端で、三越にもヤマザワにもユニクロにもなりきれなかった。しかし、三越にはある程度の恰好をしないと行けないが、十字屋はそういう気遣いはいらなかった。Tシャツに短パン、サンダル履きで（パジャマは駄目だが）気兼ねなく行ける。そういう気取らない店が自分の家の近くにあってよかったと思う。

　長い間慣れ親しんだ十字屋の最後の姿を記録したいと、人々が次々にカメラを向けている。46年間、本当にお疲れ様でした。

（2018年1月）

▲十字屋山形店（2018年1月）

　（註）2021年7月21日、十字屋山形店跡地にダイワロイネットホテル山形駅前がオープンした。地上12階建て、総客室数は204室。

幻の七日町劇場

　かつて山形市の七日町商店街と山形駅東口には以下のような大型店舗があった。（　）内は営業期間である。

　丸久（1956年〜1972年）、**丸久松坂屋**（1973年〜2000年）、**大沼**（1956年〜2020年）、**緑屋**（1967年〜1983年）、**長崎屋**（1967年〜1980年）、**十字屋**（1971年〜2018年）、**ジャスコシティ**（1972年〜1993年）、**ダイエー**（1972年〜2005年）、**ニチイ**（1973年〜1994年）、**ビブレ**（1994年〜2000年）、**セブンプラザ**（1974年〜2017年）。

　1974年から1993年にかけての20年間は、丸久松坂屋、大沼、十字屋、ジャスコシティ、ダイエー、ニチイ、セブンプラザという七つの大型店が同時に林立した黄金時代だった。日曜には、今日はどこに行こうか迷うほどだった。七日町二丁目の丸久松坂屋から駅前のニチイまでは1.6kmほどで、歩いて全部を見て回る贅沢も可能だった。

　大沼デパートの道路一本をはさんだ北側、現在20階建てのマンション・シティタワー山形七日町が建つ場所には、1965年頃まで虎屋酒造の店と幾つかの酒蔵があった。

　1967年に虎屋酒造と千足屋などをまとめた敷地に**寿ビル**が建設された。地下1階、地上8階の商業ビルである。ここに**ジャスコシティ**（1〜8階）、**富士銀行山形支店**（1階）、**スーパーヤマザワ**（地下1階）などが入居し、華々しくオープンした。

　ジャスコシティの売上は当初順調だったが、世の中は車社会になっていた。人々は次第に駅前から七日町までの散策を苦にするようになった。買い物客がデパートのなるべく近くまで乗りつけたいと考えるようになると、七日町の駐車場の少なさが問題になった。いつ空くか分からない駐車場に行列することは誰もが嫌がった。

　山形駅前のダイエーと十字屋は、七日町よりは駐車スペースにまだ余裕があった。特にダイエーは西側の道路をはさんだ土地と屋上に駐車スペースを有していた。そのため買い物客は駅前に流れるようになった。

　しかし、郊外に宅地が広がると、市中心部の人口が減って行った。ドーナツ化現象である。買い物は車で郊外の店に出かけるのが普通になり、駐車場は無料で、

すぐに入れて、すぐに出られるのが当たり前になった。七日町にもお客様用駐車場が整備されたが収容台数は少なく、行列してまで入ろうとする客はいなかった。その結果、七日町も駅前も集客力は落ち、大型店は櫛の歯が抜けるように廃業して行った。

1993年、ジャスコシティが寿ビルから撤退すると、1～8階が空きフロアになった。寿ビルはCOCO21という可愛らしい看板を掛けて再出発した。しかし、めぼしいテナントが入らなかったため集客に繋がらず、業績はジリ貧となる。

2004年になると寿ビルの地権者が集まり、新ビル建設の計画を模索した。虎屋は新ビルに川西町出身の作家、井上ひさしが提唱する「七日町劇場」を開設し、中心街を活性化しようと考えた。それにシベールの熊谷眞一社長が賛同した。シベールは1966年に創業。主力の贈答用ラスク等の洋菓子やパンの製造販売で業績を伸ばし、山形、仙台に20店舗、3工場を構えていた。「七日町劇場」は市民運動としても盛り上がったが、七日町商店街が賛同せず、構想は立ち消えた。

新ビルには寿ビルの時と同様、ヤマザワの入居が期待されていたが、ちょうどこの頃、ダイエーが業績不振のため駅前の山交ビルから撤退した。2005年11月のことである。ヤマザワはこれを奇貨として、空になった山交ビルに出店することを決断した。七日町より駅前を選んだのである。

「七日町劇場」が実現せず、ヤマザワに逃げられたため、虎屋は新ビル建設を断念。土地を住友不動産に売却した。住友不動産は商業ビルではなく、高層マンションの計画を発表した。

これが七日町衰退のとどめとなった。2006年初旬にCOCO21ビルの取り壊しが始まり、夏には更地になった。

それでもシベールの熊谷社長は芸術文化支援の信念を持ち続け、ついに蔵王のシベール敷地内に演劇文化の拠点**シベールアリーナ＆遅筆堂文庫**を開設した。「井上ひさし劇場」は七日町ではなく、蔵王に開設されたのだった。

岡田元也率いるジャスコは七日町から撤退し、死んだふりをしていた。密かにサティを統合して名をイオンと改め、虎視眈々と捲土重来を期していた。七日町撤退から4年後の1997年、馬見ケ崎2丁目に突然**イオン山形北ショッピングセンター**を開業した。敷地は6,300坪。44の専門店と1,305台分の駐車場を備えた。大盛況になった。

郊外でも駐車場があれば大勢の客が押し掛けることが分かり、2000年には若宮にイオンモール山形南を開業した。敷地は15,000坪。50の専門店と1,500台分の駐車場があった。さらに2014年に開業したイオンモール天童に至っては、敷地は何と42,000坪。130の専門店と2,600台分の駐車場を誇った。もはや山形市内の商店街が太刀打ちすることは出来なかった。

2012年10月、COCO21跡地に完成したシティタワー山形七日町は20階建てで、住戸は130戸。3LDK+Sタイプの価格は、庭付き一戸建てが買えるほどに設定された。高価格の割に専有面積は70㎡前後と狭かった。その価格は「大沼デパートの向かい」、「繁華街の角地」というブランドイメージで強気に決められた。しかし、いざ大沼がなくなってみると、駅から徒歩で30分近くかかる上、駐車場が少ない、床暖房がない、免震設計でない等のネガティブな要素が露わになった。

サンバードマークが懐かしい長崎屋は大沼のすぐ南隣にあった。現在SUZUTANがある建物である。3階建てだったので9階建ての大沼より見劣りした。長崎屋は競争激しい七日町を去り、天童市に移転した。1989年には43億円の売り上げを計上したが、郊外の競争も激しくなり、経営は徐々に傾いた。2000年に会社更生法適用を申請し、2002年に閉店した。最終的にドン・キホーテ傘下に入った。

丸久とみつますの跡地に建ったセブンプラザも2017年に営業を終えた。その土地にはデュオヒルズ山形七日町タワーというマンションが建った。緑屋の跡地はE-NASビルになった。丸久松坂屋の建物はナナビーンズとして現存している。

駅前のニチイがあったのは、大沼が進出しようとして叶わなかった場所である。ニチイはその後ビブレに変わったが、2000年にビブレが閉店して、建物が取り壊された。以来、22年間更地（コインパーキング）のままである。県都駅前に大きな更地があることは、観光客に良い印象を与えていない。

シベールは2005年にはジャスダック市場に上場を果たした。しかし、ラスクに続くヒット商品を産み出せなかったことと業態を広げ過ぎたことに景気低迷が重なり、3期連続で赤字を計上した。運転資金の調達に失敗して2019年1月に民事再生法の適用を申請、山梨県中央市のASフーズに事業譲渡された。

2020年1月、突然、「シベールアリーナ閉館危機」と「大沼デパート破産」のニュースが同時に流れた。二つは全く無関係で、偶然のことではあったが、逆に不思議

な縁とも思えた。それから山形県は「デパートの無い県」になった。

　あの時、「井上ひさし劇場」が大沼向かいの新ビルに出来て、そこにヤマザワが入っていたならば、七日町の人の流れも大沼デパートの命運も変わっていたかもしれない。

　最近、山形の繁華街では土日に休む店が増えた。仙台ではありえない光景である。店主は何かを諦めたのだろう。土日に休んでいる店があれば、買い物客は「ここもやめたんだ」と思って通り過ぎる。それは商店街にとっては死のイメージであり、少しずつ街を侵食し、客の足を遠ざけて行く。

　シベールの熊谷眞一社長は2021年2月8日に79歳で亡くなられた。失意の中であったろう。シベールアリーナは**東ソーアリーナ**と名前を変えて現存している。

（2022年5月）

　（注1）　大沼の創業は1700年に荒物屋を開業した時とされるが、ここでは地下1階、地上4階建ての店舗を開いた1956年を百貨店としての始まりとした。

　（注2）2023年11月1日、七日町に十一屋の新店舗が完成した。木造2階建てで、菓子販売店舗の他レストランを備える。旧本店で使っていた煉瓦も活用した。西側には10台分の駐車場も出来る。南側の敷地170㎡を山形市に売却し、御殿堰が整備される。

キッチンエコー

　子供の頃、洋食屋に行くのは何よりの贅沢で、ステータスだった。行った翌日は友達に自慢せずにはいられなかった。

　当時、山形で洋食屋と言えば**梅月堂**か**キッチンエコー**だった。梅月堂は高級店で、年に1回しか行けなかったが、キッチンエコーは大衆的で、年に数回は連れて行ってもらえた。

　キッチンエコーは山形市の中心街、旅篭町のシバタモデルから北に3軒目にあった。シバタモデルのすぐ北の隣は服屋、その隣は「むねお」という和食料理店で、その隣がキッチンエコーだった。キッチンエコーの隣はサイトウ美容室で、併設された寮には若い女性美容師達が大勢住んでいた。

　キッチンエコーはレトロな3階建てで、肉を焼く良い匂いがいつも外まで漂っ

ていた。1階の自動ドアを入ると、テーブルが二つとカウンターがあった。店内は賑やかで活気に溢れ、洋楽が流れていた。2階の客席に通じる階段は狭くてギシギシ鳴ったが、それは夢の世界への入口で、自然と駆け足になった。2階には4人掛けのテーブルが三つ。料理はおばさんが下から運んで来て、「おまちどうさま」と言いながら目の前に置いてくれた。湯気の立つ料理が置かれた瞬間は至福であった。何日も煮込んで作るデミグラスソースが絶品で、私は必ずそれを使ったハヤシライスかハンバーグを注文した。

1階の調理場は山形初のオープンキッチンだった。コックが数人いて、フライパンを火の中で力強く振っていた。そのコックの1人が私の叔父（母の弟）・小林哲哉だった。叔父のことは前著『山形夢横丁/セピアの町』に詳しく書いた。叔父はある出来事から、山形東高を卒業の2か月前に中退して上京。東京のレストランで10年間修業した。27歳で帰形して勤めたのがこのキッチンエコーだった。

「店長がこだまさんだから、キッチンエコーなんだぜ」

帰形した叔父の言葉はいつの間にか東京弁になっていた。私は叔父が真っ白な長いコック帽とコックコートで働いているのを見るのが好きだった。

キッチンエコーの帰りには必ずシバタモデルに寄り、親に戦車か戦闘機のプラモデルを買ってもらった。子供にとっては最高の1日だった。プラモデルを持って帰ると、祖母が「鉄のおもちゃ、買ってもらったのか？」と聞いた。鉄ではなかったが、私は「うん」と答えた。

数年後、叔父はキッチンエコーから独立。長兄、次兄の援助を得て、みつますの東隣（現在わらび餅屋があるあたり）にどんぐりというレストランを開いた。キッチンエコーの児玉さんも応援してくれた。店の立地は良かったし、叔父は最上級の食材を惜しげもなく使った。キッチンエコーと同じハヤシライスとハンバーグは美味しくて評判になった。しかし、価格を安く設定し、しかも知り合いから代金をもらうことをしなかった。私も母親と3回ほど食事をしに行ったが、「いいから、いいから」と1度も代金を受け取らなかった。母は「こんなので大丈夫かね？」と心配していた。

その心配は現実となる。どんぐりは2年持たずに大赤字を出し、閉店してしまった。料理の腕は良かったが、経理が苦手で、人も良過ぎたのだった。しかし、捨てる神あれば拾う神もある。叔父は合唱を趣味とし、男声合唱団コールマイゼン

に入って交遊も広かった。コンサートではよくソロをとっていた。体格が良く、わりとハンサムで髭が似合っていた。東京で修業しているうちに話し方も垢抜けて、要するにダンディーだったので、山形芸術学園料理教室の調理師科主任講師に招聘された。生徒達の評判は上々で、山形放送テレビの料理番組に毎週出演することになった。コックコートとコック帽が恰幅の良さにマッチし、番組の視聴率も上がった。叔父のその後については前著を参照願いたい。

　キッチンエコーの初代は児玉正三さんという。ハンサムな人で、若い時には大いにモテたという。東京會舘や梅月堂で修業した後、1964年にキッチンエコーを開店した。叔父はそのオープニングスタッフとして就職したのだった。正三さんは採算を考える人ではなく、デミグラスソースを作るのに、高価な赤ワインを何本も惜しげなく使った。キッチンエコーで洋食を初めて食べたという山形市民も多く、旅篭町の店は今でも50歳以上の山形市民に特別な印象を残している。

　2代目の児玉昇さんは店を継ぐつもりはなかった。専修大学を出て東京で就職しようとしていたところ、正三さんが心臓の病で倒れ、急遽呼び戻されて後を継ぐことになってしまった。初代の正三さんは料理に情熱があり腕も良かったが、丼勘定の人で借金も作った。昇さんは市営住宅に住み、旅篭町店の他に南栄町店、本町のNTT地下社員食堂を出した。3店を掛け持ちして無我夢中で働いた。気がつけば借金も完済していた。後年、「あまりに忙しすぎてこの頃の記憶がない」と話していたそうだ。

　お客さんが増えると旅篭町店は手狭になり、昇さんは東北芸術工科大学近くの青春通りに新しい店を建てて移転した。1988年のことである。青春通り店は、「地中海の高台にそびえる白い教会」をイメージして建てられた瀟洒で豪華な建物であった。店内は広いホールになっていて、大きな1枚ガラスから外が一望できた。夜はテーブルに灯りが灯る。おしゃれな雰囲気はカップルに人気で、レストラン・ウエディングや音楽ライブも開催された。当時、青春通りにはレストラン**黄色いからす**（後に仙台市の紫山に移転）、喫茶店**高原**（巨大なかき氷が有名）、とんかつ**三州屋**（分厚いとんかつ）、沖縄そば**いなり**など個性的な店が並び、活況を呈していた。

　2012年3月2日、昇さんは泊まり込みで仕込みをしていた。その夜、運悪く火災が発生し、一酸化炭素中毒で亡くなった。享年60。まだ若すぎた。この火事は

山形市民に大きな悲しみを与え、キッチンエコーも48年の歴史を閉じることになった。

　昇さんの息子の児玉学さんはフランス料理店で修行した後、４年ほどキッチンエコー青春通り店で昇さんと一緒に働いた。休みなく仕事に打ち込む父の姿は学さんの誇りであり、心に強く焼き付いた。学さんはその後独立し、山形市役所近くで**洋風居酒屋パリ食堂**を10年間、青田でら**一麺たまや零式**を10年間経営した。昇さんが火事で亡くなったのはパリ食堂開店の直前のことだった。

　学さんは50歳を前に、父の店の復活に挑戦することを決めた。仕事の合間にクラウドファンディングで資金を調達し、準備を進めた。資金はすぐに集まった。祖父・児玉正三、父・児玉昇という先々代、先代の名前と懐かしい味の記憶がまだ山形市民に残っていたのだ。

　キッチンエコーは2022年８月２日、山形市桜田東で復活した。山形市民に愛された懐かしい味を再び届けようとしている。新たな店名は**キッチン　シン・エコー**。70㎡の24席で、以前の店と同じ「エコーライス」と名付けた名物のカツカレーや欧風カレーライスなどを提供している。かつてキッチンエコーで働いた亡き叔父もきっと喜んでいるだろう。この店を応援したい。

（2022年８月）

▲旅篭町にあったキッチンエコー店内
　児玉学さん提供

▲キッチン　シン・エコー開店の日
　（2022年８月）児玉学さん提供

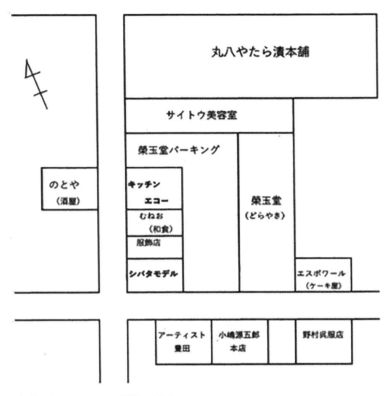

▲ 1980 年頃のキッチンエコー周辺の地図
　児玉学さん提供

　（註１）キッチンエコー初代の児玉正三さんも、叔父・小林哲哉も、所謂「丼勘定」
の料理人だった。丼勘定の料理人は損得を考えずに高い食材を使い、手間暇を惜
しまないから、客にとっては悪いものではない。叔父は正三さんの仕事を傍で見
ていて、影響されてしまったのかもしれない。
　（註２）この章を書くにあたっては、キッチンエコー３代目の児玉学さんに数々
の御協力をいただいた。深謝いたします。

つり味緑町店閉店

2022年6月18日、山形市の食堂つり味緑町店が53年間の営業を終えた。

現店主の岡崎文夫さんは1947年生まれ。1952年に先代（父親）が七日町の現モスバーガーの場所に最初の店を開いた。そして1957年に第2号店として緑町店を開店し、1968年に成人した文夫さんが緑町店を継いだ。当時は弟さんも一緒に仕事をしていたが、その後、七日町店が旅籠町に引っ越すことになり、そこを弟さん夫婦が継いだ。

先代は戦時中、満州で暮らしていて、その時に中国人に餃子の作り方を学んだ。終戦後、山形に戻り、餃子と焼きそばの店を開いた。戦後の食糧事情が悪い時期に、焼きそばならお客さんにボリュームあるものを食べさせられると考えた。釣りが好きで、釣ってきた魚を天ぷらにして出した。そこから店名を「つり味」にしたという。

緑町店の近くには県の官舎、保健所、山形工業高などがあって、昼時はお客さんで満杯だった。桜やお薬師様のお祭りの時期は、店外にもお客さんが溢れた。しかし、その後、官舎も保健所も移転してしまった。

つり味の焼きそばは油っぽいソース焼きそばではない。塩と胡椒だけのあっさりした味付けで、卵は細かいそぼろ状になって麺にからんでいる。最初はそのまま食べて、次いでウスターソースを軽くかけ、さらにソースを追いがけして食べる。つり味独特の「後掛けソース」と呼ばれるスタイルである。餃子の皮は手作り。ニンニクは控えめで、キャベツが多い。

閉店時のメニュー表を見ると、焼きそば550円、餃子350円、餃子定食550円、肉野菜炒め定食650円、レバニラ炒め定食650円、トンカツ定食800円、焼肉定食800円、ライス150円とある。とにかくリーズナブルで庶民的な店だった。

私が高校生の時、学校帰りには旅籠町店を、夏休みに馬見ケ崎の市民プールに行った日には緑町店を利用した。ほんとは焼きそばと餃子を食べたかったが、小遣いが足りなかったので、焼きそばをおかずにライスを食べた。体格の良かった早○君は、焼きそばをライスの上に乗せ、追いソースをかけてかき混ぜ、「焼きそば丼」にしていた。美味そうだった。昔のTVドラマ『番頭はんと丁稚どん』では、丁稚が素うどんをおかずにご飯を食べるシーンがあった。若い身体は炭水

化物を必要とするのだ。

　営業最終日は大変な混雑になるだろうと予想されたが、案外静かな幕引きになったそうだ。店頭に店主の挨拶を書いた紙が張り出された。

　「お知らせ　53年間、ご利用いただきまして有難うございました。このたび私共は体力の限界を感じ、6月18日をもって閉店することといたしました。お客様の皆々様には心より感謝申し上げます。長い間本当にありがとうございました。創業69年　つり味」

　山形県にはディープな焼きそば屋が三つあると言われて来た。それは、山形市のつり味、新庄市の**三浦焼ソバ店**、天童市の**広野屋**である。その一角が崩れた。

（2022年6月）

喫茶店ＪＡＷＡ

　昔、七日町一番街は山形と仙台を結ぶ笹谷街道の入口だった。

　1970年代には、現在モスバーガーのある所から東に200mほどの間に数十軒の喫茶店があり、その1軒がＪＡＷＡ（ジャワ）だった。場所は現在の居酒屋味山海の隣になる。その店にはグランドピアノが置いてあり、30歳くらいの美しくも妖艶な女性がママをしていた。

　その店が、いや正しくはその店のママがＨ高校の男子生徒の間で噂になり、初心（うぶ）な高校生達はママの横顔を一目見ると、学校帰りにＪＡＷＡに立ち寄るようになった。あまり大挙して行くと怪しまれるので、1日に順番で4名迄と自主規制をかけた。

　高校生達は店に入ると大人ぶって、飲んだこともないコーヒーをわざわざブラックで注文した。翌日、教室はママの話題で盛り上がった。

　「国立音大（くにたち）のピアノ科出身で、歯医者と結婚して、離婚して、今恋人募集中なんだど」

　「どごで知り合たんだべね？」

　「ピアノのコンサートば歯医者が聴ぎに来て、一目惚れしたのんねがや」

　「歯医者は虫歯抜いでればえがんべしたや」

　「頼んだらピアノでエルガーの愛の挨拶ば弾いてけだっけじぇ」

「愛の挨拶？何か意味あんのんねが？」

「んだすぺ。俺もほう思たず」

「んだすぺは仙台弁だべ」

「窓際で本読んでだがら、こっそり見だら『風立ちぬ』だっけ」

「おお、サナトリウムの恋が！」

「俺も結核なてみっだいや」

「勝手になてろず」

「コーヒー運んで来たとき、俺の顔ばじっと見るんだじぇ」

「んだがよ」

「ほんどぎ、あ、あの、て言うがどしたげんと、声かすっで出ねっけな」

「ばーが、お前のでんびのニキビでも見っだんだべよ」

「コーヒーなて苦いばりで、ミルクと砂糖へんねど飲まんねずね」

「んだげんとミルクと砂糖へっだら、なんぼんほこだべど思われっべした」

「あの憂いば含んだ知的な横顔、ああ俺はもう」

「ほっだい興奮すんな」

「俺より一回り上だら、おれが48の時60だ」

「60の時72が、ぎりぎりだな・・・」

　こうしたママの噂は半分くらいは本当かも知れなかったが、思春期特有の妄想に塗れ、かなり歪曲誇張されていた。

　H高校は進学校だったので、やがて大学受験まで半年を切ると、高校生達は「ああ」とか、「ぎりぎりだな」どころではなくなり、毎日家に直帰するようになった。

　そして受験の季節が終わるとJAWAのことなどすっかり忘れ、それぞれ山形を出て行った。自分も仙台の大学に行くことになり、山形を離れた。

　3年後の夏休みに、八文字屋裏の教科書供給所でアルバイトをした。その帰り、久しぶりにJAWAに寄ってママの顔を見てみようと思い立った。

　八文字屋を出て北に歩き、七日町一番街の角を右に曲がった。

　しかし、懐かしい建物は影も形もなく、そこには新しいビルが建っていた。JAWAがあった場所はブティックに代わっていた。

JAWAがいつ閉店したのか、どこかに移転したのか、近所の店で聞いても分からなかった。ママの名前も知らなくては、それ以上調べる手掛かりもなかった。

　高校生達は、あーだこーだと果てしない妄想を語っていただけで、ママに話しかけることも、名前を聞き出すことも出来なかったのだ。

（2008年3月）

▲七日町一番街　JAWA のあった辺り
（2021 年 8 月）

香味庵まるはち

　寺町での法事の帰り、旅籠町の蔵座敷レストラン香味庵まるはちに寄った。

　漬物会社丸八やたら漬本舗の醤油、味噌の醸造蔵を座敷に改装したので、中は薄暗い。蔵の２階に昇る階段があり、大正時代の古民具が飾られている。

　今日はぶっかけ蕎麦と芋煮、漬物寿司を頼んだ。漬物屋なのにと言ったら悪いが、蕎麦にはコシと香りがあって美味い。芋煮はもちろん牛肉醤油味の山形風。漬物寿司は、青菜漬で寿司飯を包んだ目張寿司、ピンクの生姜甘漬を乗せた大トロ風握り、「オーからい」をとびっこ風に巻いた細巻などが出て来た。漬物寿司は、おお、これは何だ？と、見て楽しく、食べて美味かった。

　漬物売場では試食もできる。新製品「どうもっす」は、看板商品「やたら漬」、ピリ辛の「オーからい」、「芭蕉漬」、「田舎きゅうり」、食用菊を漬けた「菊翁」の５種を詰め合わせた贈答用セットである。

　そもそも「どうもっす」は、「こんにちは、ありがとう、ごめんなさい」など、

いろいろに使える山形弁のオールマイティな挨拶である。「オーからい」もそうだが、まるはちはネーミングが絶妙だ。

　"秘密のケンミンSHOW"で紹介していた「水まま定食」（水ままに焼いた鮭とキュウリ漬を添えたもの）はやっていなかった。あまり注文がなくてやめたのか、夏だけのメニューなのだろうか？

（2011年11月）

▲漬物寿司、蕎麦、芋煮（2011 年 11 月）

　（註）丸八やたら漬本舗は135年の歴史を重ね、2020年5月に閉店した。7月に食器や家具を販売するガレージセールが行なわれた。私は店の隅で埃をかぶっていた狸の置物を買って来た。その後、建物は店も蔵も全て壊された。跡地にはマンションが建つ予定である。

昔はなかった高校名

　全国高校野球選手権大会の山形県予選が始まった。2022年は第104回大会になる。朝日新聞に試合の結果が続々と載るようになった。

　記事を読んで驚くのは、どこの学校も頑張っている、ではなく、酒田光陵、九里学園、新庄神室、上山明新館、山形明正、創学館、東桜学館など、昔はなかった校名が紙面に溢れていることである。

　惺山はそもそも読めないし、女子高のはずの城北が野球をやっているのも不思

議である。昔強かった一橋(いっぱし)、電波はどこに行ったのだろう。廃校になったのか。自分が山形を離れているうちに山形の教育事情は大きく変わったらしい。

　で、自分が知らない高校の由緒と沿革、偏差値を調べてみた。自分が知っている高校は割愛した。(　　)内はその高校の2022年度の、最も低いコース - 最も高いコースの偏差値である。

酒田光陵高等学校　酒田市にある高校。校名は私立っぽいが県立である。2012年に酒田市内の四つの公立高校(県立酒田北高・県立酒田商業高・県立酒田工業高・酒田市立酒田中央高)を統合して新設された。校舎は旧・酒田中央高の既存の校舎に加え、同地に新校舎を建設して使用している。

　校歌の作詞は小山薫堂、作曲は大島ミチルによる。(47-52)

酒田西高等学校　山形県酒田市にある県立高校。1898年創立の酒田町立高等女学校を前身とする。現校名となったのは1952年である。制度上は共学だったが、女子のみが入学していた。酒田市内の高校の普通科で男子が入学できる公立高校が酒田東高と酒田北高の2校しかなく、同校の男子入学を求める動きが活発になり、1991年に男子の入学が事実上始まった。初年度の男子の入学者はわずか3名だった。(55)

酒田南高等学校　酒田市にある私立高校。名称は公立っぽいが私立である。1961年開校。第1回入学式は男子のみ207名だった。1963年に男女共学を実施。部活動では、レスリング・ボクシングでオリンピック選手を輩出。陸上・駅伝・空手・弓道・野球で実績がある。硬式野球部が強く、夏の甲子園に10回、春の選抜に1回出場している。ソフトバンクホークスの長谷川勇也、オリックス・バファローズの阿部翔太、元プロボクサーの石垣仁を輩出している。(39-58)

鶴岡東高等学校　鶴岡市にある私立高校。1957年に鶴岡珠算講習所として開校し、2000年に現校名になった。通称は「鶴東」。設置学科は、「特進科」、「総合科」、「体育科」、「情報科」。野球部は甲子園に出場したことがある。鶴岡南高、鶴岡中央高が県立なので、ここも県立と間違われることが多い。(44-55)

鶴岡南高等学校　鶴岡市にある県立高校。前身は1888年開校の荘内私立中学校。その後60年の変遷を経て、鶴岡高校となる。1952年の高等学校再編で、鶴岡高は鶴岡北高と鶴岡南高に分離した。普通科と理数科がある。2024年4月に鶴岡

北高と統合し、県立中学校を併設する庄内地区初の中高一貫校「致道館中学校・高等学校」となる予定である。主な卒業生に、石原莞爾（関東軍参謀）、柏戸剛（横綱）、渡部昇一（評論家）、藤沢周平（作家）、丸谷才一（評論家）、阿部次郎（哲学者）などがいる。(63)

鶴岡北高等学校　鶴岡市にある普通科のみ県立高等学校。前身は1897年設立の鶴岡高等女学校。その後50年の変遷を経て鶴岡高となった。1952年の高等学校再編で、鶴岡高は鶴岡北高と鶴岡南高に分離した。学則上は男女共学だが、2014年度までは事実上、庄内地方で唯一の女子校だった。2015年度に初めて男子生徒1名が入学した。女声合唱が盛んで、第83回NHK全国学校音楽コンクール高校の部金賞、第70回全日本合唱コンクール全国大会高校の部金賞、第84回NHK全国学校音楽コンクール高校の部銀賞を受賞した。2024年4月に鶴岡南高と統合し、県立中学校を併設する庄内地区初の中高一貫校「致道館中学校・高等学校」となる予定である。(55)

鶴岡中央高等学校　鶴岡市大宝寺にある県立高校。1998年、鶴岡西高と鶴岡家政高を統合し、新たな高校として設置された。普通科と総合学科がある。(49-52)

羽黒高等学校　鶴岡市にある私立高校。男女共学である。1963年、羽黒工業高校として開校し、1989年、羽黒高校に改称した。日本で唯一、高校に併設された公安委員会指定自動車教習所があり、授業の中で運転免許が取得できる。部活動が盛んで、硬式野球部は過去4回全国高校野球選手権大会に出場した。最高は選抜ベスト4。(43-55)

新庄東高等学校　新庄市にある私立高校。昭和40年創立。衛生看護科、特選科、福祉科・特選科国際コース、普通科E・A・S・Tコースなどがある。ここも県立と間違われる。(43-60)

新庄南高等学校　新庄市にある県立高校。1914年創立の新庄町立実科高等女学校を前身とする。1950年に県立新荘中学校と統合され、県立新庄高として男女共学を開始した。1952年には南北2校に分割され、県立新庄南高となった。(48)

新庄北高等学校　新庄市にある県立高校。1900年に県立山形中学校の分校として開校した。1902年に県立新荘中学校として独立。当初は男子校であったが、1950年、県立新庄高となり、男女共学を開始した。1952年に南北2校に分割され、県立新庄北高となった。(59)

新庄神室産業高等学校　新庄市にある県立高校。最上地方唯一の実業高校である。2003年に県立新庄農業高と県立新庄工業高の2校が統合されて開校した。校名の「神室」は山形県と秋田県との県境に位置する神室山に由来する。(44-47)

北村山高等学校　尾花沢市にある県立高校。1987年、県立尾花沢高と県立大石田高の合併により誕生した。そのため、尾花沢市と大石田町の市境付近に設置されている。最北地区では唯一の情報処理関連学科設置校である。(45)

村山産業高等学校　2014年に村山市楯岡に開校した県立高校。県立村山農業高と県立東根工業高の2校が統合されて開校した。(45)

東桜学館高等学校　2016年に山形県下初の併設型中高一貫校として開校した県立高校。名称は私立っぽいが県立である。県立楯岡高を母体とする。男女共学。(55)

天童高等学校　天童市にある県立高校。1920年創立の天童町立天童実科高等女学校を前身とする。1947年に県立天童高等女学校となった。1964年、県立天童商工高と改称。1977年、県立天童高と改称。2009年進学型総合学科に改編された。(50)

創学館高等学校　天童市にある私立の工業高校。1961年、山形電波工業高として設立。2018年、校名を創学館高に変更した。男女共学。(40)

惺山高等学校　山形市にある私立高校。運営主体は学校法人山本学園。1921年、竹田裁縫女学校として発足。1962年、竹田女子高開校。1987年、校名を山本学園高と改め、男女共学校として発足。2022年、校名を惺山高に変更したが、今でも地元では「竹田女学校」と呼ばれる。初見で惺山を読める人は少ない。(42)

山形学院高等学校　山形市にある私立高校。キリスト教（プロテスタント、日本基督教団）系の学校である。食物調理科では卒業とともに調理師免許証が取得できる。1908年、裁縫伝習所として創立。1932年、精華女学校と改称。1948年、山形精華高と改称。1973年、現校名に改称。1974年に男女共学制とした。(45-47)

東海大学山形高等学校　山形市にある私立高校。東海大学の提携校（付属校ではない）である。1956年創立の一橋商業高を前身とする。1978年に学校法人東海大学と提携し、東海山形高として発足。1982年、東海大学山形高校に校名変更。普通科と商業科の二つの学科があったが、1987年に商業科が廃止された。1982年に硬式野球部が夏の甲子園に初出場。1985年の夏の甲子園では、PL学園に甲子園大会史上唯一の毎回得点を許し、7 –29という記録的な大敗を喫した。山形県議会でも「なぜこれほど弱いのか」と嘆きの質問が出た。しかし、2004年の春の

選抜では、山形県勢として春夏通じて初めてベスト8に進出した。(46-61)

東北文教大学山形城北高等学校　山形市にある私立高校。山形裁縫女学校として創立。山形女子職業学校、山形高等女子職業学校、山形城北女子商業学校、山形城北高等女学校、山形城北女子高と校名を変更した。山形県最大の私立女子高校だったが、2002年度より男女共学になり、校名を東北文教大学山形城北高に変更した。今でも女子高と思っている人は多い。(44-58)

山形明正高等学校　山形市にある私立高校。学科は普通科、自動車工学科、自動車工学専攻科、情報機械科がある。1961年、山形自動車工業高校（自動車科）として開校した。1962年、校名を蔵王工業高に改称。1991年、蔵王高に改称。2011年、山形明正高に改称した。(41)

上山明新館高等学校　上山市にある県立高校。県立上山高と県立上山農業高を統合して開校した。校名の「明新館」は、上山藩の藩校に由来する。(47-51)

米沢中央高等学校　米沢市にある私立高校。1922年、米沢女子職業学校として創立。1927年米沢高等家政女学校と改称。1962年、米沢中央高校と改称。1963年、男女共学となる。(42-54)

九里学園高等学校　米沢市にある私立高校。1901年に九里裁縫女学校として創設。後に九里女学校、米沢女子商業学校、米沢女子高と改称している。1999年から男子生徒が入学し、九里学園高校となる。2013年、野球部が県大会で2位となる。「くのり」と読むのは難しく、「くり」または「きゅうり」と誤読される。(44-54)

少子化の時代、生徒を集めるには男女共学にして、校名を斬新にしなければならない。校名変更には各校の懸命な努力が窺える。ちなみに、2021年度の主な高校の男女別在学者数は次のとおりである。（　）内の数字は（男子生徒数、女子生徒数）。

山形東（383、338）、山形南（717、1）、山形西（0、600）、山形北（6、539）、山形工（596、108）、山形中央（433、282）、上山明新館（230、440）、天童（133、320）、東桜（257、281）、新庄北（267、239）、新庄南（111、194）、鶴岡南（258、298）、鶴岡西（140、290）、酒田光陵（461、385）。

山形県内の公立高校は男女別学制ではないが、高等女学校を前身とする高校は実質女子校であることが多い。もし中学3年生に戻れるなら、山形西高か山形北

高を受けてみたい。高校生活はどんなに楽しいのか、どんなに辛いのか。

　山形市の山形東高、山形南高、山形西高、山形北高、山形中央高は全て県立で分かりやすい。しかしその「東」、「南」、「西」、「北」、「中央」は地図上の東西南北とは全く関係がなく、他県の人が混乱するところである。

　庄内、最上地方では、酒田東高、酒田光陵高、酒田西高は県立で、酒田南高は私立。鶴岡北高、鶴岡南高、鶴岡中央高は県立で、鶴岡東高は私立。新庄北高、新庄南高は県立で、新庄東高は私立だからかなりややこしい。

（2022年7月）

　（註）高校の再編は宮城県でも目まぐるしい。宮城県第一女子高校は宮城県宮城第一高校に、宮城県第二女子高校は宮城県仙台二華中高（中高一貫校）に、宮城県第三女子高校は宮城県仙台三桜高校に改組された。女子高だけ名称が消えるのはおかしいと同窓会から声が上がるが、名案はない。また大河原商業高校と柴田農林高校が統合されて大河原産業高校に、気仙沼高校と鼎が浦高校が統合されて（新）気仙沼高校になった。以上はすべて男女共学である。石巻市立女子高校と石巻市立女子商業高校が統合された石巻市立桜坂高校は、宮城県唯一の公立女子高である。校歌は福山雅治の作ではない。

山形市の映画館

　七日町大通りを丸久松坂屋から東に曲がった通りをかつて旭銀座といった。その旭銀座を洒落て「シネマ通り」などと呼び始めたのはいつのことだろう。その頃はまだ旭座と日活くらいは残っていたのだろうか。

　調べてみると、1917年に宮崎合名社がそれまで芝居小屋だった旭座で映画上映を始めたのが山形市の映画の始まりとされる。その通りは1932年に旭銀座と名付けられ、63年経った1995年にシネマ通りと改称された。

　毎秋に国際ドキュメンタリー映画祭が催される山形市は「映画の街」と呼ばれる。観光客が山形市の地図で「シネマ通り」を見つければ、そこに立ち並ぶ映画館に入ってみようと思うだろう。しかし、残念なことに、現在シネマ通りにシネマはただの1軒もない。「シネマ通り」は「昔、シネマがあった通り」と呼ばなければならない。

かつては市内中心部だけで13軒の映画館があった。七日町周辺は9軒で、その
うち旭銀座には300メートルほどの通りに6軒もあった。それだけ映画は庶民の大
きな娯楽だったが、それら老舗の映画館は今、影も形も無くなった。私が覚えて
いる山形市の映画館は七日町の旭座、シネマ旭、ミューズ（旧日活）、シネプラッ
サ（旧銀映）、スカラ座（旧山形宝塚）、セブンプラザのシネマイータ、旅籠町の大映、
山交ビルの山形松竹くらいである。さらに古い記憶をたどれば、第二公園にあっ
た千歳座を思い出すが、私はそこで映画を観たことはない。

　山形市の映画館の全盛期は昭和前期だった。当時の旭銀座の地図には、旭座、
銀映、霞城館、紅花劇場、大映などが載っている。終戦の1945年までは霞城公園
に歩兵第32連隊の駐屯地が置かれ、大勢の兵隊がいた。また、1975年までは現在
の文翔館が県庁だったので公務員がいた。どちらからも旭銀座は徒歩圏内だった
ため、これらの映画館には大勢の観客が押しかけ、通りはたいそう混雑したそう
だ。映画館の繁盛ぶりを見て、大沼デパート、ダイエー、セブンプラザといった
大店舗にも映画館が入居するようになった。

　当時の映画館は2本立てか3本立てで、今のような入れ替え制ではなかった。
気に入った映画なら、2回でも3回でも繰り返し観ることができた。小中学生は、
映画なら何でも観て良いわけではなかった。夏休み、冬休み、春休みには教育委
員会が青少年に無害な映画を「許可映画」に指定し、学校で2割引券が配られた。
ゴジラ、ガメラなどの怪獣映画、若大将シリーズ、駅前シリーズなどが許可された。

　高校生になったら成人映画以外は自由に観ても良くなった。初めてガールフレ
ンドと一緒に観た映画は日活の『黒部の太陽』だった。高1の春休みのことだが、
もう少し恋心が燃え上がるような映画にすればよかった。

　日活では吉永小百合の『光る海』、『潮騒』などを観た。シネマ旭では洋画を観
て外国人女優に憧れた。お気に入りは『暗殺の森』でブレークしたフランス人女
優ドミニク・サンダ。

　洋画を観た後はストーリーと現実がごっちゃになった。次は必ず外国人に、で
きればフランス人に生まれようと妄想しつつ、渋谷食品で大福まんじゅうを買っ
て帰った。それは甘酸っぱくも眩しい青春の一コマだった。

　しかし、1966年頃からテレビで日曜洋画劇場、ゴールデン洋画劇場、金曜ロー
ドショーなどが始まり、映画をただで観られるようになった。更にレーザーディ

スク、VHS、DVD等のレンタルが現われ、好きな映画をいつでも観られるようになった。平成の世になると、山形でも郊外にシネマコンプレックス（シネコン）が出現し始めた。シネコンは広い駐車場と複数のスクリーンを備えていた。客はネットで映画のチケットを予約し、車で出かけるようになった。もはや人は映画館まで歩くのも、立ち見も嫌だった。座席の位置も自由に選んだ。映画の後はレストランで夕食を摂り、映画の感想を語り、買い物をして帰るのがライフスタイルになった。最近ではインターネット経由のサブスクリプションサービスにより、いつでも、自宅で、定額で簡単に見られるようになった。

　こうした時代の変化により市内中心部の映画館は次第に客足が減り、経営が行き詰まるところが続出した。梅月堂の北向いにあった大映は1975年頃に廃業。銀映はシネプラッサとして2004年まで、シネマ旭は2007年まで、日活はミューズと名前を変えて2008年まで営業した。

　昔観た映画は、いつ、どこで、誰と観た、という記憶がしっかり残っている。割引券を握りしめて、家から映画館まで歩く道のりは一足毎に胸が高鳴った。映画の帰り、親と梅月堂や十一屋に寄った記憶は今でも宝物である。便利になった分、現在は映画を観ることはノルマのようになり、早送りで観て終わりにすることさえある。ワクワク感も幸福感も明らかに減った。

　以下、主な映画館の歴史である。

千歳座

　1901年、山形県に鉄道が通り、初代の山形駅が出来た。これは1904年に始まる日露戦争の兵員輸送に間に合わせたのだという。翌1902年には三の丸土塁を切り通した山形駅前通りに第二公園が設置された。当時、山形市の中心はこの辺りであった。第二公園に芝居小屋が建てられ、千歳座と命名された。それまでの芝居小屋は粗末な急拵えで、常設館である千歳座は常座と呼ばれた。やがて娯楽は芝居から映画の時代になり、千歳座は1936年頃に常設の映画館になった。千歳座は旭座よりステージも客席も広かったが、山形の繁華街の中心は既に七日町～花小路の一帯に移っていた。千歳座は人気のある映画を持って来れなかったこともあり、観客数は伸びず、戦後に松竹・日活・大映の2番館と東映の3番館に転換した。1965年、山形駅周辺整備事業が行なわれ、駅周辺の古い建物は一掃されることになった。これを機に千歳座は閉館し、解体された。

鈴蘭映画劇場

　すずらん街の船山書店と佐藤精肉屋（今の佐五郎）の角を西（駅側）に入ると
すぐ左手にあった。わが家から5分の場所である。なんと近い所に映画館が出来
たものだと、町内の人は皆喜んだ。ここは最初普通の映画館で、小学生の頃、ディ
ズニーの『101匹ワンちゃん大行進』を観た。

　しかし、裏通りという場所が災いしたか、怪獣映画のような大作を持って来ら
れなかった故か、客足は伸びず、いつしか日活ロマンポルノ専門館になってしまっ
た。大人達はこの映画館については口を閉ざすようになった。それは私がちょう
ど多感な中学生の頃で、困ったことになったと思いつつ、毎日（遠回りして）こ
の前を経由して中学校に通った。看板には「未亡人」、「牝猫」、「四畳半」、「襖」、「昼
下がり」、「団地」などの怪しげな文字が躍った。その前をゆっくり歩いてはいけ
ないような気がしたが、思うように足は速く進まなかった。

　私が高校生になると、ここは突然ストリップ劇場に変わった。名前も**鈴蘭映画
劇場**から**鈴蘭劇場**に変わった。私の足は更にゆっくりになった。劇場に出演して
いるお姉様方はすずらん湯に来ていた。その向かいにIさんが経営する**バイブル**と
いう喫茶店があり、お姉様方は湯上りにここで飲み物を飲んでいた。ときに女の
子を連れた方もいて、「お母さんはもうすぐ出番終わるからね」と言い聞かせたり
していた。鈴蘭（映画）劇場は1960年頃から1966年まで営業した。

旭座/シネマ旭

　明治の初めに演劇場として誕生し、1917年に主に洋画を上映する常設映画館に
改装された。1955年に鉄筋コンクリート造りになった。1961年から約15年間東映
に賃貸した。1階入り口にいつも任侠映画の看板が出ていた。2階のシネマ旭は
洋画中心で『007/ゴールドフィンガー』、『暗くなるまで待って』、『ひまわり』な
どの洋画を観た。私は任侠映画を好まず、1本も観ていない。

　やがて映画産業が斜陽になり東映が撤退すると、**シネマ旭1・2**という呼び方
に変わった。2004年、宮崎合名社がシネマ旭1・2とミューズの映画興行から撤
退した。**ムービーオン**が両館を引き継いだが、赤字は更に膨らみ、2007年11月30
日に閉館した。90年の歴史だった。2013年に建物が取り壊された時、山形市民は
大きな喪失感を覚えた。跡地には何が建つこともなく、コインパーキングになっ
ている。

山形大映

　1937年10月開館。七日町十字路の北西角にあった。梅月堂の北向いで、東隣のビルの屋根には栗原タオルの大きな看板があった。私は梅月堂の２階で食事をするとき、いつも窓際の席に座り、大映の映画の看板を眺めていた。昭和40年代まで営業していたが、親会社の大映が倒産したため1975年頃閉館となった。私はここで『ガメラ』、『大魔神』、市川雷蔵の『忍びの者』を観た。閉館する前には渥美マリの『いそぎんちゃく』、『しびれくらげ』など「軟体生物シリーズ」を上映していた。

山形銀映

　1951年７月開館。旭座の西向かいだった。1960年、新東宝封切館と第二東映の併映館になった。その後、**山形東映パラス、山形東映パラス劇場**、再び**山形銀映**と改称を繰り返し、1973年頃閉館した。ここでは許可映画が上映されなかったので、入ったことはない。

山形日活劇場

　1914年頃、**霞城座**として旭銀座に開館した。その後、**第一霞城館、霞城館**、更に**山形霞城館**等と頻繁に改称した。1959年に日活封切館になり、1961年４月19日に山形日活、1966年**山形日活劇場**と改めた。館名変更はまだ終わらない。1980年**山形シネマプラザ**、1995年**山形ミューズ１・２**、2000年に**ミューズ１・２**と変遷した。ミューズは１階119席、２階80席。邦画・洋画を上映したが、2008年９月30日に閉館した。

　昔、日活の右隣は**平和ホール**というパチンコ店で、向かいの**美や古**（蕎麦屋）と**まつのや旗店**が旭銀座の風情を醸し出していた。ミューズから西に行った角を右に曲がれば大盛蕎麦の**やま七**。東に行った角を左に曲がれば鰻の**染太**である。染太をもう少し北に行くと右に**千歳館**と花小路がある。一帯は山形屈指の歓楽街だった。私は高校の帰りに映画館の看板を眺め、俳優の名前を覚えて、ストーリーを想像するのが日課だった。ほとんどの看板は写真でなく絵だったが、なんて上手に俳優の顔を描くのだろうと感心していた。

山形宝塚劇場

　宝塚劇場は1959年８月９日、現在の水の町屋御殿堰がある場所に開館した。そこは所謂旗竿地で、結城屋と石淵茶舗の間の狭い小路を入って行くと、突き当り

に券売り場と入り口があった。ここは東宝封切館で、怪獣映画、若大将シリーズ、駅前シリーズなどを観た。鉄筋コンクリート造りで、座席数450。当時の小中学生達はこの映画館を最も利用しただろう。映画が終り、余韻に耽りながら小路を大通りに向かって歩くと、正面に十一屋の三角屋根が見えて来る。映画を観て、帰りに十一屋で苺のショートケーキを食べる。それは年に何度もない贅沢だった。

宝塚劇場は2003年4月13日に閉館した。最後は**山形宝塚劇場・山形スカラ座**になっていた。山形宝塚劇場が1階で160席、スカラ座が2階で142席だった。閉館後、しばらく廃墟になっていたが、2010年4月に一帯は御殿堰を生かした水の町屋という観光施設に生まれ変わった。

宝塚小劇場

1962年8月上旬、山形市の山形宝塚劇場内に定員20人で開館した。文化映画・PR映画を専門とした。上映される映画が子供には高尚過ぎて入ったことはなかった。

山形シネアート1・2/山形ヌーベルF1・2

1986年、七日町セブンプラザ5階に開館。当初は山形シネアート1・2だったが、1990年にはフォーラム運営委員会が買い取り、山形ヌーベルF1・2と改称。その後、シネマイータ1・2となった。2001年3月30日まで営業した。

山形フォーラム

東京まで行かないと良い映画が見られない山形の現状を憂いた有志が集まり、出資して大手町に作った「自分達の」映画館である。1984年7月25日開館。当初1スクリーンだったが、1990年代には2スクリーンになった。2005年まで営業し、その後ソラリスとフォーラム山形に発展した。

その他、以下のように多くの映画館があった。

第二霞城館（第二公園内）、**紅花劇場**（旭座の北隣。1966年頃に廃業。跡地はボウリング場になり、それも2009年に閉鎖）、**北山形映画劇場**（宮町にあった）、**オオヌマ映画劇場**（1957年、大沼デパート地下に開館）、**山形文化劇場**（旅篭町。邦画・洋画・成人映画を上映）、**新山形にっかつ**（山形駅前、現在のソーレインホテルズの場所の地下。成人映画専門。当初は立ち見が出るほど盛況だった）、**山形みゆき**（七日町法祥寺西隣）、**山形松竹劇場**（山交ビル5階。1990年頃閉館）、**山形駅前ロマン劇場**（香澄町一丁目江戸寿司の斜め向かい。2010年頃まで営業した。成人映画

専門。母の実家に遊びに行く途中、必ずこの映画館の前で立ち止まり人生を予習した）、**山形ニューシネマ/シネプラッサ**（鰻の染太の北隣。2004年8月まで営業。初め山形ニューシネマ、後にシネプラッサと改称）。

　現在営業中の映画館

　ソラリス（山形フォーラムから発展した。2000年12月霞城セントラルB1・2に開館。6スクリーン、682席を有する）、**フォーラム山形**（山形フォーラムから発展。2005年4月に香澄町二丁目に開業した。5スクリーン、1,922席を有する）、**MOVIE ONやまがた**（2008年4月26日、山形市嶋地区に開館。12スクリーン、2,500席の東北最大の映画館である）。

（2012年9月）

▲シネマ旭（2008年3月）

▲ミューズ（2008年3月）

▲東宝に続く路地（2008年3月）

　（註1）　2番館、3番館とは封切館で上映された新作映画を2巡目、3巡目に
上映する映画館である。映画の鮮度が落ち、配給料金も下がるため入場料は安かっ
た。今の名画座とも類似するが、必ずしも名画だけを選んで上映するわけではな
かった。

　（註2）　映画館が営業をやめた日については映画雑誌などで調べたが、特定す
るのは案外難しく、多少前後するかもしれない。

バルコニーから唾落とし

　山形市立第一小学校の校舎は鉄筋コンクリート造りの3階建てで屋上がある。
3階の東南の角と西南の角は屋根のないバルコニーになっていて、児童はそこに
自由に出入り出来た。バルコニー周囲の防護壁は高さ1m10cmほどだったが、下
を見ると目が眩むように高かった。バルコニーの下階は東南角も西南角もトイレ
になっていた。

　児童達は昼休みには校庭か、このバルコニーに出て遊んだ。バルコニーで何を
したかというと「唾落とし」である。予めバルコニーの下のコンクリートにチョー
クで○印を描いて置く。そこを目標にバルコニーから順番に唾を落とすのであ

る。○の中に入れるためには風を読まなければならない。唾の量は多い方が、また粘稠である方が風の影響を受け難い。口の中に出来るだけ唾を溜めて落としていると、昼休みが終わる頃には口の中が乾いて、唾が出なくなった。

　ある日、いつものように唾を落として遊んでいると、突然真下にH教頭先生の頭が現われ、A君の落とした唾が頭に命中してしまった。我々は蜘蛛の子を散らす様に教室に逃げ帰った。幸いバルコニーにいたのは仲間だけだったので告げ口されることはなかったが、しばらくは生きた心地がしなかった。教頭先生は頭に落ちたものがまさか唾だとは疑わず、鳥の糞か何かだと思われたかもしれない。

　教頭先生、その節は大変申し訳ありませんでした。唾を落としたのはA君です。

（2002年10月30日）

▲第一小学校の西南角のバルコニー
（○印）（2001年8月）

蔵玉錦への弔辞

　元大相撲の蔵玉錦は山形市の出身で、本名を安達敏正という。山形市立第一小学校、第三中学校で私と同学年だった。実家はすずらん街の佐五郎から少し駅方向に入ったところで、私の家からは5分もかからない。昔は住所を大宝寺といったが、今は香澄町一丁目である。

　彼は4人兄妹の3男で、小学校高学年の時には身体が並外れて大きくなっていた。小学校では野球と水泳を得意としていた。運動神経は良く、ハンドスプリング（前方倒立転回跳び）が出来たが、体形ゆえか、走るのだけは遅かった。当時

は「あだっつぁん」、転じて「だっつぁん」と呼ばれていた。

　小学校で安達君と野球で対戦したことがある。自分は投手だったが、彼が打席に入ると尋常でない威圧感を覚えた。捕手の倍はあろうかという巨体は、腹がベースに被さり、ぶつけたらただではおかんよ、というオーラを放っていた。投げるところがない。腕は縮み、外角ばかり狙って、四球にしてしまった。

　彼は中学校で柔道部に入った。彼が廊下を通ると床が揺れるような気がした。すれ違う時はぶつからないよう、半身になって道を空けた。彼は苛めっ子ではなかったが、その巨体とニヒルな笑い方が怖がられた。いつも柔道部の猛者3、4人と連れ立っていたので、ますます敬遠された。自分は苛められたことはなく、彼が誰かを苛めているところを見たこともなかったが、小学校、中学校の9年間、ただの一言も口をきいたことがなかった。高校が別になった時には、これでもう会うこともないとほっとしたものだ。

　高校3年の夏休み前、「安達君は高校を中退して大相撲に入るらしい」と噂に聞いた。その噂は本当だった。すでに日本大学工学部に推薦入学が決まっていたので、親は大反対したそうだ。しかし、彼は高校の担任に背中を押され、相撲道、修羅の道を選んだ。

　17歳で鏡山親方（元横綱柏戸）の内弟子として伊勢ノ海部屋に入門。1970年の9月場所に初土俵を踏んだ。千代の富士と同期である。翌11月場所前に鏡山部屋に移籍した。以来苦節5年、1975年7月場所に十両となり、鏡山部屋初の関取として話題になった。この場所を8勝7敗と勝ち越した。

　1976年9月場所、10勝5敗で十両優勝し、11月場所で新入幕。四股名を安達から蔵王錦とした。しかし、その場所は5勝10敗と負け越し。そこから苦難の時期が待っていた。十両陥落を3度繰り返したため、験を担いで1978年から蔵王錦と改名した。読み方はそのままだが字画にこだわり、「王」を「玉」に代えたのである。

　蔵王錦の得意は左差しと寄りで、立ち合いで相手をはねのけて一気に出れば電車道だった。しかし、突進を受け止められて組まれると、次の攻め手に苦労した。脇が甘く、巻き替えられて両差しを許したり、上手投げで転がされる姿を何度も見た。負けた時に見せる苦笑いは子供の時のままだった。取り口は柏戸そのものだったが、破壊力は柏戸までは行かなかった。柏戸は得意でない四つ相撲を弟子に教えることが出来なかった。蔵王錦が大鵬部屋に入っていたら、また別の相撲

を取ったことだろう。

　幼馴染達は、安達君ならすぐに横綱になると思っていたが、彼があっけなく負ける姿に大相撲のレベルの高さを思い知った。私がテレビで応援すると蔵玉錦は大抵負けたから、なるべく見ないようにしたが、見なくてもやっぱり負けるのだった。

　1981年の初場所は西前頭筆頭で土俵に上がり、6日目に初代貴ノ花と対戦し、蔵玉錦が寄り切りで勝った。貴乃花は2勝4敗となって、その夜に引退を決めた。蔵玉錦は貴乃花の最後の相手として記憶されている。この場所は6勝9敗だったが、あと二つ勝っていれば三役に昇れた。北の海、隆の里、千代の富士、若乃花、輪島に負けたのは仕方ないとして、13日目に巨砲、14日目に青葉山に連敗したのが惜しまれる。

　同年9月場所は前頭4枚目。北の湖から初金星を挙げたが7勝8敗と負け越して、またも三役昇進はならなかった。この28歳の年が彼のピークだった。

　十両で迎えた1983年の初場所は4勝11敗で、この場所を最後に引退した。30歳になっていた。最高位は西前頭筆頭だった。

　引退後の20年間は鏡山部屋付きの親方として後進を指導した。現役時代から15代時津風親方（元双津竜）と親しく、2002年に時津風部屋に移籍し、2019年の退職まで所属していた。不運なことに31年間にわたって借株生活が続き、ようやく武隈株を取得したのは2013年のことで、61歳になっていた。

　私は取組以外に、彼の姿を2度テレビで見ている。1度目は2007年6月、時津川部屋の新弟子死亡騒動で部屋付き親方としてマスコミ対応をしていた時。2度目は2017年7月、名古屋場所の大相撲中継で解説をしていた。相撲協会の定年を迎える直前に解説に呼ばれたのだった。その日NHKは「新十両が決まった日の記者会見」、「貴ノ花現役最後の一戦」、「初金星の北の湖戦」の3本の映像を流した。NHKも粋なことをしてくれたものだ。私が彼の顔を見たのはこの日が最後になった。

　蔵玉錦はその3年後の2020年8月9日に亡くなった。67歳だった。

通算成績　440勝446敗　勝率　0.497　幕内成績　149勝221敗　勝率　0.414
現役在位　74場所　幕内在位　24場所　連続出場　886番　最高位は西前頭筆

頭　金星1個（北の湖に1勝）　銀星3個（貴ノ花に2勝、増位山に1勝）　十両
優勝1回（1976年9月場所）

　勝ち負けを通算すれば負け越しているが、886番の連続出場は立派である。886
番を15（日/場所）で割れば59場所であり、それを6（場所/年）で割れば9.8年
となる。ぶつかり相撲だからいつもどこかが痛かっただろうし、負け越して気が
滅入る日も、体調の良くない日もあっただろう。しかし、ほぼ10年の長きにわたっ
て彼は1度も休まなかった。

　以下は安達君への弔辞である。彼の高校の同級生だった新関正啓氏の手にな
る。小中学校では怖がられ敬遠されていたが、弔辞には私が抱いていたイメージ
とは違う安達君がいた。彼の高校時代は友人に恵まれ、怖がられることもなく、
一番幸福な時期だったのではなかったか。彼の家は山形駅の傍だったので、日大
山形の汽車通生達のたまり場にもなっていたそうだ。小中学校では私も含め、多
くの生徒が勝手に怖がり遠ざかっていたが、少しの勇気を出して一言二言彼に話
しかけていれば、案外良い友人になれたかもしれなかった。

　新関氏の許可を得て、ここに弔辞を掲載する。

【お別れの言葉】

　日大山形高校昭和46年3月卒業、3年9組ずん下会のメンバーとして同級生故
安達敏正君にお別れの言葉を述べたいと思います。

　安達！俺らはまだ67歳だよ。早すぎるよ。担任のずん下こと鈴木孝宗先生が同
じ年齢で亡くなっているが、何も真似することはなかったのに。

　今年3月7日、山形の香味庵まるはちで「3年9組ずん下会」をやった時、君
は病気を押して来てくれました。抗がん剤治療の合間だったそうで、奥様の制止
を振り切り「山形に行く」と言って聞かなかったそうです。結果的に山形のお母
さんともこれが最後になってしまいました。

　この時、体重は現役時代の半分になり、足に力が入らないのか、杖をついてい
ました。でも、声はでかく、豪快に酒を飲み、タバコを吸っていました。近況報
告で「自分は余命宣告を受けた。もう長くないかもしれない。今日は今まで応援
してくれた皆に会いたくて来た」と話してくれましたが、酒席でのことでしたの

で信じられず、「大丈夫だべ」と高をくくっていました。

蔵玉錦の相撲の取口と同じように真正面からぶつかって行く姿を重ね合わせ、病気にもきっと打ち勝ってくれるだろうと信じていました。

しかし、この６月に緊急入院したと連絡がありました。８月９日、奥様から「今朝、亡くなりました」と電話があり、呆然として言葉もありませんでした。

コロナの関係で見舞いもままならず、葬儀への出席もかないません。こんな時に逝くなんて何とも辛く、悲しい気持ちで一杯です。

さて、安達は山形三中から「ボーイズ・ビー・アンビシャス」の日大山形高校に入学しました。日大山形では鈴木孝宗先生が生徒一人一人の気持ちを掴み、進むべき道を示してくれました。そのおかげで日大医学部、歯学部、薬学部、理工学部、工学部といった日本大学ばかりでなく、山形大学教育学部、その他の大学にも進学者がいました。

安達も理数系が得意で東北大学を目指していました。ところが、いつの間にか郷土の誉れ、元横綱柏戸のスカウトで相撲の世界に入ったと聞き、一同びっくりしたことが忘れられません。悩んでいた安達の背中を押したのはもちろん鈴木先生だったようです。

相撲界に入っても真面目で努力家の安達は順調に昇進し、前頭筆頭まで昇りつめました。1981年初場所で大関貴ノ花と対戦し勝利、結果的に大関を引退に追いやった殊勲でした。

1983年の引退相撲にはバスをチャーターして国技館まで行きました。安達が山形に来るたび、顔の利く山形駅前の宝来寿司で一杯やることが年中行事のような楽しみでもありました。

そこでは、相撲界の裏話など貴重な話が聞けました。安達は頭も良いので理事長等からの信頼も厚かったと聞いています。また、いつもバッグに忍ばせた奥様と子どもの写真を見せてくれたり、拙宅の新築祝いにと縁起物の大入り袋を持って来てくれたりするなど、家族友達思いの義理人情に厚い男でした。

蔵玉錦こと安達敏正はクラスの仲間だけでなく、昭和の俺達のヒーローでした。昨年９月まで日本相撲協会に勤めました。約50年の相撲人生、お疲れ様でした。ゆっくり休んで下さい。

最後に、奥様、長い相撲人生を支え、病気との戦いに寄り添ってくれてありが

とうございました。私達同級生はほとんどが東京から離れた山形にいますので、何の力にもならないかもしれませんが、安達の思い出を胸にご冥福をお祈りしております。合掌

2020年8月13日

日大山形高校昭和46年3月卒業ずん下会　新関正啓

　以下は私が新関氏にうかがった話である。

　ずん下会とは、1971年に日大山形高校を卒業した3年9組の愛称である。クラスは69人もいて、机と机の間も極端に狭かった。担任の鈴木孝宗先生は毎日10個の英単語を覚える宿題を出し、覚えて来ない生徒には「ずん下5分」、「ずん下10分」、「ベロずん（長時間）」と正座をさせた。いまなら体罰と騒がれるが、文句を言う生徒もいなかった。それが同級会の愛称になっているのは先生の人徳であろう。ずん下会は卒業以来50年以上も続いているそうだ。

　安達君が亡くなった2か月後、山形駅前の宝来寿司で、ずん下会による「安達敏正君を偲ぶ会」が開かれた。陰膳を供え、「耳ふたぎの神事」が執り行われた。「耳ふたぎの神事」は自分達と同年齢の死者が出た場合に行なわれる。死者は1人で黄泉路を行くのを嫌がり、知人を道連れにしようとする。参加者は連れて行かれないように餅で両耳を塞ぎ、「安達が亡くなったぞー」、「そんな話は聞きたくなーい」、「ほんとだぞー」、「聞きたくなーい」、「安達がこっちさ来いと呼んでるぞー」、「聞こえなーい」、「誰でもいいと呼んでるぞー」、「聞こえなーい」、「1人で寂しいと呼んでるぞー」、「何にも聞こえなーい」と叫んで死者とお別れをするのである。使った餅は川に流さなければならない。

　2023年1月29日には新関正啓氏以下同級生3名が、安達君の奥様と娘さんと一緒に安達君の墓参りをした。その時、風もないのに卒塔婆が突然ガタガタと揺れた。まるで安達君が、「お前達、よく来てくれたな」と言っているように感じたという。生前の彼の義理堅さを思い出し、全員寂として卒塔婆に合掌した。

　安達君の奥様は東京で隣に住む娘さん一家と賑やかに暮らしておられる。新関氏によれば娘さんは松たか子似で、ご長男はちょうど税理士試験に合格されたところであった。安達君のご母堂は100歳を越えたが、山形でお元気にしておられる。安達君もきっと安心しているに違いない。

新関氏のもとには、毎年奥様から大相撲カレンダーが届く。安達君の墓は葛飾区の曹洞宗崇福寺にある。戒名は「蔵王院錦敏正居士」。

▲蔵王錦の星取表

1975年7月場所　初めて十両に上がった場所（十両13　安達　22歳　8勝7敗）

1976年9月場所　十両優勝を遂げる（十両1　安達　24歳　10勝5敗）

1976年11月場所　新入幕の場所（前頭　安達　24歳　5勝10敗）

1981年1月場所　最も三役に近づいたが負け越した（前頭　蔵玉錦　28歳　6勝9敗）

1983年1月場所　この場所をもって引退した（十両10　蔵玉錦　30歳　4勝11敗）

（2023年9月）

▲ずん下会　前列右から2番目が安達君
（1997年6月）

　（註1）星秋夫、稲葉裕：相撲力士の死亡率とその要因について（『日本衛生学雑誌』50巻3号、P730〜736、1995年）によると、1978年〜1992年における力士の死亡年齢の平均は65.2歳であった。ちなみに一般男性の平均寿命は1978年に72歳、1992年に76歳であった。柏戸以降の横綱の没年齢をみると、柏戸58、大鵬72、栃ノ海82、佐田の山79、玉の海27、琴桜66、輪島70、北の湖62、千代の富士61、隆の里59、双羽黒55、曙54と平均寿命より短命が多い。力士は「体重も技の

うち」といわれ、起きてすぐ朝稽古をし、その後たっぷりの食事、夕方4時まで昼寝し、たっぷりの夕食という体重を増やす生活を強いられる。所謂「食っちゃ寝、食っちゃ寝の2回食」である。中卒で入門した70〜80kgの新弟子が、2、3年で150kgを超えるまでになり、たちまち心疾患、糖尿病の予備軍となる。また、立ち合いでの頭突き、高さ60cmの土俵からの転落は頭蓋内出血の危険を孕んでいる。

（註2）私から見た安達敏正君の思い出を、前著『山形夢横丁/セピアの町』の61頁の「蔵玉錦」と、168頁の「蔵玉錦死去」に載せた。小中学校の同級生で有名になったのは安達君の他に、安藤勲君（山形放送アナウンサー）と飯嶋和一君（作家）がいる。

（註3）「安達敏正君を偲ぶ会」を行なった宝来寿司は、2022年3月15日に破産した。ピークには年2億円を売り上げたが、リーマンショック、東日本大震災で売り上げが減少。ビルを売却したが借財が残り、コロナ禍で経営に行き詰った。商売は店主の努力だけではどうにもならないことがある。

（註4）2023年12月18日、錣山親方（元・関脇寺尾）が心不全のため亡くなった。まだ60歳だった。

（註5）この章を書くにあたっては新関正啓氏から多大なご協力をいただいた。深謝いたします。

飯塚のお祭り

山形市立第三中学校の1年生の時だった。

田植えが終わった頃の土曜日、T君と自転車を漕いで上飯塚の稲荷神社のお祭りに行った。荒井君という飯塚の級友に招かれたのだ。でん六豆の工場までは行ったことがあったが、荒井君の家はもっと西だった。彼はこんな遠くから通学しているのかと驚いた。

荒井君の家では我々にお膳を用意してくれ、赤飯、天ぷら、焼魚、ぜんざいなどをご馳走になった。お祭りを見て回った後、用水路でスルメを使ってザリガニ採りをした。そして稲荷神社からさらに西に行ってみることになった。やがてモミの木米菓が見えて来た。そこは下飯塚だった。

更に西に行くと須川に架かる飯塚橋に出た。荒井君が「これを越えると村木沢

だ」と言った。当時、山形駅周辺の子供らにとって村木沢、作谷沢と言えば、「それを越えたら西方浄土」と思えるほど辺鄙な地域だった。

「村木沢」と聞いて我々は急に怯んだ。気がつけば夕陽はもう富神山に傾き、辺りは暗くなりつつあった。我々は慌て、今度は東へ東へと必死で自転車を漕ぎ始めた。西の山から迫って来る漆黒の闇との競走だった。ようやく城南陸橋が見えるところまで来た時、残照が消え、辺りは完全な闇に包まれた。

その頃の飯塚はほとんどが農家だった。お祭りの日には誰もが仕事を休み、住民総出で神輿を担ぎ、知り合いを呼んでご馳走する風習が残っていた。そしてここが大事だが、「お祭りに招待されたら、自分の神社のお祭りの日に必ず招待返しをする」という不文律があるらしかった。

我々、すずらん街の住人は豊烈神社の氏子だが、もはやすずらん街は都会化していて、住民が仕事を休んで神輿を担ぐことも、お祭りに人を呼ぶ習慣もなくなっていた。自分とT君は招待返しなど思いもしないでいた。

荒井君はその秋、豊烈神社の大祭の日には、当然私かT君のどちらか、または両方から招待されるだろうと思っていたようだった。しかし、私とT君はそんなことには気づかず、2人で豊烈神社のお祭りに行ってどんどん焼を食べながら打毬を見ていた。翌日、「昨日の打毬、おもしゃいけね。おんつぁん、馬からひぽろぎ落っでや」などと荒井君の前で話していた。

荒井君はだんだん我々と疎遠になって行ったが、我々はその理由に思い至らなかった。そして次の年も、その次の年も、われわれは2度と飯塚のお祭りに招かれることはなかった。私が招待返しという不文律に気がついたのは、山形を離れてずいぶん経ってからのことである。

毎年10月6日は豊烈神社のお祭りである。打毬を見ていると、どうしても荒井君と飯塚のお祭りのことを思い出してしまう。飯塚には荒井という苗字が多かったことも。

（2007年9月）

寒戸の正彦

すずらん街のスーパーNは1960年に開店した。黒木八百屋の左隣であった。

すずらん街初のセルフサービスの店で、店に入る時に「買あう」と言わなくて
いいし、店員がいないところでゆっくり商品を選べる。商品をカゴに入れて最後
に会計するスタイルは、テレビで見るアメリカのホームドラマのようでわくわく
した。

　当時、N家には町内唯一のテレビがあった。私はN家の息子の正彦という一つ
下の子供に頼んで、ときどき“スーパーマン”、“ポンポン大将”、“ホームラン教室”
などのテレビドラマを観せて貰った。

　スーパーNには車庫がなかったので、閉店後に売り場を片づけ、配達用のダイ
ハツの軽3輪トラックを中に入れた。その3輪トラックは2人乗りで、ドアがな
かった。壊れたのではなく最初から設計されていなかった。ハンドルはバー型（自
転車型）で、シートはクッションのない硬い木の椅子だった。方向指示器は現在
のような点滅式（ウィンカー）ではなく、腕木式格納型と呼ばれるものだった。
つまり下を向いている方向指示器をワイヤーで水平方向に持ち上げて曲がる方向
を示すのである。これはエンジンをかけなくても操作できたので、子供らが勝手
に遊ぶのには都合が良かった。

　Nの親父がいないとき、私と正彦はその用手腕木式格納型方向指示器を何十回
も何百回も出したり引っ込めたりして、「右に曲がります」、「左に曲がります」、（左
右両方を出して）「両方に曲がります」と叫んで遊んでいた。それはまるで映画
『ALWAYS三丁目の夕日』の鈴木オートの土間のようだった。その時は、自分
も早くこういうオート三輪を運転したいと思ったが、今から思えばドアもシート
ベルトもエアバッグもドアもない軽三輪なんて怖くてたまらない。

　N家はスーパーの他にN洋品店も経営していた。洋品店はすずらん街の中村薬
局の右隣にあった。N家はその洋品店の前の歩道に、すずらん街では初めてのオ
レンジジュースの自動販売機を設置した。それは噴水ドーム型で、ジュースの値
段は1杯10円だった。我々は自動販売機が珍しく、朝昼晩3回、まるで内服薬の
ようにこのジュースを飲んでいた。その自販機は今のようにコップが自動で出て
来る仕組みではなく、右側にあるコップホルダーから自分で紙コップを取り出し
て注ぎ口に置き、それから10円を入れるとジュースが出るという仕組みだった。

　中には紙コップだけを持ち去る者がいたらしく、そのうち「コップを盗まない
で下さい。店の中から見ています」という紙が自販機に貼られた。その文章があ

まりに感じ悪かったのと、同じ頃に渡辺製菓が発売した「渡辺のジュースの素」が爆発的に売れたので、だんだん自販機を利用する人がいなくなり、半年も経たないうちにその自販機は姿を消してしまった。

渡辺製菓はエノケン（榎本健一）に、「ホホイノホーイともう1杯、渡辺のジュースの素ですもう1杯、憎いくらいに旨いんだ、不思議なくらいに安いんだ、10杯飲んでも50円」としゃがれ声で歌わせ、ジュースの素を売った。ジュースの素のスプーン1杯分をコップの水に溶くとオレンジジュースになった。1杯5円どころか、徳用の缶入りだとその半分もしなかった。子供らは台所でこっそり、人差し指にその粉末をつけて何度も舐めた。不思議なことに舌はオレンジ色でなく、赤く染まった。

ジュースの素がなぜそんなに安かったかというと、無果汁の上、合成甘味料として安価なサイクラミン酸ナトリウム（チクロ）を使っていたからだった。チクロは安い上に、甘さは砂糖の30倍から50倍もあった。当時は香料と合成甘味料だけの飲料でも「ジュース」を名乗れた。ジュースの素の袋には蜜柑の絵が大きく描かれていた。

日の出の勢いの渡辺製菓は、続いて「渡辺のしるこの素」も発売した。こっちは林家三平の「お餅も入ってべたべたと、安くてどうもすいません」というCMを流した。その餅は1cm角の煎餅の様で、お湯に浸すと柔らかくはなったが、べたべたはしなかった。

そのうちにFDA（アメリカ食品医薬品局）がチクロの催奇形性と発癌性の疑いを指摘し、日本では1969年にチクロが使用禁止になった。渡辺製菓はたちまち左前になって、カネボウハリス株式会社(現・クラシエフーズ)に営業譲渡された。

その頃の私のおやつは渡辺のジュースか、名糖の「ホームランバー」というアイスキャンディーだった。「ホームランバー」は舐め終わった後、棒に「ホームラン」と書いてあればもう1本もらえたので、最後まで楽しみが続いた。

スーパーNは当初は繁盛していたが、1962年11月、駅前大通りにスーパーヤマザワ1号店ができると、規模の違いから次第にじり貧になった。洋品店の方もつられるように売上が落ちて行った。安かろう悪かろうでは売れない時代になっていた。洋品店は通路にまで大量の服が並べられ、店内を歩くのが窮屈になっていた。それは品揃えが良くなったのではなく、不良在庫が行き場を失っていたのだっ

た。3人いた店員は姿を消し、レジにNのおばちゃんが1人座っているだけになった。店員がいないので中学生の万引きが横行したが、おばちゃんは「主婦の友」を読むともなくめくり、タバコをふかしているだけだった。

　1966年の3月、スーパーNとN洋品店は定休日でもないのにシャッターが開かなかった。夕方になっても翌朝になってもシャッターは閉まったままで、2度と開くことはなかった。それ以来N家の人々を見た者はいない。N家は一夜にしてすずらん街から、山形から姿を消してしまった。

　やがてスーパーNの店舗はクローバー化粧品に、N洋品店の店舗はナショナル電器に代わった。

　2013年10月の、ひどい台風の日だった。強風で暖簾も飛びそうになり、石本君は早目に店を閉めようと思っていた。彼の店ははながさ通りの焼肉店である。そこへあの正彦がふらりと現れた。47年ぶりのことだったが、石本君と正彦は小学校、中学校の同級生であり、一目でお互いのことが分かったという。

　正彦の語るところでは、あの年、一家は急に山形から広島に引っ越すことになって（「倒産」とも「夜逃げ」とも言わなかった）、広島でまたスーパーを始め、今は手堅く成功しているのだそうだ。

　石本君は、「ほんとに久しぶりだな。今からみんなば呼んで飲むか？」と提案したが、正彦は、「今日はすぐ帰らなければならない」と、お茶を飲み干すと駅の方に歩いて行った。石本君は正彦の後ろ姿が人波に消えるまでずっと見ていた。

　それ以来、正彦に会った者はいない。

　石本君は、台風の日にはまた正彦がふらりと入ってくるような気がして仕方がないという。まるで遠野物語、第8話の「寒戸の婆」の話のようではないか。

（2013年12月）

　（註1）チクロの人体に対する悪影響については、それを否定する研究結果もあり、EU圏、カナダ、中国などでは現在も使用されている。

　（註2）「スーパーN、広島市」と検索すると確かにスーパーNがヒットするが、そこが正彦の店かどうかは分からない。

夏に消えた人

　小6の夏休み。花笠祭りが終わってすぐ、お盆の少し前だった。

　私とT君は第一小学校の校庭にキャッチボールをしに行った。すると、鉄棒のところに同じクラスのよしのり君がポツンと立っていた。3人いれば3角ベースができる。私とT君は喜んで、バットにする木の棒を拾って来た。

　体育館の前には10m置きにプラタナスの木があった。プラタナスの2本をそれぞれ1塁と2塁に決めた。ホームベースとして平たいセメントの欠片を置いた。1人がピッチャー、1人がその後ろで守備、1人がバッターだ。ピッチャーがワンバウンドで投げたゴムボールをバッターが木の棒で打つ。ヒットを打って走者が出た場合は木の根元に走者の印の小石を置いた。体育館の壁に当たって跳ね返ったボールをノーバウンドで捕ったらアウト、捕れなかったら二塁打、ボールが体育館の屋根の上まで飛んで落ちて来たらホームラン、飛び過ぎて体育館を越えて中庭に行ったらアウトとローカルルールを決めた。バッターは力を加減して打たなければならない。3アウトになったら投守打が交代し、各自の得点を地面に記録して行く。

　その日の3人は実力伯仲して、なかなか面白かった。気がついたら夕方になっていた。私とT君はよしのり君に、「またやろうな」と言って別れた。

　しかしその機会はもうなかった。

　2学期の始業式の日、担任のI先生が、「7月の末、よしのり君のお父さんが心臓麻痺で亡くなって、よしのり君はお母さんの実家の福島で暮らすことになりました。夏休み中に引っ越して挨拶に来れないので、皆さんによろしくとのことでした」と言った。

　よしのり君のお父さんは国鉄に勤めていた。一緒に遊んだ日、よしのり君は学校を見納めに来ていたのだった。我々と遊ぶのも最後だと思っていただろう。引っ越すことなど一言も言わずによしのり君はいなくなってしまった。

　放課後、T君と一緒によしのり君の家に行ってみた。誰もいなくなった家の玄関に、野球のボールが1個置かれていた。それは多分、よしのり君から我々への別れのメッセージだった。

（2021年2月）

T君の修業時代

　T君とは小学校6年生からの付き合いで、私は唯一の親友だと思っている。

　高校の卒業式の翌日、T君は東京行きの電車に乗った。風花舞う日だった。私は山形駅の1番ホームから特急やまばとを見送った。「電車の中で読め」と、読み終えたばかりの江戸川乱歩の『髑髏城』という小説を手渡したが、あんな気味の悪い本じゃない方がよかったと後悔した。

　私は大学入学のため、4月初めに仙台に引っ越した。仙台ではいつもT君は元気にしているかなと考えていた。そして夏休みになるとすぐ、T君に会うために上京した。

　T君は池袋にアパートを借りていた。近くのレストランで夜10時まで仕事だというので、終わる時間に池袋駅で待ち合わせた。「池袋駅は西口に東武デパートがあり、東口に西武デパートがあるから、間違うなよ」と聞いていた。何だかややこしくて、会えるのかどうか心配して待っていた。

　当時は携帯も持ってないのに、会えたのは奇跡的だった。すぐT君のアパートに向かった。場所は駅から15分ほどの路地の奥の突き当たりだった。古い木造2階建てで玄関・トイレ・流しは共同。風呂はなかった。1階も2階も若い男ばかり、10人ほどが住んでいた。

　郵便受けはアパートの入口にあって、鍵も掛からなかった。T君は自分の郵便受けを開けて、「あー、夕刊盗られてる。帰り遅いと、ときどき盗られるんだ」と言った。東京は怖い所だと思った。池袋辺りは電車から見ると建物がびっしりで、家と家の間に隙間がなかった。金がなければ座る場所もなく、川は汚くて神田川もヘドロの臭いがした。馬見ヶ崎川とはえらい違いで、T君はかわいそうだなと思った。

　「東京の子供らはどこで2B弾遊びするんだ？」と聞いたら、「靖国神社か北の丸公園だべな。でもそのあたりで2B弾破裂させたらすぐ機動隊が来るぞ」と言った。

　その頃我々はまだ18歳だったので、ビールではなく7UPを飲んだ。T君は翌朝7時に出ると言うので、しばらく話した後、寝ることにした。長い付き合いなのに、同じ部屋で寝るのは初めてだった。T君は疲れているようで、すぐに寝息を立てて寝てしまった。部屋の壁は薄く、私は隣の部屋の話し声が気になってな

かなか寝付けなかった。

　翌朝起きるとT君はもう出かけた後で、「今日も帰りは10時過ぎ」と紙に書いてあった。夏休みだから何日いてもよかったが、「用があるから帰る」と書き置きして、その日のうちに仙台に帰って来た。一生懸命修業をしているT君の邪魔になってはいけないと思った。

　私の仙台での下宿は賄いと風呂付きで、新聞を盗られることも、隣の物音で眠れないこともなかった。T君は一生懸命に修業をしているのに、自分は受験が終わった開放感から麻雀とギターを覚えて、仲間と100時間麻雀に挑戦したり、バンドを組んだりしていた。

　その年の暮れだった。T君が9か月ぶりに山形に帰って来ると連絡があり、夕方山形駅に迎えに行った。T君は夕方4時頃着いて、そのままT君の家で宴会になった。その夜は友達が6人集まった。みんなしばらくぶりでT君に会えたのが嬉しくて賑やかだった。T君はときどき東京弁が混じるようになっていた。正月は一緒に遊べると思って、「いつ東京さ帰んのや？」と聞いたら「夜11時50分発の夜行で帰る。明日仕事だ」と言うのでびっくりした。T君は、月に1日しか休みがないと言った。

　夜11時で宴会はお開きにして、雪降る中、紫苑寮の前からすずらん街を通って、みんなでT君を駅まで送って行った。「8時間しか山形にいないのに、ゆっくり家族と話す暇もなくて悪かったな」と謝ったら、「いいんだ、おれは辰つぁんに会えればまた1年頑張れるんだから」と言うので私は泣きそうになった。「早く山形に帰って来い」と誰かが言ったら、「やっと調理場で蹴飛ばされなくなったから、5年は頑張ってみる」とT君は1番線から特急つばさ52号に乗り込んだ。上野には朝5時58分に着くという。

　T君があんなに頑張っているのだからと、自分も遊んでばかりいないでバイトを始めた。まずは家庭教師が楽そうだと思ってやってみた。しかし、中3の子供に、（－2）×（－3）が何故＋6になるのか説明できず、自信を無くしてやめてしまった。そしてS君が職安で見つけて来た、建設中のビルの屋上に冷房設備を取りつける仕事を始めた。バイトだから労災保険にも入ってない。建設中の丸裸のビルの屋上は強風が吹くとほんとに怖かった。次は電電公社の電柱立て。これは全身の筋肉痛で、1週間が限度だった。1年ほど続いたのがアルサロ純情（ア

ルバイトサロンの略）のボーイだった。生卵と明星チャルメラの夜食付きで、ダンサーのショータイムも見られる。何より安全で身体が楽だった。

しかし、大学も専門課程に進むと急に忙しくなり、バイトをする暇もなくなった。落第する不安が台頭し、真面目に勉強するようになった。

一方T君は東京で5年間修行して山形に戻った。フランス語も覚え、料理の腕も上がった。東京の店は新米に手取り足取り教えてくれるところではなく、自分で先輩の技術を盗むしかなかった。失敗すれば殴られ、蹴られた。T君はよく頑張ったなと思った。

ところがその頃の山形は、まだフランス料理に馴染みがなく、T君の勤めるフランス料理店は次々と潰れて行った。T君は店が替わるたびに、「今度はここに勤めます」と連絡をくれた。私は4店くらいT君がいる店に食べに行った。そのたび料理は上達していて、どうして潰れるのか不思議に思った。

その後もT君は仕事場を変わった。それでも山形にいるから、いつでも会えると思っているうちにあっという間に40年が経ってしまった。T君は土日が忙しいから、邪魔したら悪いという遠慮もあった。今は歌懸稲荷の北側で香Chetteというレストランを経営している。Rettyの評価は4.6だから立派なものだ。

T君は突然訪ねて行っても、昨日会ったばっかりのように、「おう辰つぁん、ビール飲むか？ 7 UPの方がいいか？」と言うだろう。

昭和30年から40年代の山形の子供達は、れんたいで、馬見ヶ崎川で、第二公園で伸び伸びと遊び、心に幸福の箱を入れて山形を巣立って行った。子供達は時々その箱を開けて辛いことに耐えることが出来た。

自分は生まれ変わったとしても、またれんたいで、馬見ヶ崎川で、第二公園で遊びたい。もちろんT君と一緒に。

（2005年10月）

すべり下駄と運動足袋

すべり下駄は山形の冬の子供の遊び道具で、主に女の子が使うものだった。下駄の裏に足が無く、代わりに磨いた竹が4本貼り付けられていた。爪先には爪掛け（雪除けのカバー）があった。女の子用の爪掛けは赤。男の子用は黒と決まっ

ていた。すべり下駄はエッジが立たないので、スキーのようには止まれない。止まりたいときは両足をハの字にして踏ん張る（ボーゲン）か、尻もちを付く。

当時は下駄屋があちこちにあって、すべり下駄は下駄屋の冬の収入源だった。女の子はみな欲しがったが、製造に手間がかかるため高価だった。男の子は長靴で竹スキーに乗った。竹スキーはすべり下駄よりはずっと安価だった。すべり下駄も竹スキーも雪がくっつくと滑らなくなる。山形ではそれを「ぼっこになる」と言った。

ところで昔、すずらん街の佐藤下駄屋で、おばさんに下駄と草履と雪駄の違いを教えてもらった。【表の材質、底、用途、性別】をまとめると、下駄は【木、歯が2枚、カジュアル、男女】、草履は【草と竹皮、平ら、フォーマル、男女】、雪駄は【草と竹皮、かかと部分に金具あり、雨天・積雪時、男のみ】という特徴があるそうだ。プロは何でも詳しく知っていると感心したものだ。

運動会は小学校の一大イベントだった。町内会と合同で、学区民運動会として行なう学校もあった。子供の数も見物人も多く、運動会の日、校庭は人で溢れかえった。今の運動会は子供が少ないので昼前に終わってしまうが、昔は朝9時に開会式、15時に閉会式だった。12時になると家族ごとにグラウンドに莫蓙を敷いてお昼を食べた。親が仕事で来られない子供は近所の家族に混ざって食べた。お弁当はたいていおにぎり、海苔巻き、稲荷寿司、卵焼きか茹で卵、梨かリンゴだった。食べ過ぎて、午後の種目を満足に走れない子もいた。

当時の運動会での履物は運動靴ではなく、運動足袋（たび）だった。山形市の小学校で使われていた運動足袋は、ソールにボール紙を縫い付けたものだった。運動会の直前に買ってもらって、運動会の1日だけ使う（1日しかもたない）。運動会当日はみんな下ろし立ての真っ白な運動足袋を履いて整列したから、全体がキビキビと美しく見えた。

私はいつもすずらん街のアズマスポーツで運動足袋を買ってもらったが、ソールがボール紙だと薄くて、グラウンドの小石を踏むと痛かった。そのため運動会の前にはみんなで校庭の石拾いをした。釘とかガラス片が結構落ちていた。運動足袋は軽さとフィット感は良かったが、クッション性と耐久性は無かった。速く走れたかというと微妙である。他の県ではソールがゴム製のものとか、皮革製の

ものもあったそうだ。

　現在は運動足袋という製品は製造されていない。山形市の小学校の運動会では昭和40年くらいまでは使われていたようだ。

（2002年10月20日）

▲すべり下駄で遊ぶ子供　宮地勝平撮影
（1955 年 2 月）

○○県の人は 100％○○

　東京に住んでいた時、突然「あなたの家は農家なの？」と聞かれたことがある。私は、「は？」と思ったが、その人は、「山形県人は100％が農業に従事」し、「100％スキーが上手」と思っていた。実際には、山形県の就農人口は10％で、スキー人口は4.96％に過ぎない。

　自分も「大阪人はみな下品」で、「京都人はみな底意地が悪い」と思っているが、それはもしかしたら違うのかもしれない。

　知らないことは怖いもので、世の中には、「山口県人はみな総理大臣を目指している」とか、「島根県人は全員泥鰌すくいを踊れる」、また「青森県人はすべて津軽弁を話す」という思い込みもあるが、どれも嘘である。

　「仙台の人は全員海鞘が好きで、子供でも海鞘が捌ける」というのも聞いたことがあるが、そうではない。“秘密のケンミンSHOW”では一番町で通行人が海鞘を捌くところを放送していたが、片端から撮影して、捌けた人だけを放送するのである。

　仙台市民でも、「海鞘は見るのも嫌。牛タンは食べない。ベガルタは見たこと

もないし、楽天イーグルスが負けると嬉しい」という人を知っている。何でも100%ということはないのである。

（2022年1月）

（註）久保哲朗『都道府県別統計とランキングで見る県民性　2016年』によると、25歳以上の県民100人あたりのスキー人口は、1位長野県7.48人、2位富山県7.35人、3位北海道6.98人、4位東京都6.88人、9位山形県4.96人である。東京の人が思っているよりかなり少ないだろう。

綴方教室

1960年頃、NHKラジオで"綴方教室"という番組が放送されていた。毎日夕方5時半から15分だった。これは小学生の書いた出来の良い作文をアナウンサーが1回に1篇ずつ読んでくれるという番組だった。読まれるのは山形県の小学生の作品だけだったから、山形のローカル番組だったのだろう。

第一小学校3年生の時、担任のI先生が、同級の長谷川○一君が書いた『手袋人形』という作文が"綴方教室"で読まれるかもしれない、と言ったので、クラスのみんなは毎夕ラジオにかじりついた。いつ読まれるかは分からなかった。その『手袋人形』という作文は、私と長谷川君が毛糸の手袋で作った指人形で大笑いしながら遊んだことを書いた内容だったので、私は誰よりも熱心に放送を待っていた。

しかし、ひと月経っても、ふた月経っても、『手袋人形』は一向に読まれなかった。毎日ラジオの前に正座して待っていた子供らも飽きてしまい、次第に放送のことは忘れられて行った。当の長谷川君さえ作文のことなど忘れてしまったようだった。結局放送されたのかどうかはっきりしないまま、そのうち番組も終了してしまった。

「綴方教室」という番組タイトルは、「生活綴方運動」から来ていた。その生活綴方運動とは次のような歴史を持っていた。

1930年代、児童文学者の鈴木三重吉が生活綴方運動という民間教育運動を始めた。作文によって教育の改革を図ろうとしたのである。東京・下町の本田小学校

の生徒が書いた26篇の作文を収めた本が出版され、その本の題名が『綴方教室』だった。

　鈴木三重吉の運動は文芸的なものだったが、次第に農村の貧困を文章として明らかにする社会主義リアリズムに発展して行った。ありのままの現実を書くことによって、社会的不公平への認識が深まることが期待された。

　無着成恭は1927年に山形県南村山郡本沢村の沢泉寺に生まれた。山形師範学校（現山形大学教育学部）を卒業し、山形県南村山郡山元村立山元中学校に赴任した。彼は「ほんものの教育がしたい」という熱意を持っており、生活綴方運動に本格的に取り組んだ。当時の農村は、働いても働いても楽にならなかった。小学校にあった二宮金次郎（尊徳）の銅像は、無言で農民に勤勉と道徳と従順を強いた。この像は、「農民は貧乏を宿命として受け入れよ」という忍従強制の象徴でもあった。

　無着は、生徒に家の生活をありのままに書かせることで生活上の問題点を明らかにし、農家の経済を向上させるにはどうしたらよいかを考えさせた。そして例えば、機械化と販売を共同でやればよいという事に気づかせた。1951年に無着が教え子の文集をまとめて、『山びこ学校―山形県山元中学校生徒の生活記録』として刊行したところ、ベストセラーとなり、映画化もされた。

　しかし、文集には農民の貧しさばかりが、これでもかこれでもかと描かれていた。その頃の農村は、無着の「農村改革の真意」を受け入れられるほどには近代化しておらず、心情的に余裕もなかった。無着は地元の恥を世間に晒したとして、1954年に村から追放されることになった。村を追われた無着は駒澤大学の仏教学部３年に編入学した。1956年、明星学園教諭となり、1983年まで同学園に奉職し、生活綴方運動を継続した。生活綴方運動は、子供の生活実感を出発点とし、生活上の問題点を認識して、それを改善する力を育てようとする教育であった。権力による上からの教育に対する下からの教育として、日本近代教育史上重要な意義を持っていた。

　ところで、８年前に「50年ぶりの同級会」で会った長谷川○一君は、自分が書いた「手袋人形」のことを全く覚えていなかった。

（2022年１月）

（註１）無着成恭編『山びこ学校』の初版は青銅社より1951年に発行された。

全文が山形弁で書かれていて読み難いが、刊行直後の2年間で、18刷を重ね120,000部を売り上げた。映画や舞台でも取り上げられ、1952年に今井正監督によって映画化された。舞台となったのは上山市立山元中学校だったが、2009年3月に廃校となった。『山びこ学校』は1995年に岩波文庫に入った。無着は1964年からラジオの"全国こども電話相談室"の回答者を約30年間務めた。2023年7月21日死去。享年96。

　（註2）農村の旧弊の例として、こういう話を聞いた。Y県のM村にS市から若い女性が嫁いだ。彼女は短大を出ており、短大卒というだけで村の嫁達の間では特別視された。最初は尊敬の目を向けられたが、ひと月後には周囲と疎遠になり、若妻会にも呼ばれなくなった。村の嫁達は、「あの人は私らと違う。何しろ短大出でんだがら」と口々に呟いた。当時は、「百姓が勉強すると理屈をこねるようになる。理屈をこねると手が動かなくなる。教育は家を潰し、村を滅ぼす」と言われた。農村の変革への怖れ、村の嫁達の高等教育への憧憬と諦観、そして嫉妬が余所者排斥という形で露わになったのである。農村、農業を近代化するため農業基本法が制定されたのは、『山びこ学校』が出版されてから10年後の1961年のことであった。

梅花藻の季節

　山形市内を走る堰に梅花藻（ばいかも）が花を咲かせる季節になった。梅に似た白い五弁の花を咲かせることから梅花藻の名が付いた。鬱陶しい梅雨の時季の清涼剤である。

　梅花藻はキンポウゲ科の水生多年草で、本州から北海道にかけて分布する。花は1〜2cmほどの大きさで、浅い清流に自生する。静水では育たず、流れに沿って1mほど茎を伸ばす。水質に極めて敏感で、山形市でも笹堰の上流でしか見られない。すずらん街辺りの堰では昔も見たことがない。水生昆虫が寄生する他、淡水魚が産卵床として利用することもある。

　この季節に寺町から東原にかけての堰をよく見ると、緑色の藻のあちこちに花が付いている。そのつもりで見ないと気づかない。堰が次第に暗渠化され、梅花藻を見られる場所が減りつつあるのは残念なことだ。そもそも暗渠下では生育しないだろう。

山形五堰の梅花藻観賞ポイント・・・小白川町四丁目の西光寺周辺、山形大学から東の小白川一丁目地区、東原町三丁目の山形南高校西側などがある。是非この季節にお出かけ下さい。

（2010年6月）

▲東宝に続く路地（2008年3月）

　（註）2023年11月4日、山形市内を流れる山形五堰が「世界かんがい施設遺産」に選ばれた。山形五堰は馬見ケ崎川から取水している御殿堰、笹堰、八ケ郷堰、宮町堰、双月堰の総称で、総延長は約115kmに及ぶ。400年前に農業用水、生活用水、山形城の堀の導水のために造られた。市街地を網の目のように流れ、市内に清らかな景観を作り出している。市は御殿堰を中心にした街作りを進めている。世界かんがい施設遺産は国際かんがい排水委員会がかんがい農業の発展に貢献した水路や堰、ため池などを保存する目的で2014年に創設した。

墓の新築

　わが家のお寺は山形市の寺町にある圓壽寺で、宗派は浄土真宗大谷派、本尊は阿弥陀如来である。浄土真宗（以下真宗）では信徒が亡くなると、阿弥陀如来の力で直ちに1人残らず、「限りない光りと智慧の世界」である極楽浄土に往生す

るとされる。これを即身成仏、即得往生という。したがって、幽霊になることも輪廻転生もない。先祖にお参りしないと祟るということもない。

世間一般では、「故人は四十九日までは霊のままで、それを過ぎると成仏する。だから葬儀に持参する志には四十九日まではご霊前、一周忌以降はご仏前と書く」というのが習わしだが、これは真宗には当てはまらない。信徒は亡くなった瞬間に成仏するので、すべてご仏前でよいことになる。

成仏に導師の手を借りないので引導の作法は行なわれない。故人の魂は供養を必要としないから仏壇には位牌がない。代わりに法名軸というものを飾る。法名軸には死亡年月日と法名が記されていて、仏壇奥の左右に掛ける。中央は阿弥陀仏である。位牌と異なり、法名軸は法要の時だけ仏壇の手前に出して飾り、平時は手前には置かない。位牌でも法名軸でもなく、阿弥陀仏を崇め「南無阿弥陀仏」を唱えることが信仰の証となる。

真宗では線香を二つに折って火をつけ、火が左になるように香炉に寝かせる。線香は俗塵を清め、その香りが故人と心を通わせてくれる。経典に「故人は四十九日までは線香を食べ物とする」とある。真宗の経典は浄土三部経と呼ばれる大無量寿経、観無量寿経、阿弥陀経である。

真宗に篤い地域では墓石に「〜家の墓」ではなく、「倶会一処」（浄土で倶に出会う）、または「南無阿弥陀仏」と彫ることが多い。お骨は墓に納めるが、そこに亡くなった人はおらず、墓は単に故人を敬い偲ぶ場と考える。読経も死者のためではなく、生者のために、つまり「生きているうちに死を思い、より良く生きられるように」行なう。

しかし、私の父が亡くなった時、母は位牌を作って拝んでいた。私は墓の前で父母と会話をするし、墓の前で読経してもらえば、父母も喜んでいると感じる。その辺りは宗旨どおりでなく、個人の感性に従って良いと思っている。

今年のお盆はあまりに暑くて墓参りに行けなかったので、今日ひと月遅れで山形に出かけた。わが家の墓は1894年（明治27年）に曾祖父が建立したもので、築113年になる。石のあっちこっちにひびが入り、そこに雨水が沁み込んで冬に凍るから、その度にひびは拡大する（凍結破砕）。大きなひびはモルタルで補修したが、周りの墓はみな新しくなって、わが家の墓だけ見栄えが良くない。

ちょうど斜め向かいの墓が工事中だった。その業者に、墓の新築について聞いてみた。すると費用は100万円以上如何ようにでもなり（上限なし）、工場で墓石が完成すれば、現場の工事は1週間で終わるそうだ。

　墓の下部にはカロートと呼ばれる骨を納める空間がある。お骨を1人分ずつ壺に入れて墓に納めて行く方式だと、何代か経てば必ずカロートが満杯になって始末に困ることになる。山形では、カロート内の土に骨だけ納めて行く方式が殆どである。そうすれば墓の中で先祖代々の骨が混ざり合い、ゆっくりと土に還って行く。並んだ壺で満杯になることがない。親の骨と自分の骨が一緒に土に還って行くのは安心感がある。

　その工事会社の名刺を持たされて来た。グラニットという会社だった。「墓は建ててからも、大雪とか地震で割れたり倒れたりするので、すぐ直しに来てくれる地元の業者に限る。また地元産の石を使った方が、その土地の気候に合うので、長く持つ」のだそうだ。

　毎年お盆の頃には墓の新築を考えるが、もうすぐ雪になるから来年にしよう、の繰り返しで何年も経ってしまった。

　今日は「日本一の芋煮会」の日で、馬見ケ崎川原は大賑わいだった。アドバルーンもいっぱい上がっていた。芋煮の良い匂いが立ち込めていたが、車を停める場所もなかったので、そのまま仙台に帰って来た。

（2007年9月）

　（註1）寺に墓を持つには寺の檀家にならなくてはならない。檀家になれば檀家同士協力して寺を守る義務を負う。昔は清掃、草取りなど、環境整備の労務負担もあったが、最近はシルバー人材センター等に任せることが多い。寺を維持するには環境整備費の他に通信費、印刷費、営繕備品費、火災保険料等が必要で、檀家はこれらに当てる護寺会費、墓地管理費等を負担しなければならない。会費の納入が滞った場合、最終的には檀家の資格を失う。墓は無縁墓となり、遺骨は回収され、他の無縁仏と合祀される。無縁墓は改葬されて新規の希望者が利用することになる。カロートから遺骨を取り出し、墓石を処分して更地にするには約100万円の費用がかかる。人口は減っているが核家族化が進んでいるので、アクセスが良ければ墓地の需要はある。

　寺が檀家の墓を無縁墓とするのは簡単ではない。寺側は縁者に連絡をし、連絡

がつかなければ官報にその旨を載せる。護寺会費を滞らせている人が官報など見るはずがないから、新聞にも載せ、墓には告知の立札を立てる。そして１年間経って役所に届けを出せば、改葬は可能になる。しかし、縁者がしばらくぶりに寺を訪れてみたら墓がなかったという事態は悲劇で、寺側もなるべく避けたいから告知期間が１年でよいかは難しいところである。

（註２）戦前は社会的身分のある家だけが墓を建て、庶民は土葬されて土に還った。国民のほとんどが火葬されて墓に入るようになったのは戦後のことである。

（註３）わが家の墓は、2014年10月に（株）石駒（山形市十日町）に頼んで新しく建立した。

山形のソウルフード

山形のソウルフードと言えば、どんどん焼、玉蒟蒻、大福まんじゅうの３点セットである。

（１）どんどん焼は、初市とかお祭りのときだけ屋台で食べる「ハレの日」の食べ物だった。昔は割箸１本で巻き、トレイも付かなかったので、油断すると食べている最中に一部が剥落した。生地も魚肉ソーセージも薄かった。魚肉ソーセージは厚いと撓らず、巻いた時に生地から立ち上がってしまうから薄くなければならなかった。薄く、しかも速く切るには修練が要った。

最近、山形市内に１年中どんどん焼を売る店が増えた。こういう店のどんどん焼は生地が厚い。サービスとしては良くなったと言うべきだが、昔とは違う食感になってしまった。生地が厚いとホットケーキのようで、はっきり言うと不味い。しゃぶしゃぶの肉やワンタンの皮が厚いと不味いのと同じである。

私は初市に行くと、市村瀬戸物店の前に出店するKさんのどんどん焼を買うことにしている。この屋台は今でも昭和の風情を醸し出している。客はおばさんの鮮やかな焼き方に見とれている。焼き方を見るのも値段のうちだ。メリケン粉を水で溶いた生地を鉄板に５枚分広げて、海苔、魚肉ソーセージ、青海苔、桜海老、紅生姜、白ゴマといった具を撒いて行く。黒、淡赤、緑、ピンク、真紅、白。なんという色彩の華やかさだろう。

具を撒く位置は生地の手前３分の１のエリアだけ。焼けたら生地を手前から向

こう側に裏返し、手前から割箸に巻いて行く。すると撒いた具が表面に現れる。山形の子供はこれを食べて大きくなる。身体の1割はどんどん焼で出来ている。

1クールで5本焼ける。時間を測ったら、1クール約3分で出来上がった。1本200円。焼き上がるまでのわくわくする時間がたまらない。昔は家から卵を持参すると、特製卵入りどんどん焼を作ってくれた。今はソースだけになったが、昔はソースか醤油かを選べた。私は欲張って、「表はソース、裏は醤油」と頼んだが、両方を塗ると何だかよく分からない味になってしまった。

どんどん焼と京都祇園の一銭洋食は、そのルーツが共通である。大正時代に東京で発祥したメリケン粉焼が関西には1銭洋食として伝わり、現在の関西風お好み焼に発展して行った。一方、山形では大場亀吉さんという人が、東京で覚えたメリケン粉焼を経木に乗せて売った。しかし、子供達は熱くて持つことができなかった。そこで箸に巻くことを思い付き、箸1本で巻く技術を習得して箸巻きどんどん焼として売るようになった。昔は1本の割箸に巻いたが、1本で巻くことは案外難しい。現在は2本で巻くスタイルがほとんどで、更にプラスチックのトレイに乗せられて出て来る。途中で剥落のスリルはなくなった。

（2）玉蒟蒻は初市でも花見でも売られている。生醤油とスルメだけで煮る。山寺では「力蒟蒻」という名前で、食べると1,015段の石段を楽に登れると宣伝している。

「おばちゃん、玉コン2本。なんぼだ？」

「1本100円だ、やっすいべ。山寺なの1本200円取っじぇ。からす（辛子。烏じゃない）はなんぼつけでもただだず」

初市ではこのような会話が飛び交う。

（3）もう一つのソウルフードは大福まんじゅう。

昔、山形ではあちこちの店で大福まんじゅうを売っていた。屋台もあったが、現在では2軒の店だけになってしまった。

1軒目は城南陸橋南側の**板垣団子屋**の大福まんじゅう。測ってみると直径7cm。厚さ5cm。重量140g。ガスで焼くので早い。十勝産の小豆を使っている。皮は厚くて大きいのでお茶無しには食べられない。経木と緑の包装紙で包んでくれる。販売期間は10月から4月。日曜休み。1個90円。消費税込み。

2軒目は旭銀座（シネマ通り）**渋谷食品店**の大福まんじゅう。直径5.5cm。厚

さ3.5cm。重量100g。36個焼ける鉄板を2枚使っている。炭火焼で時間がかかるため、必ず4、5人は並んでいる。皮は薄く昔の味わいそのままである。皮の所々から餡が顔を出していて、1個1個顔つきが違う。経木と白い包装紙で包んでくれる。販売期間10月から4月。日曜休み。1個90円。消費税が付いて95円。

最近はあじまんというライバルが出現した。しかし、これは大判焼か今川焼きの1種で、材料も歴史も大福まんじゅうとは異なるものである。大福まんじゅうは昭和の郷愁を纏っている。家族の喜ぶ顔を想像しながら袋をぶら下げて帰る大雪の道、足駄で2里も歩いて買って来てくれた祖母の笑顔、兄妹で半分こした最後の1個。あじまんにはそうした物語がない。大量生産でドライである。皮も厚すぎる。1個1個に個性がない。若者はこれで満足しても、我々の世代は大福まんじゅうの1型とは認めていない。

先日、山形に出かけた日は大雪のせいか、渋谷食品店には客が並んでいなかった。

「おんちゃん、大福まんじゅう5個。1個は食べて行ぐがら」

アチチ、アチ。昔ながらの大福まんじゅうだ。生地はメリケン粉だけだから真っ白。歩きながら焼き立てを食べるのが一番。1個95円はここ何年も同じだ。

仙台に着いて包みを開けてみた。湯気で包装紙がびしょびしょになっていた。昔と同じだ。しかも昔ながらの経木を使っている。今の人は「経木」が読めないか。

山形市民は幼時、どんどん焼、玉蒟蒻、大福まんじゅうは全国どこででも売られていると思っているが、そのうちにそれが大変な間違いだったことに、そして山形に生まれたことの幸運にようやく気がつく。

（2012年6月）

▲Kさんのどんどん焼屋台（2012年1月）

▲山寺の力こんにゃく（2021年10月）

▲渋谷食品店の大福まんじゅう（2012年1月）

　（註）「あじまん」は山形の大判焼きテイクアウトのチェーン店で、1965年の創業である。天童市でスーパーを経営していた社長が「あじまん」一本で生きて行くことを決めた。今では、青森から熊本まで280店を展開する。東京にも福岡にも店がある。「あじまん」は自前の店舗を持たず、秋冬だけプレハブで営業し、

夏場は店を休む。以前、夏にアイスや冷やし中華を売ってみたが儲からなかったので、夏は休むことにした。毎年9月末頃ホームセンターやスーパーの駐車場や店頭にプレハブ店舗を設置し、「あじまん」（120円）、期間限定の変わりあじまん（120円）、お好み焼き風たこ焼き「たこポン」（6個300円）を販売する。餡は天童市内の工場で製造し全国に発送する。プレハブの設置先に地代、電気、水道代を支払い、3月末に撤去する。ホームセンターにしてみれば春夏は外で苗や花を売るが、秋冬は売るものがないので、そのスペースを借りてもらえれば助かる。Win-Winの関係である。売場のスタッフ（あじまんレディー）は季節雇用で、スタッフは農家のおばさんやゴルフ場のキャディーなど、冬に暇になる職種の人が多い。通年働く正社員はたった11人である。2022年9月期の売上高は21億1,600万円と、この5年で約18%増えた。従業員も社長も、半年の間何をしているのだろう。仙台の愛子のサンデーでは、夏からスタッフ募集の看板が出ていたが12月になってもプレハブが設置されていない。応募がないようだ。季節雇用はこれがネックか。

城西牛乳

　城西牛乳という会社はいまだ存在している。社屋は旧山形市立第二中学校の500mほど西側にある。住所でいうと城西三丁目になる。

　以前の社屋はもう少し東側の城西二丁目にあった。私の実家は1975年にスズラン街から城西二丁目に引っ越したのでよく知っている。実家の6軒隣だった。駅から実家までタクシーに乗るときは、運転手に「城西牛乳まで」と告げたものである。その辺りは他に目印がなかった。

　当時は城西もまだ牧歌的な雰囲気で、あちこちに畑が残っていた。城西牛乳の敷地の西側に牛小屋があり、10頭ほどが飼われていた。その頃、会社はやる気がないのか、牛小屋は古く、壁には穴が開き、近所の子供らがその穴から牛に石を投げたり、棒で突ついたりして遊んでいた。牛は怒るでもなく、悲しい眼で空を見ていた。牛の眼はどうしてあんなに悲しいのだろう。

　もちろんその10頭ですべての城西牛乳が製造できるものでもなく、飯塚、南沼原、樋沢の酪農家から広く集乳して城西牛乳ブランドで出荷していた。当時は城

西牛乳協同組合（その前は城西開拓農業組合）と称していていた。

　その小屋の牛は散歩もせず、終日地べたにうずくまっていて、いかにも不健康そうだったので、わが家では森永か明治の牛乳を買うようにしていた。

　1965年から始まった山形駅東側の区画整理が一段落すると、次第に開発は駅の西側に移り、かつて畑だったところが次々と新興住宅街になった。するとモ〜という啼き声も、牛の臭いも、牛にたかる蠅も新住民から嫌われるようになった。牛は「後から来て文句をいうな、モ〜！」と怒った。

　城西牛乳協同組合はそのまま消滅する運命かと思っていたら、5年ほど前、協同組合は突然、城西牛乳株式会社と立派な名に改めた。今は「城西牛乳」、「農協牛乳」、「カフェオレ」などの製品を出している。もうガラス瓶は使わず、すべて紙パック入りである。先日ヤマザワで「城西牛乳」を買って来た。

　ここ10年間で山形駅西側は見違えるようにきれいになった。山形駅と第三中学校の間に広大な面積を占有していた鐵興社は移転し、霞城公園も城南陸橋も整備され、かつての田畑は住宅街になった。流れるでも涸れるでもない汚い三の丸の堀もなくなった。霞城セントラル、東横イン、マックスバリュなどが次々と出来た。私の実家の固定資産税は2倍以上に跳ね上がった。

　今の城西地区は牛を飼うような環境ではなくなり、牛はほとんど西蔵王高原で放牧しているそうだ。牛にとってはその方が幸福だ。

（2008年3月）

正統山形風芋煮レシピ

　郷土料理の伝承のため、正統山形風芋煮レシピを書いておく。「正統」と言っても、私が子供の頃に町内の芋煮会で行なわれていた料理法ということだが。

【材料　4人分】

（1）里芋：1.6kg（できれば悪戸芋）、（2）山形牛薄切り：800g、（3）平蒟蒻：2枚（できれば青野蒟蒻）、（4）長葱：3本、（5）水：10カップ、（6）酒：大匙8、（7）砂糖：大匙8、（8）醬油：大匙8、（9）塩：少々

（1人につき里芋400g、牛肉200gという分量は覚えておきたい。）

　里芋は皮を剥いて食べやすい大きさに切る。塩で揉んでぬめりを取ってから洗

い、下茹でする。山形の地物の里芋は10月10日を過ぎると粘り気が増す（９月の芋煮は美味しくないと言われる）。悪戸芋は山形市村木沢悪戸地区特産の里芋である。粘り気が強く、二つに折ると納豆のように糸を引く。この芋は中に煮汁を十分吸い込むので実に美味い。昭和が終わる頃に一時絶滅しかけたが、地元農家が種芋から復活させた。量が取れないので山形県外では入手困難である。一般に売られているのは土垂芋で、じゃが芋のように粘り気が少なく汁を吸いこまない。「日本一の芋煮会」で使われるのは残念ながらその土垂芋である。

　牛肉、長葱は４cm長に切る。蒟蒻は刃物を用いず、必ず手で一口大にちぎり、下茹でして水気を切る。こうすると表面積が増え、味がよく染みる（＝山形弁では「染みる」を「すもう」という。相撲ではない）。昔は「蒟蒻は地元の青野蒟蒻に限る」と言われた。青野とは大野目の東側にある地区で、今は細々と作られているだけなので、それほど蒟蒻にこだわる必要はない。

　ここまでの作業は家でやっておくとよい。以下は河原での作業になる。

　石で竈を造り、水と調味料を入れて沸騰させる。薪は乾いた流木を用いるのが理想である（荷物が減るし、河原の清掃にもなる）。かつては水も川から汲んだ。その方が美味かった（ような気がする）。

　沸騰したらまず牛肉だけ先に煮る。前もって肉を油で炒めておくとアクが出にくい。肉を長く煮ると硬くなるので、煮えたら別に取り分けておく。次いで芋と蒟蒻を入れ、アクを掬いながらしばらく煮る。途中で調味料を適宜加え、味を調整する。

　芋に箸が通るようになったら味見をし、芋に汁が染みたら（すもったら）最後に長葱と肉を投入。２、３分蓋をして出来上がり。蒟蒻から出る石灰が牛肉を固くするので、一緒に煮るなとやかましく言われた。

　他に投入が許されるのは油揚げ、舞茸、えのきくらいで、牛蒡は汁を濁らすと嫌われる。豚汁を連想させる大根と人参、またすき焼きを連想させる豆腐、しらたき、春菊は山形では顰蹙を買う。じゃが芋、薩摩芋を持参した場合はエリアからの退場を宣告される。

　具を食べつくし、汁だけになったらうどんを入れる。これが美味い。最近マルちゃんから、「山形芋煮うどん」というカップ麺が売り出されたほどである。最近はカレー粉を入れてカレーうどんにするのは許容されるようになった。時代の

趨勢である。

　なお、食器は塗椀、塗箸が望ましい。椀は縁が欠け、塗が剥げていれば風情がある。発泡スチロールのお椀と割箸はホームレスになった気分がするし、ゴミを増やすのでやめておきたい。割れると危険なガラスのコップは持参しない。酒は一升瓶でなく、紙パック入りが安全だ。やむを得ず一升瓶を持って行く場合は保持係を１人決め、倒れて割れないようにしっかり抱きかかえさせておく。保持係の責任は重い。

　紙コップで飲む酒ほど不味いものはない。紙コップにビールを注いだら検尿で、泡立ったら糖尿病である。芋煮会の酒は近所の鮨屋か鰻屋でもらった湯呑で飲みたい。湯呑に局番１桁の電話番号などが書いてあれば昭和30年代の街並みがが蘇る。ゴミはすべて持帰る。「残してよいのは足跡だけ」とは小学校の先生に必ず言われた。

　芋煮には一家言を持つ人が多い。油揚げ、椎茸、牛蒡を入れる入れない程度は酔っ払ううちにどうでもよくなって来るが、醤油仕立てか味噌仕立てかはアイデンティティの問題である。異郷の河原で見知らぬ流儀で行なう芋煮は、陽が傾くに連れてひどく物悲しさがつのる。仙台の河原で酔っ払い、「こんなのは芋煮じゃない！豚汁だ！」と鍋をひっくり返した山形人を知っている。私ではない。山形の人は仙台の河原での豚汁会には参加しない方がよい。

（2005年９月）

▲山形風芋煮（2005 年 10 月）

　（註）仙台の芋煮は里芋に豚肉、大根、人参、豆腐を入れて味噌仕立てだから、豚汁以外の何物でもない。これを芋煮として出されると山形の人は目を丸くす

る。しかし、仙台の人は山形の人ほど芋煮に関して拘りがない。牛肉より安いから豚肉を、仙台味噌があるから味噌を使う。野菜はその辺にあるものなら何でも入れる。椎茸を入れるな、牛蒡を入れるな、は聞いたことがない。里芋でなくても、じゃが芋や薩摩芋でも構わないのだろう。芋煮の話になると山形の人はなぜあれほど原理主義的になるのか分からないと言う。仙台の秋は芋煮よりはらこ飯である。仙台の芋煮会のメッカ、牛越橋下の河原では、コロナ禍の3シーズン、芋煮会をするグループがなかった。2023年の秋も少ない。大学のサークルでは芋煮会の伝統が下級生に引き継がれず、このまま芋煮会は廃れるのではないかと危惧されている。

アカデミー賞といるか汁

2010年の第82回アカデミー賞で、『ザ・コーヴ』（ルイ・シホヨス監督）が長編ドキュメンタリー賞を受賞した。これは和歌山県太地町のいるか漁の様子を撮った映画である（コーヴとは入り江の意）。

入り江に追い込まれたいるかの群れが漁師達に撲殺され、海面が血で染まる様子を映像化し、いるか漁の残酷さを強調している。いるかの追い込み漁に潜入して撮影したのだという。

この地方では、いるか漁は鯨漁と同様に江戸時代から行なわれてきた。いるかを食べることは、牛肉、豚肉や魚を食べるのと同じなのである。しかし、高まる国際感情に配慮し、最近では苦肉の策として、「いるか汁」を「鯨汁」と呼んでこっそり食べているそうだ（鯨汁にも賛否はあるが）。

アニマル・ウェルフェアの時代である。「いるかを食べて何が悪い、伝統食だ」という理屈は、「犬を食べて何が悪い、昔から食っている、赤犬が一番美味い」という○国人、「猿の脳味噌は生きたまま、泣き声を聞きながら食うのが一番だ」と言う○国人と同じである。グローバル化した世界ではもはや通用しない。

犬を飼っている自分は「食犬」に非常に抵抗がある。飽食の時代にわざわざ犬、猿、鯨、いるかを食べる必要はないのではないか。しかも鯨といるかの肉はメチル水銀含有量が高いことが知られている。

ところで、山形市では鯨肉の煮物を食べるが、これを「いるか汁」と呼ぶ。太

地町とは逆である。わざわざ、昨今非難される名前を付けているのは何故だろう。そのまま「鯨汁」でよいのではないかと思うが、それには歴史が関係している。

　山形市では古来、夏バテ予防食として「いるか汁」が食べられて来た。内陸部には新鮮な魚も鯨肉さえも入ってこなかったので、いるかの肉が蛋白源として珍重されていた。高校の家庭科教師をしていた叔母の話では、元々は本当にいるかの肉を使っていたが、匂いが強く、近代人の口に合わなくなってきた。そのため、いつからか鯨肉で代用するようになった。その結果、「いるか汁」という名前だけが今に伝わっているのだそうだ。

　自分はいるかの肉は食べたことがないが、鯨肉はベーコン、カツとして小学校の給食に出た。海鞘（ほや）は駄目だが、鯨肉は抵抗なく食べられた。独特の味の食べ物は小さい頃から経験しないと食べられなくなる。

　山形では春には「もそ食たが？」（孟宗筍食べたか？）、初夏には「夏芋出だずね」と挨拶が交わされる。「夏芋」（なついも）は新じゃがのことで、「いるか汁」には夏芋が付き物である。かつては夏芋が出る頃、各家庭でいるか汁が作られた。いるか汁は山形の初夏の風物詩だった。

　そういえば、“秘密のケンミンSHOW”では、「山形では雑草（ひょう＝すべりひゆ）を食う」、「生垣（ウコギ）を食う」、「捨てるところ（あけびの皮）を食う」と笑われたが、いるか汁はまだ取り上げられていない。いるか食は笑いだけで済まなくなる気がするから、秘密のままにしておきたい。

　今では鯨肉の入手も困難になったが、もし手に入った場合のために「いるか汁」（ほんとは鯨汁）のレシピを書いておく。

【材料　4〜5人分】
（1）新じゃが：2〜3個、（2）鯨肉：100〜150g、（3）ささげ（いんげん）：100ｇ、（4）玉葱：1個、（5）牛蒡：1/3本、（6）豆腐：半丁、（7）長葱：半本

【調味料】
（1）鰹節パック：3ｇ、（2）酒：大匙1杯、（3）味醂：大匙1杯、（4）醤油：味付け適量、（5）味噌：少量

【調理法】
（1）新じゃがは皮をむき、6〜8等分。ささげは半分切り。玉葱は半割り状態を12〜15等分に切る。牛蒡はささがきにして、水にさらす。豆腐は一口大。長

葱は3cm位の斜め切り。

（2）鯨肉は短冊状に切って笊に入れ、熱湯を2〜3回かけて臭みを取る。

（3）沸騰したお湯100〜150mℓに鰹節を入れ、出汁を取る。

（4）4〜5人用の鍋に材料を入れ、出汁・醤油・酒・味醂を加えて煮込む。豆腐と長葱は最後に加える。

（5）味噌を少々加え、2〜3分弱火にして止め、圧し蓋で20分蒸らして出来上がり。

　夏バテ回復には最高の健康食である。鯨の独特な匂いと脂の風味は郷愁を誘い、何十年か忘れていた幼時の記憶を想い出させてくれはずである。

（2010年3月）

オーヌマホテル最後の日

　村上春樹の『海辺のカフカ』で、田村カフカ少年は「何かに導かれるように」夜行バスで海辺の町（高松）に行き、図書館で会えるはずのない姉と母に再会した。

　これを途中まで読んでいたら何故か雪が見たくなり、仙山線に乗って雪の山形に出かけた。何か分からない不思議な力に導かれているような気がした。遊学館（山形市緑町の図書館）で会えるはずのない人に出会えるのかもしれない。

　それは2008年3月11日のことだった。3日前に13cm積もったと聞いたのに、山形駅前にはもう雪がなかった。駅前のペデストリアンデッキにはハモニカおじさんがいた。このおじさんには去年の春、霞城公園でも会った。高校のS校長先生にそっくりだ。ハモニカを吹けば喉が渇くのだろう。手許に牛乳と蕎麦茶が置いてある。おじさんは私の顔を見て、『ふるさと』、『ユモレスク』、『鉄道唱歌』を吹いてくれた。相手を見て、喜びそうな曲を吹くのだそうだ。自分はそういうふうに見えたのか。

　階段を降りて板垣団子屋に寄る。大福まんじゅうが20個ほど焼きあがっていた。「おばちゃん、ひとづ」、「あいよ！95円だ」。皮の焦げ具合とあんこのはみ出しが絶妙。焼きたてを歩きながら頬張るのが一番美味い。

　七日町まで歩き、東宝（スカラ座）跡を覗いた。もう営業はしていなかった。かろうじて看板に「東宝」のマークが残っているが、年々文字は薄くなっている。

「スカラ座」の看板はそのままだった。

七日町交差点の梅月ビルは1階にドトールが入居していた。一等地なのに2階、3階は空室だ。去年閉館した旭座はもうくすんだ感じになっていた。周辺に全く人通りがない。

3月30日で閉館と決まったオーヌマホテルに着いた。庭園にはドッグ・カフェがある。フロントで聞くと、宿泊営業は今日が最後で、部屋は空いているという。用事はないが、最後ということで今晩はここに泊まってみることにする。

夜、石本君の焼肉店に出かけた。彼は「珍しい人（私のこと）来たから、今から雪降っぞ」と言って笑った。そういえば50年以上の付き合いなのに、2人で撮った写真が1枚もない。石本君と一緒に肩を組んで写真を撮った。

焼き肉を食べ、ビールを飲んで、石本君と3時間も喋って、外に出るとほんとに雪が降っていた。それもものすごい降り方で、道路はあっというまに真っ白になった。雪の降る山形を歩くのは何年ぶりだろう。傘を持っていなかったので雪まみれになって、ようやくホテルに戻った。

風呂に入っている間に、窓の外は完全な銀世界になった。ウィスキーを飲みながら、眠くなるまで『海辺のカフカ』の続きを読んだ。窓ガラスは雪で真っ白になり、音は何一つ聞こえない。山形の地で眠るのは久しぶりだ。

深更、父と母が枕元に立った。父は黙って微笑んでいた。母は、「まだこっちに来てはだめ」と言った。父にもらった「時」はたゆまず刻まれている。母にもらった「愛」はまだ暖かく脈打っている。

「そこにばあちゃんもいるの？」

私が聞くと、父も母も急にセピア色に変わり、そして消えてしまった。

父と母は寺町の圓壽寺に眠っている。ホテルから目と鼻の先だ。思いがけなく息子が来て、驚いたのだろうか。それとも滅多に来ない息子を仙台から呼んだのだろうか。

『海辺のカフカ』的に言えば、寺町は繁華街に隣接した霊界であり、このホテルは圓壽寺の北東、つまり鬼門に位置する。ホテルのどこかに霊の出入りする穴があり、「ナカタさん」が雪を降らせ、冥界の石の蓋を開けたということになる。セピア色の夢を見られて嬉しかった。

翌朝、朝食はエビアンというラウンジで取った。人気の豪華な洋風朝食だった。

チェックアウトの際、受付の女性に「40年間有難うございました」と頭を下げられた。利用したのは初めてだったので、却って恐縮した。

　ホテルを出て寺町を通り、旭銀座まで歩いて来た。父も、母も、祖母も歩いた道である。車道の雪は歩道に寄せられ、歩行者は仕方なく車道を歩いている。山形の冬は昔からこうだった。向こうから来る人影は、父ではないか、母ではないか、と一瞬錯覚する。

　山形にいると誰かに見られている、いや、見守られている気がする。昔、新宿の占い師に、「あなたには強力な女性の守護霊がついている」と言われたことがある。自分はこれまでに何度か、かなり危険な事故に遭遇したが、かすり傷一つなく助かって来た。それはその守護霊のおかげだったかもしれない。

　雪が好きだ。雪はすべてを隠してくれる。雪を見ると懐かしい人の面影が浮かぶ。雪の上を歩いていると、転ばないようにする以外何も考えなくても済む。

（2008年2月）

▲オーヌマホテル（2008 年 3 月 11 日）

▲ラウンジ（2008 年 3 月 11 日）

▲エビアンの朝食　夜中に積もった雪が見える
（2008 年 3 月 12 日）

吉池小児科医院

　山形市の十日町〜七日町周辺には、次のような歴史的価値のある建造物がある。

　丸十大屋（創業1844年。天保年間から明治にかけ、丸十の印を持って紅花を商った。現在は醸造業に転身して、丸十紅花味噌、マルジュウ醤油、味マルジュウなどを販売している）、**吉池小児科医院、オビハチ灯蔵**（カフェバーに改修された蔵）、**文庸庵**（蕎麦屋）、**中村近江屋**（砂糖、綿糸布、蝋燭の問屋）、**市島銃砲火薬店、七日町二郵便局**。山西ビルの向かいにあった**若松屋金物店**は、残念ながら取り壊された。

　このうち吉池小児科医院は、文翔館の設計顧問を務めた米沢出身の建築家・中條精一郎の設計である。木造 2 階建てで文翔館より 4 年早い1912年に完成した。中條はこの医院を原型に文翔館を設計したと言われる。吉池小児科医院の 1 階は診察室と待合室。 2 階に応接室や和室がある。110年の歴史を刻んだが2023年 1 月31日をもって閉院した。院長の吉池章夫氏は小児科を、奥様は皮膚科を専門にしていた。章夫氏は閉院の半年後に亡くなられた。

　東北芸術工科大学の関係者でつくる「近代建築山形ミュージアム委員会」が同建物を貴重な文化財と捉え、保存利用の道を探っている。

　1960年の冬、 2 歳の従妹Mが急に右足を引きずって歩けなくなった。当時、大流行していたポリオ（小児まひ）を疑われ、吉池小児科を受診した。ポリオウイルスは経口的に体内に入り、脊髄前核細胞や脳幹の運動神経ニューロンを破壊する。 2 代目の先生が「ポリオの可能性が高い」と判断し、新潟大学小児科に紹介

となった。

　叔父叔母はMをおんぶして、電車で何時間もかけて新潟に向かった。当時も今も山形—新潟間は遠い。道中、叔父叔母は随分不安だったろう。親戚中が、一生歩けないのではないかと心配していた。

　検査の結果、ポリオではなく、熱を出す度に近医が大腿四頭筋に注射した解熱剤の影響と判明した。幸い重度ではなく、マッサージを続けたところ数か月をかけて回復。後に中学では陸上部に入るほどになった。

　1950年代には、熱を出して医療機関を受診すると、大腿部、臀部に抗生物質や解熱鎮痛剤を注射することが多かった。親達も即効性のある注射を希望していた。針を刺すこと、または注射剤の作用によって筋肉組織が傷害され、筋肉拘縮を起こすのである。当時は、補液のため大量の皮下注射をすることもあった。

　1970年頃から静脈への点滴技術が普及し、補液を皮下注射することはなくなった。1973年に小児の大腿四頭筋拘縮症の多発が社会問題化すると抗生物質や解熱鎮痛剤の筋肉注射は激減し、それらの薬剤は静脈注射か内服か坐剤で投与するようになった。

（2010年1月）

▲吉池小児科医院（2022年1月）

カマキリ会

　カマキリ会とは、1968年3月に山形市立第三中学校を卒業した3年3組の同級会のことで、カマキリとは担任だった五十嵐功先生のニックネームである。当初

は「3年3組同級会」と称していたが、1983年1月2日の第15回同級会で、オイルキャンフリー店主のN君が、同会をカマキリ会と命名してはどうかと提案。一同と先生の賛同を得て決定となった。

五十嵐先生は我々を2年生と3年生の2年間担任した。我々が卒業すると今度は新入学の私の妹のクラスの担任になった。その頃の出来事を並べれば時代が想像できるだろう。・・・グループサウンズ、ビートルズ来日、三浦綾子『氷点』、資生堂MG5、伊東ゆかり『小指の想い出』、VAN、JUN、シースルールック、厚底サンダル、マジソンバッグの流行、寸又峡の金嬉老事件。

カマキリ会は卒業後しばらくは毎年1月2日に開かれていたが、仕事、子育てに忙しい30代になってからは数年置きになった。最近はまた暇な年齢になったので、先生の還暦祝、自分達の還暦祝、芋煮会、学年同期会、オンライン同級会など、多彩な形で頻繁に開かれている。卒業以来56年間も続いて来たのは、幹事のMさんが会員の住所を丹念に追ってくれたこと、みんなが先生に会いたいと思っていたこと、そして何よりも先生が殆ど出席してくれたことによる（欠席は何と1回だけ！）。Mさんはこの会の幹事に生涯を捧げたといっても過言ではない。

3年3組は卒業時に47名だったが5名が鬼籍に入り、現在42名である。2000年の同級会で、私は簡易生命表を基に「22年後、70歳で存命者は39名」と予測して顰蹙を買ったが、嬉しい3名の誤算となった。

今日は山形市門田の「和膳屋あら井」で「こかまきりの古希を祝う会」と題して開催された。39回目になる。「こかまきり」とは我々生徒達のことである。私は仙台から電車で行く予定だったが、仙山線が落ち葉で空転して運休。急遽車で出かけることになった。

出席者は先生を入れて18名だった。卒業後56年も経って40%（生徒の出席者17名÷生存者42名＝0.40）の出席率は素晴らしいが、1回も出席していない人も同じくらいいる。何らかの屈託があるのだろう。同級会に出席する人はそれなりに良い人生を送っていると言える。開会に先立ち、物故者5名の写真、今年5月16日に亡くなったK君が生前に出席した座談会の記事、Mさん作のK君の肖像画とカマキリ会記念キーホルダー等が出席者に配布された。

会は故人を偲ぶIさんの詩吟で始まり、欠席者の近況連絡が代読された。学級委員長だったT君は脳梗塞で車椅子生活になったが、元気でいるそうだ。MS君

が自家菜園から採って来た梅の実のシロップ漬、姫胡桃と小女子（こうなご）の佃煮、朝堀りのトロロが差し入れられた。いずれも玄人はだしの味で、居酒屋の親父になるしかないとの声が上がった。かつては「MSと言えば酒」と言われたものだが、今日は隅っこでノンアルコールビールをちびちびと飲んでいた。最近はすっかり酒に弱くなったそうだ。時の流れとは凄まじいものである。

その後、出席者の近況報告となったが、仕事、趣味、ボランティアなどで、皆さんそれぞれゆったりと晩年を楽しんでいるようだった。30歳代の頃と変わらず、毎日100人もの患者を診てあくせくしているのは自分だけだった。

歳月は次第に誰が先生で誰が生徒か分からない状況を作り出している。先生は83歳になられたが、自分の歯が20本以上残っており、山形市歯科医師会から「歯の長寿賞」の表彰を受けたとのことである。先生とは本当に長いお付き合いになった。健康でいつまでもこの会に出席し続けていただきたい。

「この会で最後の1人になるのは誰か」という命題は以前から議論されている。当初はMさんだろう、Mさんがカマキリ会の記録ノートに「fin」を書き込むのだろうというのが定説だった。しかし、最近は案外五十嵐先生ではないかという声も出始めている。

会の最後に幹事から、「次回以降の会の開催について大事なお知らせがあります」とのアナウンスがあった。一瞬、会場に「今回で終わりか⁉」と緊張が走ったが、「ここまで来ると、数年先のことは分からないので、来年以降は毎年の開催とする」との発表だった。一同は胸を撫で下ろし、とりあえず来年の再会を約して散会した。

店を出たのはまだ2時半だったが、急に気温が下がり、冷たい雨が降り出した。笹谷峠まで来ると霙（みぞれ）になった。冬はもうそこまで来ていた。1年がだんだん早くなっている。

（2023年11月）

▲先生は前列中央　前列左から2番目が筆者
（2023年11月）

カマキリ会のN君

　オイルキャンフリーは、1980年代に山形駅前大通とすずらん街交差点のビルの2階にあったアメリカンスタイルのカフェである。中学の同級生のN君が経営していた。床は総フローリング。西部劇に出て来るような5人が並べる一枚板のカウンターと、窓際に四つ、中央に二つのテーブル席があった。東側と南側の全面ガラス窓から、地上の人と車の流れが見えて都会的だった。グラス、灰皿、壁のデコパージュに至るまでアメリカ製で、NYにいるような気分がした。ピザもコーヒーも本格的だった。当時の山形にこういう進歩的なスタイルの店は他になく、よく高校生がデートに来ていた。会話が続かず、2人で下を向いているのが初々しかった。

　夜行けばバーになっていて、ワイルドターキーを勧められた。仙山線の発車まで時間がある時は、カウンターに座ってN君と話をした。N君はオイルキャンフリーを開店する前に、バイクでアメリカを横断する旅をした。頼めば旅の写真をスライドで見せてくれた。アメリカでは2か月間、安いモーテルに泊まり、毎日3食をマクドナルドで食べていたそうだ。

　狭い階段を2階に昇る面倒はあったが、オイルキャンフリーは結構繁盛していた。同級会の2次会もこの店でやることになっていた。彼には美術の才能があって、ステンドグラスの教室を開き、作品を売ったりもしていた。

　ところがある日、突然オイルキャンフリーは閉店してしまった。次の年の同級会では、閉店した理由とか、N君を新宿で見たとか、芸能関係の仕事をしているとかの話が出たが、すべては噂に過ぎなかった。電車までの時間を潰す店がなくなって、私は困った。

　彼はその後一度もカマキリ会に来なくなった。オイルキャンフリーの名前の由来を聞くのも忘れた。元気ならばもう一度会って、「君が名付けたカマキリ会はまだ続いているよ」と教えたい。

（2023年11月）

カマキリ会のS君

　S君の家は私の家の7軒隣の長屋で、小学生の頃は毎日自転車に乗って一緒に遊んでいた。私が大学に入った頃、山形民衆駅2階の蕎麦屋（三津屋）にS君のお母さんが勤めていて、仙台への行き帰りに立ち寄ると飲物をサービスしてくれた。S君がNTTに就職したことで嬉しそうだった。

　S君のお父さんは椅子職人で、煙草を斜めに咥えて仕事をする姿が粋だった。すずらん湯で会うと必ず背中を流してくれた。お父さんに勉強用の椅子を作ってもらい、中学からずっと愛用し、今も院長室で使っている。もう59年になるが、どこも壊れていない。昭和の職人の仕事は素晴らしいものだ。

　震災の年の11月、S君の娘さんが2か月の長男を連れて当院を受診した。その時、娘さんに院長室の椅子を見てもらった。椅子の丈夫さと私が47年もそれを使っていることに感極まった様子であった。長男R君の頭が大きいのではないかと心配されていたが、検査の結果、問題はなかった。「爺ちゃん（S君）も頭大きいよね？」というと、娘さんは「そうです、そうです」と納得しておられた。

　先日のカマキリ会の席で、S君が買ってくれた『山形夢横丁/セピアの町』にサインをさせてもらった。その172頁の「会田靴店」は「相田靴店」が正しいとの指摘を受けたので、ここに訂正する。

（2023年11月）

▲自転車3人組　左からTY君、筆者、S君
（1959年5月）

付録2　わが家の系図 他

宮地家の系図（宮地善也作成）

　当宮地家の祖先は三河国岡崎の産にし、享保18年（1733年）、岡崎城主水野監物源忠輝公の臣と為る。爾来藩主の転封すること３回毎に随従。代々連綿として王政維新廃藩まで同藩に任えり。滋に其の事蹟を舊記より収録し、併せて我履歴を記す。子孫また各々、其の履歴を登載し、以て永遠に伝えしことを庶幾す。

宮地善也　明治41年12月

〈系図と履歴〉

初代　宮地甚蔵

　三河国岡崎に生。享保18年、岡崎藩主水野監物源忠輝公の旗組に召し抱えられ、15俵二人扶持を下賜される。宝暦13年、藩主肥前国唐津へ所替につき陪従。安永５年、81歳にて給米等半給にして勤務を免ぜられる。都合43年勤続。安永７年７月15日、肥前国唐津に歿す。享年83。

２代　宮地甚兵衛

　甚蔵長男。宝暦10年、同藩江戸定詰組に召し出され、15俵二人扶持を下賜される。宝暦13年、藩主肥前国唐津へ所替につき陪従。明和２年、歩横目を命ぜられ２俵増給される。安永５年、勤金一歩下賜される。天明４年、勤金一歩増給される。天明８年、組小頭を命ぜられる。寛政10年迄、都合39年勤続。寛政10年11月22日、肥前国唐津に歿す。

３代　宮地甚兵衛

　養子。水野藩太田伝兵衛男児。初め伴治と称す。安永７年、同藩旗組に召し出される。15俵二人扶持下賜される。天明６年、賄方を命ぜられ１俵増給される。江戸永詰勤番に４年勤務。寛政元年12月、寺社御朱印御用に付き帰国。寛政５年、勤金一歩下賜される。寛政６年、組入を命ぜられる。文政元年、藩主遠江国浜松へ所替に付き陪従。都合45年勤続。文政５年11月１日、武蔵国江戸に於いて歿す。

４代　宮地甚左衛門

　甚兵衛次男。享和元年、肥前国唐津に生。文政元年正月11日、同藩先手組に召し出され、15俵二人扶持を下賜される。同年藩主遠江国浜松へ所替に付き陪従。同10年４月19日、定立合を命ぜられる。天保２年２月６日、賄方を命ぜられる。天保７年12月24日、勤金一歩下賜される。天保８年11月４日、買物銭方賄を命ぜ

られる。天保8年12月15日、代官手代を命ぜられる。天保9年正月15日、遠州浜松内川東村勧農係を命ぜられる。天保9年9月9日、役米5俵下賜される。天保9年11月18日、遠州敷知郡三島村在庁勤務を命ぜられる。天保11年12月24日、同郡白羽村前新田開発の際、勉励に付き1俵増給。弘化元年12月24日、勤金一歩増給。弘化3年2月4日、歩横目格を命ぜられる。弘化3年藩主出羽国山形へ所替に付き陪従。嘉永3年12月24日、1俵増給。安政元年12月24日、小頭格を命ぜられる。万延元年12月24日、1俵増給。文久元年12月24日、料理人頭格を命ぜられる。一人扶持増給。元治元年12月24日、勤金一歩増給。都合49年勤続。慶応2年7月12日、羽前国山形に歿す。享年70。

5代　宮地丈兵衛

甚左衛門長男。文政10年3月8日、遠江国浜松に生。弘化元年7月9日、同藩町組に召し出される。15俵二人扶持を下賜される。嘉永6年7月4日、郡方5か年出役を命ぜられ、役金並みのとおり下賜される。安政5年正月11日、郡方本役を命ぜられる。安政6年7月19日、歩横目を命ぜられる。2俵増給。勤役中一人扶持を下賜される。文久2年12月24日、勤金一歩増給。慶応2年12月24日、小頭格を命ぜられる。文久3年6月29日、郡方を命ぜられる。役金並みのとおり下賜される。文久3年7月24日、山回り兼勤を命ぜられる。明治2年藩制改革に付き禄高8俵に改正せられる。都合27年勤続。明治3年7月20日、羽前国山形に歿す。享年44。

6代　宮地路太郎

丈兵衛長男、善也の兄。実名宗春。嘉永2年3月8日、羽前国山形に生。慶応3年正月11日、同藩先手組に召し出される。15俵二人扶持を下賜される。明治2年藩制改革に付き、禄高15俵に改正される。明治3年9月12日、家督相続。明治3年11月29日、廃藩置県に付き山形県貫属となり、家禄高玄米6石7斗5外に改正される。明治5年正月29日、公達により士族と称される。明治8年、家禄を金禄に改正。明治9年、金禄を廃せられ、公債証書（金高260円）を交付される。明治10年9月4日、隠居を依願し、明治17年4月1日、羽前国山形に歿す。享年36。

7代　宮地善也

丈兵衛次男。実名宗壽、幼名真次郎、後に守之介。安政元年閏7月29日、羽前

国山形に生。明治5年公布により実名を廃して通称を用いる。明治3年5月25日、同藩捕亡吏を命ぜられる。15俵下賜される。明治3年11月、廃藩置県一戸一人の制に付き免ぜられる。明治9年5月22日、山形県地租改正掛に雇用される。明治10年3月23日、地租改正掛雇用を免ぜられる。明治10年9月4日、（兄路太郎隠居のため）家督相続を申し付けられる。明治12年8月1日、山形県庶務課分掌を命ぜられる。明治12年10月23日、等外3等を命ぜられる。明治15年3月14日、等外2等を命ぜられる。明治12年4月12日、等外1等を命ぜられる。明治12年7月3日、少書記官（横川源蔵）出京に付き随行を命ぜられる（7月5日出発、8月28日帰庁）。明治12年1月4日、同県10等属に任ぜられる。明治12年4月29日、総務課分掌を命ぜられる。同年5月1日、大物忌神社例大祭に付き奉幣御用参向を命ぜられる。同年7月7日、山形県最上郡金山町村外六か村戸長準14等官に任ぜられる。明治20年1月15日、準8等官に任ぜられる。明治20年9月22日、最上郡第2回教育会員を命ぜられる。同21年9月5日、最上郡第2回教育会員を命ぜられる。明治22年4月1日より町村制施行に付き、同制131条により最上郡金山村事務執行を命ぜられる。同年4月1日より町村制実施に付き廃官。但し事務引継ぎが済む迄、従前のとおり事務を取り扱う。明治22年6月10日、金山村長就職迄村会を開くに方り、議案調整及び議決執行を命ぜられる。明治22年6月26日、事務引継ぎ済み職を解かれる。明治22年9月30日、在職中学事上格別盡力に付き、其の為賞木杯1個下賜される。明治23年1月27日、最上郡金山尋常小学校及び上台安沢有屋中田簡易小学校へ資金として金10円寄付に付き、其の為賞木杯1個を下賜される。明治24年9月7日、山形県に雇用され、第2課分掌を命ぜられる。明治26年12月1日、山形県属に任ぜられ、第2課分掌を命ぜられる。明治30年8月1日、第5課分掌を命ぜられる。明治31年11月21日、鉄道用地買収委員を命ぜられる。明治32年6月16日、第2課分掌を命ぜられる。明治32年7月15日、妻カエを喪う。同明治32年9月25日、第4課兼務を命ぜられる。明治35年4月16日、兼務を免ぜられる。明治42年2月23日、山形に歿す。享年54。

8代　宮地み祢

善也長女。明治23年12月27日羽前国山形に生。明治36年4月、山形県立高女入学。同40年3月、卒業。同40年4月、高女補習科甲種入学。明治41年3月、高女補習科終了。同41年4月、山形小学校教員臨時養成所入学。

（宮地善也による記載はここまでである。以下は勝平と辰雄が書き継いだ）。

明治42年２月23日、家督相続。明治42年３月、山形小学校教員臨時養成所卒業。同年４月、最上郡新庄尋常高等小学校奉職。同43年辞職。大正２年、母カエの弟、松野尾松尾の世話で東京生まれの、当時東部遁信局勤務の勝田金次郎と婚姻し東京に住む。しかし金次郎は病弱で大正11年11月死亡。み祢はその後山形に戻り、大正15年６月から至誠堂病院病理室に都合12年勤務した。子供無き為、松野尾松尾が四男の勝平を東北帝国大学医学部卒業後にみ祢の養子にすることを取り計らった。み祢は昭和48年３月26日、山形に歿す。享年83。

９代　宮地勝平

養子。明治45年２月８日、東京都杉並区和泉に生。宮地善也の妻カエの弟である松野尾松尾の四男。東京一中（後の九段高校）から東北帝国大学医学部に進み、昭和11年卒業。従姉である宮地み祢の養子となる。内科医となり、昭和12年、盛岡県松尾日赤病院に勤務。昭和16年、能代にて応召になり、中国山西省で軍医として５年を過ごす。終戦後２年目に復員。その後自宅開業を経て軍政部山形鉄道病院に勤務。昭和26年11月、茨城県生まれの小林眞之允氏の長女信と婚姻した。昭和37年４月21日、山形市に歿す。享年51。

10代　宮地辰雄

勝平長男。昭和27年８月21日、山形市香澄町に生。東北大学医学部に進み小児科医となる。18歳より仙台に住み、仙山線愛子駅前に小児科クリニックを開業する。

11代　宮地龍太郎

辰雄長男。平成元年８月15日、仙台市青葉区国見に生。

曽祖父（宮地善也）の遺訓

汝幼くして母を亡ひ兄妹の夭折に遭ひ
今また父と別る
人生の不幸之より甚だしきはなし
然りと雖も世間親類少なしとせず
汝幸いに高等教育の行を修了せり

其の享くる処の教育に基き

一身を慎み心を寛くし

特に以下の件々を服膺し始終を誤たず精励

以て当家を相続し祖宗及父祖の名を傷つけず

国家と共に我家名を発揚せしことを勖むべし

一　婦道を守り家計は倹約を旨とし教育は時勢に従うべし

一　家政上は叔父母の指揮を請けるべし

一　目下入学中の学校は中途退学すべからず

一　豫て希望の高等師範学校入学は随意たりと雖も叔父母の同意を得て決定すべし

　　但二年を過ぐるときは入学すべからず

一　結婚は近親を避け資性厳格の人を選び高潔圓満の家庭を造るべし

一　長男子出生のときは家資の内若干金を学資金として其の子の名義となし利殖（貯金）の方法を設るべし

　　　　　　　　　　　　　　　　　　　明治42年　宮地善也

　　　　　　　　　　　　　　　　　　　宮地み祢子へ

以下は宮地辰雄が書く。

曽祖父・宮地善也は５人の子をなした。順に、

長男　清（明治20年８月26日、羽前国最上郡金山村に生。同年10月12日、生後48日で同村に歿す。）

次男　宗雄（明治21年７月19日、羽前国山形に生。明治31年８月25日、同町に歿す。享年10。）

長女　み祢（明治23年12月27日、羽前国山形に生。昭和48年３月26日、同町に歿す。享年83。）

三男　宗三（明治28年３月30日、羽前国山形に生。同年４月14日、生後16日で歿す。）

次女　ケイ（明治29年６月30日、羽前国山形に生。学校に於いて遊戯中他生徒と衝突、脳膜炎を起こし明治39年６月３日歿す。享年９。）

このように５人兄妹のうち、長女み祢を除く４人が夭逝した。しかも善也の妻カエは34歳の若さで他界した。上の「遺訓」は善也が自らの死期を悟った時に、１人遺して行く18歳の娘（み祢）に向けて、系図とともに書き上げたものである。

家を存続させるということはなかなか難しいもので、初代から９代目までをつなぐのに３度養子を迎えている。昔は乳児死亡率が高かったため、男児が生まれても夭逝することも多かった。

私の祖母、み祢は第２子で、３男２女の長女であった。長兄は僅か生後１月半で死亡。み祢とは会うこともなかった。み祢から見れば、４歳の時に弟が生後半月で死去。７歳の時に次兄が10歳で急逝。８歳の時に母親が34歳で死去。更に12歳の時に９歳の妹が事故により死去。更に18歳の時、父親が54歳で他界し、ついに天涯孤独の身となった。

宮地善弥が家系図を完成させたのは、自らの死の僅か３か月前であった。遠くない死期を自覚する病だった。幸福な７人家族のはずであったが、善弥は子供４人と妻とを次々に喪い、そして自分は今、18歳の長女を１人残して逝かなければならない。父親としての心情は如何ばかりであったろう。善也がみ祢に向けて書いた「遺訓」は読み返す度に涙を誘うのである。

（注１）家系図原本には親族・分家についての詳細な記載があるが、ここでは割愛し、直系のみを記した。

（注２）明治中期には、農村で大人になれた子供は10人中７人であった。特に幼少での死亡率が高く、「７歳までは神のうち」と言われた。明治32年に始まった人口動態統計によると、乳児死亡率は、明治32年から大正時代に150（出生1,000人あたり150人が１年以内に死亡）、昭和15年に100、昭和35年に50、令和３年には1.9となった。現在最も乳児死亡率が高い国は中央アフリカ81.0、次いでシエラレオネ80.9、ナイジェリア74.2とアフリカの国が続く。逆に最も低いのはイタリア半島中東部にあるサンマリノ共和国の1.5である。明治時代には乳児死亡の原因は肺炎、腸炎等の感染症がほとんどだった。ちなみに、江戸時代後期の農村女性の平均出産数は5.8人。20〜40歳の女性の死亡率はなんと10％で、ほとんどが

出産関連死であった。

（註３）舊記＝古い文書。庶幾す＝願う。旗組＝戦の際、軍旗・幟旗を持ち武威を誇示する役目。戦闘には参加しないが名誉な職である。歩横目＝武士を監察する目付の配下。馬には乗らない。町組＝町衆の自治的活動の組織。郡方＝年貢・戸口・宗門・検断・訴訟など農村に対する諸政を預かる役職。先手組＝警備・護衛・治安維持にあたる職。貫属＝明治初年に実施された士族の戸籍制度。山形に居住する旧水野藩士は（本籍にかかわらず）山形県貫属とした。捕亡吏＝警察官。分掌＝事務を分担して受け持つこと。服膺＝戒めを心に留めて忘れないこと。

（註４）わが家の家紋は「丸に鬼蔦」である。蔦は強運繁栄の象徴としてよく家紋に用いられる。平安時代から文様として伝わり、戦国時代に家紋として登場した。特に鬼蔦は印葉の切り込みが鋭く、それを剣に見立てて武威を誇ったものだという。全国的に広がったのは江戸時代に将軍吉宗が用いてからである。

▲わが家の家紋「丸に鬼蔦」

（註５）水野家が三河岡崎から備前唐津に、更に遠江浜松、出羽山形に３度所替えとなった事情は次の「水野忠邦の失敗」の章に書く。

（2022年４月）

水野忠邦の失敗

山形城最後の主となった水野家は、尾張国水野郷の発祥である。当宮地家の祖先は三河国岡崎の産で、1733年、岡崎城主水野監物源忠輝公の臣となった。その後、藩主の転封すること３回毎に陪従し、代々連綿として王政維新廃藩まで水野

家に任えた。

　徳川家康の祖父、松平清康は松平家の第7代当主である。13歳で家督を継ぐと三河での戦いに連戦連勝。三河刈谷城にいた水野忠政も屈服させた。清康は講和条件として、忠政の美貌の正室、於満を譲り受けた。於満は既に忠政との間に、於大という娘をもうけていた。清康はその後、家臣に殺害され（この事件を森山崩れという）、松平家は一時没落した。

　松平清康の子、広忠は今川を頼り、松平家を復興させた（広忠も後年、家臣に殺害された）。そこに水野家が近づき、広忠に於大を嫁がせた。そこに生まれたのが竹千代、すなわち後の徳川家康である。ここから水野家の運命が開けた。水野忠政の子の忠守は家康に仕え、その子忠元が大坂の陣の功により下総3万石の大名になった。水野家はこの忠元を中興の祖とし、豊烈霊神の名を奉じて祀った。水野家は、家康の生母の生家として譜代大名の地位を得た。

　水野忠元から数えて10代目となる水野忠邦が遠州松浜城主の時に、幕府の老中首座を務めた。しかし、彼が主導した天保の改革が失敗して失脚し、その子忠精が13歳にして山形5万石に移封（左遷）された。それは1845年、明治維新の23年前のことであった。この時、浜松から忠精に陪従して山形に来たのがわが家の6代前の祖先、宮地甚左衛門である。

　さて、水野家が山形転封となる原因となった天保の改革とはどのようなものであったろうか、その経緯を辿ってみたい。

【大塩平八郎の乱】

　江戸時代も19世紀になると幕府の財政は極度に悪化していた。そのため通貨の改鋳（＝改悪。すなわち小判の大きさを小さくするか、金・銀の含有量を減らす）によって貨幣の流通量を増やし、幕府の歳入に充てるという政策が取られた。貨幣の流通量を増やせばバブル経済が生まれるのは現代と同様で、更に官僚の規律が乱れ、賄賂、汚職という金権腐敗が蔓延った。そこに天保の大凶作と飢饉、更には欧米からの外圧が加わり、内憂外患の状態に陥った。

　1837年、大塩平八郎は飢饉にあえぐ民衆を救うため、大坂の豪商を襲って金銭や米を奪い、大坂の町を焼いた。彼は25年間、大坂町奉行所の与力の職にあった。与力とは犯罪捜査や犯人逮捕、町の見回り等を行なう役職である。大塩は正義感

が強く、役人の汚職についても追及の手を緩めなかった。与力を辞した後は私塾「洗心洞」で陽明学を教えていた。陽明学は「心即理、知行合一、致良知」を思想とする儒学である。

　大塩平八郎の乱の直接の原因は、天保の大飢饉による米不足と大坂町奉行所の不正であった。乱の4年前の1833年に天保の大飢饉が起こり、日本中で多くの人々が飢死した。その数は300,000人を超えた。農村はもちろん都市部の人々も困窮した。飢えた人々を救うため、大塩は自らの本を売り払い、620両の大金を10,000人に分配した。しかし、それだけではとても足りなかった。大坂の商人達は少ない米を買い占めていたため、庶民は金があっても米は買えなかった。さらに、大坂奉行は大坂の米を江戸に送り、自己の評価を上げようともしていた。

　大塩の乱は1日で鎮圧された。事態を重く見た幕府は彼の一派を厳しく取り締まった。大塩平八郎とその息子は自害。賛同者や反乱に加わった人達も、自害するか拷問刑に処された。

【水野忠邦、生誕から老中への道のり】

　水野家の藩祖忠元は徳川秀忠に仕え、下総3万石の大名となった。水野家はその後、三河岡崎に、更に備前唐津に所替えとなる。

　水野忠邦は1794年（寛政6年）に、第3代唐津藩主水野忠光の次男として生まれたが、長兄が夭逝したため18歳で第4代唐津藩主になった。彼は文武両道に優れ、極めて上昇志向が強かった。世は金権腐敗、飢饉、対外危機の時代で、彼は強い改革意識に目覚めた。青雲の志はやがて、「幕府の中心で」、「出世して改革しなければ」という思いにつながって行った。

　当時の老中水野忠成は同族であり、その伝手を頼って忠邦は忠成に贈賄と猟官運動を行なった。その結果、22歳で奏者番（城中における武家の礼式を管理する役職）になった。しかし、唐津藩には長崎警備という特別な役割が課せられていたため、唐津藩主は幕府の要職には就けないという慣例があった。

　そこで忠邦は幕府に遠江浜松藩への転封を願い出る。それは前代未聞のことであった。唐津藩は実質25万3000石、浜松藩は実質15万3000石であった。国替えすれば家臣も10万石分の禄を失うこととなる。水野家家老・二本松義が切腹して諫めたが、忠邦の意思は変わらず、1817年にこの転封は実現された。巨額の賄賂が動いたのだという。その賄賂はほとんど借金だった。住友、鴻池などの豪商には返済したが、弱小金貸しの分は踏み倒した。また、武家には禁止されていた

取退無尽（＝大勢から金を集め、定期的に籤を行なう。当たった者は賞金を手にするが、講元にはそれ以上の利益が残る仕組みになっており、殆ど博打の胴元と同じであった）にも手を染めた。この国替の時、唐津藩から一部天領に召し上げられた地域があり、国替えの工作のために使われたとも言われている。

　この一件で忠邦の剛腕は幕閣にも知られるようになった。同年寺社奉行となると、ここで頭角を現し、1825年に大坂城代、1826年に京都所司代へとトントン拍子に出世した。ついには老中となって第11代将軍・徳川家斉の継嗣である徳川家慶の補佐役に任ぜられた。

　その後、老中首座だった水野忠成が病死したことで、1839年、忠邦は45歳で老中首座と勝手御用掛に上り詰めた。この時点で、もはや誰にも賄賂を送る必要はなかったが、今度は逆に猟官運動の賄賂を受け取る立場となった。

　老中となった水野忠邦だが、当初は将軍家斉が実権を握っており、思うように政治を動かすことが出来なかった。しかし、その家斉が1841年に死去すると、いよいよ水野忠邦による改革が始まった。

【天保の改革】

　享保、寛政、天保の改革を総称して江戸時代の三大改革と呼ぶ。**享保の改革**は将軍吉宗が指揮を執って財政再建を行ない、吉宗の治世の間だけは財政が持ち直した。**寛政の改革**は吉宗の孫である松平定信が将軍補佐役として、いわば将軍を背負って指揮を執った。田沼意次時代の幕政の窮乏に立ち向かったものだが、この効果も一時的であった。

　天保の時代になると異国船が日本近海に相次いで出没し、日本の海防を脅かした。1833年に起こった天保の飢饉と、それにより農民が都市に流入したため年貢米収入が激減した。更に幕府の財政悪化、一揆、打ちこわしなど、幕藩体制崩壊の危機が鮮明になっていた。

　1841年、忠邦は老中として危機にあたることになった。頼りは将軍家慶の信任であったが、この時代の危機は享保、寛政の時代よりもはるかに深刻であり、政治改革は将軍自らが前面に出なければ成就するものではなかった。

　彼が進めた**天保の改革**の内容は次のとおりである。

1．人事刷新

　大御所時代に幕府の風紀は乱れ、賄賂が横行した。頽廃した家斉時代の幕府高

官達の多くを処分し、新しい人材を登用した。

2.綱紀粛正

　倹約令を施行し、風俗取締りを行なった。贅沢を全面的に禁止した。芝居小屋の江戸郊外（浅草）への移転、寄席の閉鎖など、庶民の娯楽に制限を加えた。特に歌舞伎に対しては苛烈な弾圧を加えた。生活の統制は細かく、祭礼、装身具、衣服、建築、初物、混浴、堕胎、料理茶屋、髪結、外堀での釣り、花火、縁台将棋、絵草紙等を禁止した。

3.軍制改革

　阿片戦争で清がイギリスに敗れたことから外国船打払令を改め、燃料・食料の支援を行なう柔軟路線に転換した。一方で西洋流砲術など近代軍備を整えさせたが、他藩が幕府より大きな船舶を持つことを禁じた。

4.経済政策

　・人返し令　江戸にいる出稼ぎ労働者を農村に返す政策。江戸の人口を減らして農村人口を増やすことで、米の収穫を増やし、幕府収入の根幹である年貢収入を増加させることを狙った。しかし、そもそも農村で仕事が無い人々が江戸に出ていたのであり、無理に田舎に返しても米の生産が増えることはなかった。

　・株仲間解散令　忠邦は株仲間の営業独占が物価高騰の原因であると考え、株仲間の解散を命じた。経済を自由にすることで物価高騰を止めようとしたが、株仲間の解散により流通が混乱し、かえって物価の上昇と景気の後退を招いた。

　・上知令　江戸、大坂周辺の土地を幕府の直轄地として財政収入を増やそうとした。しかし、土地を取り上げられる大名・旗本から怨嗟の声が満ち、更に将軍家慶からも撤回を言い渡されるほど不評で、実施されることなく終わった。

5.金利政策

　一般貸借金利を年1割5分から1割2分に引き下げた。旗本・御家人の未払いの債権を無利子とし、元金の返済を20年賦とする無利子年賦返済令を発布し、武士と民衆の救済を試みた。しかし、今度は貸し渋りが発生し、逆に借り手を苦しめることになった。

6.貨幣の改鋳

　忠邦の前の老中、水野忠成は飢饉で悪化した幕府の財政を補填するため、金貨と銀貨を改鋳（＝改悪。1両小判に銅を混ぜて1両小判を2枚にしてしまうよう

なこと）し、年間45万両の益金を生み出していた。しかし、貨幣価値が大幅に下落し、物価上昇、インフレ、景気の過熱を招いた。この状況を正すには増収を図った上で貨幣改良を行なう以外にない事は自明であった。無論忠邦は貨幣改良を目論んだが、幕府の財政は貨幣改悪による益金なしには運営できないところまで悪化していた。

7.印旛沼掘割工事

　増収策として印旛沼の掘割工事を実行した。工事には五大名が動員されたが、工事費が幕府の見積もりをはるかに超え、更に台風で完成間近の掘割が破壊される不運も重なった。

【鳥居耀蔵】

　鳥居耀蔵は水野忠邦の2歳下で、腹心であった。思想は保守的であり、蘭学者を嫌悪した。1839年の蛮社の獄では渡辺崋山や高野長英らを弾圧した。天保の改革にあっては南町奉行として厳しい市中取締りを行なった。囮捜査を常用したため「蝮の耀蔵」、「妖怪」と恐れられた。改革に批判的だった北町奉行遠山景元（金四郎。ドラマ『遠山の金さん』のモデル）を閑職に追いやった事でも評判を落とした。忠邦の上知令が大名・旗本の反発を買い、鳥居耀蔵が水野忠邦の政敵、土井利位に寝返ったため、天保の改革はついに頓挫した。

【失脚】

　忠邦は細かい規制を雨あられと発布し過ぎて、大名・旗本・農民・町人の反感を買った。天保の改革は2年で失敗に終わり、1843年に忠邦は老中を罷免された。

　忠邦は強い改革の志を持っていた。改革を行なうにはまず出世が必要であり、実権を握るまでは贈賄もやむを得ないと考えていた。しかし、彼が権力を握った瞬間、立ち位置は収賄の側に移り、新たな水野忠成が誕生したと受け取られた。改革を始めた彼の手は既に汚れており、志を世に問うても頷く者はいなかった。

　そもそも開府から240年が経った江戸幕府は土台の腐食が進行しており、忠邦以外の誰が改革を担当しても成就する見込みはなかった。出世の手段はともかくも、青雲の志を失わずに幕閣にまで上り詰め、改革に苦闘した忠邦を誰が非難できようか。誰かが演じなければならない役回りを引き受けた不運な人物と見るべきかもしれない。

　罷免された夜には暴徒が忠邦の屋敷前に集まり、歓声を上げ、小石を屋敷内に

投げ込んだ。屋敷角にあった辻番所は破壊された。暴徒には町人はもちろん、武士さえも大勢いたという。

　1844年、江戸城本丸が火災により焼失した。老中首座・土井利位はその再建費用を集められなかったことから辞任。第12代将軍・家慶は忠邦を老中首座に再任した。罷免されてから9か月後のことである。

　復権した忠邦は、鳥居耀蔵が土井利位に寝返った事を許さず、職務怠慢・不正を理由に解任した（鳥居は全財産を没収され、讃岐丸亀藩預かりとなり、20年以上軟禁された後、明治維新で恩赦を受けた）。

　忠邦は老中首座に再任されたものの勝手掛（財政役）を兼任できず、実権を与えられなかった。傍に寄るものは1人としてなく、御用部屋でもぼんやりとしている日々が多かった。昔日の面影は消え失せ、目付の記録には「木偶人御同様」と書かれた。その後、病気（疝癪気胸痛）を理由として欠勤を繰り返し、1845年老中を辞職した。その後、在職中の不正を咎められ、2万石を没収の上、隠居。渋谷の屋敷で蟄居謹慎を命ぜられた。時に52歳であった。

【山形転封】

　忠邦の子、14歳の忠精は5万石の家督相続を許されたが、出羽国山形への所替えを命じられた。この転封に際し、水野氏は領民からの借金返済をしないまま浜松を出立しようとしたために、大規模な一揆が起こった。一揆は新領主の井上正春が調停して鎮めた。

　忠邦は蟄居謹慎中に次のような歌を詠んでいる。

　世に遠きこの山里に秋しめてすめるは月と我となりけり

　千代ふともこの松かげにたちなれてわがつかへむを君こそは見め

　1851年2月15日に7年に及んだ蟄居謹慎が解かれ、16日に水野忠邦の死が公表された。しかし、忠邦が実際に死去したのは2月10日のことで、彼は生きて青天白日の身になることはなかったのである。享年58。元号は天保から嘉永（4年）に代わっていた。

　忠邦の墓所は茨城県結城市の旧万松寺跡にある。戒名　英烈院忠亮孝友大居士。

（2022年5月）

山形の明治維新

　山形市桜町にある豊烈神社には水野忠元と忠邦、それに水野三郎右衛門元宣を
はじめとする24柱の御霊が祀られている。

　水野三郎右衛門元宣は戊辰戦争で山形の街を戦火から救った恩人として敬われ
ている。彼は1843年、遠州浜松に生まれた。水野忠元の弟、水野守信の末裔であ
る。忠精の国替えに従い、4歳の時、山形に移住した。文武両道に優れ、家中藩
士の信頼を一身に集め、弱冠22歳で家老職に就いた。

　維新の政変の際、当時の山形藩主水野忠弘は勤王を誓約させられ、京都で軟禁
されていたため、藩の運命は弱冠26歳で主席家老になっていた元宣の双肩にか
かった。

　当初、山形藩は奥羽鎮撫総督の命により庄内藩攻略に加わったが、仙台、米沢
両藩に呼応、元宣自ら奥羽越列藩同盟に署名して新政府軍と交戦した。しかし、
間もなく東北各藩は相次いで降伏することになる。当時の山形藩は石高僅か5万
石の弱藩で、財政は苦しく、十分な武器の備えもなかった。

　1868年春、官軍（薩長軍）が仙台から山形に進入してきた。元宣は「新政府に
反乱した罪は自分1人にあり」との謝罪降伏嘆願書を提出、各方面に書状を送り、
他に犠牲を及ぼさぬよう尽力した。

　1869年5月20日、元宣に「刎首の刑」が申し渡された。切腹は覚悟していたも
のの、刎首の刑では武士としての面目も立たず、元宣の無念さは計り知れないも
のであった。家臣に太刀取り役（介錯）を引き受ける者もなく、結局東京から来
た使者の1人がその役を引き受けた。

　当日、元宣は丸籠に乗せられた。大勢の人々が土下座して手を合わせ、別れを
惜しんだ。昼に刑を宣告され、夕刻には七日町の長源寺において執行された。家
族にいとまを告げる間もなく、辞世の句も残せなかった。27歳の若さであった。

　元宣の家系は断絶、父の元永は家禄没収の上謹慎。家人は他家預かり又は北海
道屯田兵となるなど辛酸を舐めた。水野家が家名再興を許されたのは1883年であ
り、叛逆首謀の罪名が抹消されたのは1890年、憲法発布の大赦によってであった。
その時にまだ存命だった元永はこらえ切れずに男泣きをしたと伝わっている。

　維新後、米沢（14万7000石）・新庄（8万3000石）といった大藩を差し置き、

わずか5万石の山形に県庁が置かれたのは、元宣が一身を捨てて山形を救った賜である。豊烈神社の祭神は最初忠元（豊烈霊神）と忠邦（英烈霊神）だったが、後に旧藩士族で結成していた「香澄倶楽部」が水野三郎右衛門元宣他24柱の御霊を祭神に加えることを神社庁に申請し、1955年に合祀された。

　歴史にイフはないが、あえて空想してみたいこともある。水野忠邦が生来凡庸であったなら、青雲の志を持たなかったなら、唐津藩と浜松藩の所替えが実現しなかったなら、忠邦が老中首座になれなかったなら、天保の改革が成功していたなら・・・水野家が山形に転封されることはなかった。そうであれば水野三郎右衛門元宣はこの地におらず、戊辰の戦火は山形城下を遍く焼き尽くし、羽前国は米沢県または新庄県となっていたかもしれなかった。もし戦火によってわが家の家系が途絶えたならば、自分はここに存在していなかったのである。

参考文献

北島正元　『人物叢書 水野忠邦』　吉川弘文館　1969年

藤田覚　『水野忠邦 政治改革にかけた全権老中』　東洋経済新報社　1994年

平川新　『世論政治としての江戸時代』　東京大学出版会　2022年

（2022年5月）

　（註1）天保の改革は、水野忠邦が独善的に推進して失敗したとされて来た。しかし、最近では、「代官、勘定奉行、江戸町奉行らの意見をすり合わせ、合理的な手続きを経て実施され、その政策は物価引き下げなどの面で効果があったし、株仲間の解散も自由市場のさきがけとして評価できる。忠邦は風俗取り締まりなどの庶民が嫌った政策を実行したため、悪評を一手に引き受けることになった」という見方が広まって来た。

　（註2）石は米の体積を表わす。米1石は2.5俵（150kg）に相当する。1石が10斗、1斗が10升、1升が10合、1合が10勺である。1人が1年間に食べる米の平均量が1石で（江戸時代には成人は1日3合の米を食べた）、これを兵士に与える報酬と見做せば、米100万石の収量があれば100万人の兵力を保持できることになる。

　（註3）妖刀村正伝説：徳川家康の祖父、松平清康は家臣によって殺害された。その刀が村正（千子村正の作になる日本刀）だった。清康の子、広忠も家臣によって殺害されたが、その刀もまた村正の脇差だった。家康が今川家の人質となって

いた頃に、村正の小刀を使って手を負傷したことがあった。家康の長男、松平信康が織田信長に切腹を命じられた際、介錯に使用されたのが村正だった。更に家康を苦しめた真田幸村の愛刀も村正だったため、村正は徳川家に厄災をもたらす妖刀と忌避された。

（註4）2023年のNHK大河ドラマ『どうする家康』では家康の母、於大の方を松嶋菜々子が、その兄水野信元を寺島進が演じた。

山形に少なく、静岡と愛知に多い苗字

水野家は三河の国発祥で、徳川将軍家の譜代大名の家柄である。水野忠邦が遠州松浜城主のときに老中首座を務めたが、彼が主導した天保の改革が失敗して失脚した。そのため、その子忠精が14歳にして山形5万石に移封（左遷）され、山形水野藩の始祖となった。それは1845年（弘化2年）、明治維新の23年前のことであった。

この時、浜松から山形に陪従して来た水野藩士達は家中衆として香澄町に屋敷割をし、集団で居住した。わが家の6代前の先祖、宮地甚左衛門もこのうちの1人であった。その家（私の生家）も香澄町にあった。

わが家の「宮地」という苗字は山形では少ないが、静岡・名古屋方面では多いと聞いていた。電話帳に載っている苗字の件数を調べてみると、山形県では26件だったのに対し、愛知県では851件（851/26＝32.7倍）もあった。愛知県の人口は山形県の人口の6.9倍だから、人口差を考慮しても愛知県では有意に多いと言える。静岡県でも168件あり、これも多かった（表1参照。有意に多い場合を太字にした）。

同様に、かつて香澄町の町内にあった家の苗字についても調べてみた。すると染谷は静岡・愛知で、関根は静岡で、春日井は愛知で圧倒的に、福島は静岡・愛知で多いことが分かった。

また、**香澄倶楽部**は三河発祥で浜松から移住した山形水野藩の家臣団の子孫と、その縁故者で構成される団体である。したがって、静岡、愛知由来の苗字が多いことが予想される。

調べてみるとはたして、すべての苗字が静岡・愛知で優位に多かった。しかも

水野、松崎、野田、牧田は静岡・愛知で圧倒的な数を示した（表2）。つまりこれらの苗字は1845年以前には山形では少なく、水野忠精の移封に陪従して来た家臣団によってもたらされたものと考えられる。

電話帳に登録された苗字件数

（すずらん街近辺の家）

	山形県	静岡県	愛知県
宮地	26	**168**	**851**
大久保	151	400	784
染谷	3	**23**	**16**
長谷川	1022	2461	4598
手塚	273	233	146
徳正	15	0	0
関根	22	**143**	86
山口	2017	2873	5265
栗原	143	380	187
春日井	1	1	**420**
安藤	414	800	**5198**
福島	46	**566**	**643**
県人口	108万人	370万人	750万人
人口比率	1	3.4	6.9

▲表1

（香澄倶楽部）

	山形県	静岡県	愛知県
水野	62	**1760**	**7520**
松崎	17	**118**	**421**
野田	21	**900**	**2265**
坂部	28	**170**	**217**
高瀬	48	112	**536**
赤星	2	**10**	**35**
鈴井	2	**27**	**30**
花村	2	**211**	**126**
牧田	10	**582**	**187**
岩永	3	**33**	**141**
県人口	108万人	370万人	750万人
人口比率	1	3.4	6.9

▲表2

（2022年6月）

小林真之允のこと

　小林真之允は私の母方の祖父である。1893年9月9日、小林儀兵衛の三男として茨城県久慈郡太田町に生まれた。

　曽祖父（祖父の父）は大子町の郵便局長をしていたが、祖父が学校に上がる前、太田町（現常陸太田市）の年始先で急死した。日本とロシアの開戦が不可避となりつつあった時期である。曾祖母は6人の息子達を遺されたが、太田町の旧家である自分の実家も、町長をしていた曽祖父の実家（小林本家）も力になってくれず、やむなく息子達を次々に奉公に出した。

　祖父は兄弟の中でも一番親孝行だったが、その祖父も7歳で奉公に出された。磯浜町（現大洗町）の種物屋（草木の種を扱う店）で2年は頑張ってみたが、先輩達に苛められ、あまりの辛さに年季も明けぬ9歳の時に逃げ出してしまった。

家に戻ってみると、曾祖母は祖父を玄関から1歩も入れずに追い返した。とても律儀で厳しい人であった。

実家にも入れず、奉公先にも戻れない。では東京にでも行ってみようかととぼとぼ歩いていると、柏市の谷口亀三郎という人に路上で声をかけられた。身の上を聞いた谷口氏の計らいで取手の釜善という菓子屋に勤め、11歳でその親戚筋にあたる上野駅前の国益社という農業機械の製造販売会社に入社した。ここで誠心誠意働いて信用を得、取手市桑原の旧家・柳田家の長女志津を嫁にもらった。1918年8月10日、長女・信（私の母）が生まれた。8か月でようやくつかまり立ちを始めた頃、国益社の初代山形支社長として赴任することが決まった。この時、祖父は25歳、祖母は21歳であった。

祖父母と母、家族3人が見知らぬ東北、山形の駅に降り立ったのは、1919年4月9日。桜が咲く前の肌寒い春の夜のことであった。この時の山形駅は2代目の木造駅で、建って3年目であった。

祖父は小さな身体で山形県全域に精米機、籾摺り機、発動機などを売って回った。まだ戦争中のことで部品もなく、顧客に渡すたった一つのモーターを求めるために、交換物資を担いで山形～東京間を何度も往復していた。この頃は1日に3時間ほどしか眠らなかった。それが原因か、米沢の支店で機械の修理中に右手に大怪我を負った。傍には誰もおらず、左手で出血個所を抑えながら大雪の中を歩いて病院に向かった。

顧客にどれほど尽くしても、特に米沢の人は吝嗇で、機械の代金を払って貰えないことが度々あった。見ようによっては、祖父は好んで苦労を引き受けている風でもあった。当時、日本の農業は黎明期で、農村の旧弊、同業者の妬みなど多くの困難があったが、祖父は誠実さと実践をもってそれらを克服し、鍬と鎌しかなかった農業に田植機、トラクター、コンバインを導入したのである。

祖父の性格は生来極めて勤勉実直倹約で、自分にも周りにも厳しかった。好奇心は旺盛で、常に新製品開発に努力した。1924年には石油発動機の取扱いを契機として、山形県内で初めて株式会社久保田鉄工所（現株式会社クボタ）の代理店となった。

1964年、経営近代化を目的として山形県内陸地方の農機具販売業者15の企業合同が行われ、株式会社山形クボタ設立の運びとなり、祖父が初代会長を務めた。

その後、県農業機械商業協同組合理事、県農機具協会副会長等を歴任した。

　当時は産めよ増やせよの時代で、祖父は男4人、女6人、計10人もの子供を授かった。正直一徹で不眠不休で働いた祖父だが、子供達には秋霜烈日のように厳しかった。私の母が津田塾大学の合格祝いに腕時計をせがんだ時、祖父は「大学に行かせてもらう上に贅沢だ」と激高し、母を竹の棒で痣が出来るほど打擲した。しかし、13年後、母がフルブライト・プログラムで米国ミシガン州立大学に留学することが決まった時には、山形県初の女子留学生だったこともあり、地元では大きなニュースになった。祖父は「やっぱり大学に行かせてよかった」と大喜びしたそうだ。

　子供達には怖がられ敬遠された祖父だが、孫達には優しく、洟をちり紙で拭いてくれた。そのちり紙は黒くて硬く、それを懐に入れて何度も使うから、孫達は祖父が懐からちり紙を取り出すと慌てて四散した。内風呂のない我が家に風呂釜と風呂桶を運んで来てくれたことがあった。しかし、屋内には置く場所がなく、庭に1週間据え付けただけに終わった。露天風呂だが、夏だったので快適だった。ある時はどこからか歯ブラシを大量に買い込んで来て、親戚に配って回った。

　茨城県石岡市にいた祖父の母が亡くなった時、祖父と長女である私の母が2人で葬儀に出かけた。棺の中の曽祖母の顔を見た祖父は、突然大声を上げて泣き出した。母が祖父の涙を見たのはそれが最初で最後だった。

　曾祖母は9歳の祖父を追い返してから、後年も一緒に暮らすことはなかった。寒い山形を嫌い、祖父に会いに来たのはたった2度だけ。親孝行だった祖父はどれほど母親のもとで暮らしたかっただろうか。幼くして父親と死別、母親と生別し、辛く苦しい目の連続だった。

　葬儀での突然の号泣の意味は何だったのだろう。同行した私の母はこのように思ったそうだ。

　・・・おっかさん、最後まで苦労なさいましたね。私はとうとうおっかさんを幸せにしてあげることも出来ずに仕舞いました。済みませんでした。磯浜から帰って来た時、本当は家に入れて貰って、どんなに辛くてもおっかさんと一緒に暮らしたかった。奉公先では先輩達に苛められてとっても心細い思いを致しました。おっかさんは厳しい方だったから、家に入れないのもおっかさんの情だという事

は分かってはおりました。お陰様で今はようやく山形で商売は地に着いております
が、貧乏暇無しで孝行もついぞ出来ませんでした。頼る人もなく、兄貴達もぐ
うたらで、おっかさんは死ぬまで良い事がなかったのだね。本当に不幸な人だっ
た、可哀そうな人だった。・・・

　祖父は玄関で追い返されたあの日を、生涯背負って生きていた。奉公先を逃げ
出した不面目を雪ぎ、母親に拒絶された淋しさを埋めるため、しなくてもよい苦
労を山のケルンのように積み重ねていたのではなかっただろうか。

　ただ、祖父が幸運だったことは、伴侶とした祖母が菩薩のように優しい女性だっ
たことである。10人もいた子供はみな真人間に育ち、人様の家に厄介になること
も、手が後ろに回ることもなかった。それはすべて祖母の深い愛情に依るところ
だった。

　祖父が始めた「農業試験場参観Day」は「山形農業まつり農機Show」として
発展し、2020年には第96回を数えた。農業まつりは当初、霞城公園で開催され、
農家でない子供達も耕運機のチラシを集めたり、おにぎりを貰ったりして楽しく
過ごした。

　若い時は何事にも倹約で怖い祖父だったが、社長から会長に退いてからは怒る
こともなくなり、北島三郎と都はるみを聴き、大相撲を楽しんでいた。石に興味
を持つようになり、何十万円もする石をいくつも買い込んで庭に並べた。若い頃
に何の楽しみも無かった人なので、これでようやく帳尻が合ったのだろう。

　1974年5月には祖父の傘寿と会社創立50周年を記念し、196名からの賛同・寄
附を得て胸像が建立された。同年11月23日、老衰のため81歳で他界。12月5日に
専称寺に於いて社葬が営まれた。参列者は引きも切らず、広い境内に入りきれな
いほどだった。

　太田町の路上で祖父を拾ってくれた谷口亀三郎氏は、小林家では恩人として祀
られている。

（2022年4月）

もう筍は食べない

　昔は山形駅の周辺に物乞いが住みついていて、食べ物を恵んでくれそうな家を

回っていた。度重なれば嫌われると知っているので、同じ町内を続けて訪れることはなかった。物乞いが来れば多くの家では「ほいと」、「十万襤褸」と罵って追い返した。彼らが嫌われた理由は、もちろん不潔なこともあるが、住民に「明日は我が身か」という恐怖を与えたからである。当時は商売で躓くか、特定の病気に感染すれば誰でも物乞いに落ちる可能性があった。人は自らの拠って立つ岩盤がそれほど強固でないと知っていて、明日の不安からは目を背けていたかった。

　母方の祖母、小林志津は「弥勒菩薩の生まれ変わり」と言われるほど、誰にでも優しい人だった。駅前の家に物乞いが来れば、祖母はその度に風呂を使わせ、味噌にぎりを持たせた。物乞いは地に頭を擦り付けて礼を言った。しかし、2度来ることはなかったそうだ。

　私の母が船でフィリピンに行くことになった時、祖母は「船酔いするのではないか」とひどく心配した。そして、わざわざ宮城県の金華山まで船に乗りに行き、自分は酔わなかったので「船は大したことない」と安心して帰って来た。

　祖母は左の耳が聞こえない時期があった。耳かき棒を使っていたとき、母がうっかり祖母に抱き着いて鼓膜を損傷させたせいらしかった。祖母は母に気を使わせないためか、耳のことは口にしなかったし、病院にも行かなかった。鼓膜はその後自然修復したようだった。

　祖母はときどき旭銀座の渋谷食品店の大福まんじゅうを土産に持って来た。その頃70代である。城南陸橋傍の家から旭銀座まで歩き、そこで大福まんじゅうを買って、それからすずらん街のわが家までやって来るのだ。バス、タクシーに乗らない人だったから、和服に足駄でずっと歩く。距離にしたら8kmくらいになったろう。健脚だった。

　もらった大福まんじゅうは湯気でびしょびしょになっていた。いつも10個くらい買って来るから、1回では食べ切れず、次の日硬くなったのをストーブの上で炙って食べた。それはまた別の風味が出て美味かった。

　祖母は子供を10人も産んだ。「産めよ、増やせよ」の国策に協力したのだが、その時代でも10人姉弟は珍しく、母は学校で恥ずかしかったという。

　「子供が10人もいて、誰も後ろに手が回らなかった（警察の御厄介にならなかった）のが何よりだ」、「辰ちゃん、仕事は1回変えたら終わりだよ」と何度も祖母に聞かされた。

生来健康な祖母だったが、80歳で腸閉塞の症状が出て済生館病院の外科に入院した。大腸の病気だった。周りは本人に「春に食べた筍が腸に詰まっている」と説明した。

　そのうちに腸の狭窄が進み、山形市立病院済生館の外科で人工肛門を造設した。この手術をしてくれたのが私の高校・大学の同級生である片桐茂君だった（彼はその後、済生館の館長になった）。

　見舞いに行くと、「辰ちゃん、ばあちゃんは筍を食べすぎて片輪になっちゃったよ。もう筍は食べない。ワカサギの天ぷらだったらいいかな？」と悲しそうに聞いた。ワカサギは祖母の生まれた茨城県の霞ヶ浦の名産だった。筍が詰まったと説明していた手前、（もう食べてもよかったのだが）筍は出せなかった。出しても食べなかっただろう。

　祖母は1979年に亡くなった。1897年（明治30年）生まれだから82歳だった。もう29年も前のことになる。

　祖母が亡くなってから何年も、渋谷食品の大福まんじゅうはご無沙汰だった。2年前の初市で久しぶりにそれを目にしたら、急に祖母のことを思い出して、涙が止まらなくなった。腸閉塞が筍のせいだと悔やんでいた祖母が可哀想でならない。次に桜田のお寺に行くときは、筍の土佐煮とワカサギの天ぷらをお供えしよう。

（2008年8月）

ケーシー高峰

　ケーシー高峰は山形県最上郡最上町の出身で、本名を門脇貞男という。その母、門脇シヅエは生涯現役の医師であった。代々医師の家系で、現在も一族の多くが医師、歯科医師をしている。

　私の母方の祖父とケーシーの父が従兄弟にあたり、母の代までは門脇家と交流があった。ときどきお互いの家に泊って行くこともあったらしく、やり取りした手紙も残っている。

　「門脇さん（ケーシーの父）が珍しいアンパンを持ってきたので、お返しに梅干を持たせた」とか、「1942年4月17日の向町の大火では門脇一家も焼け出され、

祖父（真之允）が火事見舞いとして石鹸、盥（たらい）、するめなどを持って行った」とか
を祖母に聞いた。

　私はケーシーに１度だけ会ったことがある。それは山形クボタの新社屋落成式
に、ケーシーがゲストとして出演した時であった。彼はステージで、「年取っど
胸がどきどきすっこどあんべ。ほいずは動悸ってゆて、桜湯飲めば治んだじぇ」
と言った。聴衆がぽかんとしていると、「昔から動悸の桜て言うべ」と続けて笑
わせた。もっと下品な話も沢山したが、それは割愛する。

　ケーシーは新庄北高を卒業し、日本大学医学部に進学した。誰もが家業を継ぐ
のだろうと思った。成績も優秀だったそうだ、ここまでは。

　しかし、大学入学後、学業が次第におろそかになる。ついには落第して、親に
内緒で勝手に同大芸術学部に転部してしまった。医学部を辞めたことを知った母
は激怒。そのまま勘当され、母との連絡は絶えた。

　1957年に日大（芸術学部）を卒業し、漫才、司会業を始めた。1968年、「ケーシー
高峰」に改名し、漫談家に転身した。この芸名は医療ドラマ"ベン・ケーシー"と、
子供の頃に一目惚れした高峰秀子から取った。「グラッチェ」、「セニョール」、「セ
ニョリータ」などラテン系の挨拶は彼が言うとなぜか可笑しく、流行語にもなっ
た。「医学部を出てインターンするはずが、その前にユーターンしてしまったの
よ」と転部もネタにした。

　親子の交流が復活したのは1970年の春だった。フジテレビの"お昼のゴールデ
ンショー"という生放送番組で、ケーシーはディレクターから突然、「電話に出
ろ」と言われた。よくわからないまま出てみると、いきなり「まだ馬鹿やってん
のが？」という懐かしい母の声がした。その日は山形での同番組の放送が始まっ
た日で、それを記念したドッキリ企画だった。それを境に母親も「おまえもよう
やく一人前になったか」と認めてくれるようになった。

　漫談の傍ら、多くの映画にも出演した。たいていはピンク映画の偽医者役だっ
た。しかし、吉永小百合と共演した『夢千代日記』（NHK、1981年）では、陰の
ある偽医者の演技が評価された。鄙びた温泉町の偽医者役はケーシーの経歴に
ぴったりはまった。この演技が注目され、俳優の仕事も増えた。定期的に"笑点"
にも出演するようになり、黒板を使った医療ネタで笑わせた。山形弁丸出しの医
事漫談を究めたのは母への贖罪でもあった。

2005年に舌がんに罹患。療養中に行なった独演会では、黒板を前に一言も喋らず、身振り手振りと筆談だけで観客を笑わせた。舌がんは完治させて復帰。80歳を超えても"笑点"の常連として活躍していたが、2018年に肺気腫を発症し、2019年4月8日死去した。享年85。

（2022年1月）

（註）ケーシーが医学部を辞めて芸能界に転身したのは父親の影響があったのかもしれない。父親は、若い頃、商社マンとして海外を飛び回っていた。ラテンやジャズのレコードを山ほど所有し、当時、珍しかったラジオをいつも流していた。ケーシーは父のレコードを聴き、ラジオで徳川夢声の話芸に夢中になり、芸能界への憧れがつのった。母親は上京の折り、こっそりケーシーの舞台に出かけていたそうだ。『夢千代日記』には、樹木希林、楠敏江、秋吉久美子、緑魔子、佐々木澄江など、多彩な面々が出ていたが、多くが鬼籍に入った。

門脇シヅエさんのこと

夜もモンペを履いて寝る女性（ひと）だった。急患の知らせがあればすぐにでも外出できるように。

それを見て育った5人姉弟の末っ子は、「毎日モンペで寝でよ、よく5人も子供こしぇだもんだず」と漫談のネタにした。女性は門脇シヅエさんといい、その末っ子こそケーシー高峰である。

門脇シヅエさんは、1898年、山形県新庄市で江戸時代から続く医家に四人兄弟の次女として生まれた。父は良安、母はイトという。1921年に東京女子医専を卒業して医師となった。在学中に商社マンと結婚していた。

女子医専卒業後、2年ほど実家の医院に勤めていたが、もう一度母校で勉強し、技術を磨くことを決意した。

しかし、何という運命の悪戯か。1923年9月1日、いざ上京しようと新庄駅に向かっていたシヅエさんに、東京が壊滅したとのニュースが届く。関東大東災であった。関東方面への鉄道は完全にマヒした。首都圏復旧の目途もたたず、母校で勉強どころではなくなった。

運の悪さに失意の日々を送るシヅエさんに、当時、無医村だった東小国村向町（むかいまち）

に医院を開業してくれないか、という話が持ち上がった。これも運命かと考え、夫の協力を得て、同村に医院を開業することを決意した。

　夫婦が初めて向町駅に降り立った時の荷物は、聴診器が一つとわずかの家財道具、それに現金5円が全てだった。専門は内科と小児科だったが何でも診た。医療過疎の村では専門にかかわらず、耳鼻科も外科も産科もこなさなければならなかった。

　医院で患者を待つだけではなく、往診も精力的に行なった。大正末から昭和の初期にかけては車の無い時代で、1日30kmもの距離を歩いた。雪深い集落に1人で出向くときはそれこそ命がけだった。当時は栄養状態が悪く、往診先の赤子に自分の母乳を与えたこともあった。ケーシー高峰が、「俺は5人姉弟だげんとも、村に乳兄弟が何人もいでよ」と話すのはこのことである。

　営林署や学校の嘱託医のほか、民生委員や村会議員も務めた。当時多かった新生児の間引きを防止するため、出産計画や育児などをテーマに講習会を行なった。

　母校、東京女子医専の精神である「至誠」を生きる指針としたので、門脇家の生活は清貧そのものだった。県知事表彰、厚生大臣表彰等、表彰は数知れず。勲五等宝冠享受、最上町名誉町民を特号授受した。

　1998年1月18日死去。享年99。

（2022年2月）

（註1）モンペとは袴の形状をした女性用の作業着のこと。裾を足首の位置でしぼってある。モンスター・ペアレントのことではない。

（註2）関東大震災は相模湾の海底を震源としたM7.9の首都直下型地震で、静岡県、神奈川県、東京市、千葉県に甚大な被害をもたらした。昼食の準備に火を使っている時間帯だったため，家屋倒壊と同時にあちこちで火災が発生した。折悪しく北陸地方を通過中の台風による強風（最大風速22m）で火災が拡がり、100,000人以上の人々が圧死・焼死する大惨事となった。現在の熱海市や伊東市では津波の被害を受け、それぞれ100人前後の死者・行方不明者が出た。日本女医会は、「圧死・焼死した女医5名、家を失った女医82名」と記録している。

エピローグ

その人がMother Gooseを歌えば
子供はすぐに泣き止んだ
その人の子守歌はいつも英語だった

父は子供に名前を授けた
男の子は雲を起こし空に昇れと
女の子は賢く礼節正しくと

幸い子供は丈夫で
大した病気もせずにすくすくと育った
子供の記憶力に
いち早く気づいた父であったが
その成長を見守ることは叶わなかった

生きる力を手にすると
子供は町を出て行った
その人は子供の帰りを待ち続け
待ちながら緑の種を蒔いた

その人が1人で住む家にも
朝は必ずやって来た
編み物をして梅の花を眺めていれば
誰に会わなくても1日は過ぎて行った

帰って来ることのないことを知りながら
帰らない子供を待って
その人はある年の暮れ
十万億土に旅立った

その人がいなくなっても
季節は変わらずにめぐった

冬は何日も止まぬ雪を連れて来た
生き難き雪国なれども晴れた朝
四方が眩しくきらめく時
人はこの地に生まれた幸福を思った

北の国にも春はやって来る
春が遅ければ遅いほど
桜は狂おしく燃え上がる
城の石垣に登れば
花びらが蔵王の残雪に重なった

満開の桜と土堤
城郭と石垣と濠
３本の鉄路と新幹線
それらが縦列する姿を見るために
人は大手門の太鼓橋に集う
それは世界中をさがしてもない風景だ

桜はやがて風に舞い吹雪となり
水面に花の筏を作る
篠笛を吹く乙女を乗せ
赤い毛氈の桜船が
花筏を分けて進む

桜の季節が終わる頃
その人の蒔いた種が
いちどきに芽を吹く

若い緑達はたくましく育ち
大きく葉を広げた木々になる
春には満開の花を咲かせ
夏には木陰を作り
人々を暑さから守る
秋には豊かに実をつけ
冬には木漏れ日をくれる

緑達は種を蒔いた人のことを覚えていないが
その人はいつも見守っている

その人の声が聞こえた気がして
空を見上げると
白い雲が風に吹かれていた

雲はゆっくりと形を変え　その人の顔になった
あの日の　あの時の　笑った顔になった

私はその人の笑った顔しか覚えていないことに気がつく

あとがき

　仙台の大学を卒業し、仙台の病院に勤めて、仙台でクリニックを開業した。学生時代を入れれば仙台での暮らしは50年以上になる。仙台は学都であり、市民は学生に優しく、貧乏学生にも居場所を与えてくれた。

　当時は、学生が赤いどんぶくを着て一番町に出ても怪しまれることはなかった。デモで怪我をすれば下宿のおばさんが手当てをしてくれ、親には黙っていてくれた。東京ならきっと嗤われた山形の言葉にも、仙台の人達は寛容だった。仙台は東京ほど生活費が高くなく、言葉を別とすればそれほど田舎ではない。山も海も近く、温泉もある。政治家は二流で、学校ではいじめと不登校が多いが、差引きすれば良い町である。

　『エピローグ』のモデルは私の母である。鉢に植えられて誰かに水をもらわなければならない人生を嫌い、自分で大地に根を張った。高校の英語科教員として36年間勤め、次代に続く女性の人材を育てた。津田梅子女史をなぞったような人生だった。今では女性の市長、知事、国会議員も珍しくなくなったが、日本で女性に参政権と財産管理権が認められたのは1946年で、それほど昔のことではない。先人の涙と奮闘があってようやくここまで来た。しかし、女性にとって高等教育の壁はまだ厚く、大学院進学の割合は男性の14.2%に対して5.6%に過ぎない。2023年版の『ジェンダーギャップ報告書』で、日本は調査対象146か国中なんと125位だった。韓国は105位、中国は107位。146位はタリバンが統治するアフガニスタンである。日本の男女平等への道のりはまだまだ険しい。

　親は自分の来し方を子供に話す機会がなかなかないものである。私の父は戦争のことを話さなかったが、履歴書と卒業証書が整然とまとめられていて、兵籍簿で軍歴も明らかになった。母は短歌と日記を、曾祖父は精緻な家系図を遺してくれた。それらを辿ることにより、父は東京杉並区和泉で、母は東京下谷区御徒町で生まれたのに、なぜ自分が山形に生を受けることになったのかを理解した。親に関する資料があれば、子供は必ずそれを読む時が来る。読んでみれば、自分が生まれたのは奇跡の連鎖の結果であることに気がつく。気がつけば子供は親の来し方に想いを巡らし、奇跡の果実である自分を大切にするようになる。記録を遺すとはそういうことである。

人は死んでも夢横丁で生きている。戻って来ることは出来ないが、覚えている人がいる限りはそこで昔のまま暮らしている。私は毎日夢横丁に出かけ、父母と雪道を歩き、３匹の犬と戯れ、友と麻雀をして来る。それはもう何十年も繰り返している彷徨である。生と死のあわいを行き来していると、自分が生きているのか死んでいるのか分からなくなる。

　『仙台夢横丁/茜色の時』という書名は金港堂の菅原真一さんの発案である。前著は自分の幼少年期の話が中心だったが、今回はそれよりはいくらか新しい時代のことを綴った。「いくらか新しい」と言っても50年前のことである。色で言えば暮れかかる空の茜色だろうか。夕空が茜色に染まっている時間は短く、やがて空は一瞬群青に変わり、たちまち深い闇が訪れる。茜は自分の残り少ない持ち時間を象徴しているようで切ない。

　前著『山形夢横丁/セピアの町』の出版にあたっては菅原さんと何回も何回も校正した。それでも初刷では14箇所もの誤植があった（２刷では訂正した）。今回も恐らくそうなるかもしれないが、ご海容を願う次第である。

　茜空の下、無伴奏があった路地で青春の破片を拾っている男がいたら、それはきっと私です。「辰つぁん？」と声をかけてみて下さい。

　220,000字を超える長い話になりました。家族がいなければもっと書けたこともありましたが、この辺にしておきます。最後まで読んでいただき、ありがとうございました。

　能登半島地震と飛行機事故で始まった2024年の正月に

　　　　　　　　　　　　　　　　　　　　　　　　　宮地辰雄

著者紹介

宮地　辰雄 （みやじ　たつお）

1952年、山形市香澄町に生まれる。山形市立第一小学校、山形市立第三中学校、県立山形東高等学校卒業。18歳まで山形市で暮らす。1971年、東北大学医学部入学に伴い仙台市に転居。同大学・大学院卒業。東京逓信病院小児科・麻酔科、東北大学抗酸菌病研究所小児科、仙台厚生病院小児科、宮城健康保険病院小児科部長を経て、1992年、小児科クリニックを開業。診察した患者は延べ85万人、打った予防接種は22万回を超えた。医学博士、小児科専門医、小児難病指定医、小児慢性特定疾患指定医。趣味は野球、硬式テニス、写真、麻雀。

仙台夢横丁／茜色の時

令和 6 年 5 月 27 日　初　版

著　者　宮地　辰雄
発行者　藤原　直
印刷所　株式会社ソノベ

発行所　株式
　　　　会社　金港堂
仙台市青葉区福沢町9-13
電話　022-397-7682
FAX　022-397-7683

ISBN978-4-87398-166-6